追爱到第三极

董少强 著

团结出版社

图书在版编目（CIP）数据

追爱到第三极 / 董少强著. -- 北京 ： 团结出版社，
2018.7

　　ISBN 978-7-5126-6272-8

　　Ⅰ．①追… Ⅱ．①董… Ⅲ．①长篇小说－中国－当代
Ⅳ．①I247.5

　　中国版本图书馆CIP数据核字(2018)第076723号

出　版：团结出版社
　　　　（北京市东城区东皇城根南街84号　邮编：100006）
电　话：(010) 65228880　65244790
网　址：http://www.tjpress.com
E-mail：zb65244790@vip.163.com
经　销：全国新华书店
印　装：三河腾飞印务有限公司

开　本：160mm×230mm　　16开
印　张：26.5
字　数：323千字
版　次：2018年7月　第1版
印　次：2018年7月　第1次印刷

书　号：978-7-5126-6272-8
定　价：49.00元

作者序

谁都曾有少年时——那段让人怀恋不已的"此情可待成追忆,只是当时已惘然"。

眼睛只能看到此刻的风景,却不易追溯它的过往。一条大河,浩浩荡荡,波澜壮阔;一片河床,乱石遍野,草木央央。而若去追溯,它们远在天边的源头,那无声冰凉的泉,淙淙欢快的溪,一路在雪山草原森林中的漫游,是它们的少年时光,清澈,明朗,叮当作响。

广袤沙漠,辽阔海洋,浩瀚宇宙,但凡追溯,无不如是。在不停留的时光中,轮回无休。

流浪街头的拾荒者曾是学霸,徜徉巷口的侍鸟者身怀绝学,内敛沉稳的中年汉子曾在年少时身背吉他长发飞扬,波澜不起的垂暮老人也曾在青春里灿烂辉煌,泼辣油腻市侩者是昔日的西施,贤淑雅静从容者深藏着一段铭心的记忆……岁月赋予人厚重,而历练成就演技。

时光逝不复返,青春之后的人生百态万象,而少年的心境大抵相似。无论当时如何的羞怯迷惘或叛逆,那其中最闪亮动人的,无疑是懵懂的爱情和高远的理想。

人的一生都是挣扎的囚徒,而回忆中的青春时光却不羁绽放。

我是一个教书先生。每个人都只经历一次青春，教书先生却有幸陪伴更多的少年时光。这种陪伴，常让人产生一种时空穿越的错觉，让人心态年轻，永不老去。

日复一日，年复一年，栉风沐雨，春暖花开。看着一群少年曲曲折折地长大，看他们乖巧，看他们叛逆，看他们偷偷学会了抽烟喝酒，看他们悄悄地与异性回眸相牵，看他们昂扬奋发，在运动场激情飞扬，看他们颓唐迷惘，在小花园里暗自悲伤……

他们是心弦的绝佳弹奏者，总能在不经意间让人泪目。

我是一个教书先生，在西藏林芝教一群中学生。这里的孩子更粗犷也更细腻。高天阔地雪山草原造就他们牦牛般的倔强，蓝天白云藏传佛教塑造着绵羊般的纯洁善良。

抓着青春的尾巴，我开始了教书生涯，在偏远的山区，远离功名负累，与山水、书和一茬茬永不长大的孩子为伴，身心得到净化。关注他们成长，关注他们爱情和理想的萌芽，浇灌，修剪，让其开枝散叶，开花结果，乐在其中。时间变换着一张张稚气未脱的面孔，留下一串串美丽的故事，飘浮在空中，与我已沉淀的青春呼应。在回忆与现实的交叠中，一个有关爱与理想的美好青春故事，成就了《追爱到第三极》。

目 录

你为了爱，到世界第三极，我追随你，在第三极苦苦守候。

爱，似乎才刚开始，却已是尘埃落定。正值青春的少年，一次热烈的拥抱，就会将滚烫的激情点燃。刻骨铭心的烙印，可以被掩盖，却不能被填埋。爱你，就追寻你，追寻爱的灵魂，从海平面直到世界之巅。

大四，临近毕业。许婕坐在花园石凳上，就着路灯，打开欧阳潇辗转寄来的"墨脱手记"，那是他们的约定。

许婕，我想念你，离开越远越不舍，第一次体会到刻骨铭心。西藏的山水壮美，我却无心揽胜。同行者惊喜，我却没有心旷神怡，只有悲壮：蓝天白云不是我们一起的蓝天白云，高山大川是我和你的重重阻隔。我想你，想要留在你身边等你毕业！可我不能，必须履行我们的约定，用这一年的远别，来考验我们的爱情。

代我向杨勇和胡丽问好。杨勇有经商天赋，公司的事你无需劳心，我安顿好后会和他联系。你要照顾好自己，孤单了就去找朋友。

我已进入墨脱地界，明天起要步行70公里的山路了，据说会有一定的危险，但请别为我担心。今晚，我难以入睡，在简陋的客栈里，匆匆记下这些天的行程，到达墨脱后，邮寄给你。

拉萨，林芝，波密，一路走来，虽有同行者，我却是一路孤独。

一个人也好，深刻体验你曾有过的孤单。但若有你，许婕，我亲爱的姑娘同行，那，在一起的每一瞬间，都将是永恒。期待明年的夏天，我们携手重游。

经幡飘扬，到达嘎隆拉山垭口了，我眺望着眼前的大风景。

冰湖！嘎隆拉山巅的冰川融化形成的冰湖！站在山口，俯瞰开阔的峡谷，一大一小蓝莹莹的湖水被一块平坝隔开，从合适的角度望去，酷似中国地图。高山上的冰川融水，即使在冬天最冷的时候，也不会结冰；即使夏天最热的时候，也依然冰凉刺骨。如镜的湖边，是棱角分明的大石。其间点缀着顽强生存的碧绿或火红的草棵。湖是藏人心中的神湖，山是藏人心中的神山。一簇簇洁白的雪莲盛开，雪层杜鹃绽放着艳红的朵儿。远处的冰川从山上奔泻而下却瞬间凝止不动。湛蓝的天空下，偌大的山体前，我们如此渺小，一切如此静谧、安详、空灵。

我在这洁净神秘的天地许愿，愿我能和最心爱的姑娘许婕一起，永不分离！

雪山之巅！冰湖！就是这里！祭奠你逝去的感情，开始我们的爱情，就在这里！

到80K，就算真正进入墨脱了，这里是另一个世界。开阔的街道泥泞不堪，两边排列着杂乱简陋的木板房，骡马猪牛，野狗乱窜。昏黄的灯光亮起，一家客栈中传出的嘹亮藏歌回荡在山谷，青山暗淡。透过几棵寄生着兰草的高大老树，远处的瀑布凝如白练。客栈老板娘的笑脸让宾至如归，一杯花茶芳香扑鼻。

这里静谧安详，许婕，你若同在，我愿永驻于此——执子之手，与子偕老。

等待来信的日子，许婕会把之前的信一遍遍重温。她合上信，轻声自语：我也想念你，欧阳潇，你是我最终认定的人。你就安心地在墨脱工作一年吧，做什么都好，我都支持。明年我们再见，然后正式开始我们的爱情。

许婕收好信件，戴上耳机，风雨无阻地到操场去跑步。

二 邂逅

　　阳春三月，天气晴好。房地产商许立明驾车行驶在宽阔的街道，春的明媚透过法桐尚未舒展的嫩叶洒在车内。他近来出行喜欢带上正读高三的女儿许婕，美其名曰见世面，其实，美丽大方的许婕是他的骄傲。时逢周末闲暇，许婕也乐意随行。

　　许婕拉下遮阳板，眯着眼靠在副驾座上，戴上白色耳机，打开生日礼物——许立明送的 MP3，艾美利亚磁性的嗓音瞬间将她带入一种朦胧的感伤和宁静——《big big world》。

I'm a big big girl

In a big big world

It's not a big big thing if you leave me

But I do do feel

That I too too will miss you much

Miss you much......

"礼物，还喜欢吧？"许立明看一眼他的宝贝闺女，似不经意地问。他知道这是多年来送的礼物中许婕较为中意的一个，只想再次讨得赞许。

"还行吧，许总。"

"什么许总，叫老爸。"

许婕继续沉醉于歌声。

"在听什么？"见许婕不热心，许立明又问。

"想听么，给你。"许婕把一只耳机塞向许立明。

"优美的音乐。"许立明正伴装沉醉，许婕却两指捏着细线轻抖，扯回耳机。

"不懂装懂。"许婕戴回耳机。

"嘿嘿，老外的歌，老爸没文化，你给我讲讲呗。"

"我是个重要的女孩，在这个大千世界里，如果你离开我，那不是件大事。但我确实感到，我将会非常想念你，太过想念你了！我能看见第一片落叶，是那样黄也那么的美。外面是那么的冷就像我内心的感受……"

许婕常听英文歌，练听力兼感受情怀。这首歌她百听不厌，早已了然于胸，她随旋律轻声哼唱，翻译歌词。

中条山褪去青黑泛出点点黄绿。轿车颠簸在盘曲的山路上，数个弯道后，豁然开朗。绿树芳草美池环绕着一栋四层独楼，在门口一块巨石上，刻着名家题字：永舜庄。许立明停好车，一个肚腹隆起的中年人笑容满面地迎上来。

"许总，欢迎欢迎。哟，这是小婕吧，出落成大姑娘了，真漂亮！难怪你爸说起你总是那么骄傲。"

许立明笑意盎然，对许婕说："这是张叔叔。"

许婕被这个油腻的中年人一句"小婕"叫得腻歪，父母对她从来直呼其名。但见对方和老爸熟谂，溢美之词还算真诚，她发出一声"张叔叔好"，并配以微笑。

许立明看出女儿对张凯缺乏热情，遂问："张局，还是在舜思园么？"

"对，舜思园，老地方。"张凯也觉察出许婕情绪不高，但他是混迹官场的老江湖，不动声色。

许婕跟在许立明侧后，三人走进大厅。张凯没理睬服务员的微笑，径直走向二楼预定的包间。许立明点头表示问好，许婕向训练有素的服务员报以友好的微笑，目光扫过，瞥见其胸牌上的名字——杜鹃。

包间里已有几人坐着谈笑，烟气缭绕，见许立明和张凯走进，起身笑脸恭迎。

张凯泡茶功夫娴熟，不住夸赞许立明人生成功，商海精英，女儿乖巧。许立明强忍得意，吞吐烟雾。许婕不语，只对诸位微笑。铁观音清香提神，许婕轻饮几杯起身说："爸，各位叔叔，这地方环境挺好，我想去转转。"

"那好，别走远了。"许立明衔着香烟说。

"不喝茶了，小婕，叔叔泡的茶还行吧？"张凯停止摆弄茶具抬头说。

"茶很香。"许婕微笑对张凯和众人，转头问老爸，"你们喝茶大概要多久？"

"说不准，一两个小时吧，"许立明弹弹烟灰看着张局长说，"一会儿要在这儿吃饭。"

"我知道了，各位叔叔再见。"

杜鹃立在大厅，许婕微笑上前："杜鹃，好听的名字。请问从这里到龙王庙要多久？"她知道龙王庙的方位，却不清楚从此地绕去要多久。

杜鹃愣了一下，随即低头看向自己的胸牌，豁然。友好地向许婕告知了到达龙王庙的路线，时距等。

许婕并非去拜庙，庙后半山处有瀑布冲击成的三个小水潭，去年夏日，她曾与朋友在此戏水，捉山蟹，印象深刻，想知春季水潭模样。

条山三潭的晚春，见证了许婕豆蔻年华的怦然心动。

庙宇前后，迎春花盛，满山遍野。远眺青山青，漫步丛中，繁花点点，碧水清澄。开阔的山谷被大坝拦截，青山夹两岸，绿水掬其间，是这崇山峻岭中的一粒翠珠，龙王庙千年守护。倒映着峻岭蓝天，巨大水潭显得深不可测。春风吹过，许婕顿觉可怜，可畏，可怖。她曾戏水的清潭还在其上，瀑布从高处落下，将一块巨石冲击成潭，潭水溢，又成瀑布，复将另一块巨石冲击成潭，潭水复溢，下游一块巨石成潭。三叠瀑布，三叠清潭，潭不甚深，水尤清冽，全石以为底。

　　登山无道自辟之。冬春季节少人攀爬，山道难行。步步登高，许婕微微出汗，敞开风衣，摘几支野花闻香，回望山下城市，游目骋怀。几经曲折，终到第三潭。周边山上，野花青草终日浸润着水汽，比别处更茂盛青翠些。

　　瀑布瘦了，潭水愈发清澈。掬清泉扑面，热意顿消，春光融融。山间无人，索性脱下外套靴袜，卷起裤脚坐在潭边，以脚丫试探清凉。终日保暖的脚比手脸敏感，脚底传来的冷意让许婕不禁尖叫。渐渐适应了，起身朝水中走去，水雾弥漫在发丝。只在潭边即可，瀑布常年冲击下的一角水色碧绿，不知其浅深。

　　潭水刺骨，腿要抽筋了。许婕缓步走向潭边斜缓的大石。石面覆着薄薄一层青苔，经水汽浸润变得湿滑。许婕张开手脚作吸盘如壁虎爬墙一般，即将上岸，却扑通一声滑入潭中，衣裤尽湿。许婕在瞬间的冰冷和惊吓中大声尖叫。若在夏日，这尖叫之后定是少女的欢笑，而此刻，身心俱冷，泪珠滑落。许婕站在冰冷的潭中撩水冲洗青苔，已冻麻木了。大石冲洗干净，许婕却控制不住颤抖不已的腿脚，攀登艰难。

　　焦急无助，许婕趴在石头上嘤嘤而泣。

　　突然一双手抓住许婕的胳膊，一股大力，许婕上岸了。

　　浑身湿透的许婕站在大石上，泪流满面怀抱自己抖动不止。身边站着一个挺拔矫健的大男孩。

男孩递过一把拧干的毛巾。全身湿透，该从哪里擦起？许婕努力调整情绪，却禁不住寒冷依然抖动不止，勉强挤出笑容看着这个救她上岸的男孩："谢谢你。"

大男孩并不需要许婕由衷的谢意，有些着急尴尬。他俯下身去将许婕脚下大石上的水渍擦干，阳光和风很快让石面变得干爽。

"坐下吧，你的脚流血了。"男孩温柔的嗓音透出关切。

冰冷的腿脚慢慢恢复了知觉，在男孩的提醒下，顿觉脚底生疼。泪水不争，再次滑落。

扔下瑟瑟发抖的许婕，男孩突然走开了。

这个红衣蓝裤的男孩动作敏捷地爬上第二潭，消失在第一潭方向。许婕贴身的衣服湿透，清风吹过，愈加寒冷。青山，清泉，清风，暖阳，山间的野花。许婕苦笑：美景良辰亦需有心方能叹赏。走吧，整理好湿衣服，回到永舜庄洗个热水澡再换。

许婕认识救她的男孩，与她同校同届同学文科，但未曾交往，不知其姓名。他怎么会在这里，刚才又在什么地方，为什么能及时赶到救她？男孩小麦肤色，身材挺拔匀称，棱角分明，透出一股英气。他去哪里了呢？

许婕想走，但觉有必要问清男孩的名字，他的神秘出现和消失让许婕颇感不真实。其实等回到学校也可以问，但她莫名地坚信男孩还会回转来。似乎过去很长时间，矫捷的身影再次出现。假如有计时器，许婕会发现其实自男孩离开到再次出现，只三分钟而已。此时他身上多了个背包，嘴上衔着青草，脸上挂着一道伤痕，渗出血汁。

男孩蹲下，看着许婕的眼睛说："让我看看你脚上的伤。"

他眼中露出关切和温柔，声音不容抗拒。许婕将颤抖的脚伸过来，男孩犹豫了一下，抓住雪白的左脚踝，被碰触的腿猛烈抖动了一下。男孩小心地将脚心翻转，前脚掌有一道一厘米长的划伤。

"应该是被碎玻璃划破的。"男孩断言，"幸好伤口不深，也没有残留，我简单处理一下，会有点疼，你忍住。"

男孩探身从潭里撩了些清水冲洗伤口，摘下几片他带来的青草叶，在手心揉碎挤出汁液，有些羞涩地说："这种草药止血消肿，你……要用么？"

许婕脸色微红，点点头。自男孩出现，许婕就不曾产生戒备，他们的磁场完美融合，丝毫没有排斥。她无端的对他有一种绝对信任感。

这就是命运安排的缘分吗？

敷上草药，温热在脚底延伸，那是他的体温吧。男孩打开背包，取出一卷医用纱布，他小心而熟练地包扎，又拿出一把小刀将纱布割断。许婕觉得他的包有点神奇了，她想问的问题太多了，干脆只问名字吧："我认识你，但不知道你的名字。"

男孩忙完，看着许婕说："我也认识你，三十六班的许婕，我在三十九班，杨璐。你……算了。"

"杨璐，谢谢你。怎么了，你想说什么？"看到杨璐欲言又止，许婕不解。

杨璐红着脸，说："我是想问，你要不要把湿衣服脱下来拧拧，不然会冻坏的。哦，我会走开，绝不偷看。"

许婕白皙的脸庞瞬间绯红。

尴尬了两秒钟，许婕轻声说："好吧。"湿透的衣服正冰冷难忍。杨璐转身离开，站在第二潭边，对许婕说："包里有干净衣服，如果你不嫌弃，可以先穿上。"

许婕是看着他攀援的，但还是被他的声音吓了一跳，他说完消失不见。空谷，水潭，阳光，清风，隆隆的瀑布。许婕左右看看，坐在大石上开始脱衣服。内衣就不脱了，把毛衣脱下来拧拧，抖动两下，又急忙披上，离开身体片刻的湿衣更加冰凉，难以加身。她瑟缩地看着眼前的背包，十分为难。料峭春风拂过的寒意已不容她再作思考。一套清洁干爽的烟灰色男式秋衣秋裤！内衣！她再次犹豫了几秒后决然地将秋衣裤换上，一阵温暖。

"杨璐，可以了！"许婕整好衣装对着杨璐消失的方向喊道，突然又觉得这话有些暧昧，羞红了脸。

杨璐闻声攀援而下。许婕亭亭玉立于大石上，风衣短靴穿戴齐整。

夕阳西下，山色渐晚，两人无言。

"走吧。"杨璐背上背包，看向许婕左脚，短暂犹豫之后，伸手搀扶。

若在平时，看似文静的许婕，些许小伤断不至要人搀扶，而此刻，她对扶在左臂的双手无法拒绝。伤脚无好路，何况在山中，三五步后，许婕疼痛龇牙不能行走。

"你背我吧。"许婕看着杨璐的眼睛，眼神坚定，满面红霞。这是许婕长大后在一天之内脸红最多的一次。

杨璐不言，背起许婕，缓慢下山。

山路曲折。

之后的恋爱中，许婕问过：杨璐，说实话，那天你有没有偷看！杨璐，说实话，你背着我的时候有没有瞎想！

山路难行，或背或抱。饶是杨璐意坚体健，美女拥怀，小心腾挪跌跌撞撞行至水库边时，已汗如雨下，气喘嘘嘘。这里路面稍宽阔，杨璐小心放下许婕，兀自休息。许婕初次被男生背着行山路，一路磕碰，姿势变化，双方气息，害羞甜蜜等纤毫无遗，均被少女敏感身心如触电般感受且放大百倍。曾几次，杨璐在险仄的山路辗转腾挪，碰触到少女的敏感部位；曾几次，杨璐弯腰低头躲避树枝，那茸毛般的胡须碰触到她的额头；那青春少年的目不斜视，那永不屈服的坚毅面庞，那强有力的臂膀胸膛，那伴随沉稳脚步的粗重喘息，那汗如水洗的强壮脖颈，那散发着令人浑身酥软的浑厚体香……在春风中，在夕阳下，在大山里，在碧水旁，一切都是见证，见证少女的初怀。

"许——婕——许——婕——许——婕——"

山中忽然激荡着呼唤许婕的回响。许婕与杨璐对视一眼，解释说："是我爸来找我了，我出来很久了。"

杨璐说："再不要一个人到山中玩水了，太危险。"

许婕说："那你怎么也是一个人。"

杨璐笑笑不语。

"你笑什么？"

"我跟你不同，这里，我经常来。再说了，我是男的。"

焦急的呼唤声渐渐逼近。

"你怎么不答应啊？"

"我会答应的，杨璐，谢谢你。"

"我——在——这——里——"大山也回应着许婕。

"杨璐，我有很多事很好奇想问你，不过，还是下次吧。"

许婕起身轻轻跺脚，笑对杨璐："你的草药很神奇嘛，我的脚不疼了，再见。"

"再见。"

许婕低头颠簸着走了几步，转身对杨璐说："杨璐，我们一起走吧。"

杨璐坐在路边，怅然道："你先走吧，我后面来。"

许婕在转弯之前回头，杨璐正关切地望着她，她知道，他在乎她的脚。

她眼眶湿润了："杨璐，你的衣服。"许婕拍了拍自己的胸口。

杨璐笑着挥挥手："再见。"

许婕消失在山弯，杨璐颓然坐下。山那边，传来一群人关切地询问。

晚上到家，许婕被老妈黄雅莉精心照料，许立明则被狠狠训斥。

邂逅。《诗经》中云："野有蔓草，零露溥兮。有美一人，清扬婉兮。邂逅相遇，适我愿兮。 野有蔓草，零露瀼瀼。有美一人，婉如清扬。邂逅相遇，与子偕臧。"

邂逅相遇而已，却不能与子偕臧。

二十分钟后，杨璐起身，热汗已消退，他拍拍身上的土，一路奔跑下山，奔跑回校园。是的，奔跑，五公里的奔跑。

三 洪水猛兽

这一夜，杨璐无眠。

杨璐自幼家贫，父母关系不和睦。漫漫岁月，漠漠黄土，终日劳作而所获甚少，长久积郁的无端怨气弥漫在家里，常为一点小事吵得鸡犬不宁。父亲暴躁，吵架就摔东西，破坏着已经破败的家；母亲刚强，吵过之后蒙被在床，终日不食以泪洗面；哥哥叛逆，初中肄业后去学汽修。

杨璐幼时，每逢父母吵架，缩在角落看瓢盆碗筷破碎四溅，与母亲一起悲伤。长大一些后，曾试图劝解，发现无能为力。再大些后，内心苦闷在野地狂奔狂喊发疯发泄。如今，二老均已年过半百，生活条件亦有所改善，两位老冤家仍会时常吵架，似乎这种激烈的碰撞交流已成为他们生活中不可或缺的调味品，非如此不能让他们劳累空虚的生活迸发激情。

读高中后，杨璐很少回家。周末，勤工俭学，到砖窑背砖，一块砖五分钱，一次背十块，一天背六十趟，六百块砖，挣到三十块现钱，挣出一周的生活费。到高三后，周末补课，每月仅放一天假。没时间去打工，只能向家里要钱。他不愿回家，可那毕竟是生养了他的家呀。每次回家他都莫名的紧张。有时未进大门听见吵架声，他转身就走。即便没有吵架，他也不能平静，只想快点离开，将这份难得的和平打包带走，接下来的一个月，就靠这点和睦的氛围安慰了。哥哥做学徒已出师，开始拿工资。杨璐不愿回家时便转到哥哥所在的修车厂。杨璐到来，哥哥便明白了，问："家里又吵架了？"杨璐点点头，哥哥叹口气，找到老板，支两百元钱给他。他说："一百五够了。"哥哥说："高三了，吃好点，补充营养。"末了总要叮嘱一句："好好学习啊！"哥哥工资每月一千，存在老板那里，用钱的时候领出来，他要攒钱，自己开厂。修车苦，夏热冬寒，满身油污。杨璐读高三时，生活费基本靠哥哥供给，长兄如父啊。杨璐常告诫自己：莫忘兄恩。

寒假在家时，杨璐已想好将要填报的志愿：考军校，读书免费，毕业分配。若军校不成，去西藏或新疆，离家越远越好，他要在那天高地远处闯出一片天地。

在学校，杨璐是个"性格怪异"的学生。他独来独往，无论寒暑，他总要坚持锻炼身体。定好闹铃，每天早上准点起床，在操场跑步五圈，钻进教室学习。晚自习后在操场跑步五圈，回到宿舍凉水冲洗，倒头就睡。周末，独自在市郊长跑。他学习成绩在全年级文科班中排名前十。不喜与人交流，有事说事，事毕沉默忙自己，生活井井有条。这份特立独行，却成为女生争相暗恋的对象。在杨璐以"我在高中不谈恋爱"拒绝了一个表白者后，那些意图接近他的女生就销声匿迹了。也许仍有人在爱恋他，但他的冷傲注定那些爱恋只能是暗恋。

他不能谈恋爱。少年向往的大多只是一份心动和刺激，一场没有结果的风花雪月。无需经济的付出，只要心与心的贴近，无需性的慰藉，只要在繁重的学习之余能牵手对眸。他不能，在高三这关键时期，他不能为一场没有结果的风花雪月而阻碍他奋勇向前的脚步。不是他不需要爱，他太需要爱了。自幼生活在"战火纷争"的家庭，没谁比他更了解一个充满爱的家庭是多么珍贵，那是他的向往，他的梦想，无形之中，建立一个充满爱的家庭已成为他心中的一个重要使命。那太神圣了，在他尚无能力去支撑，去维护这份爱的时候，那美丽的水晶怎么可以轻易碰触呢！他更了解贫穷是沉重的，实实在在的，如果这份实实在在的沉重的桎梏长久的存在，它足以让包括爱情理想信念等一切华美神圣的祭台产生裂痕，继而坍塌。

豆蔻年华，谁不怀春？谁都可以，唯他不能。然而他还是爱了。今夜，他用凉水冲洗后躺在床上辗转反侧。他知道，自己动情了。

很久没有失眠了，贫穷而不和睦的家境，曾让他多少次在别人酣睡时蒙头自泣。他一直无法理解父母为何总因一点鸡毛蒜皮的小事就相互指责继而争吵甚至打架。杨璐爱父亲，劳累了一天的父亲躺在黑暗中吸着旱烟，烟火明灭中弥漫的是浓浓的愁绪和无助的叹息。父亲是在那个年代比较稀缺的高中毕业生，而满腔热血的他在黄土地上摸爬滚打了一辈子却未能让家庭富裕，也许壮志未酬的他在黑暗中还流泪了吧。杨璐爱母亲，下田归来，再累，她也会系上围裙尽己所能地为家人做一顿可口的饭菜，之后还要刷锅洗碗喂猪，给家里添置些必要的零碎。她苦累，更多的是委屈：自己从不嫌贫爱富辛勤操劳同甘共苦，为何还要遭受无端的指责和谩骂。杨璐爱他们，为他们的艰辛无数次流泪伤心却恨自己无力改变而失眠。后来，他不再失眠，不是他免疫了，而是懂了：那不是他的错，亦非他能改变，他有更重要的事要做好，不能因父辈的争吵而影响自己，那极有可能使自己在以后的生活也陷入如父辈的痛苦中，陷入一个可怕的轮回。

自从他设立了坚定的目标后，就有了清醒的判断和强大的免疫，自强自立，自尊自省。一切以学习为中心，以考上军校为近期目标，以建立幸福家庭，报答父母兄长为终极目标。锻炼身体，不必去打球，跑步就可以；排解压力，不必风花雪月儿女情长，对着无人的山谷嚎叫就行；对别人或炽热或深情或异样的目光佯装不知，对她们的表白说不；视漂亮女生若洪水猛兽，眼不见心不乱；事关学习，不避万难，事不关己则高高挂起。

在今日之前，他一直做得很成功，能在每晚别人各种嘈杂声中酣然入睡。而今夜，他失眠了。

许婕与他同校已近三年，因参加作文、英语等竞赛曾有过交集。她正是被杨璐视若洪水猛兽的一类人。至今在杨璐脑中被封存却擦抹不去的一幅美丽画面的主角正是许婕。

高二期末考试后的一天下午，夕阳斜照，余热未消。平日繁闹的楼道此时格外清静。杨璐站在教学楼四楼，打开窗户，眺望着他成长两年将离开一个暑假的校园。绿化带喷水器旋转喷射，拨片打散水花飞舞着水雾，夕阳洒过，映出一片七彩光晕，一切是那么宁静。广场边草地旁，一位少女亭亭玉立面向北方，白色长裙清新优雅，秀美长发直垂腰际，微风过处，发丝晶莹剔透拂过清秀脸庞。少女微微仰望，注视对面的楼上，似在等待。金色斜阳透过白色的裙裾，纤细修长的双腿轮廓若隐若现，银色高跟凉鞋上的水钻泛着晶莹光芒。青春，斜阳，少女，彩虹，那飞扬的发丝，那轻舞的长裙，美，无与伦比。

杨璐从未如此长久而专注地注视过一个女孩，直到另一个女孩从楼上下来，她们牵手并肩欢笑离开。离去时，白衣女孩向杨璐方向灿然一笑，回眸的瞬间，长发飞扬。她看到他了！

那回眸一笑，瞬间让杨璐精心构建的坚强堡垒轰然倒塌。许久，他蹲坐地上，努力让自己空白，那画面却无法自控地一遍遍回放。不可能，她不是看我，只是无意间地回头罢了。不行，绝不能想她，那是洪水猛兽。可她毕竟不是洪水猛兽啊！杨璐笑了，笑自己突然间变得如此自作多情。走吧，回家帮父母种地，然后打工攒下高三的学费。即使有柔情，也必须将其扼杀在坚强的理性中。

若非今日邂逅，他坚强的理性已成功地扼杀了那廉价的柔情，他的生活中不应有柔情。

他的假期常在打工中度过。去年暑假就在建筑工程队上当小工，那骄阳下令人窒息的肉体上的苦累几乎磨灭了他的一切思想，吃饭，干活，倒头大睡。累瘫了的他整整一个暑假没有精力复习功课。这单纯的肉体劳累，最终成功换得高三上学期的一切费用，附加值是思想上的一片清明。值得一提的是他的领班黄哥一直对他照顾有加，并在结账时额外给了他优厚的奖金，以至他拿到的工资其实和大工相差无几。他惶恐询问何所以然，领班说是老总的意图，不可推却。杨璐没见过这个老总，只能在心底诚心诚意地感谢他，祝福他。

他应该继续这样的生活，不该去想儿女情长……辗转难眠。窗外圆月高悬，照在地面清凉如水。既然天亮后他定会如往日一般坚强，何不打开情思的闸门让其尽情宣泄一次。

女孩的手他从未牵过，何况碰触女孩的身体，更何况那洪水猛兽之最的许婕的身体。柔软，芳香，温暖。即使隔着风衣毛衣还有他的秋衣，那强烈的触感也足以让坚强的他长久颤栗。他没背过也没抱过女孩，又在下行山路，抱得太紧怕弄疼她，抱不紧又怕摔到她。幸而是山路，曲折颠簸难行，还有他一贯冷漠的脸庞，完美地掩饰了他几乎难以自持的身体的痉挛。他恨自己走得太快了，路还不够漫长，在路面稍宽的地方，他想继续抱着她，但那片空旷让他实在缺乏理由。她纤细洁白的小腿，玲珑的小脚上淡蓝色的血管几乎让他血脉贲张，脚上的伤曾瞬间揪疼了他强壮的心脏，那洁白的面容上羞涩的绯红让他终生难忘。她还穿了他的贴身衣服！

月移影动，注定无眠了。杨璐起床，穿衣着裤，来到操场。

月光下，一个挺拔的少年不停地奔跑，直到天亮。

四　秘密

　　回到永舜庄，许婕坚持不去冲澡，理由是公共洗浴不干净，不知有多少乌七八糟的人在此发生过乌七八糟的事，再说洗完澡后她没有干净衣服可换。许立明结束了原本可能耗时更长的饭局，干了杯中酒向客人们告罪后离开。面色通红满嘴酒气的张局长连说理解理解。大厅里，杜鹃不安，眼中关切面有愧色，欲迎上前关心许婕，被许立明瞪了一眼，斥责道：你做的什么事儿。杜鹃立刻红了眼圈。许婕愣了一下对徐立明说："这是我的失误，与杜鹃无关。"转而对杜鹃微笑："谢谢你去找我。"杜鹃只是道歉。

　　夜晚的大街行人稀少，路灯昏黄。那时汽车还不多，酒驾醉驾还不违法。许立明将车开得飞快，关切而严厉地再次询问事情经过。许婕心虚，撒娇说自己只想看看春天的青山，却不小心滑倒，掉在溪水中被利石划伤，迟迟不回是因为自己脚疼，顺带考验一下老爸对自己的爱有多深。关于杨璐，她只字不提。

　　许立明在山上找到许婕，见她安然无恙后大松一口气，未注意细节，此时听说许婕伤了脚，一个急刹车就要拐到医院去包扎。许婕慌神，坚辞不去，说只是蹭破点皮，不用包扎，此刻极冷需要立刻回家。旋即又严厉指责许立明酒后超速驾车并在马路中间急刹，严重违反交规。许立明拗不过女儿。

回到家，许婕已冻得嘴唇乌青。向来强势的许立明被一贯贤淑的黄雅莉激烈指责后一味地讨好赔笑，被赶到阳台上去吸烟。许婕直冲浴室打开浴霸，拧开浴盆上方的热水，抖擞了半天终于暖和了。

浴室门闪开一条缝，风衣、毛衣、外裤、短靴、袜子等，一件件飞出。

"许婕，你的脚受伤了，不能沾水啊，妈帮你洗吧。"

"不要，老妈，你别进来！"许婕被老妈近在咫尺的声音吓了一跳，情急之下厉声制止。

黄雅莉正埋头在浴室门口一件件捡起女儿丢出的衣服，冷不妨被她的高声调吓了一跳，愣了一下，继续收拾。"许婕，你的脚伤严重不，要不要去医院包扎啊？"

"不用啦，老妈，一点小伤而已。我要洗澡了，你别进来啊。"许婕生怕母亲闯进看见男式秋衣裤——她的衣服几乎每一件都是老妈精心挑选的。

对许婕的学习，黄雅莉不用操心。在女儿的生活方面，她的照料真正是无微不至。自从公司走上正轨，尤其许婕读高三后，黄雅莉几乎成了全职保姆。许立明常不在家吃饭，黄雅莉忙完家务，就给许婕做各种好吃的饭菜，她从电视上学做菜，也买了很多菜谱。许婕从贴身内衣到外套、毛衣、秋衣裤、鞋袜、丝巾、手套都是她一手挑选的。但对于恋爱问题，她们母女聊天的时候，黄雅莉明确表态，高中时段不许谈恋爱。关于这点，许婕也同意。

杨璐的秋衣裤整齐的叠放在浴室衣柜。许婕躺在浴缸，头戴浴帽，左脚担在浴盆沿上，冰凉的身体在温热的水中一动不动，直到白嫩的肤色发红，许婕随身体一起被冰冻的思想才渐渐活跃起来。

父亲许立明初中毕业开始与建筑打交道，自小工步步打拼直至今日成为Y市房地产的领军人物。母亲黄雅莉初中毕业进入纺织厂，下岗后在医院做过临时工。他们的爱情萌芽在许立明一次受伤住院期间。他们迅速相爱，闪电式结婚，一年后便有了许婕。那年，许立明独立门户，四方奔波包揽工程。黄雅莉夫唱妇随，带着孩子，辗转四方做工程队的后勤保障。十多年的打拼，练就了许立明如今成功人士的厚重；十多年的操持，让黄雅莉的青春蒙上了擦抹不去的尘灰。男人如钢，火炼水淬愈发明亮；女人如花，风吹雨打芳华不再。少年结发，风雨同舟，年近半百，夫妻和睦。许立明虽然应酬颇多，但至少许婕母女，未闻其沾花惹草？

十八岁的许婕，已对爱有朦胧的向往。她愿如母亲一般敢爱敢恨不顾一切去追求幸福，为心爱的人哪怕辗转，哪怕流浪。她爱的人也须如父亲一般敢打敢拼能吃苦，对爱情忠贞，为家庭负责。

许婕用沐浴球轻轻擦拭着身体。自懂事后，未曾有同龄男生碰触过她。今日却被一位并不熟识的男孩抱在怀里，而且，还穿了他的贴身内衣，而且，还穿回了家，更过分的是，她竟有些舍不得脱下。

"许婕，你洗好了么？你的脚受伤了，棉拖放门口了啊，弄湿了没关系。"黄雅莉轻轻推开浴室门，将一双柔软的棉拖放在门口，轻轻掩门离开。

"哦，马上就好。"许婕收回思绪起身，穿上棉拖，擦干身体，披上浴巾，准备出门。杨璐的衣服！她打开小衣柜，将秋衣秋裤展开缠在身上，裹好浴巾。母亲不在客厅！许婕轻手轻脚走进自己房间，轻轻关上房门，解下浴巾，躺下盖严。

"妈，我睡了啊。"

"啊？"老妈踢踏着拖鞋走到浴室门口，转到许婕房间，扭开房门走到床边，"你冻坏了吧，妈给你熬了姜汤，发发汗，不然会感冒的。"说着就要摸许婕。许婕的头露在被外，未及出言制止，老妈的手已贴上了额头。"还好没发烧，我去把姜汤给你端来，趁热喝了。"转身出去。老妈出入许婕的房间向来自由，许婕也没觉得有何不妥。但今天，许婕觉得该给自己的闺房立个规矩了，譬如进房间前要先敲门，未经允许不得入内，不准乱翻她的衣柜，不要再给她整理床铺等等。好，一会儿就跟老妈约法三章。黄雅莉端着一碗姜汤径直走到床前递给许婕。

许婕身上还缠着杨璐的衣服！杨璐定然想不到，他的贴身内衣此刻正紧裹着许婕一丝不挂的胴体！

许婕无法起身，央求老妈说："妈，姜汤太辣，我不想喝。"

"不辣不辣，你以前都喝得挺好啊，要趁热，一会儿凉了。我扶你坐起来。"伸手来扶。

"我自己来。"许婕拗不过关切的老妈。掖着被子稍稍坐起，伸出右臂接过汤碗，轻尝之后，一饮而尽，将碗递过。

"谢谢老妈，我要睡觉了，今天我很累了，明天还要早起上学呢。"喝下姜汤，顿觉温暖，许婕甜笑着对老妈下了逐客令。

"好吧，你睡吧。"许婕明天还要早起上学，黄雅莉即使想说再多的话，也只能就此打住，轻轻关上房门离去。

许婕立刻掀被起身，正要解下身上的衣服放入衣柜。老妈的声音响起："对了，我看看你脚上的伤严重不，要不要擦点药。"脚步声已到门口。

天哪！许婕翻身倒下，胡乱盖被。老妈已推门而入。

"妈——我没事儿。"许婕心跳得快要炸了，却又无奈。老妈走到床脚作势要掀被。许婕忙缩脚："妈，真的没事儿，只擦破了点儿皮。你不要掀被子，我刚喝了姜汤要捂汗，你掀被子我会感冒的。"许婕简直在哀求了。

"好吧。"老妈无奈垂手，"我把这双干拖鞋给你放床边了啊。"

"老妈。"许婕觉得真有必要约法三章了，"你以后到我房间来能不能先敲门啊，我都这么大了。"她还想说不要翻我的衣柜，但这也太"此地无银三百两"了。

黄雅莉已打开房门要出去，听到这话愣了一下，显然对许婕的话缺乏思想准备，回过神来，讪笑着说："好吧，我们许婕长大了。"轻轻带上门走进客厅，将茶几上已经打开的医药箱关上。

许立明与黄雅莉热恋时，他的伤还未好，黄雅莉一定程度上成了他的贴身护士，他们临时的小家里，常备着各种医药品，之后许立明在工地上常有磕碰，家中也少不了医药，家备医药的习惯就此保留下来，并购置了专用医药箱。她本想去处理一下许婕的脚伤，无奈许婕坚决不让。盖上医药箱，黄雅莉回味着许婕的话。是啊，许婕长大了，需要有自己的私人空间。当年她不顾父母反对，婚前与许立明同居时，母亲无奈之下也曾说过：女大不由娘啊。想到当年事，她微微摇头。她只知道许婕今天同许立明一同出去后独自看山，掉入溪水中，断然想不到女儿的离奇经历及此时心境。许立明在阳台抽完烟后，酒劲上涌，一天折腾下来，他早睡去，黄雅莉也去洗洗睡了。

客厅里寂然无声，只墙上桔黄的壁灯微亮着。

许婕掀开被子，目光扫过裹在自己身上杨璐的内衣，想象着挺拔强健的杨璐穿着它的样子，身上竟有一丝异样的触感，凡衣服接触的地方，均敏感无比。她再次面色绯红，急忙把衣服解下叠整齐，打开衣柜，只能压入衣柜最上方放内裤一格的最里面，那里老妈不会去翻动。柜门内侧的立镜映出姣美的身段，映出裹在脚上的纱布。白天杨璐的种种行为令她好奇：他为何会在山中潭边及时出现，他背着包不奇怪，为何包里会装有干净内衣，明显不是新买的，尽管是洗干净的，还是能嗅到男子身上淡淡的好闻的味道；包里怎么会有纱布，他揉碎后给她敷上的是什么药草，看他一副柳下惠的样子，不知对自己有没有感觉，找机会一定问个清楚。许婕穿上睡衣，解开纱布察看伤口。白天敷上的药草已经干掉，揭开后看到伤口愈合得不错，按压之下已几无痛感，明天应该可以骑车上学。

许婕辗转难眠。

屡次攀爬失败，她在冰冷的水里惶恐无助，山中赏春的兴致全无，情绪降至冰点。当从天而降的杨璐用温暖有力的大手把她拉上岸后，她有种想要趴他怀里大哭一场的冲动。他温柔地握住她的脚踝时，她触电了，颤栗了，被碰触的地方传来一股热流，一种酸麻的奇异感几乎令她全身无力。"你背我吧"这是她说出的话么？她竟然让杨璐背自己，说出这句话后，她心中羞怯但强作镇定，怕他拒绝。杨璐强壮的手臂将自己背起时，她全身酥软发烫，心跳急速，似乎意识都不清醒了。山路崎岖难行，他有时要抱着她。她沉醉在他温柔有力的怀抱中，体验着碰触带来的羞怯美好，即使当时放她下来，她也会因腿软走不动路。

此刻黄雅莉若在，一定会担心不已——许婕脸色发红不时微笑辗转反侧。

若不是杨璐而是别的男生，她也会这样么？许婕知道自己在男生中的影响力，但他们的浮躁幼稚和故作深沉在她看来都甚为肤浅。她以微笑和冷淡成功地与诸多爱慕者拉开距离。背地里，她被叫做"冰美人"。好友罗莉曾笑问她：你知道别人叫你"冰美人"么？她说知道，但无所谓。罗莉说你可真够骄傲的。许婕笑笑，她懂得罗莉所说的骄傲，她只坚持做自己。

对杨璐，她也仅限于知道却并不了解。如果今日之事换个场合，她一样是个冷傲坚强的冰美人。许婕家离学校不远，下学就骑车回家，晚自习后有老妈在校门口接她，老爸偶尔也会开车接送。学校对她来说只有老师和课堂，朋友几乎只有罗莉一个。她是独生女，她的目标是考上全国最好的文科类大学，将来读书写字画画还是工作都随她兴致。也许也会继承公司，总之完全无需为生计奔波。她认为：高中就是积累知识，大学再去感受。有时间谈恋爱不如去读几本爱情小说。对杨璐，她没太多印象。高二上学期，在一起参加的英语和作文竞赛中，有个男生取得了不错的成绩，似乎就是他。当时他们是竞争对手，一贯优秀的许婕并未产生惺惺相惜之感，之后又投入到自己的学习生活中，连对方的名字都没记住。其实那段时间，女生宿舍卧谈会中议论最多的就是杨璐，可许婕是走读生，并不曾听到。偶尔许婕也会和罗莉到操场晨练，看到在操场有杨璐的身影也未在意，但她知道这个身影，曾在角落里默默注视过她。

　　暑假前的一天午后，罗莉去教学楼取书，约她同去，她不愿爬楼梯，就站在广场上等待。隐约间她感觉有人在楼上看她，对这种情况，她余光扫过即佯装不知。罗莉下楼后，笑嘻嘻地说："许婕，楼上有个帅哥在看你哦，那可真是目不转睛，怕都要垂涎欲滴了啊。你不给他来个'回眸一笑百媚生'么？"许婕笑道："你才会回眸媚笑呢。"两人牵手离去。蓦然，许婕想到卞之琳的《断章》：你站在桥上看风景，看风景的人在楼上看你；明月装饰了你的窗子，你装饰了别人的梦。虽然她不是站在桥上，天空中挂着烈日而非明月，她却怦然心动。不禁回头看向那个先前余光扫过的窗前，是那个男孩，他为何还未离去。

　　许婕在接下来的暑假中也见过他。许婕的暑假是快乐的，就要进入黑色的高三了，在此之前她要疯玩一下。登鹳雀楼去感受"白日依山尽，黄河入海流"；去普救寺寻找崔莺莺与张生"待月西厢下，迎风户半开"的爱情足迹；登五老峰，探黄龙洞，观黄河大铁牛。最快乐当属与罗莉去中条山龙王庙后的三重瀑布三叠潭戏水捉山蟹。闲来无事，也曾到舅舅领班的工地去玩。本想去领会高楼万丈平地起的豪迈，却看到酷暑三伏人未闲的辛劳。工地上机器轰鸣，人来人往汗流浃背，其间竟有一个少年的身影。许婕跟舅舅开玩笑说你违反《未成年人保护法》雇佣童工，舅舅说那可不是童工，是跟你年龄一般大的学生，好像跟你还是校友。本来也不想要，听说是为了攒学费就先试用几天。嘿，这小子还挺能吃苦，如今这样的孩子已经不多见了。建筑队上当小工，那叫一个累。年龄大些有经验的小工都是油条了，监工不在，干活就像磨洋工。这小子不偷懒，拿钢笔的手没干过重活，整天磨得见血也不吭声，别人戴一副手套，他把两副套在一起。许婕看去，穿着破烂 T 恤的少年正奋力推着一车沉重的水泥加速冲过坑洼不平的工地上的一个斜坡，那稍显单薄的身影倔强而坚强。许婕转过头去揉眼睛，那身影她见过。

"舅舅，他的工钱比别人少么？"

"那不会，跟其他小工一样多。"

"小工的钱比大工要少么？"

"那当然少了，大工的钱比小工几乎多一倍呢。"

"你能不能给他发大工的工资？"

"这个……不好吧，你爸那里不好出账啊。"

"他是我同学，你就照顾照顾他呗，我爸那里我去说。"

"好吧，我也挺喜欢这小子，欣赏他的这股狠劲……"

"舅舅，你要说话算数啊，给他发大工的工资。"

舅舅说什么他"也"挺喜欢这小子，我可没说自己喜欢这小子啊，只是同学，照顾下而已，许婕离开工地时边走边腹诽舅舅。但她增加了对这个并不熟知的坚强少年的好感。

许婕躺在床上，思绪翻飞，窗外月色明亮。明天还要模拟考试，今晚却失眠了。

五　只为遇见

　　两条平行直线似乎永不会产生交集，而在地球上，平行的经线却注定要汇合。它们走过遥远的距离，汇合在冰冷的极点，那里有独一无二的景致。

　　月落日出，在月光下思考，在阳光下行动。少年的爱情缺乏沐浴阳光的勇气。高三的学子，面对考试，一切都可以靠边。

　　许婕凉水洗脸，整理思绪，赶赴考场，甜蜜辗转了一夜却毫无倦意。考试三天，三天未见杨璐，接下来的一周，仍不见其踪影。

　　许婕发现书本上的道理与生活不尽相符。道理是：当未注意某事物时，它终日在眼前，也会熟视无睹；开始注意它时，即便不常出现，也会觉得无处不在。事实是：以前许婕未注意杨璐时，会偶尔看见他，听到有关他的议论；如今在校园中有意搜寻，他却消失得毫无踪迹。

　　她坠入爱河了，这点她深知，却无所畏惧。

　　如果爱，勇敢爱，深深爱！杨璐，你不能就这样消失掉，我要把你找出来！除了罗莉，许婕几乎再没有熟悉的朋友。她找到罗莉问她在三十九班有否熟人，罗莉惊讶其何出此言，"冰美人"可向来没有要找人的习惯。"我找杨璐！"许婕表情严肃字字铿锵，说完转向别处，脸红心跳。

罗莉围着许婕转了一圈，用奇异的眼神上下左右仔细打量，伸手去摸她的额头，看是不是发烧了。许婕憋不住，笑着挡开她的手说："你在干嘛！"

罗莉做迷惑状："我只是想确认一下，是你发烧了还是我不正常了。"从没见过许大小姐要去见哪个男生，况且还是公认的"冷漠王子"杨璐。"他把我们家许婕怎么了，我马上去把他揪出来！"说完作势要去。

"说什么呢你？我就想让你去看看他在不在。"

"在不在？什么意思，他当然在了，任谁翘课，他也不会啊，每天都在教室里呆着呢。"

"每天都在？我怎么没见到。"许婕惊讶沉吟。

"哎，快说说，你找他干什么？这可是新鲜事儿啊！"罗莉坏笑着作无耻八卦状。

"也没什么事情，算了。"许婕情绪低落。每天都在，那，是故意躲着我了？杨璐，你躲不掉的！

同为少女，几个回合，罗莉已将许婕的心思猜得八九。见许婕忽然情绪不高，也不敢造次。许婕忽然说："我要回家了，拜拜。"

罗莉抓住许婕胳膊认真地说："要不，你住校吧。"

"住校？"

"对啊，住校。你每天上完课就回家，临上课才到校。他每天上课下课都钻在教室，只有早晚晨练、吃饭时间才出门。你们就如两条平行直线，当然不会有交集了，住校才可以。"

"嗯，有道理，那我考虑下要不要住校。"许婕沉吟了一会儿，释然：他不是有意躲着她。

当然不是有意躲避，杨璐在月光下思念，而在阳光下，他一如既往地用功。

"可是，我老妈怕是不会同意我住校。"想到对自己无微不至的老妈，许婕有些担心。

"那看你怎么说喽，拜拜，我去吃饭了。嗯，说不定一会儿可以见到'冷漠王子'哦。"

"冰美人"，"冷漠王子"。一旦点燃激情的火焰，坚冰也要沸腾，冷漠也会炽热，任他美人也好，王子也罢。

许婕与老妈陷入她成年后的第一次僵持。

老妈观点明确：

路程短，交通方便，骑车只要十多分钟，没必要住校；

学校条件差，住宿伙食都跟家里没法比，不利身体成长和学习；

人一上百，形形色色，学校人多事杂，影响心性；

最后——你住校了，我一个人在家里多无聊。

许婕针锋相对据理力争：

终日往返，易出意外；

条件艰苦，更锻炼人；

人要成长，就必须学会与形形色色的人打交道；

住校，能更好地体会最后的高中岁月；

只是住校而已，不还是在你身边么，无聊的时候，看看电视，看看书，转转公司。

见许婕心意已决，黄雅莉不由叹言：女大不由娘啊。当年自己决意跟随许立明，母亲说这句话时，她觉得这句话是真理，散发着昂扬向上的光芒，张扬着雏鹰展翅的骄傲，揭示了万物成长的规律。如今才知道母亲当时深深的不舍与无奈。许婕还与她约法三章：未经允许，不许来学校看她；不许给她送家里的伙食；不许去找老师给她单独安排条件好的宿舍。

"我要住校了！"许婕兴奋地把好消息告诉罗莉。罗莉看着为爱痴狂的许婕无语。她预见到，依许婕的性格，他们两个的爱情一定会轰轰烈烈，在学校掀起轩然大波。

傍晚，忽然狂风大作，天色灰暗，路上行人稀少。天气骤变丝毫不影响许婕住校之前最后一次单车回家的喜悦。将至小区门口时，许婕隐约看到小巷中几个鬼鬼祟祟的人影一闪即逝。她心中一紧，立即停车，走进旁边的一家商店。许婕用商店的座机给家里打电话，想让母亲来接她，无人接听！许婕连拨几次，始终无人接听，这不太正常，这个时间点应该是老妈做好了晚饭在家等她。天色愈发黑暗，内心焦急。幸而店主认识她，上前询问，她实话实说，看见前面小巷中有几个鬼鬼祟祟的人，有些惧怕不敢独自回家。街道上狂风大作，暴雨欲来，许婕衣服单薄瑟瑟发抖。店主说："这会儿也没生意，我送你回家。"随手抄起一根短棍，拉下卷帘门。许婕推着自行车随店主同行。

经过巷口时，果然有几个少年朝她吹口哨，看到她身边手持短棍的中年汉子，跃跃欲试却最终没敢上前。中年汉子一直把她送到家门口，许婕又冻又吓手脚冰凉，在书包里翻找到钥匙哆嗦着打开门，中年汉子在她进家门后离去。许婕都忘了道谢。

半小时后，许立明夫妇回到家，抱着一床绿碎花四件套，拖一个大容量苹果绿行李箱，他们是给许婕准备住校装备去了。但两人情绪都不好，吃饭时许婕才了解到老妈今天也遭遇了不快。

吃罢午饭，黄雅莉开始准备许婕住校的一切用品，在许婕看来几乎万事齐备，黄雅莉却不这么认为。洗漱用品一大包，零食一大包，衣服一大包，女性用品一大包，毛绒玩具一大包，床上用品大大一包，简直要搬家了。收拾好后，正坐在沙发上休息。突然想到：这些东西都收拾了，许婕回家就没的用了啊，这可是许婕从小到大第一次住校，一切都应是崭新的。想了想，带上钱包，要上街去购买新装备。许婕喜欢苹果绿，黄雅莉就在商场转悠挑拣。快到做饭时间了，东西尚未购置齐备。女人逛街，恨不得把整个商场都搬回家。零碎东西买了不少，给许婕却只买了四件套。平时也懒得出门，今日索性多逛逛，还得给许婕买个行李箱，这次可以用，上大学时候也要用。晚饭就在饭店吃，正好庆祝许婕"乔迁"。临走付账，钱包不翼而飞！四下寻找不见！外面天色突变，黄雅莉开始焦躁。最后调取商场监控，发现钱包是在黄雅莉专心砍价时被毛贼偷走。无奈，她拨通许立明手机，许立明十万火急赶到现场，因为耽误了他的事，也没给老婆好脸色。黄雅莉心生闷气也不吱声。许立明一直在打电话，打完电话两只手插在裤兜，丝毫没有帮黄雅莉拿东西的意思！钱包丢了也不是我的错呀，凭什么你不安慰我，还要欺负我！黄雅莉气不过，东西也不搬了，说报警！

　　警察在二十分钟后赶到现场，态度冷淡了解情况，丢钱包而已，这种小事几欲置之不理。至此，一直是黄雅莉在絮絮叨叨，许立明一副事不关己状，冷漠在一旁。黄雅莉心中愈发愤懑，对两个办案民警出言指责，民警极不耐烦，态度愈加恶劣。许立明对黄雅莉低声狠狠地说了声丢人，黄雅莉当场气愣。许立明掏出手机摁了几个号码："杜所吗，我是许立明，我老婆在商场丢了钱包，你要不要派人过来看一下？哦？已经出警了啊。"斜一眼两个办案民警，继续说，"那好，就这样吧。"挂了电话。许立明对杜所长一个不冷不热的电话打完，两个民警脸色泛白写满悔恨不住口地给黄雅莉道歉。转脸厉声对商场老板说，东西是在你们这里丢的，你们要赔偿损失等等。

　　许立明冷哼一声，对老婆说声我们走。提着一个小包离开商场坐进车里摇下车窗。两个民警提着大箱小包跟在黄雅莉身后把东西放进后备箱。其中一个年龄大点的对黄雅莉说:"对不起啊,我们没了解到案情的重要性。我们回去马上调查,争取早日归还您丢失的财物。"看一眼默默吸烟的许立明,吞吞吐吐着:"那个,什么,老总,您能不能,能不能跟杜所说两句好话,是我们不懂事。"黄雅莉心软了:"没事,他会说的,你们去忙吧。"许立明没开口,两个民警始终不放心,见许立明拧动钥匙发动车,跟在后面那个年纪小点的低声提醒:"要不要去作个笔录。"许立明说:"今天没时间,改天吧。"扬长而去。

老公的霸气让她闷堵的胸口气顺了一些,刚想说别在车里抽烟又咽了回去,眼神柔和。可旋即想到丢失的钱包,气又不顺了。

看着老妈精心准备的用品,许婕突然对自己要住校心生不忍,想到自己刚才的遭遇,她又坚定了住校的决心。为表示对老妈的安慰和感谢,许婕甜甜地腻着黄雅莉,陪她说了很久的话。许立明打了一通电话,到浴室冲完澡去睡了。

六　坚贞

　　许婕对住校生活小有不适但很新鲜。铃声响起，舍友们争抢着洗漱，好不热闹。她和罗莉一起排队打饭，与舍友分享零食。她对宿舍卧谈会起初颇不适应，一群女生黑灯瞎火地躺在床上，对老师评头论足，对学生说长道短，老师查夜的电光扫射过来就噤声了，老师走后又叽叽喳喳，比在家里睡得要晚些。许婕怕第二天起床晚影响学习，后来发现每晚的卧谈会其实是非常好的调节剂，对紧张了一天的她们来说是很好的放松。许婕从不发言，她喜欢静静地听，观点相同时微微一笑，观点相左时撇撇嘴置若罔闻，反正黑暗中谁也看不见谁。她也曾几次被邀请发言，均以不了解，不知道，喜欢听，你们说得很好啊等等搪塞过去。几周过后，从卧谈会中，她接收了大量信息。了解到舍友不同的性格，知道她们幸或不幸的家世，获知她们对某个老师的爱憎，谁与谁恋爱了，谁与谁分手了，哪个男生的背影很酷，哪个男生的烟瘾很大等等五花八门。她也知道有些恋人们已经发生了性关系。这些纷杂的信息中最能让她竖起耳朵的是有关杨璐的点滴，她知道，即使在她们宿舍，也有两三个女生在暗恋着他。那自己呢，算不算暗恋呢？不算，她在心里承认喜欢杨璐，且这个消息罗莉已经知道，尽管没明说，杨璐应该也知道，算是心照不宣吧。为了每天能见到杨璐，她都已经住校了啊。

　　罗莉说对了，住校，的确有更多的时间见到杨璐。从第一天起，许婕就被咚咚的敲门声敲醒。她还奇怪闹铃没响，老妈怎么就敲门了。门打开后，罗莉进来，不由分说，掀开许婕的被子叫她起床，刚穿好衣服又被拉走一起到操场上晨跑。后来为不影响舍友休息，她们约好时间，定好闹铃，到点起床，相约而去。果然每天早上都能见到杨璐晨练的身影，每天五圈，从不间断。许婕想，就让我们的爱情从跑步开始吧。杨璐的速度太快，当许婕和罗莉气喘吁吁地跑完三圈后，杨璐已经跑完五圈在压腿了。不跑了，和杨璐一起压腿，未及搭话，杨璐又去做俯卧撑了。杨璐对两位美女的无视让罗莉气愤到了极点。三番五次之后，罗莉不干了，叉着腰走到正趴在地上做俯卧撑的杨璐身边就是一脚，回头问跟在后面的许婕："许大小姐，我在踢你们家杨璐了，心疼不。"天色尚未大亮，许婕一定羞红了脸，在杨璐面前，又不好发作。罗莉不疼不痒的一脚丝毫没影响杨璐，直到做完五十个俯卧撑，他站起身来，拍拍手上的土，嘿嘿笑看着许婕："你也来跑步了。"罗莉气死了，上前推了杨璐一把："喂，杨璐，除了许大小姐，本美女也来跑步了啊。"杨璐站立如松丝毫不动，笑看着罗莉说："哦，美女，你也来跑步了。"这副样子！罗莉简直要疯了！许婕站在一旁忍俊不禁，罗莉大声喊："许婕，你笑，你重色轻友。"作势要打，许婕躲闪，两人笑闹着跑开。

　　习惯就这样定下来，每天早晚，杨璐先依自己的速度跑完五圈，再随许婕、罗莉一起慢跑两圈，一起压完腿后，杨璐再做五十个俯卧撑，这时，两位女士刚好休息好。刮风如是，下雨亦如是。

　　面对许婕，杨璐不再觉得她是洪水猛兽，那是多么温柔聪慧、善解人意的姑娘。罗莉从来不显得多余，正因为有罗莉，面临高考的他们走在一起才不显得突兀。熟识之后，杨璐并不木讷，只是话不多，没有废话，好男儿不正当如此么。许婕与杨璐恋爱的消息迅速传遍整个校园，虽然定会有很多人心下酸溜溜的，但没有谁觉得这有什么不妥，他们没在一起时，不也没谁能与之并肩！一起锻炼，一起打饭，教学楼门口道别，下自习后相互等待——爱情的火焰迅疾而炽烈！

就要进行最后一次模拟考试了。晚自习后，小雨淅淅沥沥。杨璐跑完五圈，雨势稍大，三人边走边聊。说到填报志愿，杨璐说要考军校，自己一直在为此努力。如果军校没考上，就报考将来能去西藏的学校，他想去墨脱，那个全国唯一没有通公路的县城，要以那个遥远而神秘的地方为起点，打拼出一片天地。罗莉说，文科班未必能碰到军校招收女生的机会，那怎么办？这点许婕也明白，文科生考军校选择范围窄，对女生更是如此，隔几年才会有的机会，今年确实不一定能碰到，即便有，且男女不限，那两人反倒成了竞争对手。老爸老妈虽然对自己的报考学校没特别要求，但肯定不赞同上军校。许婕说过想要考北京大学，那也正是他们的期望。而报考能去西藏的大学，家人估计也会反对。

许婕知道杨璐要报考以后去西藏工作的大学，一个原因是学费问题，这个，许婕可以帮他解决，可她知道杨璐断不会接受自己的资助，即使匿名他也不会接受。半晌沉默。许婕做了一个艰难的选择，终于下定决心。她眼睛明亮，看着杨璐字字清晰地说："我们一起去西藏，从不通公路的墨脱开始，闯出自己的路。"杨璐愣住，罗莉愣住。注视着许婕明亮的眼睛，杨璐紧紧握住她的双手："我们一起去西藏，去墨脱。"双眸相对，泪水滑落在许婕美丽的面容，杨璐也眼眶湿润，将许婕紧紧拥入怀中。

雨下大了。罗莉将头扭在一旁，她早已泪流满面，禁不住嘤嘤地哭出声音。许婕与杨璐如大梦初醒，他们动情却忽略了罗莉。可这份忽略不正是一种最真挚的情感么！罗莉越哭越大声，劝也不听，说让我哭个够。大雨中，一个身影蹲在地上大声哭泣，两个身影坚定站立。杨璐和许婕的脸上不知是泪水还是雨水，滴落一地。罗莉起身抹一把脸上，想笑，却又哭了。许婕与她拥抱在一起。许久，罗莉推开许婕大声说：你们去西藏了，我去哪里？许婕也抹去眼泪笑着说：你也去寻找你的梦想，将来带着你爱的人来吧，我们在西藏等你！

黑暗的角落里，一个身影起身离去。

大雨，下吧，你浇不灭爱情炽烈的火焰，挡不住青春追梦的脚步。

高中恋爱的纯洁大抵如此，一男两女三人一起，从不会令人想到三角恋，即使在双方表白时，最好的姐妹也是最好的见证，失恋时，最好的姐妹是最有力的讨伐者，最可靠的安慰者。

校园里，对学生的荒唐事，往往是需要收拾烂摊子的时候，老师才"第一时间"得知消息。谈恋爱者被当场抓住，老师才恍然大悟，原来他们在谈恋爱。临近高考，对学生恋爱的事老师们也都猫头鹰睡觉——睁只眼闭只眼了。可是，成绩差的学生也就罢了，昨天晚上在操场上的三个人都是被寄予厚望的啊。

三个？是的。即使在黑暗的大雨中，政教处老师也看清了三人的容貌，今天一早就查清了他们的班级。可是，三个！怎么回事？大人龌龊的思想永远无法正确理解三个人该如何恋爱。一个年轻女老师站起来说：他们三个是好朋友，是杨璐和许婕在谈恋爱，这是我从学生中得到的消息。是这样的么？有人疑问。疑问的人可耻！总有些人终日义正辞严，声色俱厉，他们怎会懂得少年内心深处最纯洁美好，最坚定又最柔软，甘愿用生命去守护，用未来去换取，一旦失去就永不再来，一旦认定就永不改变的爱情！在得知三人之间纯洁的真相后，他们会可耻的失望，竟恶意希望这是丑陋暧昧的三角恋。

三个班主任被聚到政教处商量对策。三个人被找来谈话。班主任谈话，政教处谈话，校领导谈话，一起谈话，分别谈话，找家长来谈话。沸沸扬扬，风风雨雨。谈话往往以善意教导他们要好好学习为开端，以经验论证他们不懂真爱为过程，以恶意拆散他们为目的而结束。车轮大战，循环往复，步步升级。

一块好钢做的弹簧，压力越大才能弹得越高；一份真正坚贞的感情，条件越苦心贴得越近。

罗莉的压力较轻，被告诫曰：不要跟他们混在一起，应以学业为重，再说影响不好。罗莉反诘：你是让我不要和我最好最信任的朋友在一起么？是说我与他们在一起对学校影响不好么？可不可以理解为你在破坏我和朋友的友谊，又在加重我的罪名？罗莉油盐不进，一副我既无过汝奈我何的欠扁样让老师恼得羞得怒不得。最后罗莉说，没事我去上课了，马上就要高考了。潇洒离去！老师气得暴跳如雷！罗莉解放了。

面对俨然已变为以恶意拆散他们为目的的谆谆教导，杨璐保持沉默，沉默至审讯者和告诫者都禁不住要爆发时，杨璐说话了。他的话冷静而清晰：谢谢老师们的教导。关于这件事，我有自己的想法，我的承诺是，一定会考上我心中理想的大学，我有自己的生活。面对政教主任的不依不饶，"冷漠王子"爆发了，他的爆发只是语调冰冷地进行了一番自问自答：你从小在父母终日吵架打架没有温情的家庭中生活过么？我生活过并直至今天；你为了一周的生活费一天去背过六百块砖么？我两年高中背了六十个周末；你为了一学期的学费暑假会在建筑队上当小工么？我在三伏天干了三十天；你曾在高中生活里每天坚持跑十圈，周末跑十公里么？为了考军校我坚持了三年……我说这些，只是想告诉您，我有我的生活，我知道自己在做什么，我知道自己应该怎么做。

杨璐说完，不依不饶的那位老师只说了三个字：你走吧。

杨璐解放了。

面对老师的循循善诱。许婕直言：我母亲告诫过我，读大学之前不要谈恋爱。十八年来，我不曾谈过一次恋爱，不曾从情感的角度正眼看过一个男孩。我是一个女孩，这是我的初恋。上天没有告诉我哪颗是最好的苹果，我情感的归宿，只能靠自己选择，我认为找到了最好的苹果。你让我离开，你会给我比这更好的吗？

责任重大，无人能承担，挥挥手让许婕走了。

许婕解放了。

天下父母一般心，高考在即，谁也不想给孩子太大压力，无论多么了不起的大事件，等高考结束再议未迟。

家长面对老师的说教，永远只是点头，老师您说的对。

罗莉爸妈来到学校带罗莉到饭店吃了顿好饭并买下一大堆零食，叮嘱一句压力不要太大就走了。

杨璐的父亲到学校来只给了杨璐一句话："你只有一次高考机会。"

面对日渐苍老的父亲，杨璐忍住眼泪说："爸，您回去吧，儿子会做好的。"

许立明根本没去学校，他获取了杨璐的资料，派人到学校里从各方面仔细打听了他的品格，近距离观察了一个星期后，开着车正常上班去了。

黄雅莉也只说了一句："许婕，高考非常重要！女人找爱人，也是一次人生的高考。"许婕说："谢谢妈妈，我辜负了承诺，可我会像你当初一样做出正确的选择。"

高三的最后一次模拟考试，许婕、杨璐成绩名列文科生前茅，罗莉学理，全班第一，年级第二。满城风雨无踪迹，唯闻路人嗟叹息！

七 聚

七月。

黑色七月。

倒计时：距高考还有七天。

高三宣布：自由复习三天。班主任在讲台上读完年级组下发的通知，台下没有欢呼声，片刻的寂静后秩序如常。自由复习意味着学校已经放手了。老师说过：读高中如学高空走钢丝，三年训练结束，如今把你们送到钢丝一端。此时，任父母亲朋老师如何担心，也都只能在精神上鼓励，帮不上忙，只能靠自己。走过去，天地广阔，开始新的征程，不过掉下去也没事，也会别有洞天。可以紧张，却不能畏惧，要自信，要微笑，要有一颗平常心。

教室闷热。桌上地上抽屉纸箱过道中到处堆放着课本、练习册、作业本、参考书试卷，吊扇档位调到最大，终日在头顶超负荷运转，各种汗味、体味弥漫，空气黏稠。面对让人胃疼的书山题海自由复习三天，一时间很多人无所适从。有计划的同学收拾书本离开教室走到校园里属于自己的角落去复习，教室显得空旷了些，热度却丝毫不减，端坐不动都会汗流浃背。杨璐钻研着他并不擅长的数学，头上手上出汗不止，草稿纸很快被洇湿，笔尖划破了几张纸也算不出一道题。

杨璐离开座位，拎两只水桶出去。他汗如雨下拎着满满两桶清水走过楼梯走廊教室门口，所过之处，不时有人把手浸入桶中，大喊清凉。"冷漠王子"面带微笑，索性把一桶水放在走廊，桶立刻被围住，男女同学相互撩泼打闹欢笑。杨璐和几个男生把地上的书本全部堆上讲台。一桶清水泼在地板，教室里顿时清凉一片。只清凉了两节课，泼在地上的水就被干渴的地板和干燥的空气吸收殆尽。又有同学要拎着空桶去打水，楼高桶重，还得杨璐帮忙。干脆还是杨璐去吧，谁让他喜欢呆在教室又有力气呢。

刚走到楼下，一泼清水淋在身上，楼上传来咯咯清亮的笑声。杨璐本不欲理睬，但听出是罗莉的声音，抬头笑笑继续去拎水。接水处挤满了人，桶盆、饭盒各种器具齐出，学生们打起了水仗，多是高三学生。有老师闻讯前来制止，被泼了一身水，面对笑脸却又发作不得，喊一句回去复习功课不要打闹，便快速逃开换衣服去了。似乎任何形式也无法排解燥热，十年磨剑，大战在即，那份燥感来自流火的天更来自心里。无人制止，高三学生的泼水打闹在一阵疯狂后自行停止，各自拿着资料复习去了。短暂的发泄可以原谅，继续玩闹会产生强烈的负罪感。你方唱罢我登场，高一高二的泼水节就此拉开序幕，这可是一场持久战。

接下来的两天，杨璐和许婕在一起复习，操场深处的白杨树下，一片树荫，一摞课本。时已至此，该回归课本了。将高一到高三所有教材堆在一边，不翻内容，只看目录，相互提问，效率奇高。两心相悦，灵犀一点，两天之内书页翻飞，将所有知识点复习了一遍。

新通知：高三放假两天，回家休息。依然没有欢呼雀跃声。高考前放假，学校有苦衷。随高考临近，学生的压力越来越大，每个人都成了一个高爆弹，稍有摩擦就要爆发。破坏公物，逃课旷课，夜不归宿，吵架打架各种违纪事件高发，与其将这些"危险分子"聚在一起，不如分而散之。对热恋中的许婕和杨璐来说，这个消息喜忧参半。不用再忍受老师和同学异样的眼光了，心下喜之；然而就要分开，一日不见如隔三秋，愁怨弥漫。

开完散学会，许婕、杨璐、罗莉三人聚到一起。

"中午，我们一起去吃个散伙饭吧。"罗莉的提议被一致赞同。

"去哪里吃呢，这可是我们高中三年的散伙饭，意义重大，应该找一个又别致又有情调的地方，还要喝点酒。"罗莉兴奋地策划着。

杨璐一愣，吃饭这事儿对于他，就等于学校食堂。恋爱以来，还没请许婕和罗莉吃过饭呢，今日正是良机。他摆明态度提出今天他请客，罗莉说既然是散伙饭应该大家兑钱，杨璐不同意罗莉提议，两人看向许婕，许婕略微沉吟，心下谱定，说："罗莉说得对，本来散伙饭应该大家凑份子，但杨璐要请客，盛情难却，我们就恭敬不如从命了。"说完向罗莉递过眼色。

第一次请客，确实要去有档次的地方，自己有两百元钱，应该够了。

"去哪儿呢，我对 Y 市的饭店不熟。"对 Y 市及周边的道路，杨璐非常熟悉，三年的周末长跑几乎把 Y 市跑遍了。在街上吃饭，小面馆里，来一碗刀削面，好吃又实惠。论档次，他当真一无所知。

"我知道一个地方，正是又别致又有情调。"

"什么地方？"

许婕看一眼杨璐说："中条山下，永舜庄。"这是许婕与杨璐的邂逅结缘之地。

"山庄啊，太好了，吃完饭我们去龙王庙吧，好久没去三重瀑布三叠潭了。今年暑假我们再去那里捉螃蟹吧。杨璐，你还没去过吧，高考完我们一起去啊。"

杨璐笑了，许婕也笑了。何止去过，三重瀑布三叠潭，正是他们爱情的缔造者和见证者。但这是属于他俩的秘密，连罗莉也不能说。

"你们笑什么？"

"哦，我在笑你，我们Y市人，谁没去过龙王庙啊。"许婕说。

"那是，五老峰，鹳雀楼，莺莺塔，黄河大铁牛，黄龙洞，舜帝陵，永乐宫壁画，哈哈，我都要去，我都等不及高考了。"罗莉说。

"走吧。"

"现在就去，要不要先回去收拾东西？"

"那着什么急，下午回来再收拾。"

"罗莉，你没有要带的人么？那个余洋同学……"许婕还没说完，罗莉打断她的话："没有，本小姐要带的人还没出生呢！"

永舜庄。

"哇，太美了，我要住在这里！"七月的永舜庄芳草鲜美，绿树成荫，池中游鱼安详自在。罗莉忍不住赞叹。

杨璐也是第一次进入山庄，临碧水，对远山，环境清幽。

停车场停了七八辆车。许婕一眼扫过，老爸许立明的车正好在，有他在，就不用打电话了。她对杨璐和罗莉说："你们先在这里转转，我对这里比较熟，去订个餐。"

大厅里的服务员看见三人，正要迎出来，许婕已经走进。

"请问，你们要吃饭还是喝茶？"

"吃饭，有包间么？"服务员不是上次见到的杜鹃。

"有包间，舜节园。请问你们有预定么？"

"没有。"

"那是要点菜还是定标准餐？"

"我们只有三个人，点菜吧。"

"好的，小姐。请问现在点菜还是一会儿点菜？"

"一会儿点菜，请问车牌 XXXX 的车主在哪个包间？"

"噢，你是说许总啊，你是……"

"我是他女儿，你能带我去么？"

"许小姐啊，你好你好，这边请。"

正要上楼，许立明醉意朦胧一只手搭在杜鹃肩头跟跄而下。

"许总……"服务员叫一声。

嗯，许立明哼一声，顺着服务员的眼神看到许婕站在大厅。他立刻酒醒，搭着杜鹃的手松开后无处安放，碰到领带就顺便紧了紧领带，走向许婕。

许婕瞥一眼杜鹃。杜鹃面有尴尬之色，站立间有些不知所措，终于她低声说："许小姐，你来了。"

许婕微笑回应："你好，杜鹃。"

许立明强忍尴尬低声问："你怎么来这里啦。"

许婕直言不讳："我和同学来吃散伙饭，有劳许总你来结账，但是吧台要收钱，只能收我同学 125 元。"

"怎能让你同学破费，都我来埋单，一会儿随便点啊。"许立明立刻豪情拍胸，被女儿撞见自己醉态，心有小愧，此刻正是难得的"救赎"良机。

"许总，我刚才说的你到底听明白了没有？"

"明白明白，没问题，你老爸这智商……你又不是说外语……你同学呢？"

"在外面。"

"要不要老爸去招呼一下？"

"不用了，你去忙吧。"

"我……我这会儿不忙……"

"那我去陪同学了。"许婕转身要走。

"那个，什么，许婕，你过来。"许立明想拉许婕到一边说话。

"有什么话，这里说啊。"许婕甩掉他的手。

"这里，不方便。"

"说啊，不说我走了。"

"那个，什么，跟你妈聊天时候说些愉快的事情啊，老爸今天喝多了点儿……"

许婕未吱声转身离去，许立明欲追出去，顿了一下，摇摇头，去吧台完成许婕交待的任务去了。

许婕走出大厅找到罗莉，低声对她说："今天杨璐请客，一切都在掌握之中，有我老爸在这……"罗莉会意点头。

舜节园。

菜单图文并茂，印制十分精美，但分作两种，一种明码标价明白消费，一种无标价，看人要价。摆在桌上的这份菜单没有标价。这种场合杨璐第一次来，随意翻看几页，菜名大都没见过，把菜单递给许婕。许婕点了几个特色菜，将菜单传给罗莉。罗莉直接看图点菜，捡漂亮图案随手点来，各色菜肴足够摆满一大桌。

杨璐心里不踏实，忍不住问服务员这些菜的价格。有许总交待，服务员态度甚是亲和诚恳："我们这儿价格实惠，适合学生消费，请您放心。"杨璐惦念着揣在包里的两百元，始终有些忐忑，怕钱不够结账，在许婕和罗莉面前丢脸。许婕看出他担心，微笑着似不经意地说："我来过这里几次，菜价的确很实惠，我们点的菜总共还不到一百块呢。"罗莉虽知许婕已有安排但不知细节，忍不住惊讶，依此处档次菜价断不至如此便宜。她抬眼看时，见许婕轻微一个眼神，便心下明了，不吭声了。服务员始终亲切微笑耐心等待。点完菜，服务员问需要什么酒水饮料。杨璐看着两位女士："我们真要喝酒啊，咱们可还是学生。"罗莉以一副高低不怕的神气说："当然要喝，我们都满十八岁了，这是散伙饭，也是我们给自己过的成人礼。我要喝红酒，给我开一瓶八二年的拉菲！"有着良好职业素养一直面带微笑的服务员这下真乐了，笑着对罗莉说："美女，我们真没有八二年的拉菲。其它的红酒有一些，菜单后面是酒水单，您可以挑一款。"服务员在进此包间之前接到许总命令：不管他们要点什么都可以！但这个八二年的拉菲还真没有，她也只得如实相告。

许婕也斜着眼看罗莉作怪。杨璐不言语，既然决定要喝酒就喝，价钱高低不论，若身上的钱不够，吃完饭再说，不管了。他不懂红酒，也不知道八二年拉菲有多好，有多贵。

罗莉翻到酒水单看了看，摇摇头看着许婕和杨璐说："红酒我只喝过长城干红，又苦又涩，还是许大小姐点吧。"

许婕呛她："哟，还有我们罗莉同学不懂的啊，你不是都要八二年的拉菲了嘛。"

罗莉说："切，他们没有啊，就来一瓶长城干红吧，要好的，最结实的长城，象征着我们的友谊如万里长城永不倒。"

"最结实的长城干红，您是说年份久一点的吗？"服务员这下是真不懂了，她试探着问罗莉。

罗莉转过头去盯着服务员："最结实的就是最好的，和八二年的拉菲一样好的，但不是要最贵的，understand？"

许婕忍俊不禁，拿过酒水单指着其中一款对服务员说："就这款，拿一瓶，谢谢你。"

"请问还有其它需要的么？"

"暂时没有了，有需要会随时叫你。"

"好的，请你们先喝茶，菜会很快上齐。"说完收拾好菜单微笑离去。

服务员走后，罗莉对着许婕做夸张的眯眯笑。她毕竟在城里长大，比杨璐懂行情，她知道这里的饭菜绝不会实惠，不仅不便宜，非常有可能特别贵，但许婕有一个老总级的老爸呀。

趁喝茶的工夫，罗莉想继续逗一逗许婕，忽闪着大眼睛邪笑着却非常诚恳地问许婕："许小姐，这里的菜价怎么这么便宜啊？"

许婕知道罗莉在囧她，当着杨璐的面，又不能发作，轻咬嘴唇瞪她一眼，随即以无比的耐心和亲切口吻并配以最甜美的笑容说："我刚才说我们是学生呀，老板给我们算的是学生价呀。"说完又瞪着眼睛做出夸张地要吃掉她的样子。

罗莉见憋到了许婕，开心了，哈哈笑着说："那下次我来这里吃饭也把你带上，一定要算学生价啊，这里多好呀，环境优雅，价格实惠。"

罗莉的时机抓得太好，许婕忍着气说："好……你个罗莉，下次我带你来，你乖乖等着啊。"

杨璐喝着茶，微笑着看她们，这一对闺蜜经常这般聊天，他并未觉得有何不妥。

菜很快上齐，红酒和三个高脚杯一起端上来，竟是一瓶有年份的红酒。许婕暗想，老爸还真舍得出血，定是因为今天看到他手搭着女服务员，为了讨好她，堵她的嘴，好为他做点儿掩饰吧。这一桌酒菜怕是要两千多了，单这瓶酒就要几百块吧。可老爸这是酒醉扶人呢还是逢场作戏呢，还是另有隐情？一定要找机会和他聊聊。

食物精美，大快朵颐。杯来盏去，很少喝酒的他们很快现出醉意。许婕与罗莉已面色绯红，杨璐也不胜酒力。三个人海阔天空地聊起来，青春少年多是谈未来，从高考之后的游玩到大学里的精彩，再到工作甚至整个人生都规划了一番，欢声笑语，豪情壮志，杯盘狼藉，一顿饭吃了三个多小时。

下楼结账，服务员没拿报价单，微笑着说总共 125 元。125——你爱我，这是许婕定的价。

杨璐结账后三人来到花园。阳光明媚，蝉鸣鸟叫，空气清新，停车场里许立明的车已不在。罗莉去卫生间，杨璐和许婕站在树荫下等待。将要分别，两人俱感意兴阑珊，相对无言。此时的许婕如此娇艳，杨璐突然抓过许婕的手，在她秀美的额上轻轻一吻。他盯着许婕的眼睛坚定地说："许婕，我一定会给你一个美好的未来。"许婕瞬间泪水盈满眼眶，顺着光洁的面颊滴落。四目相对，执手相看，无语凝噎。花香鸟语，此时的世界，只有他们二人。杨璐从裤兜里掏出一块洁白的心形石，光洁圆润。杨璐说："这是一次在深山里捡的，觉得漂亮就一直留着，送给你。"许婕接过，紧紧地攥在手心，感受着石的温热，这是杨璐心的温度。他们都没在意，这其实是一块价值不菲的暖玉。

罗莉从卫生间回来，三人商量后，决定改天再去龙王庙。

公交车停在校园门口，罗莉先行告退："小两口分别在即，我脸皮再厚，也不好意思打扰了，你们好好话别一下啊。"大笑着先回学校了。马路上人来人往，大庭广众之下，两人不能牵手，只能对视。要分别了，尽管只是一天，也有太多不舍。许婕心中酸涩，哽咽几不能言，低头说："你走吧，我步行回家。"杨璐临行，回头说："我回家看望一下父母，明日此时此地，我们不见不散。"

夕阳西下，一片金黄。杨璐不会知道，许婕不会知道，此刻的离别竟是永别！他承诺给许婕的美好未来，承诺给许婕的不见不散，永远不会实现了！

八

殇

杨璐被一种莫名浓郁的伤感包围，仿佛不是他在骑自行车，而是被自行车驮着慢慢地飘在路上。到家已是晚上，甫进家门，他就感觉气氛不对。从小在吵闹声中长大，他非但没有适应，随年龄的增长，反而更加敏感，对父母的争吵越来越痛心。争吵已经结束，儿子回家对他们是一种安慰。吃罢晚饭，杨璐洗刷锅碗，与父母说了会儿话就回房间睡了。

早醒了，却躺到日上三竿头，父母已去下地干活。杨璐起床后，将家里的每个房间都仔细转了一遍，心中颇有不舍。父母下地归来，他已经做好了饭。饭后，母亲把五百元钱塞到他手中，对他们家来说，五百元是一笔不小的数了。杨璐说自己还有钱，母亲坚持让他带着。父亲说："拿着吧，就要高考了，考试期间要吃好点。也给自己买身新衣服吧，请朋友吃个饭什么的也要花钱。"杨璐愣了一下，默默接过。他听得出父亲话里有话，买身新衣服，请朋友吃饭，这是父亲在照顾他谈恋爱的感受。送杨璐到门口，母亲几次欲言又止，叮嘱道："儿子，你骑车要小心啊，妈这几天感觉不好，心老跳得厉害，你把自己照顾好啊。"母亲叮嘱完眼圈红了。杨璐笑着说："妈，放心吧，这条路我都走了三年了，不会有事的。"父亲也叮嘱说："好好考试，不要分心，家里就指望你呢。"杨璐使劲一点头，骑车离去。

可怜天下父母心！他们不会知道，养育了十八年的儿子竟然就此永别，一去不回了。

杨璐的学校坐落在Y市的西北郊区，再往西去，是一大片茂密的树林。这条路，杨璐骑车三年往返无数次，就要说再见了！至树林边时，杨璐已汗流浃背。正是午后最热时，树林中格外阴凉。驻下单车，到林中休息。这片林木树种不纯，针阔叶混植，其中一片枫树在深秋时节非常美丽，杨璐跑步时曾来过几次。

盛夏午后，阳光毒辣，鲜有行人。杨璐坐在一棵树下，体会着"蝉噪林愈静"的意境。隐约间，听到林中深处似有女人低声哭泣，杨璐循声走去。行至林中一小片空地，只见一个女孩被坐绑在一棵树上，衣衫不整。一个蓝色的书包被弃在一边，东西散落一地。四个奇装异服的少年嘴上叼着烟围着她，其中一人正蹲在女孩面前不住扇着女孩耳光。光天化日下公然行凶！杨璐曾听许婕说过她在巷口的遭遇，对那几个未谋面的混混恨得咬牙切齿。不想今日遇此一幕，决不饶过！

"住手！放开那女孩！"杨璐大吼一声，正气凛然朝前走去。几个混混听到人声，吓得一愣，嘴上的烟掉在地上。见有人来，撒腿就跑。杨璐追了几步，树高林密，不见踪影，返身回来救那女孩。女孩大哭救命。

杨璐将女孩救下，整理好书包，安慰几句，一起朝大路走去。

未走几步，四个混混反转回来手持长刀拦住去路。来者不善，杨璐对女孩说，你快跑。女孩跑开。

狭路相逢勇者胜，杨璐跳起身从一棵树上拉断一根手臂粗细的树枝横在身前。四人中刚才抽打女孩的混混恶狠狠地说："多管闲事的家伙，老子弄死你！"招呼一声："兄弟们，砍了他。"四人包抄而上。杨璐手握木棍以静制动，看来今天要拼命了。他猛然跳起冲向正前方一个人，一棍劈下，对方举刀格当，刀被打掉，再一棍击中头部，对方倒地不动。另外三把刀从侧后方砍杀过来。饶是杨璐身强体健，却没实战经验，何况面对几个手持长刀的亡命之徒。三把刀狠狠地砍下，杨璐向前冲去，后背中一刀。他扔掉木棍捡起地上的长刀，大吼一声，一刀砍中一个人的手臂，对方倒在地上嚎叫着打滚。剩下两个也杀红了眼，一起冲过来，杨璐猛退，却狠狠地撞在树干上摔倒在地，口中吐血。两把刀同时砍下，杨璐在剧痛中举刀格挡，大腿中了一刀。忍着剧痛，手中长刀乱舞，又一人被砍中倒下，同时，一把刀刺入杨璐腹部。

......

警车救护车呼啸而过。事发现场异常血腥残忍。据医生说，到医院的时候，杨璐还活着，他瞪着血红的双眼，嘴唇颤抖，似乎有话要说，却最终没说出来。市长下令要不惜一切代价抢救，杨璐却终因伤势过重，抢救无效，离开人世。他年轻的生命在七月五日，在高考前夕，在人生刚开始的热恋中，走到了尽头。

残阳如血，路人的影子被拉得细长细长。公交车站，许婕耐心地等待着爽约的杨璐。警车救护车在马路上呼啸而过，划破天边的斜阳，在许婕的心头震颤。

许婕的晚饭吃得毫无滋味，很少讲笑话的许立明讲了几个蹩脚的笑话，一点都不好笑。许婕在吃散伙饭当天就把行李从学校搬回了家，她想去学校找杨璐，问他为何爽约。但父母态度异常坚决，不让她出门，劝她好好休息，准备高考。黄雅莉在洗碗时打碎了三个盘子。许婕整夜睡不踏实，在朦胧的梦中与杨璐快乐地游玩了很多地方。

七月六日。许立明和黄雅莉不顾许婕的焦躁吵闹，仍坚决不许她去学校，许立明也反常地呆在家中未去上班，在客厅里不停地吸烟。父母的种种反常举动让许婕有种不祥的预感，她忽而烦躁，忽而又觉得莫名的悲伤。她坐在沙发上，对皱眉吸烟的许立明说："告诉我，爸爸，告诉我是不是发生了什么事儿。"许立明眼睛布满血丝，如渴水的鱼翕动嘴唇却没发出声音，继续闷头吸烟。黄雅莉担心地问："许婕，你是不是听到什么了，你怎么哭了，别哭啊，你哭妈也要哭了。"

　　最终许立明在烟灰缸狠狠地摁灭了烟头说："该来的终究要来……"

　　许立明紧紧攥着女儿的手，眼睛看向别处说："许婕，你长大了，有些事，自己要有个担当。"他说不下去了，看了黄雅莉一眼说，"你说吧。"黄雅莉把头转过去抹眼泪。许立明叹了口气说，"你千万别太难过，明天就要高考了。"

　　种种的悲戚掩饰，敏感的许婕已经有所准备，她抽出攥在许立明手中被握得生疼的手，眼神由惶恐转而坚定，直视着许立明的眼睛说："爸，你说吧，你女儿我承受得了。"

　　"你同学，你同学……见义勇为，牺牲了……"许立明终于说了出来，他长长地叹了一口气，盯着许婕的眼睛。黄雅莉已在一旁低泣了。许婕愣了一下，她瞬间眩晕，深深吸一口气，稳住自己，字字清晰地问："是杨璐吧。"

　　许立明艰难地点点头。

　　许婕想站起来却没成功，再次努力，她起身木然地向房间走去。黄雅莉抹干眼泪过来抱住女儿说："许婕，妈知道你难过，你哭吧，想哭就哭吧，啊。"说着自己又泪流满面。许婕停下脚步，静静地偎妈妈的怀里，五分钟一动不动。终于，她用鼻息深深吸一口气呼出，离开老妈怀抱一字一句地说："爸，妈，我不哭，现在不是哭的时候。你们放心，你女儿许婕我没有那么脆弱。"她顿了顿说，"你们能陪我去趟医院么，他和我约好了不见不散，我想见他最后一面，求你们答应我。"

"这个，听说他已经被他父母接走了。"许立明艰难地说，他很惶恐，从未有过如此的无助。

"我一定要向他道别，这样我才能安心，明天我会正常去参加考试。"许婕坚定地说。

"这，这是胡闹。"许立明坚决不同意。

许婕直愣愣的瞪着许立明，一言不发，许立明也直视着许婕的眼神。终于，他看向别处，摇摇头说："好吧，我打个电话。"

许立明载着黄雅莉和许婕来到医院。杨璐的父母十分苍老。由于过度悲伤，杨璐母亲的双眼暂时失明了。杨璐的父亲满头白发，坐在医院走廊的长凳上，如一截枯木。老来丧子，何其悲痛！许婕说明来意后，杨璐的哥哥接待了他们，有很多老师和学生来过，总得有人招呼，杨璐的哥哥强忍悲痛。

面对悲痛的哥哥，许婕一字一句地说："我是杨璐的女朋友，我想见他一面。"

哥哥转过头去，抽泣着低声说："谢谢。"

许立明和黄雅莉紧紧跟在许婕左右，他们是第一次近距离仔细地看到杨璐，看到他们女儿深深爱着的少年。

杨璐的面容化过殓妆，清俊的脸庞平和，静静地躺着，安详地睡着。

许婕呆立着，不哭、不闹、不流泪。许久，她安静地离开了。

离开前，她向杨璐的哥哥要一张杨璐的照片，尽管悲痛，哥哥还是尽快找到了一张送给许婕。

许立明留下一万元钱，说这是他女儿的意思，把杨璐好好安葬了吧。

坚辞不受，不得不收。

高考正常进行，一切都在如常运转，地球仍在麻木地转动。罗莉陪在许婕身边，没有了欢笑。夏日依然火热，许婕却觉得冰冷。

　　填报志愿时，许婕拗过老师，瞒过父母，只选了 M 大——她要将她和杨璐的梦想进行到底。

九　续梦

身体的伤痛容易愈合，疤痕淡去时，阵痛不再，许婕的心伤却难以平复。高考结束后，忙碌激烈的高中生涯结束，身体思想如被抽空一般，极度紧张后的放松让人无所适从。曾约好的，高考结束后去各地游历，拿到通知书一起去坐通往远方的列车，大学毕业后奔赴西藏……你说过，要给我一个美好未来的！

暑假期间，许婕闭门不出，不与人来往，不接任何电话。古今中外各种书籍排满了书架，一本一本地读，累了就睡，醒了接着读。吃饭、睡觉、读书。黄雅莉终日在家陪伴许婕，做完家务也一起读书。到饭点，黄雅莉问许婕：饿了么？许婕说饿，她就做饭，许婕说不饿，那就饿了再做饭。许立明除了必要的应酬，呆在家里的时间也越来越多，直接效果就是许立明与黄雅莉从表面的和睦到内心深处更加融洽，到后来是母女俩在房间读书，许总在厨房做饭。

沉浸在书籍中的许婕并未出现他们担心的自闭忧郁等症状。她与老妈一起讨论书中的情节，为人物的命运或悲或喜。暑假过去十多天后，许婕终于接了一个罗莉的电话，罗莉诉说她在家里的百无聊赖，问许婕在干什么？许婕说在读书。罗莉试探着说："我想到你家来。"许婕犹豫了几秒说："来吧，欢迎你。"听说罗莉要来，许立明和黄雅莉很是高兴。快乐的罗莉正好陪伴许婕，如果能在家住一段时间就更好了。

罗莉在客厅里和许婕的父母寒暄几句就钻进许婕的房间。不一会儿，房间传来许婕久违的笑声——闺蜜就有这个本事。一直静悄悄坐在客厅的许立明和黄雅莉听到笑声对视一眼长长的吁出一口气。许立明接了一个电话，出去忙了。黄雅莉钻进厨房忙活一阵，端出一个大大的果盘放在茶几上，到许婕房间门口，轻轻敲门说："我给你们切了果盘，你们出来吃吧。"

"好的，马上就来。"是罗莉的声音。

罗莉和许婕开门出来坐在沙发上吃水果，边吃边聊边笑。

"聊什么呢，这么开心。"罗莉的到来，让十多天没有笑容的许婕有了欢笑，黄雅莉紧绷的神经也终于放松了些，她似无意地问了一句。尽管罗莉刚来她就轻声叮嘱了不要提起任何有关杨璐的事情，还是有些不放心，怕罗莉一时高兴触到许婕的痛处。

罗莉何其聪明，杨璐离去的当天，她就大哭一场。想到许婕，聪明如她也第一次不知如何去安慰。暑假后的十几天，她哪也没去，呆在家里看电视剧，百无聊赖又不敢给许婕打电话。她担心许婕却怕自己安慰不当让许婕再次伤心，她明白，看到她，许婕不可能不想起杨璐。作为最好的朋友，十几天不知道许婕的消息让她再无可忍，终于拨通了许婕家的座机。她想好了一切对策，哪怕编故事也要让自己快乐，让许婕快乐。所以，她一来，就给许婕讲了自己这些天非常搞笑的"亲身经历"。

"阿姨，我在讲我这些天发生的一些好玩儿的事。"罗莉说。

"哦，那你们继续聊，我去给你们做饭啊。"黄雅莉要去厨房。

"不用了，阿姨，我和许婕商量好了，出去吃饭。"

"啊，出去吃？"黄雅莉微微皱了眉头。

"妈，我们就在附近小吃店随便吃点儿，我也好久没出门了。"许婕的语气恢复到从前。

"那好，出去吃也好，散散心。给，把钱带着。"许婕此刻的话黄雅莉岂敢不听，她打开钱夹，抽出一沓子钞票，数也不数就塞给许婕。

"阿姨，我们两个女孩子吃饭，哪能用得了这么多。"

"都拿着，都拿着，想买什么就去买啊。"许家不缺钱，钱如果能买到女儿的快乐，他们愿意倾其所有。

罗莉和许婕走到大门口，黄雅莉追出来说："罗莉，你今晚就住这里啊，你们姐妹也好久没见面了，就别走了啊。"

"好的，阿姨，我正想和许婕多玩几天。"

"你们吃完饭早点回家啊，怕街上不安……"

"好的，知道了，阿姨，您回去吧。"

黄雅莉正要说出怕街上不安全，说到一半敏感地打住了。罗莉也敏感地觉察到，不安全，这三个字，对许婕来说可能会是很大的刺激，她机敏地接过话头。其实杨璐见义勇为牺牲的事件发生后，全市进行了大规模全面的严厉整治，短短时间内，治安情况大有好转。大街上警察出勤率颇高，不时有警车巡逻。

许婕和罗莉，在家时欢声笑语，此刻走在街上却默默无言。去哪儿呢，她们漫无目的，有太多地方，甚至每一个地方都很敏感需要回避。最后，许婕硬是拉着罗莉来到学校。学生放假，人去楼空，校门口的饭馆大多已歇业回家。只有一家商店还在营业，门庭冷清。许婕进去买了几罐啤酒，装在黑色塑料袋里。学校的门卫依然是那个头发花白的老大爷,他认识许婕,那个懂礼貌又俊俏的走读女孩。她们谎称要去学校找老师。

两人坐在操场深处的白杨树下,清风吹过,树叶沙沙,蝉鸣声声。许婕打开两罐啤酒,一罐给罗莉,一罐给自己,两人无言对喝。酒可真是个好东西,几罐酒过后,两人都有些眩晕。许婕凝望着操场跑道,泪眼朦胧。这里有她爱情的痕迹,带给她太多的欢乐,在这里,他们相拥,相约,承诺一起去西藏看最美的蓝天。为什么他抛下她走了,为什么老天要这样对待一个优秀的有梦想的少年!许婕流着泪问罗莉,为什么会这样,为什么!

罗莉无言以对,只能陪着许婕喝酒,与她一起哭泣。许婕不管不顾,放声大哭,上气不接下气,天昏地暗,几近昏厥。从得知杨璐离去的消息到现在,她没流过一滴眼泪,今日就把所有的悲痛释放吧!罗莉泪流满面泣不成声地拥住许婕。让她哭吧!哭个够吧!将心中压抑已久的悲伤全都释放吧!直到日已西斜,啤酒喝完,许婕哭够了。两人拍拍尘土,整理衣装,起身回家,竟再无醉意。

罗莉说:"许婕,你要坚强。"

许婕说:"罗莉,我会坚强。"

回到家中,红着眼睛的不只是她们两人,还有黄雅莉,她一直在悄悄地跟着,远远地看着,痛心地哭着。

高三之后的暑假异常漫长,罗莉一直住在许婕家里,一起读书,一起吃饭,一起散步。去过几次学校,去过铁路上,去小酒馆里喝过几次酒。

许婕说,我们不是约好了要去游遍 Y 市的名胜古迹嘛!走吧!出发!读书之余,她们游览了 Y 市所有的名胜古迹。

录取通知书下来,两人各自如愿以偿。许婕在 M 大,罗莉与许婕不在一个城市,坐火车要十多个小时。

尽管许婕的大学令许立明和黄雅莉极不满意，在许婕的坚持下，他们妥协了。许婕说：让我去吧，就读一年，明年高考，我会再来。

十 启程

　　黄雅莉再次真切地感到，女儿的主意越来越大，从进入卧室约法三章到要求住校，再到收拾行李，送她上大学，许婕都和她意见相左，但又拗不过她，真是女大不由娘啊，心下伤感。

　　几乎整个假期，黄雅莉都在为许婕准备上大学的行李。M 大新生报到有三天时间，很多学生提前到达，西藏的学生更是提前一周甚至更早就到达咸阳熟悉环境。许婕一直拖到最后一天才动身。一大早，黄雅莉整理好了许婕的行李箱，果绿色的超大箱已被塞满，还有大量物品堆放一旁，她十分纠结，难以取舍。许婕起床后看到老妈为难的样子，好气又好笑。自己是去上学又不是搬家，老妈恨不得把她的整个卧室都压缩了装进箱子里。

　　"妈，我还要带书呢，这些东西到了学校都可以再买，你也不嫌我累。"许婕走过去把零食玩具秋冬衣物等一件件拿出。换成高中各科复习资料摆放整齐，拉上拉链。黄雅莉还想再装些东西进去，许婕直接将拉链上锁，她才只好作罢。

"这个许立明怎么还没回来，说好了今天送你的，我给他打电话。"

"不用了，我爸这几天在忙着签一个合约你又不是不知道，我都跟他讲好不用送了。再说又不是出多远的门，我自己能行，保证绝对不会被人拐卖。"

"还不远啊，几百里路呢，你第一次出远门，妈不放心。"

"妈，真的不用，就相信我吧，明年我考上北大你们再送我。这次我就自己去，到学校后我给你们报平安。"看着老妈红了眼圈，许婕不忍，改口说，"我爸忙，你送我到车站吧。"其实她也舍不得父母，但她得忍着。她去读这所大学，是因为一个约定，一种信念的支撑。

说话间，许立明匆忙到家，递给许婕一张银行卡，不由分说，装上行李，一家人赶到火车站。在站台上，黄雅莉和许立明再次坚持要送她去学校，开车去也可以。许婕再次坚辞不让，直到许婕有点恼怒了，他们才不再坚持。事无巨细地叮嘱了一番之后，他们望着绿色的火车带着许婕一路远去。

许婕的确是第一次独自出远门，如果父母坚持要送她，她也没有特别强硬的理由拒绝。但这是她的特殊之旅，与爱情相关，她想独自品味。父母万般不放心，但理解她，她在心里深深地感激他们。

绿皮火车专注而慢悠悠地在铁轨上爬行。同坐是一位学生模样的男生，看样子已经坐车很长时间了，一副百无聊赖状。他主动和许婕搭讪，当得知许婕是 M 大新生时，立刻兴奋得两眼放光。许捷没有和陌生人攀谈的兴致，男生却很健谈，不管不顾地讲了一通，许捷也就听着。很快得知他叫杨勇，山东人，也去 M 大，但他不在 M 大读书，而是要去"千里寻妻"。杨勇说话声调很高，直爽开朗，把周围乘客都逗笑了。杨勇不笑，严肃地说："你们笑什么，我说的可都是真的。我女朋友就是 M 大语文系的新生，我们订了娃娃亲的。"人们笑得更快活了。许婕也来了兴致，M 大语文系，与她同级同系。杨勇嘿嘿笑了几声，不再理会周围人的善意取笑，给许婕讲起故事。

杨勇的女朋友叫胡丽，两人青梅竹马，一起长大，约好了同上山东大学。可胡丽竟然被 M 大优先录取了。M 大太霸道，只要志愿填报了它，军校之后，它都优先录取。通知书下来后，两人商量好了一起复读，明年再考同一所大学。但她竟然私下反悔，悄悄来上学了。杨勇昨天晚上得到消息，不管三七二十一，跳上火车直奔 M 大"千里寻妻"。他讲得起劲，但有些玄，许婕半信半疑权当故事听。当杨勇拿出山大的录取通知书时，许婕震惊了。这，是真的。

　　"你找到她要怎么办，你们没开学么？"

　　"开学了，就今天开学。"

　　"那你不去上学？"

　　"我要找胡丽一起复读。"

　　"她若不跟你回去呢？"

　　"那我就陪读，反正我上学早上够了。我爸年轻时候闯关东贩木材，在我这个年纪早挣大钱了，但他不让我出去闯，还教训说我整天不学好。我想好了，如果胡丽不跟我回去，我也不回去，一边陪读一边打工，闯出个样子给他们瞧。"

　　杨勇的话让许婕，让周围人顿时沉默。俄顷，有人夸赞小伙子有志气，好样的，也有人劝他，说他不成熟。杨勇说自己心意已决，对善意的劝说不加理会。

　　一路上，杨勇对许婕照顾有加。

　　傍晚时分，杨勇拖着许婕沉重的行李箱走进 M 大校门，许婕两手空空十分清闲。在这个痴情果敢的山东大男孩身边，她很放松，打趣他说："如果正好被胡丽发现你跟我在一起，她误会了怎么办？"

　　"没事儿，我给她解释，就实话实说呗，你也得帮我解释啊。"

许婕笑笑，她想象着胡丽的模样，有些期待见到她，一定很有魅力，也应该是个不好惹的主儿吧。

时至傍晚，接待新生的队伍几已散尽，唯余经济系的横幅绑在法桐上尚未撤去，一个清瘦白皙的少年坚守在一排桌后，面容有些疲倦但神情坚忍。看到许婕时他眼睛一亮，旋即看到身后拖着行李箱的杨勇，犹豫了一下，微笑着迎上前。

"请问你们是哪个系的？"

"语文系。"

"哦，你们语文系新生接待处已经撤了，要不我给你们带路吧。"男孩望望美丽的许婕和他身后健壮的杨勇，做好了被拒绝的准备。

"好啊，谢谢你。"许婕不拂善意。

进入 M 大，杨勇就没停止东张西望，对过往女生毫无例外要多看一眼。在外人看来，这小子十分欠扁，守着清纯靓丽的大美女还贼兮兮地左顾右盼，要不是他的体格五大三粗十分壮硕，怕真有人要上来扁他，看向许婕的目光也在惊艳之后露出些许失落与迷惑。

白皙少年在桌上留下一张纸条，习惯性地去接杨勇手中的行李箱。杨勇知道箱子的分量，乐得做好人，索性松手抱怀。学校在搞基建挖小坑，箱轮难行。少年欲扛箱而起，初试之下竟未成功，不由重新审视了一下这个颜色清新的果绿色箱子，自笑解嘲："这百宝箱还真是重量级的。"

杨勇说："还是我来吧。"

少年咧嘴一笑，咬紧两排洁白的牙齿猛一用力扛箱上肩，吃力地说："这个级别我还能对付。"

一直到女生宿舍楼下，他们三人行的回头率都居高不下：壮汉不出力，瘦子爆青筋，当然更多的应是因为许婕。

杨勇不好意思地对许婕笑笑说："这个，我怕胡丽误会啊。"拍了拍放下箱子兀自喘气的少年说："辛苦了，兄弟，抽支香烟。"

　　"我不抽烟，谢谢。"少年转过脸对许婕说，"我今天送了个语文系新闻班的老乡，宿舍在306，你们的宿舍应该也在三楼，白天送新生，男生还可以进女生楼，现在要止步了。"

　　"谢谢你。"许婕真诚感谢。

　　"小事儿，荣幸。我说要坚持到最后，果然有大收获。"他指了指许捷的大个行李箱，随即摆摆手笑说："走了，再见。"

　　"哎，哥们，留下姓名，看你不壮，还有把力气，今天帮了我妹妹，改天请你喝酒。"杨勇厚着脸皮嘿嘿地说。许婕白了他一眼：妹妹？

　　"欧阳潇，经济系大二，经管班——经济管理班的。"

　　"经管班，我也是啊！我叫杨勇，幸会幸会。"杨勇大叫缘分哪，终于找到同志般地亲切握手。

　　"你也是？"欧阳潇惊讶，瞪大眼睛。

　　"哦，不过我不是你们学校的。"杨勇笑了。

　　看到欧阳潇有种被愚弄的不快，许婕解释说："他是山大学生，来'千里寻妻'的。"

　　少年不解也不愿多问，正欲离去，一个白胖胖的女孩从楼里出来，招呼一声："欧阳潇，你又送哪个美女来了。"

　　欧阳潇说："正好，这有一个你们系的女生刚来，我，我们现在进不去，你能不能帮她去找一下宿舍。"欧阳潇看一眼杨勇，把我改成我们。

　　白胖胖看了一眼许婕说："好啊，不过，我要去买面包，不认识路，你人这么好，能帮我去买吧。"

　　欧阳潇无奈说："好吧。"又低声咕哝，"我确定马无夜草不肥是真理了。"

白胖胖无所谓地笑笑说："你说我肥，我不生气，你又不是第一个说。不过我又不想买面包了，我这么胖，一时半会也饿不瘦，算啦。"

许婕忙对略显疲惫的欧阳潇说："不用了，我自己能找到，谢谢你，欧阳潇。"又转过身对白胖胖说："谢谢你，你去忙吧，我能找到。"

"不用谢，美女，还不知道你名字呢。"欧阳潇说完，有些脸红。

"我叫许婕。"许婕微笑说。

"再见，许婕。"

欧阳潇挥挥手离去，步伐有力身影潇洒，转过拐角一屁股坐在地上哼哼着"累死老子了"。

杨勇对欧阳潇挥挥手，接着说："胖同学，我帮你去买。你认识胡丽吗，你们语文系的，在新闻班。"

"胡丽，就我们班，我们宿舍的，顺便教教你，我不叫胖同学，尽管我不会生气，但还是会不高兴，看你个头挺大，怎么素质和个头成反比啊，不过也懒得跟你计较。"

"啊，那，对不起了，你叫什么名字？"

"不告诉你这个'反比例'的家伙。"

"呵，反比例，有意思。你能不能帮我叫胡丽下来，我是她男朋友，我叫杨勇。"

"啊，男朋友。哈哈，好的，我马上去叫。"胖姑娘两眼发光，随即转身，对许婕说，"快，我们走。"看看许婕的箱子说，"我们上楼去吧。"

十一　江湖

许婕和邓青青拖着行李箱走进宿舍楼大厅。杨勇也跟过去，被大门口的阿姨拦下："哎哎哎，男生止步。"

"阿姨，我妹妹的箱子很重，我要帮她抬上去，您就通融通融吧。"杨勇恳求道。

"不行，男生止步，这是规定。"阿姨坚决不通融。

"我见之前就有男生进去，阿姨。"杨勇"据理力争"，他何曾见到有男生进去。

"那是之前，之前是白天，现在是晚上，过了时间点就不行。"阿姨寸步不让。

"那好吧，您可真负责。可这个箱子的确很重，里面全是金元宝，可贵重呢。"

"我不管什么金元宝，我可以和她们抬，你可别想混进来。"阿姨一边笑着，伸手拉住不锈钢推拉门，接过箱子要上楼。许婕忙拦下，"阿姨，您那么忙，不用麻烦，谢谢您。"

阿姨说："我还要给你发被褥呢，你的系别、专业、名字？"

白胖胖立刻说："她叫许婕。"

阿姨翻着手中厚厚的一沓花名册说："许婕，语文系新闻班混合宿舍306，走，被子我拿着。"

"哇，太巧了，我们在同一个宿舍，我叫邓青青。"邓青青雀跃欢呼。

阿姨放下被褥离去。宿舍八张床铺剩三张空位。许婕谢过邓青青，将被褥放在靠窗的一个下铺。

"胡丽，你男朋友来找你啦。"邓青青对正仔细擦拭床头书柜的女孩喊道。许婕看向对面上铺，胡丽，中长发波波头，发随身动。

"骗人，那臭小子，这会儿应该在山大呢。"胡丽不抬头，低声咕哝着。

"没骗你，他现在就在楼下，还叫我胖同学。"邓青青瞪大亮晶晶的眼睛。

胡丽朝邓青青微笑一下，继续擦书柜。

"别擦了，书柜都要被你擦烂了。"邓青青抓住床梯摇晃。

"你怎么知道我有男朋友？"胡丽停下手中动作抬头看着邓青青，面容清秀。

"我还知道他的名字呢。"邓青青转头看向许婕，"许婕你说，那个叫我胖同学的家伙叫什么名字。"

"楼下是有个男生在找你，跟我坐同一趟火车来的，叫杨勇，说是你男朋友。"许婕微笑着说。

听到杨勇两个字，胡丽顿了一下，叠好白色方巾，也不理邓青青和许婕，下床穿鞋径去。

宿舍里顿时喳喳声一片。

"真的么，要不要去看看。"

"不要吧，大家又不熟。"

"哎，他男朋友帅不帅啊。"

"哼，叫我胖同学的都不帅！"

"我要有这样痴情的男朋友就好了。"

"谁说的，真不害臊……"

……

晚上卧谈会，邓青青让胡丽讲讲她的男朋友杨勇，胡丽不肯多言。张妍提议大家自我介绍，两点必须要讲——爱好和男朋友——如果有男朋友的话。一点要求——等所有人都自我介绍完毕才能提问，不然光答记者问，会耽误后面同学的介绍。大家纷纷赞同。张妍似乎天生带有一种领导范儿，不怯场，说话大方得体，无形之中给人一种信任和不可抗拒感。

"我叫张妍，来自河南，爱好广泛，大家慢慢会了解的。我认为女人要独立，目前没有男朋友，也不打算在大学里谈。"张妍先开场。

"邓青青，来自山西，喜欢吃和睡，愿望是过猪一样安逸的生活，现无男友。"笑声一片，她自己也笑。

"廖文静，来自山东青岛，我愿经历一切没有经历过的事，男朋友呢，正在寻寻觅觅中，希望早日找到合适的。"廖文静声音绵甜。

"许婕，山西，喜欢登山，跑步，有过男朋友。"她看似文静，爱好却令人惊讶，尤其是"有过男朋友"一句话更令人讶异。

"胡丽，山东，我承认我有点儿小洁癖，现在有男朋友，估计今天晚上要睡在大街上。"一片哈哈笑声之后开始有询问声，被张妍打住。

"我叫桑林措姆，来自西藏，喜欢唱歌跳舞，其实我什么都喜欢。我有男朋友，也在语文系。"桑林措姆声音羞怯动听。

接下来就是一阵热烈的讨论，邓青青最活跃，叽叽喳喳对谁都要发问，她话虽多却不令人反感。

张妍认为女人也应该有事业，不能做男人的附庸品，颠倒过来才合适。

廖文静毫不隐讳，说自己有先天性心脏病，如果不治疗，可能还有十年，这十年里，她要好好地活，要好好地爱一场。

许婕说自己是来大学里读高中的，打算明年再考，至于为什么，暂时保密。

胡丽上大学为了逍遥几年，毕业后和老公做生意，至于老公，肯定就是今天的杨勇喽。

桑林措姆这个名字的意思是阿爸阿妈想要个女孩，便得到了一个女孩的意思，她住这个宿舍是因为她渴望更多的了解西藏以外的生活。

直到大家的兴奋中掺杂着一丝倦意，听多说少，有一句没一句地搭着话。张妍说太晚了，睡吧，第一天上课别迟到了。大家沉沉睡去。

相比高三紧张恐怖的生活节奏，大学生活如同进了疗养院。

"起床了，快起床了。"张妍睁开眼睛坐起身开始喊大家起床。胡丽关上阳台的推拉玻璃门已经在洗漱了。邓青青抱着枕头睡眼惺忪左翻右翻就是不肯起。

许婕呢？此刻的许婕已经在操场跑步了，晨练的人不多，女生尤其少，许婕在慢跑时总看到一个女外教迎面跑来，仅有的两名女性照面时微笑致意，第三圈时，许婕用英语向她问候：hello，她用汉语答曰：你好。第一缕阳光透过树梢照在操场上时，许婕一身轻松返回宿舍。校园清晨空旷幽静，马路上没有苦读的学生，只有树上的鸟鸣婉转。其他人都已去食堂打饭，邓青青在阳台上慢吞吞地刷牙，桑林措姆在一个雕刻着精致木纹的木碗里揉搓着炒面一样的东西。看到许婕进来，她羞涩的一笑："你吃糌粑么，我阿妈说到了一个新地方，吃老家的糌粑就不会水土不服。"这就是糌粑啊，许婕在假期对西藏做过功课的，知道糌粑是藏民的主食，见到实物，还是第一次。

"我要吃，我要吃，直接用手抓啊？"邓青青洗漱完毕，大叫着冲过来，见桑林措姆直接用手抓感到奇怪。

"吃糌粑，我们一般不用勺子，我的手是洗干净的。"桑林措姆说话时总带着一丝羞怯。

邓青青学着桑林措姆的样子从木碗里捏出一团糌粑塞进嘴里。

"啊，真难吃，什么味道。"邓青青皱眉。

"这里面放了酥油，你们汉族人很多都吃不惯的。"桑林措姆咯咯地笑着解释。

"我也尝尝。嗯，后味香甜，有点像炒面。"许婕赞许。

阶梯教室坐满黑压压的一片，大学新生总是兴致勃勃。许婕三人行走到最后排才找到位置，她们吸引了众多目光，几乎所有男生的眼球都随着许婕转动。

两周的新鲜过后，开始有人翘课，许婕、桑林措姆、邓青青三人行是老师忠实的听众。桑林措姆总是瞪大长长微翘的睫毛下黑色的大眼睛求知若渴，邓青青懒洋洋地做着笔记，偶尔走神，许婕在听了几节课后嫌老师讲得太慢，自己翻书。

廖文静已经至少逃课两次，好在运气不错，没被老师点名。

"点名不怕啊，有张妍在，她是班长，有她顶着。"她给张妍抛了一个媚眼。

张妍佯装打了个冷战，撇嘴："你就逃吧，你都说了只有十年，还在浪费光阴。"

"你们才浪费光阴，考试的时候老师会划重点，突击就行了。有这个时间，不如逛街，我要抓紧时间把一切的美丽打包，就算十年后要走，也没什么遗憾了。"

廖文静说得轻松，大家却听的心酸，对她由怜爱而生纵容，商量好了如果点名，轮流应答。

"你真的喜欢上课吗，多枯燥无味。"胡丽瞪大眼睛问桑林措姆。

"你瞪那么大眼干什么，再瞪也没桑林措姆的眼睛大。"邓青青也瞪大眼睛看着胡丽。胡丽又使劲瞪一下，眯眯着笑了。

"你看桑林措姆的辫子多长啊，我们把头发换了吧。"邓青青摸着桑林措姆直垂腰际的麻花辫。

"对啊，你的发质怎么那么好，又黑又亮，我也要跟你换。"廖文静也粘上了。

"你们总得让她一个个回答啊，总理答记者问还有顺序呢。"许婕看桑林措姆几次张嘴都被抢了话头，发话帮腔。

"对啊，你还没回答我呢，你真的喜欢上课？"

"有些我能听懂，有些也听不懂，我喜欢听老师讲书本上没有的知识。我的头发是从小留起来的，就剪过几次。你们喜欢的话，也可以留啊。"桑林措姆很可爱地一一作答。

许婕跟舍友玩闹之余，多数时间泡在图书馆。除了消化大学课程，她还要复习高中的知识。虽说只上一年大学，好强的她也要考好，免得届时被人说是花瓶，因为学习差才退学。她的入学成绩在班里无人超越，她依然要做最优秀的。几周的高中知识复习，她发现以前读书时的繁杂无序感消失了，就连她最不擅长的数学题也能无师自通迎刃而解。难道自己还在长智商，还是因为广杂的涉猎让人一通百通？图书馆是书的海洋，她乐意遨游其中。有时，她会打开厚厚的日记本发呆，想想停停，写很久，神情悲伤。

　　舍友们对许婕的晨跑晚炼周末远足在佩服之余已经习惯，跟跑几天后各自找种种理由退却，**M** 大却悄然刮起一股全民健身之风，小伙们纷纷抛下篮球足球练起了长跑短跑越野跑，体育老师居以为功神采飞扬，领导开会也笑容满面说年轻人就应该有蓬勃朝气嘛。在这日益壮大的雄性队伍里，有两个身影自始至终一如许婕的坚持。

　　许婕对那个清瘦白皙的身影不陌生，那是开学初接待她的欧阳潇。他们有各自的跑道与节奏，并肩而过时，会相互微笑问好。跑完休息时，两人也偶尔聊天，两周之后，已颇为熟识。一次晚跑结束后，两人绕着操场慢走一圈，随后坐下聊天。

　　"许婕，你每天一个人跑步，怎么不见你男朋友啊？"欧阳潇笑问。

　　"我男朋友？"许婕讶异。

　　"报到那天跟你同行的那个健壮哥们啊。"

　　"哦，哈哈，那可不是我男朋友，是我舍友的男朋友。"

"哦，这样啊，误会了。哎，那追你的人挺多吧。"欧阳潇轻松笑问。

"不知道啊，没有吧，我没注意。"许婕的脸微微泛红，幸而月色如水，她又勾着头。

"常和我一起跑步的李文延就曾提起你，他属于比较傲骄型的，我还是第一次听他主动提起女孩的名字。听说我们是老乡，还开玩笑说有空介绍认识一下。"

了解增多后，许婕发现欧阳潇不乏活泼幽默，是个单纯善良的大男生，跟他在一起可以轻松愉快不设防。

"你怎么知道我们是老乡，你也是山西的？"许婕问。

"这个，嗯……是邓青青告诉我的，我跟她有联系。"欧阳潇吞吞吐吐着。

"哦，是么？"许婕表示怀疑，但并不打算追究。

"你可是我们系男生议论的焦点，一致评选你为语文系的系花。我说不好意思，系花入学时候是我接待的，他们全嗤之以鼻，改天你要给我证明啊。"

"好啊，改天你把他们集合起来开个会，我拿话筒郑重声明一下。"许婕笑说。

"行，明天我就去集合他们。"欧阳潇也开着玩笑，"对了，明天我们计算机协会要纳新，诚挚邀请你加入。"欧阳潇接着认真地说。

在欧阳潇提起恋爱话题时，许婕内心下意识地产生一种抵触情绪，看欧阳潇说得轻松阳光，她虽不甚反感，却也不愿多聊，幸而他转移了话题，否则她都要说再见了。

加入计算机协会，许婕犹豫。她本想安安静静地读完一年，延续当年与杨璐约定的梦想，然后重考大学。她坚持着与杨璐在一起时的良好锻炼习惯，并不愿进行种种参与，有时间不如去复习和读书。但欧阳潇又有别于他人，都说滴水之恩当涌泉相报，报到当天的接待让她仍心存感激。看着欧阳潇恳切的眼神，她选择实话实说。

"可我对电脑几乎一窍不通，也没太大兴趣。"尽管许婕读高中时已开始有网吧，但她从未涉足。老爸曾要给她买一台电脑，她没同意。

"这不是问题，你的入学分数又不是秘密，你们系里的最高分啊，冰雪聪明，肯定一学就会。学会了，自然就有兴趣了。"

"你怎么知道我的入学分数？"

"你是公众人物啊，自有人去了解，我只是顺便知道而已。"

"顺便知道，你去查我的资料了？"许婕正色问道。

"当然没有，我真是听别人说的。"欧阳潇见许婕神情严肃，忙作解释。

"那我怎么就是公众人物了？"看到欧阳潇紧张，许婕觉察自己太敏感，何必在乎，何必较真呢，遂又轻松起来。

"那就算领军人物吧。"

"此话怎讲？"

"你是真糊涂还是装糊涂。我在操场跑步一年了，在你来跑步之前，除运动会前夕有人突击抱佛脚的训练，M大的跑步大军还不曾如此壮观过。"

"这样啊，那岂不是罪过罪过了。"许婕被欧阳潇的夸张感染。

"你的罪过还不止于此，据不可靠调查，M大最近分手率激增，虽然每年新生入学都会演这么一出，但今年局势格外不稳定，这其中你可谓功不可没啊。"

"胡说八道，我对你的什么协会没兴趣了。"许婕佯装嗔怒。

"好好，不胡说八道了，计算机协会你一定参加啊，拜托，我给你免会费。"

"会费倒不用免，明天纳新是吧，我考虑一下。计算机协会招会员应该不难吧。"

许婕的疑问是有根据的，仅在他们班里通宵上网的人就不在少数，这应该都算是计算机爱好者吧。欧阳潇也如实以答："小孩没娘，说来话长。我们计算机协会和其他协会不同，学生们是很喜欢上网打游戏看电影，但加入我们协会基本不上网，更不打游戏看电影，而且有严格的课程表。我们从学习办公软件的应用到编程再到黑客技术都有严格的教学步骤、考勤和奖惩制度。往年有很多新生抱着新鲜好玩的态度选报我们社团，多是半途而废。所以，我们现在招收新会员是抱着宁缺毋滥的原则。考核期满，通不过考试，就要被踢出协会。而且社团经费有限，又要请专业老师讲解，需要交纳的会费也比其他协会要高些。几年下来，门庭冷清，若非学校社团联合会力挺，怕都是要倒闭了。现在我们社团没有一个女成员，你若能来那是倍有面子的事。"

"那如果我学不好会不会被踢？"

"我向毛主席保证，绝对不会。"

"你们协会为何要如此正规，有何成效？"

"这是优良传统，我们协会以培养计算机人才为宗旨，每一届都有会员录，踏入社会参加工作之后都还有联系。"

时间已晚，操场上跑步者陆续离去，认识欧阳潇的人纷纷与他打着招呼，目光却掠过他在许婕身上聚焦。

欧阳潇不淡定了，叹口气说："平时招呼有，今日格外多，你懂得。"

许婕面对目光十分坦然，笑说："给你打招呼都不错了，你没看到远处还有敌意的目光嘛。"

欧阳潇双目如雷达扫射一番操场，"啊，莫非我成众矢之的了！这可不妙，女人不是老虎，却能招来老虎，但愿不要引来杀身之祸。"

许婕哈哈大笑着起身，两人离去。不成想欧阳潇竟一语成谶，不久后遭遇飞来横祸。

操场出口，一个跑步结束的身影离去。那背影，竟……如此相似！许婕怦然心动。

翌日，M大如迎来重大节日，主干道拉萨路上沸沸扬扬热闹非凡，各种社团横幅连成一片，五颜六色竞相争艳。为招徕新成员各出绝活极尽所能：乐队在欢唱，舞蹈社盛装出演，武术协会卖艺，轮滑社杂耍……

横幅内容也是五花八门：

精彩人生，留住美好瞬间——摄影协会。

用你的笔，绘出亮丽未来——美术协会。

会做一手好菜等于拥有一件法宝——烹饪协会。

……

一路走来，文学社的横幅最长，计算机协会的最短，只有五个字——计算机协会，其社团简介也生硬冰凉。各社团的生意也是几家欢乐几家愁，有门庭若市需排队登记者，也有门可罗雀者。许婕的舍友们也几乎都来了，几人结伴而行。一路走来，张妍几乎在每个社团都登记了名字，廖文静加入了飞扬乐队，她喜欢乐队主唱那非主流的装扮和飘逸的长发，桑林措姆报了文学社和藏文社，胡丽只说看看。问邓青青呢，答曰在宿舍睡觉。各社团十分爱才惜才，见靓丽美女走过，或社长亲自出马或派人游说，争相拉拢，被拒绝后仍不死心，打听所在系班并留下各种联系方式，胡丽说，这根本就是泡妹子的伎俩嘛。

计算机协会门前倒不冷清，但在看了详细课程表，入会费和考核要求后，欲入会者纷纷退却。终于挨到计算机协会前时，一行人已捧着大小形色各异的宣传资料，许婕手中最多。

欧阳潇见许婕众美女光临，立刻化焦躁为惊喜，从桌后绕出，口中咒语喃喃："盼望着盼望着春天来了盼星星盼月亮啊终于来了阿弥陀佛哈利路亚……"伸出双手就要握手，许婕将一沓子资料塞到他手中，走到桌前看协会简介。

"摆设，对才貌双全的大美女们来说这些条件都纯属摆设，请在此签上你们的大名。"欧阳潇一边恭维着，一边抓起一把笔给许婕等人一一分发。

"莫要着急，我们先了解一下再说。"张妍接过笔，左右打量着协会慢悠悠地说。

"我怎么感觉像被催着签订卖身契呢。"廖文静哈哈笑着拿过一支笔。

"姐妹们，看仔细了，别被卖了还要给他们交钱。"胡丽笑容不多，开玩笑也让人发冷。

欧阳潇在一旁做殷勤谦恭状，却有些尴尬不知何以作答，而她们根本不需要他的回答，甚至不看他。

许婕的身影始终吸引着诸多目光，看到一路不曾加入任何社团的美女竟在怪异的计算机协会前驻足，其他社团纷纷气愤难当，当许婕在登记表上写下她的名字时，笑意盎然的欧阳潇不曾注意到周围那些吃人的眼神。许婕很干脆，交会费，拿课表，准备离去。

"许婕同学，非常非常感谢您对本社团工作的支持，历史将会证明，您在人生的十字路口选对了方向。"欧阳潇十分开怀，眼睛贼亮。许婕正想欧阳潇你不用这么夸张吧，还"您"呢。却见身后几个姐妹竟然全在报名缴费听讲解。

"欧阳潇，我警告你，这些都是我的好姐妹，你可不能随便踢人。"许婕本想去告诫一下舍友，但面对欧阳潇溢于言表的感激，不忍搅局，遂出言警告。

胡丽问欧阳潇："喂，社长，我这里有个校外人员，你收不收啊，他可是很懂电脑的。"

"校外人员？"欧阳潇一愣。

"是我男朋友，他想学些广告设计方面的知识，你们能教吧。"

"当然能，我们协会那是要邀请专业老师授课的，可不是像有些社团只会骗钱泡妹，你们也看到我们的会费比较高，那是因为要给老师付讲课费。当然，这点儿会费只是杯水车薪，我们协会也会创收。"

"那好，我先登记上。"胡丽提笔签名。

"是要给你们家杨勇报名吧，他还在这里没走啊！"自从杨勇在开学报到时出现过，再无踪影。胡丽也很保密，大家都以为杨勇走了，没想到他还在。

"唉，他不去上学，说要陪我，我又不想复读，他就在这打工了。"胡丽摇头无奈。

"啊，这么痴情。"欧阳潇瞪大眼睛。

"你见过的，就是那天跟我在一起的男生。"许婕解释说。

"哦，我说呢，在大美女面前，那小子够健壮却不够积极，把我累个半死，原来是名草有主啊。"欧阳潇恍然大悟。

"到底行不行啊，不行我们全部退会。"胡丽着急。

"行啊，十分行，重情重义的汉子啊，会费减半。"欧阳潇豪爽拍板。

"我还有几个条件，你要答应。"胡丽很强势。

"哎呦，胡丽同学，是你要入我们协会，能不能不要这么霸道。"欧阳潇开着玩笑。

"我们是顾客，是上帝，是消费者，要明白消费，明白学习，有错吗？"

"没错，没错，这妹子，难怪你男朋友那么死心塌地。"

"说什么呢你。第一，他不一定能按照课程表来上课，只能抽空来学，你们要给予方便；第二，他要学的东西你们要保证教会，不能随便敷衍。"胡丽盯着欧阳潇问他是否说得够清楚明白。

"行，没问题。你能不能告诉我他现在哪里打工。"这也是同宿舍几个姐妹都想知道的。

"告诉你也无妨，在一个广告公司上班。"

"哪家广告公司？"

"这你就不用管了。"

"我认识几家广告公司的老板，设计员我也很熟。"

"哦，创意广告你也熟？"

"啊哈，这就对了，你的条件我无条件答应，那家公司的老板姓李，我很熟。这次 M 大社团纳新活动，很多社团的横幅和宣传资料都是我们设计后交给他们做的。"

"那就拜托要多照顾杨勇啊，先谢过了。"胡丽很高兴，语气柔和许多。

十三　似曾相识

　　杨勇对家人谎称在山大读书，实在咸阳打工陪读。这段时间住在小旅馆里，身上积蓄即将告罄。若要去卖苦力，他倒是有力气，可在火车站扛麻袋对他的未来发展无所帮助。思来想去，决定利用自己对电脑的兴趣，到广告公司打工，但自己那点零碎的电脑知识在广告店只能出乖露丑。勉强应聘后，只能先做普通工人，干些打杂安装的活，工资低得可怜。但他上手很快，老板喜欢他聪明好学踏实肯干，答应如果他将电脑学好，通过考核，就可以做设计员。杨勇一边跟设计员偷艺，一边让胡丽帮他打听哪里可以学到广告设计的技术。

　　后话：杨勇与欧阳潇成了铁哥们，他也搬到欧阳潇宿舍去住，既方便交流学习，又省住宿费。

　　天气闷热，图书馆里，许婕第一次在看书时心情不能平静。昨晚，操场上离去的那个背影竟如此亲切。那当然不是杨璐，只是背影相似，沉稳，坚毅。

杨璐那阳光的笑脸浮现，在永舜庄时，他在她额上的轻轻一吻，那份温暖还印在心间。忽而阳光笑容模糊隐去，代之为最后一面他安详的面容。她怨恨过，哭泣过，然后将心中永远抹不去的伤痛深埋。终于在终日的忙碌之后心情平静。这里没有他，却有他们的承诺，值得许婕用生命去守护的对爱情和未来的承诺。她觉得自己不会再爱了，曾经沧海难为水，属于爱的那份情思已被浓浓的伤痛注满。任周围蜂蝶营舞，自己终波澜不起。在 M 大的生活中，她下决心斩断一切与爱情，与过去有关的回忆。生活平静而忙碌，跑步，读书，与舍友轻松嬉闹，与欧阳潇大大咧咧地交往在外人可能引起误解，但在许婕自己，那丝毫与爱情无关，发展到最后，也只能是哥们。现在，却蓦然闯入一个背影，一个令她猝不及防心中怦然一动的背影，平静的湖面泛起丝丝涟漪。她摇摇头合上书本离去。

晚饭时，宿舍里。桑林措姆拿出一个大包裹，里面是阿妈寄来的干牛肉，奶渣，袋装酥油茶，糌粑等一堆西藏特产，桑林措姆盛情邀请大家品尝。邓青青欢呼雀跃，荤素不忌，连吃带喝。

桑林措姆给姐妹们分享经验：糌粑，奶渣初尝可能会觉得有股怪味道，习惯之后两天不吃就想得心慌。邓青青兴奋地对桑林措姆说："我要认你阿妈做干妈，这样就可以天天喝酥油茶，吃干牛肉了。"

桑林措姆十分开心："那太好了，那我就有妹妹了，我们家五个兄妹，就我最小，我早就想有个妹妹了。"

邓青青的话招来一片打击：

"邓青青，你还吃啊，这些可都是高能食品，再吃我们就要叫你邓圆圆或者邓胖胖了。"

"邓青青，你可真是有奶便是娘。"

……

邓青青边吃喝边反击不亦乐乎："你们懂什么,这叫为民族大团结贡献力量;去去去,少说我,想你家杨勇去;真的很好吃啊,你们不也吃得挺香么,还说我……"

张妍一一品尝了几样,若有所思地说："嗯,都挺不错的,让你阿妈来这里吧,开个藏特产店,藏餐店之类的,生意一定会很好。"

桑林措姆笑着说："我阿妈做的牛肉包子可好吃了,但她不认识字,不会讲汉话,要是这里有藏餐店就好了,新鲜的酥油茶可比这袋装的好喝多了。"

胡丽在桑林措姆的一再邀请下,从冲好的酥油茶杯里倒出一点,浅尝之后说喝不惯,对于碗中用手揉捏好的糌粑、奶渣、干牛肉等她一概不碰。

许婕尝了一丝干肉,味道还好,但觉有股淡淡的腥味,奶渣咬不动,又没什么味道,谢过桑林措姆便回床上躺着了。她心中惆怅,想给罗莉打个电话。开学之后就联系过一次,留了电话号码,不知罗莉现在过得怎样,若有她在,准能让她开心。

306 宿舍有规定:为既保证个人隐私,又不影响她人休息,打电话者要关闭玻璃门,去洗漱台旁的专用小桌去打。

廖文静和今天刚认识的飞扬乐队的社长甜腻腻的通话半个小时还没有结束的迹象。桑林措姆和邓青青几次招呼她过来吃东西她都没反应。

邓青青不满地说:"真是个话霸,我吃东西吃得都想家了,也不让我打个电话。"

许婕找出 IC 卡,起身到外面公用电话亭去打电话。罗莉不在,她的舍友答应转告。许婕打开 MP3,戴上耳机,到操场跑步去了。

许婕平时跑步时,戴着帽子耳机,从不东张西望,今日的目光却忍不住在操场上游离。跑步的人似乎并不像欧阳潇所言甚多,而且今天也没有发现欧阳潇。一阵轻快有力的脚步声从身边超越,看去,赫然是那个令她怦然一动的身影。那身影掠过许婕时，微微犹豫减速，随即恢复如常。许婕看着背影跑过弯道，消失在远端暗处，不自觉地稍稍加速。几次擦肩而过，背影坚定如常。当许婕跑完离开操场时，背影也刚走到操场出口，她在后面不紧不慢地跟着，看路边昏黄的路灯将前方行人的影子越拉越长。突然，许婕觉得自己好傻，好可笑，这是在做什么，那只是人群之中一个略微相似的陌生背影而已，杨璐已经永远离开了，自己还在徒劳地寻找什么呢。

将至十字路口，前方突然传来一声惊叫：抓贼！一个身影倏地从一个女孩身边窜开，直朝学校后门狂奔而去。许婕面前的背影顿了一下，立刻撒腿追去，旁边几个男生也相继去追。许婕犹豫一下，也赶了过去。狐狸奔跑是为了逃命，猎狗追逐是为了完成任务，生死攸关时，猎狗不是狐狸的对手。飞毛腿小贼眼看就要奔出大门，追捕之人还在十多米之外猛追。一群男女摇摇晃晃大声叫闹着从北门醉酒归来。小贼欲夺门而出，后面的人大喊：抓住他！招摇在前的一个女生险些被撞到，尖叫一声，旁边几个男生瞬间酒醒，一字排开。可怜的飞毛腿小贼陷入包围圈里。背影已经减速，后面追来的几个男生冲上去踹了小贼几脚，与已然酒醒者一起将小贼扭送到校保安室。

背影返回，许婕迎面而至。路灯下，许婕站定看着来人："你好。"

"你好，许婕。"来人面露微笑。

"哦，你知道我名字？"

"语文系新闻班的许婕，对吧。"来人笑容爽朗。

"那你——"

"我叫李文延，经济管理班。"李文延垂手而立。

"李文延，我好像听欧阳潇说过。"许婕记起欧阳潇提过这个名字。

"我跟欧阳潇一个班的，我们常在一起。你，也来抓贼了么。"

"我没有，跟着看热闹的。"

惊叫抓贼的胖女孩终于气喘吁吁地赶到，显然十分激动，问李文延和许婕贼抓到了吗，走走跑跑冲向保安室。

李文延笑着说："这样的女孩才应该练习跑步，我们去看看。"

保安室里，女孩指手画脚神情激动地给大家描述着事情经过：这个学校里很多人都认识我，有的人我不认识也经常给我打招呼。我看到他从对面走过来，给我招呼，我就停下来。他走到我面前，不说话，突然把我脖子上挂的手机拽下来就跑。

女孩义正言辞神圣不可侵犯地指着小贼说：你敢抢我的东西，你知道我是谁吗，我是学法律的……

许婕笑了，李文延也摇摇头，两人转身走开。

"问你一个问题。"许婕说。

"怎么了。"

"你怎么想去抓贼，不怕被伤害么。"

"这个，倒没多想。听到有人喊抓贼，就去追了。"

许婕无言，若有所思。

"你呢，不也追来了。"李文延笑着说。

"我……我只是来看热闹的。"许婕努力微笑，却不觉眼泪已悄然滑落。

"你，怎么哭了？"李文延不知所措了。

是的，许婕哭了，突然，她想放声大哭，他多想面前这个被她提问的人是杨璐。她要问问他，要质问他是怎么想的，为什么要见义勇为！为什么辜负承诺！为什么抛下她一去不回！为什么要让自己孤独等待！为什么不把有关他的全部记忆都带走，为什么要在她心中留下悬而未决，永抹不去的痛！

闷了一个下午的天空划过一道闪电，雷声大作。

许婕初时小声哭泣着，渐渐大声，哭声与天上的雷声交织。她站立不稳，扶抱着路灯大哭，闪电，雷声，狂风卷过，坚硬冰凉的雨点砸下。砸在许婕的头上，身上，抽打在她挂满泪痕的脸上。路上的行人瞬间消失，大雨滂沱。许婕不管不顾，在雨中哭着，越来越大声地哭着，在闪电下，在雷声中猛烈地哭着。

李文延傻了。他呆在雨中，看着无助的许婕坐在地上，抱着肩膀哭泣抽搐着，不知道这女孩为何突然之间如此伤心，自己犯下了什么不可饶恕的错误。

他站着，在雨中站着，一动不动，任大雨滂沱。

许婕压抑已久的情绪终于彻底爆发宣泄，在这个电闪雷鸣，大雨滂沱之夜，在这个陌生的有着和杨璐相似背影的男生面前。

许婕站起身，抹一把脸上的泪雨。看着李文延。李文延满身是水，长发贴在额上。

"你哭够了？"李文延无措中努力微笑着轻问。

"你陪我去喝酒吧。"许婕仍沉浸在伤痛中一时回不过神，声音低沉而坚定地说。

小酒吧里，人星零落。两人面前的桌上摆满啤酒瓶。

李文延不说话，看着许婕开酒、倒酒，一杯杯一饮而尽，自己也一饮而尽。

许婕低着头，慢慢讲述了自己与杨璐的爱情。李文延是个很好的倾听者。

返校时，已是深夜。许婕醉不成行，李文延扶着她，在校门口喊了很久，保安才不情愿地起床开门。李文延跟保安求情半天，才没有登记名字。许婕傻笑呵呵地对一脸严肃的保安说谢谢。

十四 祸

　　许婕躺在床上，舍友们已去上课了。张妍说帮她请假，廖文静说，如果点名，我帮你答到，终于有报答你们的机会了。胡丽说，昨晚有个叫罗莉的女孩打来很多次电话。对于她昨晚大醉晚归，一夜呓语，姐妹们一致选择了沉默和包容。从食堂打来的包子油条放在床前桌上，还有桑林措姆特意准备的糌粑和开水。

　　就这样静静地躺着。许婕以为自己会感冒发烧，却没有，只有宿醉后的头痛。昨晚虽然喝醉，但她全都清楚的记得。是不是有点儿唐突了，在一个陌生人面前敞开心扉，算了吧，不想了。该给罗莉回电话了，但罗莉已经上课去了吧。许久，许婕下床，打开行李箱，小包里，一颗洁白的心形石头冰凉如水。许婕将石头捧在手心，轻轻吻过，放回小包。

　　早课结束了，楼道里响起零星的脚步声，许婕开始洗漱。桑林措姆最先回到宿舍，手里拎着一个三磅暖瓶，进门后就说："许婕，喝杯甜茶吧，我们藏族人喝酒后都要喝甜茶，醒酒，暖胃。"

许婕啜饮着杯中的甜茶，很香，一股暖意流过心间。

邓青青一行人吵闹着一拥而入，将两个快餐盒放在桌上。一碗炒刀削面，一碗水饺。

邓青青问："许婕，你要吃哪个？"

大家似乎都很关心她的答案。

许婕奇怪："我吃哪个都行，好香，但这么多我吃不了啊。"许婕看着两份北方的面食，这都是她喜欢的。

"面条，水饺，只能选一样。"邓青青说。

"为什么呢，我饿了，能不能都选。"许婕觉得她们几人神情怪异。

"可以是可以，你先选哪个？"廖文静甜甜地说。

"我都很喜欢，先谢谢了。"许婕觉得其中定有猫腻，不敢轻易选择。

胡丽几次欲言都被张妍以神秘微笑制止，她摇摇头走开，拉开玻璃门通风，拿拖把拖地。

"快选啊，一会儿面条都砣了。"邓青青提醒说。

"好吧，我选面条。"许婕很想吃饺子，但觉得饺子不卫生，除非亲眼看见制作过程，她觉得哪里的饺子都不卫生，搅碎的肉馅最易包藏祸心，再被面皮遮掩。

"耶，我赢了！"邓青青高兴地蹦起来。

"好吧。不过，许婕喜欢就好，选哪样都行，两样都可以吃啊。"廖文静说。

"邓青青和廖文静两个无聊的人在打赌，一个说好吃莫过饺子，一个说最香不过炒面。"张妍揭开谜底。

"啊？"许婕有些难为情地看着廖文静。

廖文静依然甜笑着说："我输了，但没什么呀，愿赌服输，还是你老乡了解你。快吃吧，炒面也挺香的，我都馋了。"说完又要去阳台打电话。

"廖文静，又要给'长发飞扬'打电话啊，你直接去找他得了，同在一个学校还浪费电话费。"邓青青说。

"你个小丫头还不懂，这叫情调，要保持神秘感，每天见面多没趣。"廖文静已深陷情网。

"我看是调情还差不多。"邓青青嘟囔着。

电话响了，廖文静欢喜地说："看见没，这就叫心有灵犀，我正要打电话，他就打来了。"廖文静如小鸟跃去。

"喂，哦，她在，hold on please。"

"许婕，找你的。"廖文静递过话筒，一脸失望。

"你再不出现我就要报警了！我都打算到你们学校去找你……"电话里罗莉在咆哮着。许婕很开心，罗莉总能在最短时间内带给她最多的快乐，许婕关上玻璃门，专心打电话。

不经意抬头，楼下站着一个身影，是李文延。手中提着饭盒，张望着306的窗户，来回踱步。他在等许婕么，等多久了？

看到许婕的身影，他扬一扬手中饭盒，微微一笑。许婕本想在电话里跟罗莉说说昨晚的事儿，但看到李文延在楼下等待的身影，犹豫之后说自己在图书馆看书后又去跑步回来得太晚。罗莉则喋喋不休地说着她溜冰、游泳加入社团等在大学里的新鲜事，许婕一直微笑倾听，偶尔插问一句。

突然罗莉问："你谈男朋友了么？"

许婕下意识地看向依然等在楼下的李文延，愣了几秒钟，对电话说："没有，你呢？"

"我不确定。"电话传来罗莉轻轻的叹息声。

"这么说，你有中意的人了，要不要寄张照片，我帮你参考参考。"许婕打趣说。

"好啊，不过，那个他你认识，我给你写信吧。"

"我认识？哦，我好像知道了。好，我们写信，我也给你写，看谁的信先到。"

许婕自问在大学里还没有可以让自己敞开心扉的至交，而沉寂之心泛起的波澜却又需要倾诉，她要写信给罗莉，不一定会诉说感情，但一定会排解苦闷。

李文延固守楼下，去见见他吧。许婕对他比划着下楼的手势，放下电话离去。

"哎，你的面条还没吃完呢，怎么就要出去。"

"许婕，你要去哪儿？我们还没审问你昨晚去哪儿喝酒了，醉成那样，还有那个送你回来的帅哥是谁，怎么从没见你提过啊。"

舍友们见她没吃完饭就要出去，不依不饶起来。

"这个，我以后再坦白，现在我有事必须要下楼一趟。"

"那不是昨晚那个帅哥嘛，原来许婕要去约会啊。"胡丽拖完地去放拖把，看到楼下的李文延，指着窗外说。

"在哪儿，在哪儿，我看看。"邓青青已在床上躺下，马上起身踢踏着拖鞋跑到阳台。其他几人也都跑到阳台去看许婕突然而至的约会对象，许婕趁机离开。桑林措姆看见李文延后愣了一下。

李文延笑着迎向许婕。306 的窗户传来邓青青和廖文静的声音："帅哥，美女，帅哥，美女。"

许婕羞红了脸，李文延向 306 的窗户笑笑，楼上立即传出歌声："对面的男孩看过来，看过来，看过来……"

整座女生楼的窗户瞬间探出无数脑袋，众多视线如从天降的巨网向他们罩下。许婕尴尬难当，两人在一片叫闹声中匆匆逃离。

马路上成双结对的情侣比比皆是，两人在一棵白杨树下相距两米对立站定，倒也不显得突兀。

许婕不好意思地说："谢谢你啊，昨天晚上陪我喝酒。"说完，脸先红了。

李文延说："谢谢你的信任。"

两人似乎再没什么话说。

"猜想你可能没吃饭，就贸然给你带了午饭，也不知道能不能见到你。不过，饭都凉了。"

"谢谢，舍友们给我带了饭，我吃过了。"

"不用谢。我也不知道你喜欢吃什么，主要就想看看你怎么样了。"

"我没事儿，酒已经醒了，昨天失态了，真不好意思。"

"没关系。对了，你知不知道欧阳潇受伤了。"

"啊！他受伤了，伤得严重不？"许婕立刻神经紧张，担心之情溢于言表。

"不算很严重，要不，我们去看看他？"李文延见许婕羞涩的神情突然变得担心关切，眼中略过一丝复杂。

"他现在哪里？"

"在附属医院。"

"走，我要去看他。"许婕方才的温柔羞怯瞬间无踪，由内而外毫不掩饰地透出凝重，担心之余似乎还有更加深沉厚重的悲愤。

许婕对欧阳潇的关切让李文延心里微微泛酸，各种念头瞬间闪过，她和欧阳潇的感情竟已如此之深？其实完全不必如此，他的嫉妒心太强，心思太重，许婕跟他也不过是初次相识。

两人向附属医院走去。一路上，许婕脚步匆匆，满眼焦急表情肃穆。她始终与李文延保持一定距离，不时扭头询问欧阳潇的情况。

"我也没在现场，事发后才听说的。昨天晚上欧阳潇正要去操场跑步，突然路边冲出几人在他头上砸了一棍就跑，欧阳潇没看清楚行凶者的模样。"

"啊！"

"那伤得很严重吧。"

"医生说有点儿轻微脑震荡，到了。"

欧阳潇头上缠着纱布躺在病床上，床头支架上挂着一堆吊瓶。听到推门声，他睁开眼睛，看清楚来人，想要坐起来。许婕忙走到床边轻声说："躺好，别动。"

欧阳潇咧嘴笑笑说："一点小伤，没事儿，正可以好好休息。"

"知道是谁下的手么？"许婕皱着眉头轻声问。

"不知道，系里说一定会查出凶手，但估计很难，飞来横祸啊。"

"你是不是得罪什么人了？"

"哥们我整天夹着尾巴低调做人，没觉得得罪谁啊。"

"伤得重不重啊，医生怎么说。"

"别提医生了，他们以为我是打架斗殴弄伤的。缝针的时候有个家伙警告我说，打架斗殴受伤者，缝针一律不打麻药，我再三解释，才给我注射了麻药。我都怀疑这些家伙跟打我的人是一伙的。嘘，可怕的医生们来了。"

许婕听说医生竟然如此不分青红皂白，一张俏脸上横眉立起，冷眼看着走进来的护士。

李文延进病房后一直没说话，手中提着饭站在一边，对进来的护士生硬问道："你们给伤者缝针时都不打麻药吗？"

护士正在吊瓶支架上忙活，听到问话回过头来看了李文延一眼，又去忙活。

"问你话呢！"

"你凶什么！有什么事儿问医生去！"护士带着口罩，声音发闷，情绪明显不好。

"哎，没事儿，谢谢你啊，美女护士。"欧阳潇瞪了李文延一眼，笑嘻嘻地打圆场。

护士没理他，忙完手中活计，拿着空输液瓶，谁也不看，说："这瓶输完，今天的液体就完了。吃饭忌口，别吃刺激性食物。"临出门，冷冷地瞪一眼李文延说："值班室里有医生。"转身离去。

李文延面色黑青，就要追门而出。欧阳潇给许婕使了个眼色，许婕忙拉住他。

"哥们，你就别折腾了。再折腾医生要给我下毒手了。你跟护士较什么劲呀，人家最后也打了麻药了。"欧阳潇略带怨气。

李文延仍是一副气愤难平的样子。

许婕说："算了，欧阳潇说的对，别问了。"松开李文延的胳膊。

"你给我带了什么好吃的，快拿过来。"

"这，这不是给你带的。"

"那是给谁带的，这里就我一个病号啊。"

"是给我带的。"许婕有些不好意思地说。

"啊，是不是我脑子真被打坏了，怎么这么混乱。许婕好好的，你给她带什么饭。"

李文延不说话，许婕也不知该如何解释。

"咦，你们两个怎么会在一起。我不是还没给你介绍呢吗？我进医院也就十几个小时，这地球就不按正常轨道转圈了。"

许婕笑了："想那么多脑袋不疼嘛，你想吃什么，我去给你买来。"

"你们就都瞒着我吧，我什么都不吃了，等到晚上吃点大鱼大肉，来一顿最后的晚餐得了，这世界都把我抛弃了。"

"真不吃，那我可要回去上课了？"许婕作势欲走。

"你们就这样对待病号，人家来探望都要手捧鲜花果篮牛奶什么的，你们还威胁我，太伤心失望了。"欧阳潇支撑着身体作出一副夸张的伤心绝望状。

"别贫了，明天我给你带个大花圈，哦，不对，是大花篮总可以吧。快点说想吃什么。"

"你要给我买花圈……"欧阳潇瞪大双眼后重重地躺下，闭眼。

许婕嘻嘻笑着和欧阳潇打趣，气氛欢快。

"我去买饭吧。"李文延有些面色不佳，说完走人。

剩下欧阳潇和许婕两人在病房，却突然无话可说，气氛尴尬。

"那，你休息吧，我走了，下午再来看你。"许婕语调轻柔。

"谢谢你来看我，许婕。"欧阳潇诚恳地说。

李文延买饭未归，许婕已离去。进校门时，许婕望见李文延站在小饭馆门口抽烟，远远看去，似有一脸怅容。她敏感地感受到李文延的情绪起伏，犹豫了一下没有过去和他打招呼，径直离去。一路上不由自主地想着他为何会这样，他到底是个怎样的人。

晚自习后，许婕准时出现在操场上，昨日的疲惫加之几天的思绪不宁，许婕在跑完五圈后有些疲累。期中考试临近，操场上跑步的约会的人少了很多，许婕独自散步，坐在白杨树下。

李文延没有出现，可能在照顾欧阳潇吧。对李文延，许婕的感觉很复杂。既有一种无端的信任，这与当初对杨璐的感觉相似，但一种朦胧的直觉告诉她，李文延和杨璐又不一样，到底何处不同，她又说不清楚，毕竟她对李文延知之甚少，甚至陌生。对杨璐也不能算完全了解。晚风吹来，一阵清凉。此刻她觉得有必要打开心扉，直面生活，梳理一下自己的心绪了。许婕看似适应大学生活很快，完全不似一个新鲜雀跃的新生，她既不像张妍一般终日辗转忙碌于各个社团，也不像廖文静快速地坠入情网，她如一个沉静的老生，倦了，淡了，回归了。独自啜饮，冷暖自尝。但她知道自己并非已经回归，而是根本就没开始。一直以来，她将自己封闭起来，将身体、心灵、情感和一切对外界的感知都封闭起来。外界和自己无关，她的内心根本就不曾进入大学，换任何一个环境，她仍可以我行我素。欧阳潇呢，他何时闯入自己的生活，为何不觉得突兀呢，也许只能说许婕对欧阳潇没有丝毫的感情成分。感情是女人最敏感的一根神经，犹如一层玻璃，看似透明，实则坚固难以逾越，不带感情的闯入，那只是身影的映照，若要将整个的身心闯入，必将引起玻璃破碎之后强烈的震动和刺痛。读书，吃饭，跑步，简单的生活只是一种对杨璐感情的寄托和延续。那种迄今为止生命中最强烈的震动和刺痛她经历了，最敏感的神经被拨动了，那段短暂却炽热的恋情让她的少女情怀曾经无比的充实，正当她满怀希冀准备迎接更大的幸福时，一切却突然消失了，消失地如此彻底，甚至没有丝毫追寻的余地。玻璃已经破碎，敞开的心门永远无法恢复如初。纯净的真空瓶被启封了，却不能被及时地填充，留下空落落的纠结与痛楚。无意收拾一地的破碎，将心整个地包裹起来。背着这沉重的包裹，徒劳地自我欺骗，踏上寻觅的征程，潜意识里希望前方能见到一如当初那璀璨耀眼的星光，重新将黑暗照亮。是的，那一个背影，在疲惫而又无所依傍的无望中，那个突然出现的坚毅背影，似要将一切重新开启，将灰暗的天空重新粉刷添彩。会吗？此刻她犹豫不决，可她是一个敢做决定的人。打开心扉吧，让久久空虚的心房，纳入一缕阳光。然而余震未消，得到而又失去的阵痛，让少女又有一丝惧怕，只能在朦胧之中观望试探。

漫天的星光亮起，天空深邃辽远。

回不去了，何不就将其永远的封存，重新开启一扇心门，痛过，只会使坚强更加坚强，使勇敢更加勇敢。黑暗中，许婕长长地吁出一口气，咽下泪水，目光坚定。回过神来，MP3 里传来赵传的歌：我一定会勇敢一点，即使你不在我身边，你的决定和抱歉，改变不了我的明天……

临近期中考试。

图书馆、教室、马路边爆满了临时抱佛脚的人群，图书馆里她常坐的位置已被各种占据，她借了小说，带了高中与大学的课本，回到平常热闹而此时清静的宿舍。

紧张之后必有松弛，大学考试的"不过尔尔"让疯狂者更加疯狂。廖文静已经发展到夜不归宿。邓青青在好吃之余更加嗜睡。张妍如围绕在原子核周围的一颗电子疯狂地旋转，各种活动，各种比赛中频频出现她的身影，如一弯新月明亮，周围各色星捧。桑林措姆终日和男友出双入对。胡丽也把更多的精力用在照顾她男朋友杨勇身上。

十五 墨脱手记——路

　　为何当初一开始没有选择欧阳潇却和捉摸不定的李文延产生了一段恋情呢？在和李文延开始之前，她不是一再告诫自己要慎重么？一旦选择了，若再分开，必将尚未痊愈的伤口再次残忍地撕裂，她绝不愿再经历那样的伤痛。一定有个原因让她做出了选择，只是那个原因现在变得模糊，或许是上天注定要有这一段情缘吧。

　　许婕不愿再想了，她打开欧阳潇的来信，欧阳潇的信能带给她温暖和力量，他正在艰苦的墨脱认真地履行着他们的约定。那墨脱手记是鲜活的，阳光的，也是与杨璐约定的梦想相关的。

　　许婕，亲爱的姑娘，想念你。

　　我还在路上，这里没有信号，不能与你通话。没有你的消息，令我痛苦。但想到远方的你一定在牵挂着我，也感到幸福。

　　经过两天的徒步，我已到达墨脱，你不要担心。因为长期的锻炼，我并没有感觉特别辛苦。下面是我这两天的行程记录，我尽量让它有趣些，若记得不好，你得原谅我是个理科生。

北京吉普在原始森林的简易路上颠簸了一天后，我们从波密到达 80K。天已黑透，下着大雨，道路泥泞，遍地泥汤，没有下脚之地。有人向一块黑色石头踩去，"噗嗤"一声立刻陷进一堆新鲜牛粪中，无人喝彩，走了牛屎运者也只是低低地抱怨一声，弹弹脚了事。

领队告诉我们，明天要开始徒步了，估计要走两天。

客栈是简陋的木板房，上下两层，二楼住宿，一楼用餐。

白炽灯忽明忽暗，灰黄如豆，远处瀑布轰鸣，心情如天气一般潮湿。有人在二楼走动，头顶的木板咚咚作响。风吹过窗户，吱吱扭扭，黄黑泥巴沾在地板上，犹如粪便……

没有食欲，可肚子早已咕咕作响。

明灭不定的灯泡下摆着几张粗糙的木桌，条凳胡乱地躺在周围。一行人重重地坐下，举着黝黑的乌木筷子向桌上的盘子招呼去。

凉拌蕨菜，炝炒小白菜，凉拌侧耳根，木须腊肉，腊肉白菜。菜品少，分量足。别人吃得津津有味，我不习惯腊肉的味道，加之一路颠簸，肠胃不适，第一口差点吐掉。但身体需要能量，狼吞虎咽，很快肠胃和思想一起被适应。两碗米饭下肚，舒坦些了，等我第三碗米饭刚盛好，桌上已盘碗狼藉，所剩无几。盘旋在灯泡下毛茸茸的大飞蛾已三番五次俯冲过菜盘了。前几次都被人用筷子拨出去，这次报复似的栽到盘中四五只，扑棱着落下满盘灰黑绒毛。如此"山珍"，难以消受，吃下去的几乎要吐掉，赶快起身离开。

吃罢饭，在烧柴的藏式火炉旁烤火取暖。拖着疲惫的身体上楼，躺倒在一张大通铺上。顷刻间，呼噜声四起。

第二天，大家起床洗漱后各自到楼下就着泡菜吃馒头喝稀饭。缺乏锻炼的人开始抱怨腿酸脚疼，对即将开始的两天徒步发怵。

买香烟饮料压缩干粮，结算食宿，我们开始见识了墨脱的物价，个个直道老板真黑。老板无奈：路好烂嘛，运费好贵哦，你们也晓得塞！

我们也只好晓得了。

穿雨衣，打绑腿，在绑腿上涂盐巴——预防传说中可怕的蚂蟥。

领队已安排好几个背夫，我们的大件行李在我们起床前就已经上路了。领队方方正正的军用包上盖一块塑料布，招呼一行人出发。我们在饭店老板见惯不怪的目光中踏上了每天八九个小时，连续两天的暴走征程。

一开始，大家体力充沛，心情不错。

沿大路走了两公里，山体上一条小路蜿蜒隐现。领队说：走小路吧，可节省一个小时。我们依次手脚并用爬上湿滑的小路。所谓小路，即是沿溪流翻山，久闻其名未曾谋面的蚂蟥早已在此等候多时。

长满绿苔的吊藤抽打在脸上，竹叶割的手背生疼，湿漉漉的石头上长满绿苔，十二分的小心之下仍要滑倒几次。起身时，手心裤脚凡是湿润的地方都被黑、绿、花的软体黏虫沾上了，甩都甩不掉，扭曲着恶心的身体一弓一弓往上爬，钻到温暖隐蔽的部位就开始吸血。蚂蟥！

女生尖叫，众人忙乱。

我低头察看，发现衣裤上也大大小小沾上了五六只，慌忙用手去拨，随即又沾在手上，十个指头用遍，蚂蟥依然紧紧吸附着，真恶心！花两分钟弄掉一只，脚上早已爬上七八只。脚下，还有无数蚂蟥急行军迅速扑来！

很多人进墨脱的第一次眼泪就在这里流下——被蚂蟥吓哭了。

用烟头烫！领队喊了一句！

掏出香烟火机，一一点烫，碰到烟灰的蚂蟥立刻松开吸盘缩紧全身，掉在地上挣扎。对吸血蚂蟥我毫无怜悯之心，掏出小刀，狠狠截成两段，黑红的血渗入黑泥，圆滚滚的丑陋身子立刻瘪下去，竟分成两段各奔东西——逃跑了！

简单收拾完自己，又去帮助尖叫哭泣不知所措的女生解围。（许婕，英雄救美，你莫要介意。明年你若来，我一定不让你走这条小路。）

此地不宜久留！可一路上与蚂蟥的斗争根本就没停止过，只要在墨脱，恐怕就不会停止吧。但我知道，会习惯的，即使在此刻，我几乎就已习惯了，也了解了，知道它们不像传说和视感中要钻到肉里去那么可怕，被吸几口流点血反而还与献血有异曲同工之妙，我要从容面对。

急行的疲惫，受惊的余惧，平日缺乏锻炼，急行了三个小时后一堆新人汗如雨下只想找地休息，极限之关到了。可路还很长！蚂蟥还很多！

大部队渐渐松散，化成人数多少不一的小分队。极限过后是潜能的爆发。进退两难，停下又绝对不可能，只有硬着头皮深一脚浅一脚地继续前行。

实在太累的时候，停下来短暂休息，喝口饮料，吃块干粮。看看前面的人走远了，坚强地跟上。一路相互鼓励相互帮助，终于在天黑之前到达108K，住进了桥头旅店。旅店老板热情地招呼我们进店烤火，他的门巴老婆开始为我们准备饭菜。

雨水、汗水，里外夹击，全身早已湿透，散发出一股馊味。夜晚气温降低，微风吹过，寒意袭人。

鞋子被泥水泡成黑色，走一步冒一股黑水。当地人走山路都穿黄胶鞋，我们也人脚一双，鞋底软，鞋跟脚，好走路。但走惯了城市平坦水泥路面的娇嫩脚掌很快在超负荷下被泥水泡的发白，有人脚心磨出了水泡。磨出水泡者是绝对不能再走了，要找民工背着。

依然是脏兮兮的木板房，可洗脚盆却异常得多。倒上热水，放上盐巴，泡脚。

我没有胃口，花十元钱泡了一桶方便面。吃罢，把黄胶鞋洗刷干净放在火炉旁烘烤，抽烟休息（这两天我抽烟比较厉害）。

这时候，我开始佩服那些小女生了。女人的忍耐力比男人强，这也许就是上帝为什么选择让女人生孩子的原因吧。开始时候还略显娇弱的女生，在看清楚除了咬紧牙关靠自己坚持走下去别无选择后，她们慢而匀速地前进，那样坚强无畏。我们很受鼓舞。

女生们依然慢慢地吃饭，慢慢地解开绑腿，洗刷胶鞋，似乎在积攒着力量，明天还有同样漫长的路在等待。

当心态摆正了，身体很容易就能适应。雨水拍打着铁皮屋顶，头枕着雅江的轰鸣声，我们一觉睡到天亮。

天放晴了！虽然道路依然泥泞，然而有清晨新鲜的空气，深林中欢快的鸟鸣，洁净的阳光，干爽的胶鞋，暴走之后酸痛而灵活的身体，今天晚上就能到达目的地的期待……我们心情很好，每个人脸上那种"我该怎么办"的愁苦一扫而光，换做"好在天气还不错"的满足。

疲惫早已适应，既然它的确存在着，那就让它存在吧，不必总是想着它，看看也同样客观存在的美丽！山花烂漫，江水回旋，悬崖峭壁，猎猎经幡。是谁说的，存在就是合理。

人，还是很容易满足的，当一无所有的时候，给点阳光，去狠狠地灿烂一下又何妨？

每个人用各自的方式排解着疲惫，一步步在坎坷泥泞的道路上丈量。到米日村了，距墨脱县城还有四个小时的脚程，有人走不动了。领队找来两个马夫，牵来两头大青骡子和一头小毛驴。

大青骡子坐上人被两个马夫牵走了。我因体力尚好，被安排牵毛驴。毛驴上坐着一个女生，是将来的同事。寂静山谷，悠长山路，毛驴脖颈上铜铃叮当，虽然疲惫，却有一种岁月悠长而时空无尽的错觉。

我回头看去，心想：若手中牵的毛驴背上坐着的是你——许婕，那该多好。这样，你就是骑着毛驴嫁给我的新娘，而我们，一起嫁给了墨脱。

终于，我们看到了一个个盖着白铁皮的木房，看到了别着长刀背着竹篓的门巴汉子，问一句：墨脱在哪里？答：这就是啊！

坑坑洼洼的路上徜徉着骡马牛驴，丑陋的野狗四处溜达，光屁股小孩在路边小溪中嬉戏，木板房中透出灰黄的灯光，还有劲爆的音乐，人们穿着黄胶鞋迷彩服走来走去，偶尔好奇地看我们一眼……毛驴上的女孩说：我想哭……

脚下还有路，继续前进！终于，在爬上了一个大坡，拐了一个大弯后，我们找到了这云遮雾绕密林深处的绝域——墨脱县城。

莲花广场！水泥路面！路两旁多乎哉不多也的水泥房子。

我将女生扶下驴背，坐在一家商店门口，长长地出了一口气，心里低声说：墨脱，我来了。

看着欧阳潇的墨脱手记，许婕的眼眶几次湿润，她心疼他。他在信中的关切之情如此温暖。她要写信告诉他：就像我在新生报到那天你帮过我一样，尽管去帮忙吧，你本就是一个精力充沛乐于助人的人，我也想念你。

十六　迈出

　　欧阳潇已恢复，伤口缝合处渐长出新发。因看望欧阳潇，许婕和李文延在附属医院几次同进同出，相互增进了了解。许婕发现，李文延做事有条不紊，也不乏温柔，尽管只是一种大大咧咧的温柔，她对他的好感增加了一层。许婕从来就不是一个扭扭捏捏的人，决定了要做认为值得去做的事，她就会放开手脚，大胆为之。对感情，更是如果爱，深深爱。

　　原谅她吧，一个在感情路上初尝爱之涩果的少女，一个曾深深爱过痛过，彷徨苦闷的少女，一个丢失了心爱玩具后得不到抚慰的小孩。她执着地坚守，在无望的坚守中看到了希望之后再次想要不顾一切的追求，不为浪漫，只为将之前的一段情感续写，却非花随流水的不专。

　　图书馆在沸腾了一段时间后潮水退去，水落石出，时常进出的又只余一些常客。许婕将看书的位置换到了五楼，那里最后一排有个稍显破烂的方凳，是李文延的专座，许婕坐对面。他喜读一些经济及行政管理方面的书籍，许婕则在复习高中课本之余看一些小说杂志，两人互不干扰。李文延曾问许婕为何喜欢看高中课本和一些"没用"的书，许婕含糊其辞地说学过的东西不能忘，作为文科生就要涉猎广泛云云，对于准备重新高考这件事她缄口不言。对在 M 大读完大一后继续留下还是重新参加高考，认识了李文延后她开始犹豫。李文延也偶尔翻翻许婕借阅的书，然后不置可否地还给她，其时的态度虽不明显却能被敏感的许婕捕捉到其中的一份不屑。许婕对这种态度颇为不满，两人展开辩论。

李文延：根据马克思主义哲学，经济基础决定一切，经济的发展是整个社会发展的基础，也是历史发展的决定因素，可以说，没有经济，就没有人类历史的进步。经济学知识很重要，其余的，就比较次要了。

许婕：你歪曲了马克思同志的原话，经济基础决定上层建筑而不是一切。经济固然是社会发展的重要因素，但经济只是基础，是下层建筑，人类在满足了基础需求之后自然而然产生对上层建筑的需求，这种上层建筑包涵众多，其中就有文学。

李文延：经济的发展是人类社会前进的动力，没有了物质，社会止步不前，人们食不果腹，衣不蔽体，生存的需要得不到满足，哪有精力去搞文学之类虚无缥缈的东西。

许婕：但现在的社会不是没有经济，也不是物质匮乏，反而是处于生存所需物质过剩的时代。人们已经满足了基本的生存需求，需要向更高层次去发展，既然有需求，就会有生产，文学等艺术那是应运而生。

李文延：基本生存所需的物质条件是具备了，但又产生更高层次的物质需求，人类对物质的追求永不止步。会走了，想要更快就要跑，跑得不够快，需要自行车，摩托车，汽车，火车，飞机，探索完了陆地，再探索海洋，之后还有宇宙，如果全人类的精力都放在探索社会的发展上面，那人类的科技早就飞跃，人类早就进步进化不知到何种境界了，就是因为太多人把精力分散到艺术等一系列事物方面，才导致人类不能集中精力进行经济建设，发展了几千年还不够先进。

许婕：先不谈你的地球探索宇宙探索和你的经济发展没有必然关系，经济发展什么时候才能达到终极目标，人们难道只存在物质需要而不需要精神的满足？何况艺术本就不是物质的衍生物，它甚至是先于物质而产生的。有了人类就有了需求，而需求本身就是多方面的，除了满足最基本的生存需要，精神上的需求甚至更重要。人和动物很重要的区别就是人有喜怒哀乐各种情感并能表达出来以共享。如不进行表达和交流，那和动物又有什么区别。

李文延：当然有区别，动物不会进行经济建设，动物界再发展壮大也不过是种群数量的增多。

许婕：正是因为它们只是为了种族的繁衍，没有在精神层面更进一步提高，所以它们才为动物。哎，我们说读书怎么扯到动物身上了。你篡改话题，快承认输了吧。

李文延哈哈一笑。

类似的讨论经常在他们之间发生，几乎总是从讨论一个严肃的命题开始，到最后十万八千里外的不相干处结束。探讨与辩论，碰撞出激情。

沉郁已久的许婕试着抛开阴霾与李文延在一起过没心没肺的大学生活。两人都喜欢学习，课余时间，几乎都呆在图书馆里看书。李文延继续他的实用主义理论，许婕坚持她的浪漫主义情怀，偶尔的辩论磨合思想贴近心灵。他们不知不觉已陷入恋爱并上升至热恋。热恋中的世界没有别人，热恋中的天空只有晴天，热恋时目空一切，心中只有对方。许婕沉浸在自己的小宇宙，她早出晚归，春风满面。早晨空气清新，中午阳光灿烂，下午凉爽宜人。笑容绽放的天空没有阴霾，坚强而僵硬的心重又温柔敏感，一切是那么纯净，即使有丑陋也被镀上美丽的金色，如雪后洁白的大地。对舍友们的打趣，她都微笑着哈哈而过，被幸福日益充满的心已不会被任何负面的情绪影响，任何有害无益的东西都会被自动过滤。任周围蜂蝶营舞，桃花自盛在春光。

这一切，桑林措姆看在眼里，欧阳潇看在眼里。

李文延对许婕有自己的认识：美丽，重情，文静又热烈。面对许婕日益升温的火热，李文延保持着惯常的冷静，坚持着每日固定的生活规律，只是从前独行的身边多了一个伴儿。他们在一起，除去偶尔的辩论，更多时候只静静地在一起。

大浪淘沙，操场上的跑步狂潮退去。许婕、李文延、欧阳潇，三人到操场的时间不同，跑步节奏也不同步。欧阳潇与许婕擦肩而过依然会打招呼，李文延则一如以往的沉默。跑完后，三人会在操场边的白杨树下会合，喝水，聊天。

"李文延，你小子该乐了吧，大美女许婕都被你勾引到手了，怎么还是苦兮兮的。我和许婕既是老乡又早认识，近水楼台没先得到月亮，反而被你不声不响地捷足先登了。老天，你可真是不公平啊。"欧阳潇作一副莫大冤屈状。

李文延笑而不语，许婕则看着他贫。

"你们俩是不是趁我住院那几天好上的，这是非常典型的把你们的幸福建立在我的痛苦之上。"

"别苦大仇深了，我没有从你那里横刀夺爱吧。"李文延的声音有点冷。

"问题是我怎么也转不过这个弯儿，我就在医院躺了几天，你们怎么就火热了？还有李文延你小子不安慰我就罢了，能不能不要整天冷着脸，你可知道为了我们美女许婕有多少人明里暗里较着劲，那些可都是恶狼啊，就这样被你不声不响地打败。你就不能高兴点儿，显得有成就点儿？"

"欧阳潇，你就夸张吧你。"许婕抿着嘴笑。

"我可不夸张，许婕，你就这样跟他好了，不知道伤了多少人的心……"

"还有你的心吧。"李文延打断欧阳潇，冷冷地插上一句。

"那是，我的心都碎了一地，你都不知道我有多冤，我头上那一棍是怎么挨的我心里清楚。看我跟许婕在一起，有些人嫉妒就暗地里下狠手，想让我知难而退，其实，该挨这一棍的是你啊。"

"欧阳潇，你该不会怀疑是我干的吧。"

"我倒想知道是谁干的。"

"你什么意思。"李文延生气了。

"你们俩怎么了，开着玩笑怎么就生气了。"许婕觉察到他们的话里逐渐冒出火药味，出言制止。

"谁生气了，我在说着玩呢。"欧阳潇嘿嘿笑着。

李文延闷哼一声不说话。

"我们回去吧，宿舍楼要关门了。"许婕说。

"别介，我以为你还要去计算机房练习打字呢。"欧阳潇作失望状。

"今天不去了，你不是有钥匙么，我去的时候找你。你们俩回宿舍还有个伴儿，我可就一个人。"许婕起身。

"我送你啊。"欧阳潇站起来。

"不用，每天都要见面，想不通他们为什么非要搞出那么依依不舍的样子，再见。"许婕说完看了李文延一眼离开。

李文延在许婕起身时也已起身，他没说要送许婕，欧阳潇却说了。李文延知道许婕不用送，他虽没表态，但觉得十分别扭，不是滋味。

"再见。"他对许婕说。

"我送你呗，这么远的，你又是一个女孩儿……你拉我干什么。"欧阳潇要跟送许婕，被李文延一把拉住。

"你怎么那么烦人。"李文延不快。

"我怎么烦你了？"

"许婕都说了不用送了。"

"那，好吧，她是你女朋友，你去送送呗，你到底懂不懂啊。"

李文延不说话。

许婕远去。

"李文延，哥们劝告你，许婕可是好姑娘，你好自为之。脚踩两只船的事儿，作为我的哥们可是干不出来的。我知道另一个女孩的名字叫祁夏，也听说是个不好惹的主儿。"欧阳潇直视着李文延的眼睛郑重告诫。

李文延低头呆在原地，欧阳潇向计算机房走去。

许婕本想和他们多聊一会儿，欧阳潇活泼幽默，总能带给人快乐。李文延话不多，偶尔东一句西一句的聊天也未尝不是一种享受。而跟他们两人在一起，许婕却高兴不起来。欧阳潇似是而非地开玩笑，李文延不言不语，两人之间充满敌意。

许婕想罗莉了，她怀念高中时在操场跑步的日子。她和杨璐，罗莉，三人在一起无所猜忌，快乐单纯。现在也情形相似，不过从两女一男换成了两男一女，快乐却不再了。火药味，敌意，酸溜溜的空气，难以忍受。如果情况不能好转，就不要同时在一起了。

计算机房里黑黢黢，角落里有一台电脑荧屏闪亮，杨勇正全神贯注地设计版面。欧阳潇打开灯，他头也不抬。杨勇头发蓬乱，T恤衫破着几道口子，脏兮兮的牛仔裤已看不出本色，俨然一个装修工。白天干活，晚上研究制图软件，两个月下来，杨勇对广告业务从设计到制作安装已颇为熟练，老板对他大加赞赏，工资也晋升一级。他乐在其中，用他的话说，这才不枉度青春。欧阳潇和他一起讨论软件的用法，技巧，时间不觉已至十一点，该回宿舍了。两人每次回宿舍前都要在图书馆前的中心花坛坐会儿，吸烟，有时喝几口小酒。

回环曲折的花廊里，难舍难分的情侣在黑暗中卿卿我我。两人找一处僻静处坐下。杨勇掏出一瓶白酒，递给欧阳潇。欧阳潇摇摇头说今天不想喝。杨勇拧开瓶盖自己灌了一口，响亮地咂一声嘴巴，惊到了不远处的一对鸳鸯，其中一人扭头看了一眼。

"谈你的情，说你的爱，看个鸟儿……"杨勇嘟囔着又仰头灌一口酒。

欧阳潇嘴里叼着烟愣住了，愣愣地看着那对男女。

"怎么了你，有啥看的。"

"嘘。"欧阳潇做出禁声的手势。

杨勇也不吱声了，两人在黑暗中烟头明灭。那对男女传来低声地争吵，随后男的起身离开，女的站了一会儿，也离去。

"酒拿来，我喝一口。"欧阳潇从杨勇手中夺过酒瓶，灌了一口。

"搞哪样你，不是说不喝嘛。"

欧阳潇不说话，只盯着远处看。

"看啥呢，没见过小两口吵架啊。"

欧阳潇又喝了一口酒，声音低沉地说："那男的是李文延。"

"李文延？哦，我听胡丽说了，就是和许婕谈上的那小子。可这女的不是许婕啊，怎么回事。"

"那女的是祁夏，外语系的。"

"什么情况，那姓李的脚踏两只船？"杨勇不平了，他最见不得用情不专的人。

"看李文延那小子玩什么花样，枉我把他当成朋友。"

"许婕可是好姑娘，跟胡丽关系也挺好。我不能看她被别人耍了，看我不上去揍那小子。"

杨勇愤愤不平，说着要站起来，被欧阳潇拉住。

"你别拉我，这种人就是欠揍，一会儿回到宿舍再找他算账。"

"你消停点，闹出事儿来，你还要不要在宿舍住，学校知道了，把你赶出去，我也要因私留校外人员受处分。"

"大不了老子搬出去住。"

"不是这么个事，给你说了吧。"欧阳潇治不了杨勇这个火爆脾气，把李文延和祁夏的事儿讲给他听。

"李文延是个实用主义者，知道将来要去西藏工作，进校不久就参加了藏语社，想学点藏语以后到西藏有用，然后就认识了祁夏。好像是祁夏先对李文延产生了好感，两人开始处朋友，但祁夏之前在西藏有男朋友，李文延知道了不高兴。两人吵过几次，关系淡了很多，但没有分手，似乎定了什么约定。祁夏也是个用情很深的女生。李文延跟许婕好上以后，我告诫过他要考虑清楚，别惹出麻烦又伤害了许婕，他说自己知道该怎么做。"

"这样啊，看来李文延是想摆脱祁夏，两人刚才好像还吵架了。不过我就看不惯那小子，一天到晚阴沉沉的，搞不懂许婕看上他什么了。今天就算了，反正许婕不能受欺负，否则有那小子好看。没酒了。"杨勇仰头张嘴，瓶中滴下最后两滴，他咂吧咂吧嘴，拎着空酒瓶摇晃着走向不远处一个垃圾箱，哐当一声把酒瓶扔进垃圾桶。欧阳潇坐在凳子上等杨勇，却听到哗哗水声。还有倒水的声音？欧阳潇走过去，杨勇这家伙正对着垃圾箱撒尿！

"你真他妈是个疯子！"欧阳潇一边骂着杨勇，自己却也掏出家伙对着垃圾桶放水，两人嘿嘿傻笑着。几束电光扫射，来回晃了几次，聚焦在两人身上。不好，是保安！快跑！两人一边提着裤子，狼狈逃窜。

十七　万人之中

时值深秋，天高蓝深远，云朵朵洁白，挺拔的白杨绽放辉煌，雁阵行空。秋风带着凉意吹过法桐，硕大的树冠瘦削，干枝突显强劲有力，卷曲枯黄的叶子片片随风飘零。踩过满地扫不尽的枯叶，那沙沙声让浮躁的心沉静，兼些许感伤。

许婕的老妈又打来电话：天气凉了，注意加衣服。买衣服的钱有么，不够的话妈给你寄。天晴下雨换季，老妈的电话简直就是天气预报。吃好没，穿暖没，钱够不？这三字经是老妈每次打电话必念的。许婕不厌烦，无论得意还是失意，老妈的唠叨总带给她无尽暖意。

咸阳市决定在这秋高气爽之际举行一场轰轰烈烈的万人健康长跑赛，且不论其意为何，对306的女生来说，这是值得欢呼的。

张妍抱着六套白色 T 恤回到宿舍，班里要选十五名学生参加长跑，她给全宿舍人都报了名。衣服刚放到桌上，一群女生立刻蜂拥抢试。女人对服饰永远热衷，无论其致力于爱情还是事业，使自己美丽总是首选，服饰在一定程度上堪称美丽女人的又一个灵魂。款式相同比大小，大小合适看搭配，穿脱比试不厌其烦议论纷纷。最终决定，白色 T 恤，黑色运动裤，白色运动鞋。装扮虽无新意，但穿在妙龄少女身上，效果自然出众，这以后也就是306 的"舍服"了。

有先天性心脏病不能剧烈运动的廖文静对这次万人长跑也颇感兴奋，她参加的飞扬乐队被同意在赛场演唱零点乐队的《相信自己》。这次机会是欧阳潇等人努力为他们争取的，为宣传乐队也为增加现场气氛。

"相信自己，你将赢得胜利，创造奇迹；相信自己，梦想在你手中，这是你的天地……"廖文静情不自禁地卷起一本书当话筒，沙着嗓音唱起。几句下来，因用力过度，脸色有些苍白，坐在床沿喘息。

"你就别折腾了，人家唱歌要钱，你唱歌要命这话就是为你定制的。"邓青青抚着廖文静后背揶揄她。

"陈飞扬唱起来那才叫激情，简直比周晓欧还周晓欧。"廖文静缓过气来，仍激动不已。

"得了吧你，人家周晓欧是光头，有那结实的块儿才能发出那浑厚的嗓音，你们家陈飞扬又细又长，长发披肩，哪有一点周晓欧的范儿……"邓青青一边安抚廖文静，又打击着她的陈飞扬。

"长发才有范儿啊，周晓欧要有一头长发，唱到激情处，长发那么一甩，那才叫一个帅。瘦怎么了，李小龙还瘦呢，关键要有肌肉，有内涵，懂不懂你，反正他唱得就是好。"廖文静绝不允许污蔑她的"长发飞扬"。

"哎，听说这次万人长跑活动的所有广告都是创意广告公司做的，可把你们家杨勇累坏了吧。"邓青青打趣完廖文静，又去说胡丽。

胡丽正跪在床上叠衣服，回过头来说："是啊，他也够累的。这几天经常通宵加班，欧阳潇、李文延还有他们宿舍几个男生都去帮忙了，带回来一大包脏衣服让我们洗，臭男人！许婕，分给你的衣服洗完了没有。"

"哦，洗好了，但还压在盆里，不好意思晒出去。"

"那有什么不好意思的，女生给男生洗衣服的多了去了。又不是你们俩才有老公。要是我有老公，我连内裤也敢洗了晒出去。你问问桑林措姆，她有没有给仁青洗过内裤啊。"又是邓青青。

桑林措姆黑亮的大眼睛眯成了月牙，害羞地说："我没给仁青洗过内裤。"

"好了，好了，比赛后天就要开始了，商量一下我们的跑步策略吧。"张妍说。

"策略，啧啧，五公里，万人跑！我们就给许婕加油助威得了。许婕一定能拿到名次，到时候我们要好好庆祝。"

许婕笑笑说："重在参与，我们去凑个热闹就行了，跑得动就跑，跑不动就走，走不动就撤，关键是人太多，要注意安全。"

深秋的渭河水深流静，清晨的阳光照在宽阔的河面，波光粼粼如一条金鳞巨蟒。渭河在咸阳有两座桥，二桥与一桥间正好约五公里。本次长跑的终点在一桥，起点在二桥巨大的河边公园广场上，十几条二十多米高的竖幅牵引着彩色的氢气球悬在空中，巨大的气拱桥，绚丽的临时舞台，各色花儿的海洋，一派节日的欢庆气氛。

清晨，各单位选手陆续到来，横幅招展，彩旗飘飘。各单位方队在指定位置整齐站立，所有选手统一身着白色 T 恤，场面蔚为壮观。M 大具有藏式风格的旗帜鲜明，随风飘扬。旗下，各系队员已陆续到达，整装待发。

在第一班公交车经过校门时，许婕、胡丽、廖文静、邓青青就到了河边公园，到达现场时天尚未大亮。除一群早起晨练的老头老太，广场上还有两拨疲惫忙碌的身影。一拨是装配调试乐器的飞扬乐队，一拨是杨勇他们。这次活动任务重，时间紧，广告公司的李总推掉所有应酬，扑下身子和员工一起干。旗帜横幅广告衫号码布各单位名称，印刷之前要一趟趟地核对确认，印制好后还要送达。搭建舞台，喷绘背景，地毯音响氢气球等一系列繁杂的准备，要在短短三天内完成，人手无论如何都不够。李总外请了几个专业广告安装工，但大工有了，还缺小工，没时间去劳务市场挑人，杨勇说大学里有几个半专业的小伙子，何必去请一些非专业又高价的劳工，大学生聪明灵活又踏实肯干，给他们发点工资也相当于为教育事业做贡献，一举两得何乐而不为。老板颇为赞同杨勇的提议。于是，欧阳潇他们宿舍成员连续两天晚上旷宿在广告店加班，年轻人就是年轻人，虽然每晚只能休息三四个小时甚至更短，但白天干起活来依然生龙活虎，只是个个眼中都布满红血丝。在这次并肩战斗中，杨勇在一定程度上改变了对李文延的看法。李文延对事有主见，认定后轻易不会改变；他做事有原则，不讲条件不计得失不达目的决不罢休。接到任务，闷声干活，哪怕不吃不喝不睡，也要按时按质完成。因工作需要爬着躺着跪着上高架，他说上就上。活干完了，抱起大桶矿泉水瓶一通猛灌，随便馒头米饭方便面对付过一顿饭，跑到临时休息室倒头就睡。睡是睡不安稳的，等自己的活计到了，一骨碌翻起来跑到水龙头处掬一把凉水抹脸，立刻又投入到工作中。在三天的加班中，他一直如此，吃饭睡觉干活，极少说话，完全似一架机器。这让创意广告的李总、杨勇等人对他感激和佩服。

八点十五分，领导即将到来，舞台布置也基本就绪，忙碌了几天的小伙子们脸上有了一丝放松的神情，各自找地方休息。有几人跑向飞扬乐队看他们试音。站在一旁帮不上忙的许婕等人这时忙着递水慰问。杨勇夸张地千恩万谢着接过胡丽递来的水，随手翻过一个黑色塑料袋准备席地就坐休息，从塑料袋中掉出一卷竖幅，这是昨天晚上赶制的最后一条竖幅，要一起展在空中的，怎么还在这里！他站起身点数飘在空中的氢气球，果然少一个。每一条竖幅代表着一家大赞助商，如果漏挂了，后果难以预料。

必须赶在领导们到来之前将竖幅挂好！他猛灌一口水，差点呛着，扔下水瓶大吼一声招呼弟兄们干活。运沙石，装沙袋，绑绳子，充气球，一群人紧张行动起来。邓青青冲到舞台上踮着脚尖望风，她要密切注意主持这次活动的领导到来与否。

好在大家经过几天的紧张忙碌对各种突发情况都能应对自如了。竖幅绑好气球充好，沙袋却只填了一袋。氢气充得稍多了点儿，需要两袋沙石才能稳住。欧阳潇和两个男生使出千斤坠死死拉住绑在竖幅下的绳子，焦急地看着装沙石的人。

邓青青一声大喊：来了！

随着邓青青的一声河东狮吼，其中一个小伙紧张之下猛一抖手松开，另外一个男生的手也被弹开，只剩下欧阳潇的双手还抓着绳子，瞬间欧阳潇被氢气球巨大的浮力拉离地面。松开手的两位男生尚未回过神来，许婕惊叫一声，在一旁往蛇皮袋里装土的李文延一个飞身扑在欧阳潇腿上将他拉向地面，但两人的体重尚不足以拉住气球，身形在顿了一下之后，又要飞起。"快抓绳子！"两个男生回过神来立刻抓住绳子，终于稳住了。大家都是一身冷汗。手中不停，总算在领导登台之前将竖幅固定好，一群人急忙撤离到舞台后面坐在地上兀自喘息不已。

领导们轮番上台演讲，讲党的政策，讲活动意义，感谢赞助商等。四十分钟过去，舞台上的讲话声终于停止了，杨勇长长吁了一口气夸张地说，这是他有生以来听过最长最没营养的废话，比较起来，当年班主任的促膝长谈简直太甜蜜了，太令人怀念了。

"啪啪"两声发令枪响。早已不耐烦的"万人"脱缰了，百兽嚎叫万马奔腾轰轰隆隆大地震颤。邓青青跑上舞台去看万人如潮的壮观。

杨勇掏出一瓶小酒，抿了一口说："看什么，听着多有感觉，都说看景不如听景。这声音多豪放，千军万马，像站在维多利亚大瀑布下一样。"

胡丽一把夺下酒瓶："大早上喝什么酒，还维多利亚大瀑布呢，你去过么。"

杨勇觍着脸伸手要酒瓶，嘿嘿笑着说："我这不是向往么，等我赚够了钱带你一起去，我们去欧洲、美洲、非洲，去环游世界！"

胡丽笑着把酒还给他，话语间温柔了许多，叮嘱说："少喝点，完了还要干活呢。"欧阳潇把瓶子夺过去，也灌了一口，递给李文延，李文延没有犹豫，接过来喝了一口。胡丽在一旁皱眉："一群臭男人，对着一个瓶子喝酒，脏不脏啊你们。"说完看向许婕。许婕从来到现场都几乎没开口说话，她被这一群不惧苦累的大男生感动着，强忍着哽咽，她怕一说话就要哭出来。

李文延站起来走到许婕面前，微笑着说："你怎么不高兴的样子。"

许婕努力挤出一丝微笑，却泪滴滑落。

"你怎么哭了。"李文延有些讶异。

"没……没什么，我就是想哭。"许婕擦拭着眼角，眼泪却越涌越多。许婕的伤感也感染了大家。是啊，校园里一个个活泼干净的少年，只在社会的大海边轻轻碰触了一下，就变得如此狼狈，但他们乐观坚强，倔强不屈！或许，许婕还想起了往昔建筑队上炎炎烈日下杨璐的身影吧。

舞台前，涌动的人潮后，飞扬乐队在激情演唱：

多少次挥汗如雨，伤痛曾填满记忆！

只因为始终相信，去拼搏才能胜利！

总是在鼓舞自己，要成功就得努力！

热血在赛场沸腾，巨人在东方升起！

相信自己：你将赢得胜利，创造奇迹！

相信自己：梦想在你手中，这是你的天地！

相信自己：你将超越极限，超越自己！

……

廖文静安静地站在乐队一旁，注视着陈飞扬和每一位专注而激情的乐队成员。陈飞扬手握话筒，纤瘦的身躯爆发出无限的能量，那浑厚的嗓音发自一个正在燃烧的胸膛，唱到激情处，长发飞扬。他深深地投入，每一句歌词都无比的高亢，充满力量。当演奏结束，廖文静欢呼着扑向陈飞扬的怀抱，陈飞扬抱起廖文静在舞台上旋转了一圈放下，伸开长臂向欧阳潇等人："欧阳，谢谢！谢谢你们！"现场爆发出热烈的掌声，尽管这掌声在万人杂沓的脚步声中稍显微弱，但那份欢呼喝彩的真诚却以强劲的穿透力将充满激情活力的少年之心紧紧相连。

张妍费尽艰辛从人群中逆流而出，远远的比出 OK 的手势。她的任务是向带队老师解释本班学生未能全到的原因并保证没有后患，她做到了。

去跑步吧，既然已经为跑步而来。胡丽留下，陪伴杨勇照看现场，廖文静融在飞扬乐队中，李文延、欧阳潇套上白色 T 恤，别上号码布，和许婕等人欢呼着加入无尽的人流。

"晚上在老字号聚餐！"身后传来杨勇的咆哮声。

十八　约在断桥

　　在奔涌的人潮中，许婕她们已找不到 M 大的组织了。在人群中穿梭追寻了一段后索性慢跑前行。秋日的朝阳洒在每个人身上，旗帜飘扬，笑脸飞扬。胸中涌动着激情，连日的疲惫一扫而光，就连平时最不喜欢运动的邓青青此刻也没有懈怠，兴奋之中洋溢着轻松愉悦。夹杂在人流中，许婕与李文延并肩前行，不时对望，无言中一种轻快的幸福感涌遍全身，摆动的双臂挥洒着青春的力量。

　　距始发点约一公里处，路边横幅上打出字样：给水点。李文延突然拉过许婕的手，顺着人流朝给水点移去。志愿者们微笑着为过往的运动员递上水杯，许婕和李文延一饮而尽，将纸杯丢入纸箱，又顺入人流。同行的其他人已不见了踪影，许婕和李文延手握着手在人群中不断超越和被超越着，幸福的暖流在指尖传递。在到达赛程三公里的地方，人群渐显稀疏，中老年人减少，多是穿短裤的青少年，其间不乏 M 大的同学。此时两人似乎刚进入状态，调整呼吸和节奏，撒开手臂齐头并进，将身边的人一一超越。汗水顺着脖颈流下，濡湿了前胸后背，无需争夺什么名次，只要一场痛快淋漓！

欧阳潇并未远去，在许婕和李文延的侧后方隔着人群跟跑。他不断调整着呼吸的节奏，眼光一刻不曾离开许婕的身影。

一路拼搏，汗水挥洒，五公里，即使缺乏睡眠，对长期坚持锻炼的他们来说也不算太难。还有最后的五百米，加速吧，但凡终点在望，总要拼力一搏。伴随着终点处人群的欢呼声，李文延和许婕一前一后到达了终点，竟在前五十名之列，实在可喜可贺。距终点不远处的一辆卡车前，横幅上写着万人长跑前百名领奖处。李文延拉起许婕的手欲朝卡车走去，许婕却拉着他拐出喧闹的人群，走向河边的大堤。

站在高高的大堤上回望汹涌的人潮，何其壮观。

清清的河水在秋阳下静静流淌，树木丛生，百草丰茂，红黄蓝绿各色争辉。许婕迎着清风，不禁张开双臂，秀发轻扬，皓齿明亮。李文延站在堤上，望着前方快乐飞翔的许婕，胸中荡起一股豪气，脸上变换着犹豫和坚定的神情。

许婕远远地跑开一段回转身来，笑容在阳光中绽放，她圈起双手大声喊："李文延！"李文延听到呼唤，放开脚步追去。蓝天白云下，背后是喧闹的人群，长长的河堤上，一个快乐的少女迎风奔跑，身后追逐的，是一个俊秀的少年。

在一段不甚宽阔的河面，残存着一座窄窄的断桥。

许婕翻过栅栏一直走到长满荒草的断桥尽头停下，李文延跟上来。河水在桥下流过，前方，几根残破的桥柱斜立水中，任奔流不息的河水冲刷。对岸斑杂的草木丛中，依稀可辨坍塌的桥面。

狭窄的断桥上，四目相对无言。许久，许婕望着河中的断柱悠悠地说："曾经，这座桥也有繁华，它帮多少人完成过到达彼岸的心愿。人们走过它的时候，不论匆匆还是从容，是否想到过它会变成今日的残败。河水无情，昼夜不舍，人心又何尝不是如此，多年以后，这座桥完全消失，没落在水中不留痕迹，是否还有人能记起？"

"会的，它是历史，它也见证了历史。所有的此刻，也都会在下一刻变成历史。多年以后，断裂坍塌的桥面深埋于河水中，看不见，摸不着。但对于曾经在乎过它的人，它永远在这里，而且一如当年那样完整，坚强。"李文延也悠悠地说。

"我曾有过这样一座桥，以为它是世上最坚固的桥，会永远屹立，带我走向人生幸福的彼岸。我没想过，它会倒塌，而且是突然的，永远的倒塌，不可修复。"

李文延站在许婕身边，秋风吹过，他静静地倾听。

"那时，我以为我的人生路断了，我在断桥边无助地徘徊，徒劳地想要修复它，你说我傻不傻。"

"不，你一点都不傻。"

"后来我终于明白，桥断了，是无法修复如初的。建桥的人从开始就已经规定了它的寿命，桥在完成它的使命后终要消失的。而人不会消失，到达彼岸的愿望不会消失，会有新的建桥人，他们会建起更宽更美更坚固的桥，帮助人达成到达彼岸的心愿。"许婕自语着，坦白心声。

"我会成为那座新的，更坚固的桥，我会在我的有生之年坚定地守候，让渴望到达彼岸的人完成心愿。"

许婕泪光晶莹。李文延坚定地握住她的手，看着她的眼睛说："你是我遇见的最好的女孩，我会尽全部的努力守护你，直到永远。有件事我必须告诉你，我承诺，一定会处理好……"

"是关于祁夏么，桑林措姆告诉过我了，你去处理好吧，我相信你。"

李文延突然把许婕紧紧拥入怀中。脚下，日夜不息的河水冲刷着桥墩。

又一个有关未来的许诺，又一次动情至深的拥抱。杨璐和李文延，一个在中条山脚下，一个在渭水断桥边，两个永不谋面却些许相似的男人。秋风吹过，许婕的心却在瞬间纠结迷茫。越过李文延的肩头，二桥上奔驰而过的汽车反光刺痛了她的眼睛。少年的山盟海誓，其实也是一座桥，是桥，总会断的。在旧桥尚未消失的时候，为更便捷地到达彼岸，多少新桥已然建起。

对李文延突如其来的拥抱，许婕瞬间一阵眩晕，她微微挣了一下，李文延松开。回望，沿河路上涌动的人潮渐已散去，人群三三两两涌上河堤。断桥边，有人观望，有人前来，有人朝他们喊话，似乎把他们当成欲跳河轻生者了。李文延对许婕说："我们回去吧，这座桥还是挺危险的。"

两人返回岸边时，断桥入口处男女老幼站着许多人，李文延和许婕尽量保持从容，接受着人们的注视。许婕匆匆抬头望一眼人群，太多的目光集中在自己身上，善意探寻惊羡疑惑各色不同。许婕忙低下头，匆匆离去，直到混入人流感应不到如芒在背的注视才放慢脚步，回头寻找李文延。他一直在她左边半步之后跟着，似在保驾护航。

"回去帮杨勇收拾东西吧，总要善始善终。"李文延心里记挂着杨勇的广告活计。

"对，我差点都忘了。"

"看样子，公交车一时半会来不了，我们坐出租车吧。"

他们没有看到，欧阳潇就在不远的人群中，目光注视着许婕，直到他们打车离去。

到河边公园时，舞台拆卸已接近尾声。看到许婕和李文延到来，杨勇眼中闪过一丝感激，他大声招呼："还以为你们不会来了，快过来帮忙！"李文延立刻投入到拆卸的队伍中。许婕和胡丽帮不上忙，照看着已拆卸待装的材料。

"廖文静呢，飞扬乐队走了么？"许婕问胡丽。

"刚走一会儿，本来他们要等创意广告公司的大车来一起把乐器带走，也帮着拆卸了舞台。但来了一个小伙子，说是他们公司有庆典活动，邀请他们乐队去演奏。出场费还蛮高，一个下午一千块。杨勇那个羡慕嫉妒恨啊，跑过去祝贺，擂了陈飞扬一拳，差点把陈飞扬打成内伤。"

"哈哈，陈飞扬那小身条，确实经不起你们家杨勇那山东大汉的一拳头，看来飞扬乐队今天的广告做得不错啊。"

"有好几家公司过来要留飞扬乐队的联系方式，陈飞扬留了宿舍电话，还说要杨勇给他们乐队制作名片，廖文静那个开心啊。"

许婕和胡丽在学习之余各自忙碌，早起之后匆匆上课，晚上卧谈会两人又都不喜发言，平时难得聚在一起聊天，今天很是开心。

一个小时后，拆装完毕，几个人都满面尘灰满头大汗，抱着矿泉水桶一顿狂饮。杨勇对李文延说："兄弟，够意思，晚上吃饭要好好敬你几杯。"

李文延笑笑说："既然是兄弟，客气什么，再说拿人钱财，为人出力，理所应当。"

"总之我记得你这次的情。"

李文延笑笑看向远处，车来了。杨勇给司机递上香烟，指挥着把车停好，一行人开始装车。

十九 没心没肺

傍晚，老字号酒楼。

欧阳潇带着宿舍一帮兄弟出现，杨勇迎了上去："你们几个小子跑哪儿去了，装车的时候也不来帮忙。"说着握起拳头作势要擂欧阳潇。

欧阳潇急忙躲开："快把你沙包大的拳头收起来吧，听说你中午一拳把陈飞扬打成了内伤，差点害得人家乐队下午的演唱会都搞砸了。"

"啊，没那么严重吧，我也就轻轻捶了他一下。"杨勇被说得一愣，看看自己黑不溜秋布满伤疤和老茧的手，收回去藏在背后。

"他们一会儿就来找你算账，你小子摊上事啦。"欧阳潇表情严肃，心里却哈哈笑着轻松愉快地推着杨勇走到预定的包间。

男生女生及公司几个年轻员工十几个人坐满两桌，两桌人本是男女分开，杨勇建议说，干活时男女搭配不累，吃饭时男女搭配不浪费，喝酒时男女搭配喝不醉。鉴于有此诸多益处，一定要男女岔开坐。于是许婕、胡丽、李文延、欧阳潇、杨勇还有公司的几个员工一桌，欧阳潇宿舍的哥们和邓青青、桑林措姆、张妍坐另一桌。306 的姐妹是应全体男生强烈要求必须带过来一起吃饭的。

桌上已摆了几样凉菜。两个服务员各搬一箱啤酒放在墙边，直起腰来，脸色微红。

"哎呦，美女们，搬啤酒这样的粗活您喊一声我们来干就行，看把您累的。"杨勇打趣服务员。

服务员笑笑说："这是我们的工作，哪能麻烦你们呢。"

"你们经理……啊……"杨勇还想接话，突然惨叫一声，脸色难看，众人本在看着被杨勇打趣的服务员，听到惨叫声都扭头来看杨勇，杨勇痛苦地咧咧嘴笑着说："今天大家要喝好啊，我被蝎子蜇到了，嘿嘿。"

许婕挨着胡丽，一桌人只有她看到桌下的动作，胡丽正把一双辣手掐在杨勇的大腿上。听到杨勇说被蝎子蜇到了又要去掐，被杨勇在桌下抓住了手不住安抚求饶。

"可以上热菜了么？"服务员看着杨勇问，她们也看到了胡丽的动作，其中一个抿嘴憋笑，另一个忍笑问道。

"稍等一下，我们人还没到齐，你们先去忙吧，一会儿再叫你们。"杨勇咧嘴倒吸着凉气对服务员说话老实了许多，不敢再贫嘴。

服务员退出。

"我们李总一会儿要来感谢大家，他比较忙，请大家稍等一下，今天的饭他请客，犒劳大家。"杨勇解释。

大家坐着聊天，杨勇对陈飞扬的伤情放心不下，向欧阳潇确认。欧阳潇仍严肃地说陈飞扬被打坏了，杨勇愈发担心。另外一桌人气氛稍显沉闷，张妍挑起话题，大家七嘴八舌渐渐活跃起来。

门被缓缓推开，一个年轻人微笑着走进。两桌人停下谈话，看着来人，年龄不大，三十岁左右，一身休闲装，平头，干练。

"李总，你可来了，快请坐，等你开席呢。"杨勇站起身大声招呼着把来人让到主座。

"不敢不敢，我随便坐哪里都行。"李军一脸谦虚，搜寻着空座。

"你的座就安排在这里，快别谦让了，大家都饿了。"杨勇把李军让到预留在他旁边的主位上。

李军在座旁给大家拱了拱手，歉意地说："不好意思，来晚了。"

杨勇出去呼叫服务员："美女服务员，开酒。"

服务员麻利地开箱取酒开瓶，一连串的砰砰声过后，桌上酒瓶林立，每人面前都摆了至少一瓶啤酒，服务员给每个酒杯都倒满。

"各位女士，有没有不喝酒的，让服务员拿些饮料来。"李军用眼神扫过所有女生，目光定在杨勇身上。

"今晚李总请客，大家敞开了高兴，都要喝点儿酒啊。"

热菜陆续上桌。

李军握住面前的酒杯，看向杨勇："杨勇，你给介绍一下。"

杨勇站起来，李军也站起来，结果大家都站了起来。

"请坐，请坐，哎，大家不要客气，都不用站起来。"李军始终谦逊，给人好感。

"各位，这是我们创意广告公司的老总李军。李总，他们就没必要一一介绍了吧，反正说了你也记不住，都是我的好兄弟姐妹，在这次行动中都出了大力，男同志你都认识了，女同志也做了不少后勤保障工作。"

李军瞪了杨勇一眼，笑着说："你小子，怎么介绍的。我比大家也大不了几岁，做点儿小生意，不是什么李总。这次万人长跑活动的所有广告任务能够圆满完成，我非常感谢各位的帮忙。杨勇是我的好员工，也是我的好兄弟。今天大家能在这里团聚，也是缘分。我非常感谢大家，先干为敬。"说完一口干掉杯中酒。

大家对李军也颇有好感，共同举杯，都把杯中酒干掉。许婕看向桑林措姆，桑林措姆微笑着举起酒杯示意，一滴不剩。许婕的酒也干了，以前在类似场合，许婕全都随意，想喝与否喝多少她从不强迫自己，今天她也没勉强，心情好，喝多少也无妨。李文延和欧阳潇都看向许婕，杯中酒也都干尽。

李军招呼着大家吃菜，杨勇把李军的杯子又倒满酒，掏出一支香烟点上。看大家吃了几口菜后李军又举杯说："我再敬大家一杯，我这个人没上过大学，这次能请来这么多大学生帮忙，十分荣幸。大家辛苦了三天，我在这里给大家表示一下。一共是六个男生，市场上劳工工资每天六十，大家晚上加班辛苦了，我给大家每人发三百，虽然不多，但我们以后还要来往，谢谢大家。至于各位女生，我没做准备……"李军拍拍杨勇的肩膀。

"女生就不用发了。"杨勇看向女同胞们，女同胞们纷纷表示无功不受禄。

"不好意思，我考虑得不周全，没想到还有各位背后的家属也很辛苦，下次有机会一定考虑，一会儿由杨勇把工资结给大家。"李军掏出钱包，点出一千八交给杨勇，把面前的酒干尽。杨勇接过钱放桌上，又把李军的酒杯倒满。

"我们可不是他们的家属啊，李总。"张妍笑着说了一句。

"啊，那说错了，抱歉抱歉。"李军对张妍歉意地拱拱手。

"那得罚一杯酒。"张妍眼睛亮晶晶地看着李军说。

"好，罚一杯，甘心受罚。"李军说完又爽快地干掉一杯。

李军的大方再次赢得了这些初出茅庐的少男少女的好感，一句家属惹得一群女生面红耳赤，张妍对李军的罚酒让她们很开心。

若去市场打工，这些没有广告从业经验的大学生是不会被挑上的，李军给他们按大工的工资计算，三天两夜，每天六十，实在不算少了。

欧阳潇举起酒杯说："谢谢李总，咱们是老熟人了，我们要继续保持友好合作关系。广告行业我还算熟悉，这几天大家业务不熟练浪费了你不少材料，你给大家发的工资，说实话，超过我们的劳动所得，谢谢你。"

"不说这些，你们确实干得不错，都特别能吃苦，这点工资不算多，是你们劳动应得的。"

"谢李总，谢谢李总……"一帮男同胞们在欧阳潇后也纷纷举杯表示感谢。

李文延把酒倒满举杯："我叫李文延，谢谢李总。"

连续干了十几杯酒，饶是为做生意经常应酬的他再能喝，这些急酒喝完，李军也有些醉意了。但他仍举起满杯："李文延，好小子，拼命三郎，我从十五岁开始打工，你干活的样子让我想起了我当年作学徒的时候。是男人就要好好拼一把，也谢谢你。"一饮而尽。

许婕偶尔吃一口菜，不时看着他们杯来盏去。她最近特别容易伤感，李军的几句话让她想起老爸许立明，想起杨璐，再看看面前的李文延，她低下头，擦眼睛。

李军又和他的员工喝了几杯酒，抽完一支烟，起身说："我敬在座的各位女士一杯，感谢你们。"

女士们纷纷举杯，张妍站起来，面带微笑，眼睛闪亮："李总，你年轻有为，为人谦逊慷慨大方，我张妍十分佩服，相信你以后定能称霸一方，这话我说出来可能不太合适，可这是我的真实想法，这杯酒我也敬你。"说完一饮而尽。

李军看着张妍笑说："张妍同学，你太会讲话了，过奖了，干杯。"

"哎哎哎，大家别光谢来谢去，吃菜吃菜，不要浪费。"杨勇举着筷子招呼大家，给胡丽碗中夹了一块刚端上的红烧排骨。胡丽不领情地瞪了他一眼，最后还是把排骨夹起来吃了。她有些小洁癖，一直不大动筷子。

"李总，快吃点菜，我这些哥们姐们酒量好着呢，你可别一会儿喝醉了，丢了我们创意广告的名声。"杨勇给李军碗里也夹了一块排骨。

"不会不会。"李军笑着吃掉排骨。

"来，李总，我们和这位少数民族姑娘喝一杯，藏族姑娘，有的是胆气酒量。"

杨勇拉着李军来到桑林措姆面前，他听胡丽说过桑林措姆的名字，却一时忘记了，边走边努力回想。

"桑林措姆，我们宿舍的大美女哦。"张妍主动介绍。

"你好，工卡木撒。"李军冒出一句。（工卡木撒——藏语，你好的意思。）

"哇，李总你会讲藏语啊，说得真好。"桑林措姆本还有些害羞，被李军一句蹩脚的藏语逗乐了。

"听说你们喝酒很厉害，喝青稞酒是吧，喝酒的时候要三口一杯，还要唱歌，你给我们唱一曲呗。"杨勇说。

"这是你们在敬酒，应该由你们来唱敬酒歌才对啊，我敬酒的时候才唱。"桑林措姆认真地解释。

"啊，李总，为了欣赏藏歌，你要唱一首喽。还从来没听过你唱歌呢。"杨勇看着李军说。

"好，好，李总来一首。"一帮人开始起哄。

李军没料到事情会如此发展，捶了一把杨勇说："我不会唱歌啊，要不你唱吧，你干活的时候可都是哼着曲儿的。"

"我的歌他们不稀罕，就想听你的，是不是啊诸位。"杨勇挑动众人的情绪，在座的各位他可比李军要熟。

李军摇摇头说："你先唱我再唱。"

"你先唱我再唱。"杨勇说。

"还是你先唱我再唱吧。"李军说。

两人拉锯讨价还价，李军与这一帮学生年龄相差不大，今晚也的确高兴，来了兴致。

"好，既然要桑林措姆唱藏歌，我也唱民歌，之前我跟欧阳潇学了一首山西民歌《圪梁梁》，在此献丑了，各位有钱的捧个钱场，没钱的捧个人场啊。"杨勇向欧阳潇挤挤眼睛。

"好……好……"一片掌声喝彩声。

"对坝坝的那个圪梁梁上，那是一个谁，那就是我那要命的二妹妹，你站在那个圪梁梁上，哥哥我站在那沟，看上了那个哥哥，妹子你就招一招手……"

杨勇不伦不类的调子把大家都笑喷了，欧阳潇站起来做呕吐状，胡丽抱着许婕笑成一团直不起腰。

杨勇唱着忘词了，严肃地说："我唱完了，该你了，李总。"

李军倒没有大笑，拍拍杨勇的肩膀说："你这个娃娃把个好好的歌儿给糟蹋成啥样了，不过那味道让我想起小时候放羊的生活。既然杨勇敢亮宝，我也献丑了，给大家唱我们陕北的《兰花花》。"

又是叫好声一片。

"青线线的那个蓝线线，蓝个莹莹的彩，生下一个兰花花，真真是爱死个人……"

李军调整好情绪，唱得十分动听，现场渐渐安静下来。

一曲唱完，张妍带头鼓掌，喝彩声一片。李军面色红润略带一丝羞涩。

"你们两个都唱得很好，我喝了这杯酒。"桑林措姆干尽杯中酒。

"光喝酒可不行，你也要唱歌的。"

"好，那我就唱一首《高原红》献给李总和杨勇。"桑林措姆把他们的酒杯倒满，自己也举起杯。

桑林措姆的声音非常好听，大家不禁拊掌而和。到高潮处，大家一起和唱："高原红，美丽的高原红，煮了又煮的酥油茶，还是当年那样浓……"

桑林措姆让李军和杨勇以三口一杯的方式喝了酒。

"谢谢大家的掌声，这杯酒我敬大家。"桑林措姆举起杯向大家说。所有人都举杯干掉。

李军的手机响了，他走出包厢打电话。包厢内气氛热烈，歌声把气氛推向了高潮。

再次推门进来的时候，李军告别："谢谢大家，我今天晚上非常高兴，大家要吃好喝好，菜不够再加，酒不够再要，我有点儿事要先走一步。杨勇，你要把你的同学照顾好啊。"说完离去。

张妍从李军出门后就频频望向门口，从李军再进门到说完话离去，她一直目不转睛。

杨勇劝着大家喝酒吃菜，气氛融洽。张妍今晚对李军的神态让桌上刚对她起意的男生又萌生退意，纷纷和邓青青、桑林措姆开起玩笑，活泼的邓青青又成了焦点。

杨勇大着舌头揽着欧阳潇肩膀问陈飞扬的伤势如何，怎么还不见来，欧阳潇看他如此担心，不忍再骗他，告诉他之前是逗他玩的，结果挨了杨勇沙包大的一拳头。

夜色已深，客人陆续离去。杨勇把工资发给大家后，又坐了一会儿，喝完两箱啤酒，相互搀扶着回校。

二十　墨脱手记——根

　　欧阳潇去了墨脱，许婕平静地在 M 大读书。对她来说，学业方面游刃有余，公司也已走上正轨，她作为股东，不用花费太大精力，自有杨勇经营得有声有色。闲暇时，许婕继续着她一个人的越野赛。

　　她重跑了那次万人长跑的路线，不为重温和李文延的感觉。回忆的画面依然清晰，而她不再是当事人，变成一个客观冷静的第三方，以广角的镜头远观全局。

　　她看到那一刻自己真切地打开心扉，快乐地奔跑似鱼儿在清水里翔游，也看到了李文延在她身后犹豫不决的神情。她在记忆的全景中搜寻，果然在人群中看到欧阳潇，他在一个不易被他们发现的角度以适当的距离跟随着，他的视线始终投射在自己身上，眼神交替变换，时而冰冷、酸涩，时而担心、痛楚。她看到了那个在河堤上朝他们呼喊的人，正是欧阳潇。画面中没有声音，却能清晰地看到他的口型："许婕，快回来，断桥危险！"为什么当时没有看到他，没有听到他。她清晰地感知到，在自己和李文延坐出租车离开时，欧阳潇的心破碎的声音，看到他在河堤上独自徘徊很久很久，悲愤地流下眼泪，痛苦地吞咽着。她看到他对自己爱得深沉，却下定决心要包容这一切，默默地爱着她。

许婕长久地坐在河边公园的长椅上，回味着欧阳潇真挚的情感，她的心随他的心一起被深深地揪痛。旋即她又感到安慰和庆幸，这个真正爱自己的人，最终和自己在一起。此刻她无比牵挂和思念远在西藏墨脱的他。

许婕打开随身包，读欧阳潇的来信，看他讲墨脱的故事，感受着字里行间的阳光和温暖。

许婕，深深地想念你。我计算着我们分开的日子，希望你的每一天都充实美好。

我和杨勇经常打电话联络，公司正在发展壮大，他经营得很好。

我如愿被分配到墨脱县中学，这里有淳朴可爱的门巴和珞巴族学生，我们相处得很融洽。我思念着你，也将全心体验这里的生活，将经历的和听来的故事写好笔记，邮寄给你。

墨脱——梅朵，藏语是花的意思。这个莲花生大师曾经的修行之地，确是一朵盛开的莲花，县中学是一支美丽的花蕊。

站在学校上方的环城路上眺望，对面郁郁葱葱的山体留下刀耕火种的伤疤，新旧疤痕先后长出的绿色深浅不一。山脚下，夏秋混黄汹涌，春冬凝碧如带的雅江被与山对望的一块巨大平整的鳌头之地遮挡。这一块风水宝地上，茂盛的草甸会随季节变换或青或黄，但无论何时都有牦牛点点，骡马徜徉。那是孩子们打猪草，采蘑菇，野炊的乐园。

平坝四周的坡地缓缓披漫而下，一条小溪淙淙流过，哗哗声与雅江的浑厚之声相和，我夜夜在此和声中入眠。

溪边，一大片平整肥沃的黑土地上，庄稼欣欣向荣。耕作的农人身后，阳光照耀下的几间木屋是他们温暖的家，时时传来鸡鸣犬吠。

眼底，便是墨脱县中学了。随地形起落分布着几排铁皮房、平房。铁皮房在第一阶梯，平房在第二阶梯。

两排铁皮房隔三米对面而立，是教师们的住房和厨房。门前台阶下砌着一条袖珍的水渠，渠边是两排枝叶繁茂的桃树，树下盛放着老师们细心栽培的月季。几乎每家窗台上都摆放着用木条钉制的花盆，兰花、马蹄莲、昙花及众多叫不上名字的花卉在四季交替绽放。七月是收获的季节，我正可以品尝那些个头不大但汁多味美的桃子！

平房和教室门前没有桃树，工匠们砌了花坛。爱美的孩子们从家里带来了各色花种，苗木。水仙、香草、兰草、甚至甘蔗、柠檬树在平整的花坛里招蜂引蝶，生机勃勃。

校园里的猪都是圈养的，鸡和狗则与人一道徜徉。

第二阶是教室和学生宿舍。连接两块阶梯的是一条长石铺砌的石阶。石阶的两旁栽种着高大的"共产党树"（四季常青树种，这是当地人对共产党的感恩和祝福，祝愿给他们带来美好生活的共产党能万年长青），树下，自然生长着各色植物：侧耳根、蒲公英、麻辣菜等当地人喜食的各种野菜随处可见，青蛙、蜥蜴、蛇等时而出没。

在教室与学生宿舍之间，是平整的水泥篮球场。墨脱的氧气充足，球场上每日可见奔腾跳跃，生龙活虎的师生身影。

校园没有围墙，"共产党树"，"猴子哭树"（树皮光滑，猴子也爬不上去，只能坐在树下哭泣。墨脱人很幽默是吧）、桫椤树（素食恐龙的食物，是活化石）是天然的屏障。树下丰茂的蕨草是孩子们进行各种秘密活动的乐园。捡蘑菇、摘刺莓、找脆蛇以至谈恋爱约会时，此乃必至之处。

学校里老师不多。汉族、藏族、门巴族教师都有。工作闲暇都在一起，其乐融融。

学生也不多，两百人左右，课程安排依专业和特长相互调剂，我因有CET 四级证书，英语老师紧缺，便教授英语。学生基础薄弱，对老师的要求不高。学生们的衣食住用等几乎完全由国家承担，称之"三包"，幸福的墨脱学生，幸福的西藏学生。

但古朴的校园就要改建了，很多设备和材料都已堆放在校园附近，师生住宿、办公学习等都将搬进明亮的楼房。届时，这些美丽的花坛，桃树、月季都将不在，可以让人龙腾虎跃，汗水淋漓的水泥篮球场也将不在。

我并不期望见到改建后现代化模样的校舍，因为现在就已经美得如同在仙境。每日清晨，校园被薄如轻纱的云雾笼罩，在阳光下如梦如幻。

我终于知道了，天山的云是从江里升起的。清晨是看不见雅江的，看到的是盛在深深峡谷里满满的一江乳白色流云。金色的阳光穿不透这浓郁的洁白，只让表层变得微透，梦幻。满江的云整块地随东山的朝阳一起上升，上升，为青山披上一条洁白的哈达，顶上是湛蓝的晴空，脚下是蜿蜒的碧江。慢慢地上升中，浑然有型的哈达悄然消散，留在山腰的成为轻纱，越过山巅漫入天空的成为白云。

还好，我来了，见证了。随岁月流逝，世事变迁，这些古朴的美好都会变成曾经，留存在记忆深处，如绽放的月季美，如盛开的兰花香。

许婕，我亲爱的姑娘，我向满江白云许愿，愿它们在高远的蓝天，化成我对你的思念。仔细读一读天空的云吧，最洁白的那片，寄托着我的祝福。

许婕，我要告诉你，昨晚我喝醉了。我被好客的门巴同事邀请到家中喝黄酒，吃当地的特色石锅鸡。黄酒甜美，同事一家人其乐融融，他们为我唱起动听的敬酒歌。在这欢快的气氛中，你却在万里之外。明月当空，我只空有对你的一腔思念。我醉了，酩酊大醉。原谅我的嚎啕大哭，我并不觉得丢脸。我向来坚忍，可已经安定下来的生活倍增对你的思念。我在这里体验着孤独，更体验着你在失去杨璐后内心的煎熬，我都能理解，从第一次听说你的故事后，我就能深深的理解，下决心要用最坚忍的感情，最耐心的等待去追求你。因为我知道，即使我经历再多的苦痛和隐忍，也无法与你曾受过的伤害对等。而要拥有你，理解你，就必须努力去体验你的痛楚。我愿去体验，然后深深地埋藏心底。

原谅我没有忍住。我已经清醒了，只是无法抑制对你的思念。

许婕泪流满面。她知道墨脱的艰苦，更能体会欧阳潇的孤独，她从一开始就感受到欧阳潇的感情，感受到他的耐心和隐忍。他是为了她的梦想，为了实现她和杨璐的遗愿去墨脱体验生活的。这份因爱而开阔的胸怀，她会深深的永远的珍惜。

许婕出神地望着天空的白云，回去后要立刻给欧阳潇写信。

二十一 雪

彤云密布，寒气透骨。

老妈及时寄来两件羽绒衣，一件白色，一件浅绿，都是冷色调，白皙修长的许婕穿着合身的衣服，清新可人。

法桐青绿的树身已变得枯黄，几片干卷的叶子和不肯脱落的毛球在寒冷的北风中苦苦抗争。或许今冬，它们也不会凋落了，如恋家的孩子。风无可奈何，寒冷无可奈何，这份依恋谁也奈何不得。大自然有大情感，四季有明显的标志，却无明显的界限，一如新情与旧爱。人的情感又岂能如白衣黑裤一般界限分明。

冬日周末的清晨，尽管临近期末考试，年轻人仍贪恋着暖被窝。邓青青破天荒起得最早，披一件外衣踢踏着拖鞋睡眼惺忪地去上厕所。推开玻璃门，一阵清冽的冷气让她打了个寒战，她低声地咕哝一句"这谁呀，晚上不关紧窗户"急忙钻进厕所。胡丽和许婕把被子卷紧一些靠近墙角蜷缩起来，胡丽只把头露出被子，泼辣地大声嚷嚷："死胖子邓青青，上厕所不把推拉门关上，想冻死我们啊。"

邓青青从厕所出来，拧开水龙头说："刚才谁在骂我死胖子，本小姐今天心情好，给你洗个冷水澡，是不是骚狐狸说的！"

"邓青青，快把门关上，冻死人了。"邓青青引起了众怒，大家怨声一片。

"好啊，你们这些懒家伙，我生气了。我要接一大盆水，蘸个湿毛巾，一个一个掀开你们的被子，给你们擦澡。"

"太阳终于从西边出来了一次，就说我们懒了，脸皮怎么跟城墙拐角似的。"

"谁说的，本小姐真要发飙了。"邓青青使出河东狮吼的看家本领，正要发飙，却惊喜地叫起来："下雪了，哇，好大的雪啊，终于下雪了，快起来看呐。别睡了，快起来看啊。'2002 年的第一场雪，比以往时候来得要晚一些……'"她太开心了，不禁沙哑着嗓音唱起来。

她不管宿舍怨声一片，把窗户打开，玻璃门开到最大，在宿舍里兴奋地跳闹着唱着刀郎的歌。

"要死啊你，快把窗户关上，冻死了。"胡丽和许婕的床靠近推拉门，首当其冲。

"好啊，你们答应我马上起床去打雪仗，我就把窗户关上。"邓青青自己也冻得哆嗦，但她太兴奋了，顾不上寒冷。

太赖皮了，大家一片埋怨："你把窗户关上，我们才能起床啊。"

邓青青立即关上玻璃门窗，从许婕开始，把每个人的被子掀开。大家无奈地起床，才六点，这可是周末啊，许婕都还没起床去晨练呢。

桑林措姆和廖文静听说下雪了，很兴奋，穿着内衣就跑到阳台去看。西藏的孩子耐冻，而廖文静只要有好玩的，真是什么都不管不顾。哇，真落了厚厚一层雪。

邓青青最先起床，洗漱结束得却最晚。她一边刷牙一边嚷嚷，口吐白沫："这么好的雪，就只我们自己去玩儿也太没情调了，必须带上男生才有意思。每个人都要带上自己的男朋友，许婕带上李文延，桑林措姆带上仁青，胡丽带上杨勇，廖文静带上陈飞扬，张妍你带谁啊，看你对那个创意广告的李军有意思，你把他带上吧，我呢，还没有男朋友，到时候就随便借你们的男朋友用一下，不许小气啊。"

廖文静催促邓青青："你快一点啊，啰啰嗦嗦。"

邓青青一边忙活，一边继续说："不行不行，到时候你们不把男朋友借给我，我一个人岂不是太无聊，我要把欧阳潇他们宿舍的男生都叫起来才好玩，你们几个等着我干什么，赶快给你们的男朋友打电话啊。"

邓青青没心没肺，可爱又无赖，她的意见和建议大家一般都会迁就。

廖文静毫不迟疑，拿起电话就打给陈飞扬，限五分钟内到女生楼下等候。

桑林措姆也给仁青打了电话。

其余几个人却不动作，邓青青终于洗漱完毕："你们不打是吧，我来打。"拿起电话拨通欧阳潇宿舍的电话，铃声响了很久却无人接听。

"快接电话啊，一群懒猪，肯定是一个都没起床。"

终于有人接了电话，没等对方发声，邓青青一通大吼："我是 306 宿舍的邓青青，邀请你们 408 全体男生一起去打雪仗，限五分钟内到女生楼下集合，有意见么？"

隔着话筒也听见对方的惊喜："没意见，没意见，马上就到。"邓青青哈哈大笑着放下电话。

"胡丽，创意广告的电话号码是多少，我要给杨勇和李军打电话。"

胡丽不语，当没听见，跪在床上仔细整理着床铺。

"张妍，你该知道吧。"

"别问我啊，我不知道。"张妍少见的有些不自然。

"你不叫李军陪你么？"邓青青握着电话语气暧昧地看着张妍说。

"你胡说什么。"

"还害羞了，好吧，你们不说，我问欧阳潇。李军可能不会来，杨勇肯定要来的，为了我们美丽的胡丽大学都不读了，还能不出来陪着玩雪。要不出来，肯定就是变心了。"

"狗嘴里吐不出象牙，杨勇就睡在欧阳潇他们宿舍，创意广告的电话是1304850，你叫李军出来呗。"胡丽说完斜眼看着张妍，坏笑着。

"瞧你个狐狸样子。"张妍害羞，骂着胡丽，"邓青青，我警告你，别乱打电话。"

"遵命，班长。"邓青青看着窗外已经就位的男生说，"帅哥们来了，许婕，一会别忘了带上你的相机。"

大家也都收拾好了，许婕白色的羽绒衣下配一条黑色修身牛仔裤，穿黑色翻毛的平底靴，搭一条红色围巾，黑白红颜色分明，靓丽雅致。大家一片打趣声："许婕，都老夫老妻了，约会还穿这么漂亮，不怕一会儿打雪仗弄脏了。"

"什么老夫老妻了，说得那么难听。"许婕回击。

"许婕长得漂亮，又会搭配，穿什么衣服都好看，我要能这样就好了。"桑林措姆真诚地赞美。

"你那么美，大眼睛，长辫子，不知道有多少人喜欢呢。"许婕也真诚地夸赞桑林措姆。

"你们就别在那互赞了，楼下的人都等着急了。"张妍缓过害羞的神情，怕她们又要拿她取闹，催促大家。

"看来我们的班长还不太懂啊，就是要他们等着我们才有面子，这方面得加强学习哟。"邓青青一副资深的口气。

众女生打趣着走下楼去，好厚的雪啊，第一场雪就下这么大，真是瑞雪。

大家商定，要去大操场才能玩得尽兴。太冷了，许婕把手藏在兜里。邓青青呵气搓手跺脚取暖，陈飞扬把廖文静揽在怀里，腻在一起走路。

"你们两个能不能不要这么腻，要羡慕死人啊。"邓青青霸道地大声喊。

廖文静靠得更紧了，哈哈笑着："那么多男生，要不你也选一个抱着。"

"我来，我来……"408宿舍几个男生笑着撸起袖子作跃跃欲试状。

"你们捋胳膊抹袖子干什么，要打架么，小样儿看招。"邓青青弯腰抓两把雪揉成雪球，对几个男生一通猛砸，砸完后迅速跑开。

几个男生也抓雪还击，笑闹着追向邓青青。廖文静、胡丽、桑林措姆几人也抓起雪和男友打闹着，纷纷远去。

欧阳潇比平时显得安静，背一个大大的黑色背包，和许婕走在后面。

"李文延怎么没来？"许婕犹豫了一会儿开口问道。

"我迷迷糊糊地见他一大早出去了，不清楚去哪儿了。"

许婕露出一丝不易觉察的失望，随即又恢复常态。

"你怎么背个大包啊。"

"我要装雪啊，今年的第一场雪，装回去留个纪念。"欧阳潇笑嘻嘻地说。

"装雪怎么用包呢，用桶啊，盆啊多好？"

"那些东西多难带啊，包多方便，装满了，背起就走，也不冻手。"

"装雪干什么，要洗澡么？"

"聪明，我都没想好要干什么，你就知道了，你要不要洗个雪澡啊。"欧阳潇抓起一把雪，要往许婕的脖子里灌去，许婕笑着跑开，欧阳潇手里抓着雪追上去。许婕边跑着也弯腰抓一把雪扔回来，正洒在欧阳潇的头上，两人逐闹着奔向操场。

清早的操场上没多少人，跑道的外围有两对清晰的脚印延伸。一群青春的身影在尽情地追逐打闹，树上的雪也被搅扰了，纷纷扬扬。欢笑声在碧蓝如洗的天空下回荡。

许婕拿出相机抓拍，浑然不觉欧阳潇已走到身后，她被脖颈里突然的冰凉惊地跳起来，差点摔了相机。回头见是欧阳潇，她一手握紧相机，一手抓起雪追了上去。欧阳潇笑跑着躲闪，脚下一滑摔倒在地。他本是要摔个狗啃泥的，在接近地面时猛然发力转身躺在地上，幸好背包放在一边，不然会被压坏。许婕追逐时已经离他很近了，欧阳潇的倒地让她猝不及防，猛然扑向地上的他。由于许婕要一手扶着相机，只能单手撑地，但倒地时的惯性很大，她未必能撑住，即便撑住，手腕也会受伤。欧阳潇反应敏捷，他本可以就地打滚轻易闪开。就在许婕扑来的刹那，他的思想迅如闪电转了几个弯：如果闪开，许婕必然会趴在地上，不能闪！他本能地要伸手去撑开许婕，那必然会撑到许婕的胸部，不能撑！任由许婕的身体扑下，他们的脸会重重地撞在一起！就在许婕将要贴上他的时候，他张开双手抱住了她的手臂，减缓了下扑的力道，在一片柔和中，两人以面对面的暧昧姿势拥倒在雪地上，嘴唇轻轻地碰触在一起。瞬间，许婕的身体微微颤动了一下。

几秒钟的尴尬后，许婕忙不迭地翻身站起，兀自脸红不知所措。欧阳潇躺在地上突然抓起两把雪扬起，雪花高高地飞到天空纷纷落下，罩在静立的许婕周围，从他的视角望去，飞扬的雪花中静立着高挑的美人，长长的秀发，红润的脸庞，鲜红的围巾，洁白的羽绒衣，纤长的美腿——欧阳潇被许婕此刻的美惊呆了。

"给我相机。"欧阳潇一个鲤鱼打挺站起来，许婕把相机交给他，向人群中跑去。

欧阳潇的镜头里，许婕与姐妹们追逐打闹着，他频频按下快门。

疯闹够了，又滚雪球堆雪人，各种合影。情侣们合影，大家合影，随意合影。一直是欧阳潇在给众人拍照。杨勇要过相机，承担拍摄任务。欧阳潇直挺挺躺在地上摆个大字，杨勇不失时机地摁下快门。一群人捧着雪纷纷盖在欧阳潇身上要堆个活雪人，很快，一个以欧阳潇为模型的雪人堆成了，大家七手八脚地围上去，欧阳潇只露出嘴巴和鼻子，直挺挺地被大家抬起。他哈哈大笑着说天黑了要被冻死了，结果被悲惨地扔在地上。新的游戏开始了，追逐着，只要有人被抓住就要被一群人高高地抛起接住再抛起，除山东大汉摄影师杨勇外，无一幸免。许婕被欧阳潇抓住，306 的姐妹们合力将她抬起抛高，她惊笑着落下时被欧阳潇伸展双臂稳稳地抱住。快门闪过。

"我们找个人给大家合影留念吧。"有人提议，纷纷赞同。

欧阳潇走到一边把背包提了过来，从中小心翼翼地抱出一个洁白的浣熊，几个女生赞叹着太可爱了就要去抢，欧阳潇高高举起浣熊，说是雪做的，不要碰坏了，大家竟都信以为真。在经过邓青青面前时，邓青青伸手摸了一把，大叫着说不是雪做的，是毛绒玩具。

"别，别，真是雪做的，我要用它砸人了。"

可爱的白色浣熊高高飞起，在空中划过一道优美的抛物线落在许婕面前，许婕伸手接住。

浣熊飞过，杨勇不失时机地按下快门，他知道欧阳潇的计划，此刻他不会放过任何一个镜头。浣熊落在许婕的怀抱时，喧闹的天空刹那间寂静了。

"啊，不是雪做的，是毛绒玩具，太舒服了，送给我的么？"许婕兴奋的声音透过巨大的浣熊在寂静中异常清亮地播散，仿佛来自另一个时空。

欧阳潇脚下如踩着滑轮一般轻盈地舞蹈，分别以左右脚为中心快速划出一个图案，两脚一前一后从中溜过，在许婕面前刹住，触摸着洁白的浣熊说："再过十天是你的生日，在这个美丽的雪天，我把生日礼物提前送给你，喜欢的话请谢谢我。"

杨勇手中的相机快门频闪。

生日！

的确过几天就到许婕的生日了，但这个生日礼物送的真早，而且也——太浪漫了，大家一时愣住。许婕首先反应过来，她仰头对着天空大声说："我很喜欢，谢谢你，欧阳潇！"

这样的场景让在场的人觉得无比浪漫美好之后稍稍觉得有些不对劲，很协调，就是有点儿不对。如果面前的欧阳潇换做今天缺席的李文延似乎更合适些，可如果换做沉闷的李文延，这样的场景会出现么？今天，在这个可以尽情欢乐的日子里，他缺席了，不知所踪。

杨勇捧起雪撒向天空，对着天空大喊：生日快乐！雪花落在人群上空时，他又按下快门，纷纷雪花中，邓青青一个飞身去拥抱许婕，许婕转头抱着洁白的浣熊笑容绽放。咔嚓，定格。

"走，去吃早饭喽，挣工资的人请客！"杨勇捕捉到了美丽的镜头，开心大笑着，揽着胡丽的肩膀招呼一群人向校外走去。邓青青抢过许婕的浣熊，抱在怀里。

操场上，一圈杂乱的脚步中间赫然留下：一支箭，穿过两颗心。那是欧阳潇轻盈的舞蹈。

桑林措姆挽着仁青和人群拉开一段距离，走在队伍的最后。

"你刚才看见操场外围坐着的两个人了么？"桑林措姆轻声问仁青。

"看见了，是祁夏和李文延。"

"他们在干什么？"

"好像在谈什么事情。"

"许婕看见了么？"

"这个，有可能吧，嘘——"

两天后，许婕拿到洗好的照片。银装素裹的世界，张张欢笑的脸庞。少年的身影，青春张扬。除了单照，几乎有许婕的地方都有欧阳潇。那个白色的浣熊高高飞起，在它的两端：欧阳潇，许婕，两张灿烂的笑脸仰望着天空。其中一张，她和欧阳潇对面而立拥抱浣熊，在他们脚下，雪上的一个图案赫然清晰：一支箭穿过两颗心，他们站立的，正是箭镞的位置。许婕的心又一次颤动，这个被相机记录下来的图案，当时谁也不曾注意到，这是欧阳潇在隐秘地向她求爱吗？

照片上，所有的人都在，唯独缺少了他。李文延，我知道你在附近。可你在今年第一场大雪，在所有人都有人陪伴充满欢笑的日子里，你却在她的身边。

二十二　墨脱手记——兰与脆蛇

　　许婕翻看着一张张照片，美好的时光清晰再现。欧阳潇率真而默默地表达着自己的情意。照片里没有李文延，其实她看到了，在她刚踏入操场的那一刻，就顺着两行显赫脚印延伸的方向看到两个身影，那是李文延和另一个女孩，他们远远地坐在操场外的一片空地上。她的心瞬间揪痛，痛得不能自已。但她开导自己：那是李文延在处理他和祁夏的关系，不必烦恼，不必烦扰。可真的很心痛，她甚至顿时失去了玩雪的兴致，是欧阳潇解救了她，才让她没有辜负那片美丽的雪地，那个在碧蓝的晴空下本就该充满欢笑的日子。看着照片上欧阳潇似无意画出的爱心，想起他们摔倒在雪地上，两人无意间的亲吻，她不觉脸红了。

　　欧阳潇，此刻的你在做什么呢，我又在看你之前的来信，在你新的来信中，又会给我讲怎样的新鲜事儿呢。你所在的那个世界虽然艰苦，但神秘而有趣。谢谢你为我而经历，与我分享。待来年七月，我与你携手同游，养一株芳香的兰草，尝一尝美味的黄酒，看一看那美丽又可怜的脆蛇。你要不停地给我写信啊，读你的信是我最大的快乐。

许婕，收到你的信是我莫大的幸福，得知你一切安好，我很安心。我也非常想念你。这里的一切对我来说都很新鲜，我又经历和听闻了许多事，这次我要给你讲讲兰花和脆蛇。

墨脱海拔 800-1200 米，亚热带气候。美丽幽静的莲花城，四围是无尽连绵的山，雅鲁藏布江如绿玉带绕城而过。山上，有茂密的原始森林。

沿江的小路曲折悠长，山重水复，如不亲自走一遭，永远不知道它会通向何方。道阻且长，却别有一番风味。且不说风和日丽时蝉鸣鸟叫，天色突变时雨打芭蕉，姑娘和小伙娇羞爽朗，骡马擦肩处铜铃叮当，单是那一路若有若无的清香就让人迷醉神往。

那是兰花的香气。

山路上，悬崖边，森林里，巨石上，不甚分明的四季，时时处处都散发着神秘的幽香。

我和好友去小茶馆喝茶，不甚明亮的吊脚楼里零落着三五桌人。墨脱百姓穿着胶鞋迷彩服，用门巴语低声交谈着，门巴大刀横在桌上。我们靠窗一角坐下，叫了五磅甜茶，悠悠地闲聊。

暗中盈溢着一股淡淡的香气。起初我以为是吧台上的香炉里静燃的印度香，凑过去猛嗅，浓重刺鼻，完全不似那种混合着桂花茉莉一般若有若无沁人心脾的清香。

无奈地坐回原处继续喝茶。

香气再次袭来！急忙放下茶杯四下寻觅。

问朋友是否闻到那奇异的香气，他随手指向百姓的桌底。看过去，桌子底下躺着一个不大的竹筐，里面探出几片墨绿细长的叶子。那是兰草，那清香的味道一定是兰香了！

门巴族是一个害羞和善的民族，很好打交道。这段时间我也学了一点门语，走过去指指他们桌底下的筐子，问里面是否装着兰草。一中年汉子放下茶杯抽出竹筐竖在地上。框里有几件衣服和一个塑料桶，估计桶里装的是黄酒。筐边一角果然有一棵舒展的细叶兰草，开着绿色的花。汉子粗糙有力的手指轻轻提起兰草，我忙接过，一阵清香扑面而来。

我想买下这棵兰草。问他多少钱，他笑着看看他的朋友，用带着川味的普通话说这是在来县城的路上，于一块石头上采的，只有一棵，本想带回去自己养着，你想要，就送给你吧。我说要付钱，汉子笑着说，这也不是买来的，不要钱。我十分感谢，小心翼翼地接过，转过身去给他们付了茶钱。

兰草是在石头上采的？

一位懂兰草的朋友告诉我，兰草的学问大了。品种有很多，诸如春兰、蕙兰、建兰、寒兰、墨兰等，这些兰花通常都有或浓或淡的香气。因为开花的季节不同，四季都能闻到兰香。虽然专家考察过墨脱有野生兰科植物80多种，不过墨脱开花很香的兰草种类较少，这里的兰草属于野生兰，而野生兰一般是不香的。像虎头兰比较常见，几乎没有香气，常见的还有竹节兰、流苏贝母兰、兔儿兰、密花兰、兜兰等。不同兰草的生长环境也不同，树上地上石头上都有。

我要去找兰草！

周末，我和学生去森林中去雅江边找兰草，而森林深处危机四伏，有沼泽，有野兽，尤其有多种毒蛇，不敢深入，所以能发现的品种很少，但只要留意，每次都能有所收获。

喜欢兰草的人很多，有朋友用木板搭建了一个专养兰草的花房，我将兰草寄养其中。重重叠叠，四季幽香。若遇到烦心事儿，到花房里闻一番花语花香，所有愁烦都烟消云散了。

许婕，兰花很美，我呵护它们，就如思念着你。我要养好每一棵兰草，待明年从山里出来时，唱着歌儿送给你：我从山中来，带着兰花草……

和兰花一样美丽的还有脆蛇，它们是精灵一样漂亮的生物，但命运往往悲惨。

我查过有关脆蛇的资料。

《开宝本草》：金蛇，大如中指，长尺许，常登木饮露，身作金黄色，照日有光。生宾、澄州。

陈鼎《蛇谱》：脆蛇，产贵州，长尺有二寸，围如钱，嘴尖尾秃，背黑腹白，暗鳞点点可玩。出入往来恒有度。捕之者置竹筒于其径侧，则不知而入其中，急持之方可完，稍缓则碎矣，故名曰脆。

在门巴同事的小木屋中我第一次见到脆蛇。她的一个亲戚从德兴乡赶马上来，从竹背篓里掏出一个军用奶粉罐头盒，盒盖上密扎小洞。我问其内具何物。小伙子憨厚笑笑，打开盒盖。半盒黑土中，隐约一条细长的尾巴贴盘于盒壁，上半身钻入土中——蛇。墨脱的蛇种类很多，大有巨蟒，毒有眼镜王，路边的乌鞘鞭，金环蛇，银环蛇，形形色色不一而足。这是什么蛇。答曰脆蛇。

倒在地上，两条与普通蛇迥然不同的小蛇卧在土里。我深深地为其美丽惊叹。一条灰色，一条金黄。灰色稍细短。金色蛇有成人中指粗，在阳光照射下，通体透明，其脖颈处闪着点点蓝宝石的光与身体的金色相映成辉，十分迷人，简直是一件完美的艺术品。

略小而圆的脑袋上一双圆溜溜的眼睛谨慎地试探着周围，慢慢爬行起来，与蛇行无异。

这两条蛇是一公一母，一金一银。若泡入高度白酒中，或饮或擦，据说对治疗风湿病有疗效。

再转来时，一对脆蛇已被人花五百元买走。他们告诉我，脆蛇其实是一种无脚蜥蜴，喜食蚯蚓蜗牛等小虫，六月的清晨，它们会爬上草木，吸食露水。这对美丽的脆蛇深深留在我脑中。

周末，学生们带我去找脆蛇。上课时我是他们的老师，下课后我们是朋友，他们是我见识墨脱风土民情的向导。

脆蛇喜阴凉，据说它们会在清晨和傍晚时候于灌木丛松软的土中觅食乘凉。

穿上黄胶鞋，提着门巴刀，背包里装上干粮和空瓶，从学校边上的蕨草丛中开始寻寻觅觅。

我没有见过脆蛇在野外生存的实景，去找脆蛇是一种体验，很多时候在观察找脆蛇的学生。学生们不只在草丛中寻找，也在低矮的灌木下松软的土中小心地挖掘。土生土长的人对本地的一切似乎能够通灵一般，他们总能在最短的时间内取得最大的收获。这是经验，是积淀，是一种千百年来在祖祖辈辈流淌的血脉中凝聚的一种直觉的敏感，是一种山川草木万物生灵长期融入的完美和谐，绝非单纯的运气。我们在低头关注草木的过程中不知不觉翻越了数个山头，跋涉了几条河流。学生们专注而执着，我更多时候被隐藏在杂密树丛中的奇花异草稀罕昆虫所吸引。宽阔蜡质的热带树叶，石边树干盛放的兰花，长长的藤条上垂下茸茸的苔藓，密林中悠悠的兰香和动听的鸟鸣，还有神秘的小路通向何方？爬上这座山顶后能看到怎样的风景？雨林中的气息无一不深深的让黄土高原上长大的我迷醉！

直到傍晚，我丝毫不觉得累，当然连脆蛇的影子也没见到。孩子们抓到了一条金蛇。抓蛇的场景我没见到，他们在兴奋地欣赏胜利果实的时候会兴高采烈地讲述刺激的抓蛇过程。从来没有听说脆蛇咬伤人的事件，它们似乎并不危险，但抓的时候还是要非常小心。脆蛇在草丛中十分机警，游动的速度很快，在看到它的一瞬间要迅速抓住它的上半身较粗的部位，在它来不及剧烈挣扎之前放入桶中。之所以叫脆蛇，是因为它非常脆，它虽然蜕化了爪足，却还保留了蜥蜴的逃生本能。如果抓住脆蛇的尾巴，它在剧烈挣扎时，尾巴就会断成数段并在地上扭动，而上身则趁机逃跑，其尾可再生。

美丽的脆蛇，其命运可悲。一旦被捉到，它不会被煮食烤食，而是被活活放入高度白酒中醉死（想到这个场景我就会不寒而栗）。

脆蛇对酒精的味道十分敏感。瓶中有高度白酒，学生一手执蛇头，一手执蛇身，将蛇头朝下贯如瓶中，瓶口并不粗阔，而此时求生欲极强的脆蛇却能将似乎并不灵活的身躯迅速扭转返身冲瓶而出，学生怕咬伤手指只好把蛇放下，数次不能成功。之后将酒倒出，先将蛇贯入瓶中，用纱布封住瓶口，慢慢将酒灌入，淹没大半蛇身后，封好瓶盖，来回翻腾，将其醉淹而死，实在残忍。脆蛇慢慢地停止挣扎，最后吐出一些白色红色的浆液——他们说，这是最具药力的东西，可以卖高价。

没有买卖，就没有伤害。

我没抓到过脆蛇，也绝对不会杀死他们。但我买了一对，放在一口废弃的高压锅中用蚯蚓、蜗牛精心养着。

等到明年，我要将它们和兰草一起带出去，给你看神秘的墨脱这些美丽的精灵。

二十三 并未了然

生活如歌，高潮之后曲终人散。寒冷的季节需要温暖，离别前的日子值得珍惜。临近期末考试，M大各系已经停课自由复习，冬日的室外太冷，教室图书馆人满为患。每到饭时，通往食堂的路上涌满了行人长长的队伍。如此整齐壮观的场景也就在考试前方能见到。每在此时，许婕就会如迁徙的候鸟，宅在宿舍躺在床上翻看课本。她很会学习，平时将重点内容都记在笔记本上，考试之前以此为纲翻看默记一遍即可轻松上考场拿高分。奈何笔记被邓青青等人借去复印，只好翻看课本。

大雪消融将尽，高楼阴面残存的雪迹落满了灰尘和杂物，显得丑陋不堪。白色最不耐脏，一如纯净的心灵一旦被涂抹了污渍就很难清洁如初。欧阳潇送的浣熊乖巧地坐在床头，瞪着两只永不疲倦的黑眼睛望着许婕，俏皮又憨态可掬。许婕心神不宁，索性扔下书本想心事。

欧阳潇对她有爱意，和他在一起时也轻松愉快，虽然他从未表白，但敏感的她能感受到那一丝深埋浅露的情意。在她心里，爱情是圣洁的，既然圣洁就该有相应的分量，真挚的爱情是厚重的，这份厚重应以一种沉稳甚至沉重的方式来呈现。李文延不曾轻飘飘地说出我爱你三个字，也不轻易在众人面前牵她的手，大多是一个眼神，一种无言的心灵相通。两人并行时的脚步，甚至步幅都一致，这就够了。她喜欢他的沉默，心与心的交流，思想的沟通无需太多言语。磁场不相排斥，意愿不相违背，再长久的沉默也不会带来隔阂，不会沉闷。但沉默久了，也难免会让人感到缺乏温柔与情调。但许婕自信感受到爱情的本质才是最重要的，温柔与情调这些形式是可以学习培养和创造的，即便没有也无大碍。可那天绊倒之后趴在欧阳潇身上，他眼中瞬间的复杂却不时闪现，担心，坚定，温柔，向往及些许的遗憾在四目相对时变换，他心中的情感应是炫彩多姿的吧，有他在的地方也永远会有欢笑。那一个无意的轻吻令人心颤。

不去想欧阳潇了，至少在此时，许婕认为他将永远是她最亲密的兄弟。

李文延打来几次电话，许婕都让舍友帮忙推脱了。她独自呆在宿舍，关好门窗，不接电话。清晨雪地中他与祁夏的独处让她难过，但她已千百次的自我暗示为他开脱，她说过，相信他。他也说过，会处理好与祁夏的关系。那就原谅吧，他一定在与她做最后的了断。

午饭时间，楼道里人声渐盛。该去打饭了，想到食堂拥挤的人群，许婕坐起又躺下，等人少的时候再去吧。其实她不用去食堂，邓青青每日的午睡习惯是雷打不动的，任谁不回宿舍，她一定会回来。她会变着花样给许婕带来可口的饭菜。这让许婕心里颇过意不去。邓青青总会说，过意不去是吧，考试的时候可要多照顾我哦，不然就是忘恩负义之徒。实在想感谢我是吧，那还不把饭卡给我，本小姐为了照顾你都饿瘦了。然而饭卡上的钱却不会少。有时胡丽、张妍、桑林措姆也会带饭回来，每个人都说着类似的话：快趁热吃吧，趁热吃才能温暖你的心，幸福的人哪。许婕略感诧异倒也没深想。她们从不在宿舍复习功课，宿舍是休息的地方，复习本就紧张，在宿舍就难免想睡觉以逃避，只有在图书馆里看到那些临时抱佛脚奋发图强的人们才能被强烈地感染然后激发斗志。多数时间，宿舍里只有许婕一人，她继续读书睡觉静思。

追求她的人很多，即使现在明知她已与李文延确立恋爱关系仍有人执着。她曾在图书馆座位上收到写有"许婕亲启"的信，也收到过邓青青等人转交于她的情书，有匿名的也有署名的。她不理会舍友的打趣，在无人的时候独自拆开。追求无罪，爱慕无罪，每一封情书的寄出都需要一份勇气，每一份勇气的背后都有一颗坚韧的心，这是多么美好的情感。她矛盾过是否要去回复，却怕事与愿违引来更多纠缠，索性不予理睬。她可以不回复不搭理，但这份情感却值得尊重。在读过每一封信后，她会将它点燃，既然没有结果，就果断消亡吧。

对爱情，她有坚定的目标然后心如止水。这份坚定从何而来，来自杨璐，不可回避。那份沉稳坚毅和矢志不移从一开始就已经深深烙在心底。她客观而谨慎地分析过对李文延的感情。李文延与杨璐从内而外有诸多相似，她不也是在看到那相似的背影后开始注意到他的吗？之后的种种，见义勇为，坚毅果敢，寡言冷漠等让她一度也以为自己只是为杨璐找一个替身，为她失落的爱情找一个慰藉。一段时间的相处后，她发现李文延有他自己的灵魂，也有诸多与杨璐不同之处，杨璐以坚定的步伐追求着内心浪漫高远的理想，而李文延则更加务实。他没有多么远大的理想，用脚踏实地的行动接近着每一个切实的目标，他是那种抱着但行好事莫问前程信念的人，会根据现实的需要修正自己的路线，最终也会比别人走得更远些。

许婕在纸上列出清单将两人的性格一一对比，之后她了然了。她怕自己是因为爱过而将爱当成一种习惯，对李文延的爱只是习惯使然，当发现并非如此时如释重负。爱，有很多种，爱的对象也可以是很多人，而这些人应该是同一类人。杨璐和李文延在她的爱中属于爱情，他们是她爱情的同类对象中不同的个体，所以，爱杨璐和爱李文延并不冲突，李文延并非候补而是新的开始。对李文延的爱也不是习惯使然，而是沉甸甸全力以赴用心的爱。

搁下纸笔，她躺回床上，静思默想之后，似乎又有所得，欲起身进一步深入分析，却以被蒙头，不愿再想。

爱情是女人的第二次生命，可生命真的有第二次么？许婕刻意回避着，再不深究了，正如她不愿面对欧阳潇的感情。

听说李文延这几日并不好过，她也曾几次从窗户上看见他在女生楼下徘徊后失落地走开。对此，她不高兴也不难过，几日的思索让她沉静了许多。如果真要打算与他走过漫长的人生路，一点挫折与教训是必要的，几次等待与失落又算得了什么。爱情是自私的，他与祁夏在雪天的独处也不能被轻易地揭过，虽然，她似乎已经原谅他了。

二十四　揭过

　　许婕的生日正是考试结束的那一天。邓青青每天都来提醒她：后天是你的生日，要请我们喝酒哦，明天就是你的生日了，要请我们喝酒哦。终于在考试结束后，许婕说："我订好了，今晚，名望酒店，阳光 KTV。"

　　开生日宴会这种事许婕本不热衷，但十天前欧阳潇就送了礼物，明天就要放寒假了，邓青青又在不停地念叨，索性借此机会大家好好聚聚。但她对咸阳市有哪些好的饭店和 KTV 不熟悉，思来想去得咨询张妍。张妍也不熟悉，学生会聚会也没去过高档酒店，她向李军打电话咨询。最后确定饭店定在名望酒店，唱歌喝酒在阳光 KTV，这两处地方环境优美，消费也比较合理。电话中，张妍和李军的关系显然已经很熟络，张妍没回避，直接说是美女许婕要过生日。打完电话，张妍心情很好，说李军也会来参加宴会，不介意吧。许婕微笑着说欢迎之至。

　　许婕的生日宴会又成了女 306 与男 408 的联谊会。

　　气氛刚一开始就达到高潮。菜肴还未上桌，已摆好两座蛋糕塔，一座来自408，一座来自306。邓青青小心翼翼地打开306的蛋糕盒，立刻引来一片惊叹。欧阳潇一边大声赞叹着太美了，不忍心吃掉，一边举着刀叉做欲切割状。邓青青一把抓住他的手，佯装嗔怒："欧阳潇，在我介绍完这个蛋糕之前你敢把它弄坏，我一会儿把你压在桌子上切了。"欧阳潇说："小丫头，你别太得意了，我承认你们的蛋糕还行，但我们的蛋糕更华美。"

邓青青撇撇嘴介绍蛋糕："第一层白色康乃馨象征我们306宿舍全体姐妹友谊纯洁，健康温馨，天长地久。"

欧阳潇打岔："好看不能吃啊。"邓青青没理他，继续介绍。

"第二层三色水果包围着红色樱桃，那是水灵灵的我们团结在许大小姐周围，众星捧月啊。"

"那干脆就做成星星围着月亮好了，摆什么水果，我能不能先吃一块，太馋了。"杨勇馋涎欲滴，就要伸手去拿。

"杨勇，你诚心捣乱是吧！胡丽，掐他。"

"第三层的猪——"

"第三层我们都认识，不就是中间一头猪，周围是你们的名字嘛，这个不用解释了，多通俗易懂啊，你们就是一群猪呗！"欧阳潇打断邓青青，哈哈大笑着解释一通，引来众女生愤怒讨伐声一片。

"这是我们几个人共同的属相，团结一家！"

"该看你们的蛋糕了。"

"我们的蛋糕可是李文延精心定制的，当当当当。"欧阳潇掀开盒盖。

"哇！"一片惊叹声。

三层白色的蛋糕塔上铺着满满的红玫瑰，洁白与鲜红的映衬格外夺目。李文延看着许婕说："生日快乐。"

许婕看着满眼的红色玫瑰，笑了。在这一刻，她也真正原谅了李文延。

"谢谢你。"

"先吃哪个蛋糕好呢，都这么美。"

"要一起吃掉，但要在红玫瑰蛋糕上点蜡烛。"

争吵了一阵，玫瑰蛋糕上 20 根细烛——点燃。

"让我们举起酒杯，祝许大小姐生日快乐！"欧阳潇将每个人的酒杯都倒满。

"许个愿吧。"

"许完了。"许婕一口气将蜡烛吹灭。

"happy birthday！"大家齐唱生日歌。

酒过三巡，菜过五味，生日礼物必不可少。

大家纷纷献上礼物，堆了满满一桌。许婕只好收下，——谢过。

大家满心期待，李文延的礼物却迟迟没拿出来，许婕似乎并未注意到李文延没有礼物，和大家笑闹着。

"李文延，你的礼物呢？"邓青青不依不饶地问。

"不好意思，我的礼物还没制作完成，明天就好了。"李文延有些尴尬地解释。

李军站起来说："祝许婕同学生日快乐，请原谅我的不请自到。我不清楚你喜欢什么，怕送错了东西引起误会。"他笑着看向李文延和张妍，"我是做广告的，听张妍说许婕喜欢绿色，等你们回到宿舍时就会看到我的礼物，给你们一个惊喜。"张妍的脸上满是笑容，与李军对视。

许婕切好蛋糕，女生把水果层直接端走，剥夺了男生吃水果的权利——女生吃水果美容，男生嘛就算了。

剩下的蛋糕带到 KTV。

一群人在饭桌上已经喝了不少酒，到了 KTV，又去吧台叫了三箱啤酒摆满桌子。

蛋糕奶油在空中飞舞，每个人脸上都被抹了奶油。群魔乱舞，一片狂欢。廖文静负责为大家点歌。

生日歌唱完，欧阳潇李军杨勇几人又去吼了几首民歌。邀请许婕点歌，许婕摇摇头说唱不好。倒是一向沉稳的李文延点了一首郑源的《当我孤独的时候还可以抱着你》唱得深情。

我以为自己应该是最寂寞的人

却忘记了身边那双温暖的眼神

再怎么寂寞又算得上什么

只要你陪着我

我以为自己可能是最孤独的人

却忽略了心中那份美丽的温存

再怎么孤独也算不上无助

身边有你的脚步

……

一曲唱完，大家报以热烈的掌声。廖文静说，还有一首郑源的歌，这个应该由许婕来唱，《怎么会狠心伤害我》，许婕终日戴着MP3，各种歌都会唱一些，这几日心情不好，听过这首歌，也就接过话筒。

怎么会狠心伤害我

可怜我爱你那么多

失去了快乐幻灭了承诺

守住两个人的日子

一个人过

怎么会狠心离开我

这一切到底为什么

……

一曲终了，大家报以更热烈的掌声。306 的姐妹们趁着酒劲儿对李文延展开讨伐：你可不能伤害我们许婕，郑重警告你……你小子还算有良心，想着给许婕带饭……以后敢对我们许婕不好，绝不轻饶……李文延呵呵干笑着应对。

许婕唱到后面有些哽咽，大家装作没注意到，她放下话筒在欢闹中的人群中静静坐着，偷偷擦拭了眼睛。伤感的歌总会勾起回忆，但现在已是不需再回忆的时候了。李文延坐到许婕身边，端起酒杯："生日快乐。"

许婕和李文延对饮一杯，说声谢谢。

"你是不是生气了，这几天都没见到你。"

许婕不说话。

"我知道，是因为下雪那天。"

许婕不说话，只是看着他。

"那天我看到你们在操场上，其实我也在附近，只是，只是不方便过去，我必须解决好一件事。"

"算了，别说了。"

"送给你"，李文延打开一个小盒，一条银色的链子缀着一块白色的心形石，上面雕刻着字样。

竟然也是一块心形的玉石，和杨璐多么相似！

"我是'石'心'石'意的。"李文延说。

许婕自从收到杨璐的"爱心石"后，对石材进行过一些了解。她看出这是一块玉，虽然品质一般，却也是玉石。石的两面，分别刻着"婕"和"延"。看得出来，这颗玉心不论打磨还是雕刻都略显粗拙，显然不是出自专家之手。

"这是你雕的么？"

"是，雕得不好。"

"这是玉吧，哪来的啊？"

"在一个石头店里买的。"

"谢谢你，我把它收藏着吧，我不太喜欢戴首饰。"许婕把项链装进兜里。

"你们俩别卿卿我我了，快来喝酒唱歌。"

心意相通之后，郁积的不快消散，喝酒，唱歌，吃蛋糕，心敞亮了，人也欢快了。

欧阳潇杨勇一干人操着话筒奔放地吼着：……青春的岁月，我身不由己，只因为胸中，燃烧着梦想……我曾经问个不休，你何时跟我走……哦……哦……你何时跟我走……

话筒被邓青青一把抢过：喝酒去，你们这些麦霸，鬼哭狼嚎，该老娘唱了……

热闹中人尽高歌，桑林措姆唱了几首藏歌，声音清越辽远，仿佛将大家带入美丽的草原，获得热烈的掌声。廖文静虽没有陈飞扬的陪伴，融入姐妹中倒也自在安详，喝着饮料给大家点歌。张妍和胡丽在与408的一帮哥们掷色子喝酒。欧阳潇大多时候在喝酒吼蹦打诨插科没心没肺，偶尔默默瞟一眼坐在一旁说话的许婕和李文延，神情落寞。

李军的礼物的确给了许婕一个惊喜，给了她们宿舍一个惊喜。回到宿舍打开灯，她们惊呆了，瞬间爆发出少女们特有的惊喜尖叫。宿舍墙壁整个被平整地覆盖了巨幅的写真，背景是蓝天白云下阳光普照的森林、草地和鲜花，漂浮着美丽的气泡。上面是她们宿舍姐妹的合影，每个人的床铺位置都有其本人的照片，是她们在雪中欢乐的场景。许婕的床铺上，除了照片外，还有美丽的蛋糕和中英文的"生日快乐"。经过精心处理的照片和背景完美地融合在一起。太美了！她们精心守护着这份礼物，一直到大学毕业。

一学期的大学生活结束了，在这个寒冷的冬季，即将分别的朋友、恋人们依依不舍。许婕收拾好行李箱，与舍友们再见。

欧阳潇前来告别："我就不送你到车站了……一路平安。"

李文延背着一个鼓鼓的背包，已在宿舍楼下等候。去火车站的一公里路，两人不愿搭车，默默并行。冷风吹过，李文延牵着许婕的手。

站台上，太多的告别，太多的不舍与离别的伤感。

李文延和许婕登上火车确认了位置，将许婕的行李箱搁置货架。车厢里人来人往拥挤不堪，两人下车来到站台。李文延从背包里掏出一个长形盒打开，一束鲜艳的红玫瑰在冬日萧瑟的站台上格外火热。

"许婕，我知道我缺乏浪漫，我想只有这红玫瑰能匹配你纯洁炽热的感情。"李文延将玫瑰捧在手中送给许婕。

许婕惊讶地看着这束火红的玫瑰，接过来，抱在怀里。脸上带着笑意，两行清泪长流。

即将发车，列车员催促站台上的乘客返回车厢。李文延紧紧拥抱一下许婕的肩膀，轻声说："我会想你的。"

"想我了就给我打电话，我等你电话。"许婕递过一张纸条，上面写着家里的座机号码。

李文延在站台上和许婕隔窗相望。列车远去，挥别的身影越来越远，越来越小，直至不见。许婕的面前，是一束火红的玫瑰。

二十五　她

　　列车渐行渐远消逝不见。送行者四散。天空下孤寂的站台守望着纵横交错的铁轨，远远地传来一声火车的呜呜。

　　李文延低头轻叹着离去。去年今日，他曾在雪中送别过另一个女生，此刻这个女生就在校园里等他。两份感情如两块沉甸甸的白玉压在肩上，不堪重负又难以取舍。踯躅到了十字路口，他望着学校方向，犹豫片刻漫无目的地沿铁轨前行。

　　终于放假了，他感觉好累，独自整理着思绪。扪心自问，自己算是一个薄情之人。他并未期待在大学里收获真正的爱情，他甚至不相信爱情。一直以来，他只想出人头地，深知综合实力是一切梦想实现的基石。如茂密丛林中一只向往天空的蜗牛，不断积聚着力量，自树干攀缘而上。最高处似遥不可及，但他坚定了目标、信心和决心。他出自农民家庭，父母一生操劳老实软弱饱尝艰辛望子成龙甘愿为其付出一切又爱莫能助。李文延随知识的增加眼界的开阔对农民的艰难愈来愈同情不满愤懑，暗暗发誓要出人头地。不为能对社会作多大贡献只为让父母脸上有光也为自己争口气。他逐渐变得忧郁隐忍内心敏感而外表坚强，通过读书观察模仿历练，在不同场合微笑幽默彬彬有礼或粗犷豪放并渐渐抹去生涩的痕迹。他自认对社会对人生有比较深刻的认识。在旅途中单靠自身腿脚的力量，想要飞得更高更远看到更美丽的风景摘到更鲜美多汁营养丰富的果实太过艰辛，且在诸多付出之后未必能够如愿以偿，若旅途有顺风车可乘，不该错过，即使要付出代价。但搭乘而已，他不会因此爱上哪怕是再华丽的车并为之停留。车所向何处，应谨慎择选。也许在离别时，会有所留恋有所心痛，但只要抬头望望远方，想象高枝尽处的风景美丽，他会决绝而别。决绝也许还做不到吧，毕竟根深蒂固的环境影响并非轻易能改变的，他懂得感恩。

许婕美丽聪慧，又兼具忧郁高雅的气质，似露水清香的春兰。这类型的少女对男生有着致命的吸引力，他不是例外。初见时，他为之心动，但在极短的时间他即自嘲自警莫要奢望。然而，她来了，如一缕清香飘然而至，他不知何故，不知如何应对。惊喜、疑惑、本能的爱慕、理性的拒绝，欣喜又心痛，若即若离，不温不火。她也不可捉摸，真情实意但也似有隐情。张臂迎接是他的本能，懦弱逃避不是他的性格，思前虑后一探究竟无畏前往。你情我愿，理顺章成，相约相牵，相聚离别，时有谈心。纯洁、美好、毋庸置疑。然而愈深入，却愈发痛苦，他怕自己深陷了这份感情无法自拔。对这份可谓来历不明尚存疑虑的感情，别人的羡慕嫉妒恨他能冷傲以对，对自己的欲拒还想的争斗他就力不从心了。某种程度，某些时候，他甚至有些憎恶许婕，憎恶她从天而降的这份美好情感。但许婕又有何错，只因自己内心阴暗罢了。他自认内心阴暗却未良知泯灭，追求美好的过程固然要用手段，却不必毁灭美好，制造悲剧。

剖析自我，他毫不避讳毫不留情。一个人在任何时候都要首先认识自己，面对自己，利用自己，对自己敢爱敢恨。此刻，他恨自己，恨自己的阴暗，他要惩罚自己，狠狠地扇两个耳光，然后说，是的，我很坏，但我已自我惩罚，现在我要爱他了，因为他是如此的公正。这样岂不是又很无耻，那就无耻吧，无论如何，自己仍是自己。人们疼惜自己，比母亲疼爱孩子更甚。他甚至为发现自我具备无耻这一缺点而自豪，非因无耻而自豪，因敢于发现而自豪。然而，他毕竟只是一个学生，一个纠缠于两份感情涉世未深的年轻人。他茫然无措，颓然无力。

天色转阴，如藏匿的巨人吐出一口口灰白色烟雾渐渐散开遮蔽天空，挂在天上大放光热的太阳被层层过滤后变得朦胧无力。如果有人一直注视着李文延，会发现一个精神分裂者或是疯子，皱着眉头恼意与笑意不时交替在轮廓分明但灰白的脸上，时而喃喃自语顾目四盼眼神茫然，时而对着远处大声嚎叫。如果没有许婕翩然而至的美丽，他此刻正实施着计划，火热地与祁夏在谈情说爱吧。

远处，火车开来，车头在他眼中逐渐清晰庞大，却悄无声息。

李文延突然有一种冲动，想试试自己到底有几分胆量。他趴在火车驶来的铁轨中间，尽量伏低身子。在影视中，这是可行的。但现实中，枕石的凹面不够深，他紧贴地面的身体仍高出铁轨，快速行驶的超长车身所产生的巨大气流他是否能够抵御？稍有差池便会命丧于此，留下一个卧轨自杀者惨不忍睹的尸体和一个难解的自杀之谜。火车愈来愈近，与平日看到的车头模样无二，却实在硕大坚硬，无情地瞪着双眼狰狞可怖。恐惧，令人窒息的恐惧，狰狞的车头在距他尚有百米时，突然一声鸣笛，几乎让他魂飞魄散了。他终于无法抵御这巨大的恐惧，理性在最后一刻把他揪出铁轨。他伏身到临近的轨道中，火车在他方才趴过的轨道上隆隆而去，他仍然感到一股强大沉重的声响，一种震天撼地不可匹敌的力量在他身上驶过，通过地面和空气震慑着他所有的感官和神经，完全无法抵御。身下的枕石冰凉，铁轨冰凉，阵风吹过，浑身冰凉。他有些后怕，瘫软在地久久不动。

命运列车之力定会更加惊怖，无影无形无嗅无色垂悬于顶虎视眈眈。选择，绝不容轻率。自己的选择正确么，或许命运根本就没给自己选择的权利，一切都在它的掌控之中。

李文延回望学校的方向，那里有一个叫祁夏的姑娘。

二十六　初见

　　李文延与祁夏在大一时相识于藏文社。大学的新鲜劲儿在几周之后消失殆尽，如饱尝江南秀色之余向往浩瀚的沙漠，熟悉了环境的李文延逐日躁动。他置身花园冷眼旁观生活在伊甸园里没心没肺的骄子们，晃眼的青春散发着及时行乐的靡靡气息，想到自己也是其中一分子，厌恶感油然而生。想到似乎遥不可及的四年之后，他将踏上此刻仍一无所知的社会，他茫然又有些惧怕。他思考着：既然注定要去西藏，那就得先学好藏语，若能结识一些或在将来有用的社会关系，定会受益匪浅。藏文社，是一个不错的开端。

　　藏文社，每晚七点由藏族学生在固定的教室授课，从三十个藏文字母开始教起，不必会写，多是学说一些日常用语。参加藏文社的汉族学生，很多都和李文延抱有相同的想法，也有来瞧新鲜，交朋友，打发时间的，这其中就有祁夏。

　　祁夏通常坐在教室后排，她几乎每课必到，偶尔有女伴同行，多数时候独自一人。她会认真跟读，也会去听周边藏族学生肆无忌惮的藏语聊天。她学得很认真，仿佛刚接触藏语。事实上，她能听懂藏族学生聊天，也会说藏语，但只能听懂和说拉萨话。藏语也有方言，方言她听不懂。即便听懂了他们的笑话，在肆无忌惮的笑声中，她也不为所动。聊笑者越放肆，她越冷静，一切与她无关。她似懵然无知，嘴角却露出一丝不易觉察的不屑。她的眼界很宽，默默观察着教室里的每个人。休息时，如有陌生人搭讪或与朋友说话，她会极其自然地露出微笑，十分热情诚恳。一个学生能有如此本领，若非与生俱来便是与其家庭相关。

李文延坐在既不引人注目又能认真听讲的前排边座。他学得很认真，不时做着笔记。台上讲解着最基础的藏文知识，并不系统，但对李文延来说已足够。有时学生会讲述一些藏区的风土民俗禁忌等。每在这时，总会引起热烈地讨论。来自藏区不同地市的人会用藏语补充或纠正讲述者的一些观点，讲课的学生便停下来，认真听取参与讨论，然后将诸观点综合梳理用汉语告知大家。李文延面带微笑，饶有趣味地听看记想。

听课人员流动性很大，而他是忠实的听众，遂渐与授课的几位学生熟识。他就坐的位置不固定，授课者会有意无意地在人群中搜寻熟识的面孔，对视时面露微笑。李文延私下也偶尔与授课者交谈，但不十分亲近。他极少与其他学生交流，碰到熟人也只是简单地打招呼。他注意到每位授课者都会与教室后面一个角落点头示意。那里一定有位忠实如他的听讲者，但他不刻意想知道那是谁。一次转头去看时，恰与对方目光相接，一瞬间，他被击中。转过头来，回想着那道目光明亮清澈犹如实质从教室后方不太明亮的角落射来，似随意又若有所思朦胧不可解。不知尚可，知道自己被来自身后一道来历不明的目光注视着，那种感觉虽不至如芒在背但让人很不自在。在目光相接的瞬间，他没看清对方面容，甚至不确定其性别。但直觉告诉他那是一个女孩，一个美丽干净的女孩。那目光中隐藏着大量难解的信息，可知她绝非一个简单纯粹到不谙世事的女孩，相反，她一定很练达。那道目光那种感觉在他的仔细分析下逐渐壮大如黑洞般可怖，吞噬自身吞噬教室吞噬一切声色。他不禁又转头看去，的确是个女孩，正直面向前，认真听讲，沉醉其中。鼻高脸静发丝顺滑侧影明晰沉静若水。刚才那一瞥目光似乎从未投射过，一切都是他的臆想。发觉女孩没看他，他便如偷窥一般多看了片刻。蓦地，他发现那双眼睛从眼角处分射出一道隐隐不易觉察的光芒一直在关注着他的一举一动，心下陡然一惊。定睛看时，那女孩又只专注于讲台。

下课了，他一无所获，人流涌出，他留在最后。女孩隐在人群中，他甚至不能确定那道目光的主人。

藏文课依然必到，学文结友，学文容易，交友须谨慎。他自知不善搭讪结交，也不喜如混混油子般与谁都能混个面熟点头微笑。他在观察掂量仔细挑拣，除去授课的几个学生，他也留意过其他人，自觉不足与谋。那些无足轻重的人群里，唯有深邃的长发大眼女子让他心中陡然一沉。他略读过一些如何交友方面的书籍，赞同微笑真诚兴趣等，对诸如魅力技巧之类嗤之以鼻。他需要一个恰当的时机去实践。

这些深沉忧郁的想法只在独自沉思时出现，推开宿舍门，进入来自天南海北刚刚熟识如久围藩篱甫脱缰绳撒欢儿尥蹶子的儿马群中，立即被四溢无藏的青春气息包围，一群如疯似傻红光满面滔滔不绝或坐或卧手舞足蹈抽烟大笑的舍友，令所谓忧郁伤感深沉无奈等情绪顿时烟消云散。坐在桌上滔滔不绝者正是欧阳潇，这小子初来乍到头两天不显山不露水，神情温和眼神明亮，迅速适应环境后属他最活跃不羁。他安静时抱着厚厚的电脑书报狂啃不休，溜圈儿回来就大谈南北藏汉妹子如何腰修腿长乳丰臀肥发长眼大，周围几人坐卧之间竖耳眯眼神情亢奋，遇到不同观点站起来慷慨发言争论辩解。李文延进来后，欧阳潇立即撤出重围有了主攻方向。

"哎哎哎，诸位诸位稍安勿躁，你们这伙儿单逞口舌之快干说不练像身鼠胆河马嘴的家伙，都不如人家李文延，每到夜幕降临月上柳梢就不声不响地去泡妞。"说完乜斜着李文延，一幅我全知道就别装了的神气模样。

"你们说你们的提我干嘛，接着说啊我正要长长见识。"李文延径直坐在床沿扔下书包面露微笑看一圈大家。

"看那深沉模样还装无辜，快从实招来，骗几个妞了？"

欧阳潇成功调转炮口，大家都看着李文延，一幅你小子偷吃偷藏独乐不仗义的义愤填膺状。欧阳潇得意地看着李文延坏笑。

李文延没脾气，他跟欧阳潇关系格外好些。初来乍到大家闲来无事晚上成群结队集体遛弯跑步，一周下来便多半各自为战，只剩他俩坚持在操场跑步。

看来此时若不给个交代那更显欲盖弥彰，若强说没有又显得生分扫了大家兴致。他已从藏文班教课的学生那里了解到那个神秘女生叫祁夏，反正与她没有故事不如抛出助兴，即便将来有事儿那也显得哥们仗义一开始就不瞒着你们。是金子总会晃大家眼睛的。某种程度也灭了他们争夺之心无形中少了一帮凶悍难缠的"情敌"。

若知道佯装恼怒无辜无奈面笑吟吟的李文延起坐之间脑回过电想了这么多，这帮单纯的哥们儿恐怕都要打一冷战敬而远之了。

"你们都别被欧阳潇骗了，他才是有很多姑娘呢……"李文延先回击欧阳潇以调转炮口。

"说你说你，别想瞒天过海转移话题，群众的眼睛是雪亮的。还以为你真去藏文社做乖乖三好学生了，危襟端坐目不斜视埋头笔记，我们几个兄弟进去你都不搭理，都不好意思打扰你。后来才发现你小子是醉翁之意不在酒，快如实招来，你偷瞄的那个女孩什么的来路。"欧阳潇不给他机会，直接揭底。

"你们太坏了，硬是冤枉好人。欧阳你小子还有这癖好不当侦探都屈才了，该去当律师，黑白都是你的菜，千万别干传销，要不好几亿中国人都得遭殃。"他损着欧阳潇。

"他骂我们呢。"欧阳潇对着大家说。

"别，别煽动群众。我从实招来，惹不起你们。"李文延笑着说。

"哎，别那么没骨气，老虎凳辣椒水还没上呢，热腾腾的烙铁刚出炉你就要招多没意思。我们刚才还夸你有骨气，说你定会百折不挠坚守气节坚贞不屈绝不会屈打成招，唯有美人计才能让你妥协呢。"

"我说欧阳，你小子在女生面前怎么没这么伶俐，一帮爷们面前逞能算什么本事。"

"我向来遵从不拈花惹草保护妇孺从不欺负弱势群体的原则。"

"行行，我一无是处，我不说话了。"

"怎么就不说了，还没招呢，快说那个长发大眼的女子，哥们儿们听好，别打岔了。"

"净你打岔……谁打岔了……"一片七嘴八舌讨伐声。

"我都不知道她的名字，有什么好说的，那姑娘好像有点儿意思，你们谁了解情况给我讲讲。你们不都侦探嘛，整天东嗅西嗅一群狼似的。"

"我们是狼，你就是土狗。"

"那姑娘我认识，叫祁夏，是半藏半汉，似乎挺有家庭背景。我高三是在拉萨读的，记得那时她有男朋友，一高炮似的男生。当时谈恋爱都是地下工作，但我有个朋友跟那个高炮挺熟。听说祁夏一段时间不理那个高炮了，但高炮死缠烂打。两人关系时好时坏，不知现在怎样了。"李锐半躺在上铺，抽着烟说。

"土狗，听见没，人家名花有主了。"

"什么花啊主啊的，这种事情没有先来后到，公平竞争，谁抢到就谁的。"一个人说。

"谁还不能有历史了，高中时候那算什么爱情，纯粹是神经紧张时的镇定剂，抓住现在才是抓住永恒。"又一个人说。

"我看有戏，那女孩漂亮，家境又好。土狗你挺有战略眼光啊，现在只是战术问题了。放心大胆去追，咱哥们儿帮你出谋划策，在座的哪个不是情场高手。"欧阳潇说。

一片嘈杂。

李文延拉开玻璃门去阳台洗漱，随手将一屋子的热烈兴奋关在身后。

二十七 恋

　　藏文课结束，一片桌椅挪动声，众人远去。李文延磨蹭着收拾文具，慢腾腾地装进包里，不时瞟向教室后排端坐不动的祁夏。桌上仅有的文具收完，他挎上包，再无理由迟疑。天花板上的日光灯管嗡嗡作响，喧闹过后的教室格外安静，犹豫不决的李文延尴尬难当拔腿欲走。之前设想的种种式痞式无意式忠厚式搭讪伎俩，在这黑暗包围的明亮空间，在无声无息端坐如妖魅一般的女孩面前俱显苍白造作。不容畏缩不可胆怯不能放弃！临阵而逃不是他的风格，他站在原地。

　　忽然角落里的女孩发出一声娇笑，摘下耳机从容收好一甩秀发。

　　"你是李文延吧，我叫祁夏。我在听一首歌，刚听完。"女孩明亮一笑起身向李文延款款走来，脸上似有羞赧之色但不易察觉。

　　"你好，祁夏，厉害啊，你怎会知道我名字？"第一回合的从容镇定与尴尬无措相接高下立显，李文延缓不过神，思路冻结舌齿僵直。他暗想：不能这样，这样就聊不下去了，要油嘴滑舌放荡不羁一些。

"厉害么，我特意去打听的，你这不也知道我名字了，还不用打听。"

"我还是觉得你很厉害，一切全在掌控之中。"祁夏落落大方，李文延也少了一些紧张，但仍觉得无话可讲，遂说出真实感受，"我也特意去打听过你。"李文延说。

"哦，是吗，都打听到什么了？"祁夏歪着头一幅颇感兴趣的模样。

"嗯，知道了你的名字，还知道你是'团结族的'。"

"哦，你知道的不少啊。对，我爷爷是当年驻藏的老红军，我是半藏半汉。"

"那，你有藏族名字么？"

"有啊，不过那相当于我的小名，只有家里人和小学同学知道。"

"能告诉我么？"

"这个，也可以告诉你，不过不是现在，你今天不去跑步了吗？"

"要去，不过跟你聊天更有趣。他们都说混血儿漂亮，果然如此。"李文延神经放松，回想着读过的有关交际泡妞秘籍之类的书——对女孩，要以夸赞为主，适当打击。

两人并肩走出教室，李文延灭灯关门。

"是嘛，哈哈，你还挺会说话的嘛，不过我不会害羞的，习惯了。"她笑的样子很好看，些微的光亮中贝齿闪亮。

"你怎么知道我要去跑步，这太不公平了。"李文延做无奈状。

"怎么就不公平了？"

李文延卖了个小关子稍感得意，从一开始都是祁夏掌握着主动权，而他不喜欢被掌控的感觉。

"哦，没什么，挺好的。"

"什么没什么，你刚才为什么说不公平，我最讨厌说话说一半。"祁夏站定微微仰面，眼神明亮并无恼意。这女孩聪敏自信，也属于一旦无法掌控局面顿觉不安的类型。李文延似乎看到两块坚硬的金属努力挤压想要融合在一起，这个可以做到但要花费很长时间且未必愉快，而一旦融合就会坚实无比。

"我的意思是说你这么漂亮又聪明，太让我们这些人自惭形秽了。"

"哈，哈，哈，一点都不好笑。"她的哈哈声是一个字一个字念出来的，语调平静但表情显然明朗许多。

"你的藏族名字叫什么？"

"央金。"祁夏干脆地说。

"很多人都叫央金，好听，也很伟大，女神啊。"

"你是在讽刺我吗？"

"没有没有，怎敢，我真觉得这些名字很伟大也很美，像卓玛、梅朵、措姆、央宗，央金这些名字，都是些神仙仙女智慧灵气吉祥如意啊花儿什么的真特别美。听这些名字就觉得人也一定很美。"

"看你木呆呆的，还挺油嘴滑舌，你藏文课就学了这些？"

"我啥也没学就光看你了。"

"哈哈，你真会吹。"

"你会讲藏语吗？"

"我从小在拉萨长大，你说呢？"

"那你还来听藏文课？"

"其实我是来看帅哥的。"

"哦，其实我是来看美女的。"

"哈哈……看你学得挺认真，都是装的啊，你这人真可怕。看到美女了吗。"

"认出我真面目了吧，知道我是一个道貌岸然装腔作势的家伙，不敢跟我聊天了吧小姑娘，不要逼我夸你是美女哦，这没一会儿呢我都夸你好几次了。"

"切，我才不是小姑娘呢。到操场了，你去跑步吧，我要回宿舍了。"

两人不知不觉穿过竹林花坛来到操场入口，被夸了一晚上的祁夏笑意盈盈娉婷离去，一路洒下淡淡香水味。

李文延目送背影远去，喊出一句明天见转身向操场跑去。

夜空晴朗繁星点点路灯明亮晚风徐徐，这是一个良好的开端。

授课者扫视教室一圈，见到熟人点头致意，祁夏和李文延坐在同组。

授课者扫视教室一圈，祁夏和李文延坐在同组同排。

授课者扫视教室，祁夏和李文延坐在同组同排同桌。

授课者扫视，祁夏和李文延消失了。

此后教室里或人头攒集或稀疏寥落两人再未出现，授课者一度四下觅寻怅然若失。

李文延回到宿舍，被一帮损友追问恋爱进展情况，他笑而不语，遭到毫不留情地开涮：

"小子，别憋出内伤了，把你的泡妞秘笈给哥们显摆显摆，独乐乐不如众乐乐，不然我们孤立你。"

"有手段，有魄力，真是咬人的狗不叫，蔫人出豹子，三下五除二就把美女搞定，你们这群有贼心没贼胆光说不练的家伙，没戏。"

"哎呦，我好像看到花前月下出双入对良辰美景春宵一刻郎才女貌娇滴滴酸溜溜怎么说来着……真羡煞人也！"

"你他娘的酸唧唧的让人牙根儿疼，人家那是高雅神圣海誓山盟海枯石烂势不可挡坚不可摧不到黄河不死心不见棺材不掉泪欲与天公试比高的爱情。"

"你那狗日的爱情让我脚后跟疼了。"

"快从实招来，有没有人约路灯下，日上三竿头，拉着小手手，亲个小口口……"

"什么乱七八糟的，一帮理科生在这里嚼舌头，耽误了我听秘笈讲座把你们一个个绑上石头沉到化粪池里去盖上盖子。"

"听什么秘笈，他那是穿上新鞋踩狗屎瞎猫碰上死耗子了，哥们有真正的泡妞秘笈，请顿好酒吃顿好饭叫声师傅保证手把手儿传授于你。"

"祁夏可不是一般人，名花有主的，别到时候栽了跟斗，惹一身麻烦，哥们尽早给你提个醒。"李锐提醒李文延。

……

李文延呵呵苦笑一言不发，等他们过完嘴瘾，自己一通洗漱上床睡觉，闭上眼睛就是天黑，让他们羡慕嫉妒去吧。

深蓝的夜空明月高悬，星光点点。高高的柳树静静地垂下柳丝，乌簇簇的柏树无声无息。

长廊回绕，幽径在造型各异的花木丛中屈伸隐现。地射灯微弱的光晕营造着梦幻。对对剪影相拥相依宁静地融入无声的夜色，孤独的身影在黑暗中烟头明灭。一只野猫无声地跳上廊凳四处观望一番倏地消失。花木枯荣，松柏长青，月色蓉蓉，愿长廊长存，青春永驻。

路灯下，李文延和祁夏面色平静，沉默走过。周围行人脚步匆匆高声谈笑，咫尺之遥恍若隔世。祁夏径自向宿舍方向走去，李文延欲行欲停，看着她的背影渐行渐远转弯消失。

李文延跑完十圈回到宿舍洗漱完毕倒头即睡，众兄弟围着欧阳潇花二百元从狗市淘来的286掉牙电脑叽叽喳喳捣鼓不休。"出字了，出声了，出画面了……"

二十八　化解

秋风细雨黄叶飘落天气转凉。

李文延早已不去藏文社了，偶尔在路上碰到授课的学生点头微笑交错而过。一周没见到祁夏了，她悄无声息地就杳无音信了，仿佛从未出现过。李文延虽有些莫名其妙却很冷静，并未失魂落魄寻寻觅觅如失至宝。欧阳潇忙着对他的 286 升级换代，其他人参加社团积极备考沉溺网络各自忙碌。李文延和祁夏的分合在极短的时间内成为卧谈会的火爆话题又在极短的时间内退出宿舍的焦点访谈，卧谈会也因人员经常缺席久不开题。李锐半躺在床上偶尔问一句李文延和祁夏进展如何，李文延顾左右而言它。李锐也不再问，看着李文延在桌前呆坐或床上假寐时摇摇头。他知道，这段时间，祁夏在拉萨的男朋友来了，他曾远远地见到两人在校园里握手言欢压马路。

李文延在图书馆前拾级而上，还书借书，上至五楼在惯常的巨型长桌前坐下看书。对面有人轻挪椅子悄悄落座，一缕清香飘飘袅袅。李文延直觉对面射来一道审视的目光，他佯装不知捻动拇指翻过一页。至饭时，人们陆续离去，一阵嘈杂过后偌大的自习室恢复安静，呼吸声轻微可辨，除自己外另一个仅有的呼吸声来自对面。一切变得空灵，他不必抬头甚至不必睁眼整层楼在脑中纤毫毕现。坐在对面的人在一小时内的唯一动作就是纹丝不动目不转睛地盯着他看。这道目光深邃复杂，些微的歉意、疑虑、审视、怨毒、释然交替出现，更多的是一种自信。他已不能全心投入到书中去了，一字字一行行一页页看过翻过却不知所云。自闻到那丝香水味起，他便已知对面何人，只是不知当以何种姿态面对这个神秘消失又突然出现，傲慢无礼又若即若离的女子。他把握不住她，这让他有些慌神，尚不牢固的爱意几乎消失殆尽，取而代之的是一种被愚弄羞辱之后渴望征服和报复的激烈。前天晚上花园长廊一对低声争吵的剪影也散发出熟悉的香水味，他淡然路过。此刻李文延打算装作刚从深深的沉醉中苏醒，无意间看到对面的她，然后作惊喜之后黯然状。

大约以为自习室中已经没人，几只麻雀想趁机飞入拣点零食残渣，扑棱棱飞进窗户发现有人，惊慌之下拥挤惊叫着扑棱棱飞走。李文延抬头看到祁夏突然受惊花容失色缩成一团，眼神慌乱无助楚楚可怜。他起身绕过桌凳猿臂长舒将她肩膀轻轻围抱，她瞬间冻住，抬眼看着他，又娇羞垂首，发丝清香扑鼻，李文延就这样安静地抱着她，许久。

去吃饭吧，两人并肩走在路上。行人稀少黄叶旋落，微风迎面发丝拂动阵阵清香。

这是怎样的一种感情啊，不了解，不坦诚，互相猜忌，装出笑脸。祁夏随时消失又随时出现，随性又不作解释。李文延觉得有必要把话摊开说明，若不合适则复为路人别相互耽误了，本也只是一次邂逅而已。

这是他首次和祁夏单独吃饭，也是首次和有暧昧关系的异性共餐。两人来到食堂二楼，祁夏手中摇着饭卡绕所有窗口转了一圈，问李文延吃这个嘛吃那个么不等回答已刷卡完毕，回头媚笑一下看着李文延说，你来端吧，复继续前行。最终李文延跑了三趟才把所有祁夏刷过的食物端回桌上，对学生来说很丰盛，对两个人则可谓奢侈。有米有面有荤有素有红有绿有凉有热有菜有汤有盘有碗还有一小锅仔霸道地占了满满一大桌。

"你还有朋友要来？"

"没有。"

"那点这么多饭菜，你一个人吃得了么？"

"我吃不了啊，这是给你点的，我不饿，就想看着你吃，嘻嘻。"祁夏眯着眼睛可爱地娇笑着。

"我想吃什么自己会点。"李文延冷冷地说。

"这里面没有你想吃的？我们第一次一起吃饭，我也不知道你喜欢吃什么，就各样都点了些。你想吃什么我马上再去买。"祁夏有些委屈解释一番立即起身，等待着只要李文延说出菜名，她立刻就会如出膛的子弹般奔射出去，将饭菜端回。

李文延看看祁夏叹口气说："坐下吃吧，我们都努力多吃点，别浪费了，不然叫两个你的朋友来一起吃？"

"我没有适合在此时出现的朋友。"祁夏坐下低声说。

祁夏很小口地吃菜，多数时间眼睛不眨地看着李文延，他则唏哩呼噜卷面条夹菜往嘴里扒米饭。吃罢擦嘴说：你今天老看着我干嘛，快吃啊，别淑女了，我都要撑着了。"

"哦。"祁夏收回目光夹菜扒饭大口咀嚼，眯眯笑看着李文延。

"你为什么要这样？"李文延吃罢放下餐具。

"怎样？"祁夏也放下餐具。

两人隔桌对望。

"我就觉得……没什么，挺好的，你有什么话要对我说吗？"

"那你有什么要问的么？"

"我……没什么要问的。"

"真的没有？"

"嗯。"李文延转向别处，心中仍在忿忿。平白消失，毫无预警地出现，见面后一如既往，好像昨天刚见过面似的。没有解释，毫无痕迹，好像那件事那段时间凭空消失，一切都是自己的错觉。

"你一定有很多话想问我的，你问啊，问啊，我都会告诉你。"祁夏一副恳求神情。

"走吧，服务员要打扫卫生了。"李文延置若罔闻，目光环视，吃饭的人稀疏寥落，工作人员已在打扫卫生。

"不许走，你必须问！"祁夏突然高声。

"知道吗，我最讨厌别人强奸我的意志，以为自己是谁啊，全天下人都得听你的是吗，谢谢你的盛情款待。"李文延咬着嘴唇冷哼一声，转身离开直奔楼梯而去。

祁夏愣神几秒后抓过背包迈步追去。

身穿统一制服的服务员们擦桌拖地手脚不停，看惯了男生女生变换上演的各种悲喜剧，对他们的争吵毫无兴趣，只漠然地瞟一眼，在祁夏离开后动作熟练地收拾着吃少剩多的餐盘。

李文延在前信步而行，祁夏背着包跟在一旁。人工湖边，碧蓝的天空倒映，柔软的柳枝探入湖中，荡漾的水波揉碎阳光，看去，似一片流动不休的水银恍惚耀眼。

祁夏拽拽李文延的衣袖："我们坐一会儿吧，我走累了。"看李文延没有停下脚步的意思，她加了一句"求你了"。

树下阴凉的地方坐着对对情侣，李文延走到湖边台阶坐下，祁夏与他相隔两米。

　　"这儿太热了，会中暑会晒黑的。"祁夏手搭凉棚寻找着凉快的地方。李文延稳坐不动。

　　"对不起啊，我不想惹你生气的，原谅我好吗？"祁夏紧挨过来，靠着李文延，摇晃他的手臂。他不动，始终盯着水面。她松开手，自顾自地对着湖面说话。

　　"我有好多话想对你说，却不知从何说起。第一眼看到你，我就觉得你与众不同，特别有一种男子汉的气质，和稚气未脱刚上大学的男生不同，也和那种饱经风霜的粗犷豪放不同，很特别。每次有你在的藏文课我都在，我经常看你，你端端正正地坐着，认真地做笔记。你还每天跑步锻炼身体去图书馆看书，你看女生时也不是色迷迷的。你给了我一种正能量，让我觉得如果能和你在一起一定会有安全感，不论是现在还是将来。我本想能这样一直暗暗地看着你就很好了，却又担心别的女孩把你抢走——之后不久我们就认识了。"

　　"我有那么好么，都是你臆想的吧。"

　　"我就觉得你那么好。"祁夏温柔地说。

　　"说实在的，我们相互之间都还不太了解或者说根本就不了解，我极其平凡极其普通，你千万别把我定位太高了，那最后很可能会让我们很难堪，甚至连朋友都做不成。"李文延轻叹了一口气说。

　　"我知道我有很多缺点，我妈曾提醒我，说我太娇惯任性以自我为中心，出门在外要改正，不然会吃亏的。我已经在改了，但改得还不够。是不是有时候也惹你生气了，对不起，我不是有意的。"祁夏诚恳地看着李文延，她的脸晒得红红的，额上鼻尖密布一层汗珠。李文延说："走吧，我们别坐这儿啦，这儿太晒。"提起祁夏身边的背包起身。背包很重。

六角廊亭中，李文延和祁夏置包于中分坐木凳两侧。

"你还在生气吗？"祁夏扭头看着李文延，脸色微红眼神明亮。

"我没有生气。"

"你刚才明明生气了。"

"我只是觉得心里不舒服。"

"现在舒服了吗？"

祁夏露出洁白的牙齿微笑着，李文延情绪也缓和下来，直视着祁夏："你到底是怎样一个女孩啊！"

"嘻嘻，我就是我呀，你以前谈过女朋友吗？"看到李文延神色缓和，祁夏立刻变得晴朗。

"你想听真话还是假话？"李文延兴致依然不高。

"当然是真话，要听假话我自己想象就好了还用问你，不许撒谎哦。"

"没有。"

"真的吗，真的没有吗？"

"真的没有。"

"小学就不说了，初中或高中时候没有女孩子追你或你去追女孩子吗？"

"都没有。"

"我不相信，你没说实话。"

"不相信算了。"李文延有气无力地说，他懒得辩解了。

"为什么没有啊？"

这就是祁夏令他难以忍受之处，任性执拗自以为是喜欢命令人而自己还浑然不觉，事后认错倒是挺快，但毕竟于事无补了。问题是她根本就不知道自己是哪里错了就认错，这会让她委屈压抑，终究还是会爆发的。让一个人接受别人的观点本来就是世上的一大难题，接受了还要孕育，孕育了还要结果，这都要经历漫长的过程，付出一定的代价，结果可能还适得其反。要不要继续相处？若坚持自我，注定会不欢而散；妥协忍让，有违自己意志；直接指出，对方未必接受。选择容易，接受一个人却没那么容易，尤其是选择并接受一个将要和自己厮守终生的人。总会有摩擦的，不尝试又怎能知道会否成功，磨练自己吧，哪怕当做实习也罢。李文延没去想祁夏提出的问题，却在出神地分析他们的关系。

"我问你话呢，你在愣着想什么？"

"不为别的，只为谈感情很伤钱。"李文延随口诌了一句。

"哈哈，只听说过谈钱伤感情，还没听过谈感情伤钱，你真幽默。"

"我这不是幽默，这是真理。"

"谁说谈女朋友就一定要花钱啦，你还挺大男子主义的嘛。这么说，是有人追过你了，而你有顾虑没答应她？那你不打算为我花钱吗？"祁夏歪头笑问。

"比起真正的爱情，钱太微不足道。我从未想过要染指以娱乐为目的的感情，那会让我觉得感情被玩弄，很糟糕，所以我不会轻易动情。还有，我可不可以把你刚才的意思理解为你在追我？"

李文延盯着祁夏的眼睛正色说出他的爱情观。

"这个问题很严重，别指望这会儿骗我说出来，以后好当做把柄。不过就算是的话也没关系，只要我不承认就死无对证。"

"你那么精明谁能骗得了。"

"你就骗得了，这都多久了，你不给我道歉不哄哄我不找我连电话也不给我打一个，我来找你你还不理我还生气，你说有你这样对女孩子的吗你说，还要我来哄你给你道歉，你还爱理不理的。"祁夏说到后面声音越来越低，委屈地要哭了，掏出纸巾擦眼泪。

"你别哭啊，大白天人来人往的，别人还以为我怎么你了。"

"你就怎么我了就惹我了我就要哭就要哭，哇哇哇哇。"

"你这是哭呢还是学乌鸦叫啊，哪有你这样哭的，哇哇还是念出来的。"

两人都笑了，祁夏的睫毛还粘着眼泪。

"说，你为什么不给我打电话。"

"没有号码。"

"你不会问啊？"

"不知道问谁。"

"你不知道我是谁在哪个系哪个班哪个宿舍吗？"

"我知道你是祁夏，其他的你也没告诉我呀。"

"你不是早就打听过嘛，你就狡辩你根本就没想过要找我，根本就不关心我不在乎我。"

"也，不是这样的。"

"那你为什么不给我打电话？"

"我，我打电话不方便。"

"哼，不方便，可我见过你拿着 IC 卡在公用电话旁排队等了很久给人打电话，一打就是一个多小时，给哪个美女打电话了啊？"

"给我妈打电话。"

"骗人。"祁夏顿了一下说："你受什么委屈了，还要给你妈打电话，真是个乖孩子，以后有什么委屈就给我说吧，就当我是你的小妈妈，嘻嘻。"

"别这样说，我会生气的。"

"又要生气，别那么小气好嘛，开个玩笑不行嘛。"

李文延无语了。

"给你买个 BB 机吧，这样我想你了就呼你，你就给我打电话。"

"不要，跟栓个狗链子似的。"

"那就用手机好了，我们随时都可以呼叫对方。对，就这么办。"

"我是不是傍上富婆了？"

"切，你才是富婆，那么难听。"

"郑重声明：我不要。"

"好吧，好吧，我会找个合适的机会当做礼物送给你。"

"唉，我不会要的，随便你了。"

"知道吗，今天我很开心。我要上课去了，拜拜。"

"你的包。"

"留给你。"

祁夏雀跃着飞走了，长发在空中轻扬，串串清香如细密的肥皂泡波动在身后，青春靓丽。她留下了满满的一包西藏特产。

二十九　兄弟

深秋至，百花凋，长空雁过，深蓝高远。

欧阳潇早出晚归，必修课不敢旷，选修课经常不到位。被点名时不同音色的答到声四下响起，终于老师不悦了。一次选修课上，他本人亲自去听，却被年轻漂亮的金老师抓到，单独留下一顿训斥。好在这个年轻的女教师欧阳潇认识，还多少听说了一点儿她的恋爱故事。他自有对付老师的一套办法。

"你是真的欧阳潇吗？"老师严肃地问。

"真的，真的，老师，正主本人，如假包换。"欧阳潇笑嘻嘻地回答。

"还油嘴滑舌的，旷课多少次了，我可心里有数。"

"说实话，我确实因一次有事来不及请假耽误去听您的课了，心里挺后悔的，一直想着哪天去找您解释清楚。"欧阳潇换作一副沉痛忏悔模样。

"就一次？光上课点名答到的声音我都听了几十种。"

"没，没那么多吧，老师，这个，您太夸张了。我，我发育的晚还正处于变声期。"

"变声期？我看你还会分身变脸呢，再狡辩就等着重修吧。"

"老师，求您了，我认错了您就给个机会吧。老师您别笑了，我浑身发毛。我对您特别仰慕特爱听您的课……"

"哼，还仰慕，你知道我是谁吗。"

"我特别知道，您是咱 M 大最年轻漂亮的美女金老师，我当时对您的课特感兴趣，争着报名选修的。"

"当时感兴趣，现在呢。"

"现在更感兴趣了，您不但课教得好，人长的美，还特别宽宏大量教导有方。我常听教计算机课的马老师提起您呐。"

"教计算机的马老师？"

"是啊，我跟他关系很好的，他说您的电脑玩得特别棒，还说让我有机会向您请教呐。"

"你跟他关系很好？"

"是啊，我是计算机协会的副会长，经常与他打交道。"

"哦，是么，那看在马老师的面子上，警告你一次，以后不要再旷课了，再抓到真挂你啊。"

"一定不会了，谢谢金老师，您慢走啊。"

欧阳潇擦擦汗，要真挂科了还得重修，他可没时间。马老师与金老师两个单身之间有一曲婉转的爱情故事，不过他是听计算机协会现任会长程浩无意中说的，他何曾有幸听马老师提起过。刚才编谎话时他心里十分忐忑，不知金马两人关系究竟如何，看不出他在亮出和马老师很熟的这张牌后金老师的变化，万一适得其反呢。不过现在看来是管用了，但欧阳潇也自我告诫以后尽量不要旷课了。

程浩已经大四，他忙着毕业又对苦心经营的计算机协会难以割舍，终于发现欧阳潇这个痴迷聪慧者，打算考验后交班于他。刚招收了一批新会员，管理沟通联系业务这些活计程浩无暇顾及，交待给会员们去做。欧阳潇最为得力，除去上课吃饭睡觉，几乎终日奔波忙碌于协会事务。他虽无暇顾及形貌，走在马路上却很风光，不时有美女会员迎面走来甜甜招呼一声欧阳，花枝招展娉婷远去。同行的哥们不免羡慕嫉妒狂跌眼镜，常要求他介绍几个美女认识。欧阳潇也乐得热闹，偶尔在广告业务忙碌时，带他们去打零工挣零钱。

　　人工湖倒映着灯光明亮的高楼。欧阳潇和李文延晚练归来搭衣在肩，结伴并行走过一路明暗。湖边垂柳凝重的阴影下两点烟头交替明灭，其中一人忽然不确定地喊道："李文延？"

　　两人闻声停下脚步，一黑影起身走出柳荫，发长遮面相貌不清："你过来一下。"

　　"我们认识么？"

　　"不认识，我们是祁夏的同学，想和你聊聊。"

　　"素不相识，无话可说。"李文延面无表情。

　　柳下一人在石板上摁灭了烟头，欧阳潇系衣于腰。

　　"我们没有恶意，聊点你不知道的。"

　　"那就聊吧。"

　　"要不要换个地方？"

　　"这儿就行。"

　　"好吧，祁夏在拉萨有男朋友，也是我们的朋友。"

　　"我知道一点儿。"

　　"朋友拜托我们照看她的女朋友。"

　　"关我什么事儿？"

"可你现在在追祁夏。"

"跟你没关系。"

"当然跟我们有关系。"树下缓步走出一卷发藏族小伙，"朋友的事就是我们的事。"

"我们答应过帮他照顾女朋友。"长发说，"他前段时间来过，不过还不知道你和祁夏的事，但感觉到了，祁夏和他吵架了。"

"你到底想干什么，直说。"

"我们想让你不要再骚扰祁夏。"卷发抬高视线越过两人看向暗黑的天空，"不然……"

"怎样？"欧阳潇冷哼一声盯着卷发。

四目相对，空气骤然凝固，时间静止。

柳荫暗处又转出一人，戴着帽子，看不清脸，瞧身段是个女生。她对两个男生说："别说了，我早说过那是他们自己的事，咱们管不了，走吧。"女孩似乎哂笑着看了一眼欧阳潇和李文延，把卷发小伙强行拉走。卷发不情愿地被拉着，磕磕绊绊边走边怒目回望。

"我们也只想尽一点朋友之谊，毕竟在高中时是很好的哥们。"长发叹然强笑："但愿事事尽如人意，我们不会再来找你了。"长发小伙说完看一眼欧阳潇，转身离去。

欧阳潇看向李文延，他依然僵立面无表情，目光冰冷。

"有何感想？"

半晌，李文延幽幽地说："真麻烦。"

"爱要越挫越勇"欧阳潇大唱，"爱要肯定执着……"

"偏向虎山行是吧。"

哈哈哈哈……两人大笑而去。

李文延回到宿舍翻箱倒柜把藏在最里面的一包西藏土特产提出来丢在长桌上，招呼宿舍弟兄们享用。大家一边惊讶兴奋又故作哀怨连天：

"有好吃的，藏那么深，不怕长毛了。"

"纯正好货，不客气了啊。"

"有个西藏女朋友真好，还有人给送吃的，回头一定给我介绍一个。"

"真够哥们，祁夏知道我们吃了会不会哭……"

"少他妈废话，有吃的还堵不住你的嘴。"

"你能不能慢点，这是藏式辣椒酱，都弄洒了……"

"咦，还有一封信。"

李文延坐在床边闷声不响，从桌上一敞开的烟盒中摸出一颗香烟，顺手用旁边的打火机点燃长吸一口吐出。背包放在桌上后，一条条土匪的胳膊拉开拉链探入包中，抓出一袋袋一盒盒牛肉干藏奶豆酥油饼，撕开大嚼叫好。

欧阳潇正光着膀子露出结实的块状肌肉趴地板上做俯卧撑，闻声起立，冷眼瞅着李文延和一帮无礼的吃货，一个家伙把藏式辣椒酱洒在一封信上时他微微有些皱眉，有人抢过被洇湿的信封擦抹一把要撕开给大家宣读时，他起身一把夺下。

"你懂不懂规矩，别人的信你能随便看？"欧阳潇冷冷地说。

正要撕开信封的家伙愣住，看了看李文延，李文延闷着抽烟没反应，他便转过头瞪着欧阳潇颇为不忿地说："看看怎么了，学习学习嘛！"

"看你妈逼。"欧阳潇瞪他一眼抓过桌上的纸巾把信封上的油渍擦拭干净丢在李文延面前。

所有人瞬间被定住。

"你他妈骂谁？"

"骂你呢，没规矩。"

"你牛逼个鸡巴，有种单练！"

"就你那熊样！"

"我，别以为我打不过你。"那家伙明显底火不足，却愤怒得红着眼睛。

欧阳潇摆摆手："留着力气吃你的去吧！"弯腰欲取盆洗漱。

挨骂的家伙突然冲过来挥拳砸向欧阳潇头部，众人不及阻挡。欧阳潇顺势低身一个肘击，对方惨叫一声趴在地上。欧阳潇不再理他，抽身离去，打开玻璃门洗漱。

众人反应过来去扶趴在地上的家伙，那家伙爬起来坐在床上呜呜地哭了，有人拍拍他的背。

欧阳潇洗漱完毕。

"欧阳，你下手重了点儿。"一舍友言辞恳切。

"是他先动手的好吧。"另一舍友说。

"就是，也不该拆别人的信。"大家向着欧阳潇说话。

"都闭嘴，关灯睡觉！"舍长大人发话了。

李文延将包放桌上后开始抽烟愣神就没再理会舍友的哄闹，欧阳潇和那家伙吵架时，他虽无所表现但已机警，当两人交手时他丢掉烟蒂蹭地站起，转瞬间见欧阳潇没事儿又坐下。现在他已枕手搭脚平躺于床，一副事不关己的样子，那封信不知被塞到何处。宿舍长一声令下后，漆黑一片，寂静无声。挨打的家伙床铺上传来蒙被抽泣声。

翌日午后，阳光明媚，李文延坐在花园石凳上拆信。信上没说什么要紧的话，只说这是妈妈在西藏寄来的特产，是她平时最爱吃的零食，希望他也能喜欢。看罢李文延将信叠好，小心地揣入怀中。

一段插曲后，李文延和祁夏两人似又和好如初，行走在大学校园里双双对对的上下学潮流中。李文延始终不去牵祁夏的手，两人并行时步伐很快，似晚饭后快走健身的老人。偶尔也一同去食堂吃饭。祁夏话多，李文延总是简单的响应。祁夏起先不悦，后也渐渐习惯，自顾自说，眉飞色舞。朋友打来电话讲拉萨八廓街发生的故事啦，上选修课谁与谁在教室后排手拉手啦，谁谁又换了个男朋友啦之类经常让自己乐不可支的事情。对这些八卦新闻李文延大多时候只微笑，简单蹦几个字表示在听：哦，是吗，有意思。当祁夏征求他的意见，要做什么发型染什么颜色买什么衣服时，李文延仍然只是嗯嗯啊啊的应付显然令她极不满意。她站住，怒目而视：你什么意思啊，到底好不好，随便是什么意思，你一天多说几个字会死啊，你真没趣。李文延这时会给出一些建议，虽然最终祁夏还是按照自己的意愿去做但会高兴一些。

寒假即将到来，祁夏沉浸在能回到拉萨见父母的喜悦中却又伤感忧郁，恋爱中的分别总是令人难舍。祁夏一度兴奋地建议："我们都不要回家了吧，就在学校里呆着。"然后又自我否定说太想念爸爸妈妈了，还是回家吧。

送别那天下着雪。

李文延和祁夏在餐馆吃散伙饭，两人叫了啤酒，一人一瓶喝完后祁夏仍要喝，说今天要喝醉。李文延劝阻，祁夏不听，李文延收走她的酒杯说："别喝了，一会儿不让你上飞机了。"

"我要喝，我不想走了。"祁夏难过地说。

"别这样，你要回拉萨看父母，我也要回家的。"李文延好生安慰着。

"你别回家了，跟我到拉萨过年吧，春节藏历年一起过，还有青稞酒酥油茶就像歌里唱的那样，然后咱们再一起提前返校。"祁夏认真地思考着说。

"别闹了，该走了，再晚赶不上飞机了。"

"我就想让你陪我一起去，不然我不走了。"祁夏纹丝不动似要来真的。

"你怎么这样，明明都说好了怎么说变就变。"李文延有点儿生气。

"你不去就不去嘛，那么凶干嘛！"

"好了，好了，我是怕你误了飞机。"

"我都不怕，你怕什么！"

"怕你回不去了，就不能见到你爸妈和你朋友了。"李文延在朋友两字上加了重音。

"朋友，什么朋友！你就想我快点回去，你在想什么我都知道，你一直对我都不好，我都知道。"祁夏突然声泪俱下爆发，旁人侧目。

李文延面对变故阴沉着脸一言不发。

"你觉得我在拉萨有男朋友你不高兴，但我告诉你，我没有。他只是我高中同学，他一直喜欢我可我不喜欢他！"

"我没这样想。"祁夏的大声控诉引起周围人侧目，尽管众人努力装作无视，但这种被当猴看的感觉让李文延大为不爽又不便发作，他不想出丑又不能一走了之只能端坐不动冷冷以对。

"你就这样想了就这样想了！我这次回去就跟他讲清楚，你也别老觉得我对不起你，李文延，我告诉你——我没有对不起你！"祁夏说完气冲冲地抓起背包夺门而去。

李文延情急之下追出，身后响起老板娘无情的叫声："还没给钱哪！"李文延气急败坏来不及掏钱顺手从腰上解下钥匙串扔过去说："押着，回来给钱。"

大雪纷纷，行人匆匆车辆蠕动迷迷蒙蒙。街角处充塞天地茫茫飞舞的雪幔中，祁夏坐进出租车哀怨地看着矗立在街道中四下寻望的李文延。

李文延颓然回返，对饭馆老板娘之前的大煞风景唯利是图无心计较。付钱后拿回钥匙并不离去，不点菜，单要一瓶白酒，倒满一杯，空望着门外的纷纷大雪，仰脖灌下。

三十　合

冬日的北方农村寒冷漫长寂寥无趣，枝干虬曲的老树在寒风中呜呜作响，不时有各色饥饿的鸟雀在枝间聚集，多是些聒噪的灰喜鹊。闲散的农民游门串户或站在巷口闲谈着家长里短。李文延闲极无聊闭门读书，也会蹿到野地里放火烧掉一地枯草。看惯了城市的风景，离群索居让他有一种隔世之感。家里未安装电话，又不愿意去村口商店打公用电话。他倒也没有特别想跟谁联系，只是在回忆校园生活时想起最后与祁夏的不欢而散心有所欠。假期无事思人想事——祁夏该算是挺好一姑娘，就想给她打个电话，却终于没有行动。

春节，李文延和家人走访完亲戚，收拾行囊提前返校。没有人气的校园纵横空旷寂静凄清。他踽踽独行，回想着往昔点滴别有感触，梧桐白杨枯瘦的茎干在冬日晴空里漠然挺立，四围景物依然熟悉却暗淡无光。曲终幕谢，人去楼空的伤感揪疼了他的心。李文延脸上不觉划过两道清泪。珍惜吧，趁还来得及。

李文延走进话吧，祁夏曾给他留下一个拉萨的手机号码，号码的末四位是四个六，她的家庭背景可见一斑。李文延平静地听着听筒里的铃声，耐心地重拨。行人穿行在洒满阳光的街道，逝去的往昔似不曾存在过，祁夏也飘渺为一位只在记忆中的美丽女子，嘟嘟的盲音中一切都近似幻觉。李文延放下电话颓然离去，推门时最后一眼不甘地回望，铃声在此时骤然大作。他飞扑过去，抓起电话，耳朵紧紧贴着听筒——遥远的彼端传来熟悉亲切的声音有如天籁。电话中的背景音暖意融融，音乐声中一位母性特有的声调正在唠叨，随即砰然一声，背景音消失，清净中祁夏的声音透亮。二十日失联，相互问好之后竟一时无话可说。远隔千里，手执话筒，两端都有些生涩。李文延沉浸在朦胧的情愫中不愿自拔，沉默一会儿说："我在学校了，很想你。"电话那端的祁夏压抑着轻吁一口气说："我在家里也呆烦了，打算这几天返校，晚上你在宿舍等我电话，我告诉你具体返校时间，你要到机场接我啊。"一贯坚强的李文延在今日颇为伤感柔脆，挂完电话后却如一支迎风绽放的花儿。

祁夏沉默了一会儿走出房间，告诉父母她必须尽快返校，理由是班主任打电话为她安排入党事宜。尽管祁夏父母狐疑重重百般不舍，奈何拗不过宝贝女儿，事实上他们很轻松地给学校领导去了电话查询，祁夏苍白的谎言很快被揭穿。尽管如此，却又如何，祁夏能撒谎其实已是给他们台阶了。女大不由娘，若没有这个幌子，她仍会堂而皇之百般要挟迫使他们答应，而后带着一脸胜利欣然前往。至于去做什么，安全与否，校领导拍着胸脯保证过——只要在学校，请首长放心，绝不会出任何问题。那如果不在学校呢？电话中有些迟疑——那可不好保证……尚未说完，老首长正色厉声不可违逆——必须保证！这是命令，稍有差池，后果不堪设想。

春苗初返青，潜伏在遍地枯黄草被下的生命，正悄然褪去忍霜耐雪一冬的深绿换上浅妆。放眼望去，一片隐隐的生机让人胸中涌动着莫名的激情。

李文延提前两个小时到达西安咸阳国际机场。二十一天前，两人不欢而散，祁夏在此独自离去。机场大厅环绕着播音小姐训练有素的多国标准音，礼貌中透着机械和冰凉，背包拖箱依依惜别，送者挥手，行者黯然。李文延环视大厅，熟悉的面孔还未出现，陌生满目川流不息。

李文延笔直地站在接机大厅出口，心有戚戚然。祁夏初别父母千里远行，今日接风必须喜庆，他甩甩头散去一腔无谓的愁绪眯出一脸笑容。

祁夏乘坐的班机按时抵达，远远的，李文延一眼就看到人群中婷婷玉立的祁夏，她一袭米色风衣肩背行囊在衣着肥臃的人群中绰约明媚，甫至大厅便向出口处四下寻望。李文延瞬间双眼模糊做深呼吸。祁夏的目光最终定格在他身上，大睁的双眼立时化作一弯明亮的新月，她指指面前缓缓转动的行李运输带，打手势让李文延稍等。他凝视着等待行李的祁夏，在与她回望的目光相触时又温暖微笑，心情复杂。

李文延拖着祁夏的行李箱，抑郁阴霾一扫而光，初春的天晴朗高远，细鸟清鸣划过高空，吹面不寒杨柳风。

祁夏坚决不坐车，一定要步行返校。

路途遥远，车流络绎。路上步行者唯有他们二人。

"你这是要离家出走么，都装了些什么宝贝这么重，真不知你怎么带上飞机的。"

"再重也是飞机驼着又不让我背，下了飞机不是还有你嘛。"

"敢情我来接你是要当'背夫'的。"

祁夏嘟起嘴撒娇："你要不愿意那就算了。"

"哪敢不愿意，今天一切都是你说了算。"李文延堆出一脸嬉笑。

与祁夏在一起，有些刻板的他也能嬉笑颜开，看来他本质上也不是那么木讷。人总会把最真实的一面表现给最亲近的人，不论好坏，不过更多时候，却是把最坏的脾气和最糟糕的一面给了最亲近的人，而把宽容和理解给了陌生人，这是最大的错误，可这也是真性情的流露。

"那你也别太累了，拖着箱子就行了，我背着包——你背着我，哈哈。"

李文延正要豪气地拍胸脯表示要肩扛手提全部代劳时，听到最后一句话噎着了，祁夏正歪头眯眼笑看着他。李文延审视那如明星弯月般笑意盈盈的双眼，它在坚定地说——我可不是在开玩笑。

祁夏背着包，李文延背着祁夏，拖着行李走在宽阔的道路上。路上车辆减速招手鼓掌呐喊吹口哨，祁夏面色绯红长发飘飞视而不见听而不闻，有时也报以微笑或大笑。李文延似一头犯错的黄牛背负着沉重的快乐。他不能停，直到祁夏喊停。祁夏不喊停的时候他也不喊累，反倒祁夏会说："你不累吗，我都累了，你把我的腿都勒麻了。"

李文延被折腾够了，两人找到一片向阳避风的草地坐下休息，祁夏打开背囊——各色风味小吃兼水果，开瓶破袋一通享用。时走时停几公里后，最终两人搭车回城。

应该给商人颁发为人民服务奖，他们虽惟利是图但总是想人之所想，急人之所急。校门口的饭馆已如春花般竞相开放。他们下车步行一段后祁夏踅进年前吃散伙饭的小餐馆。老板娘笑意相迎，李文延点完了菜后问老板娘："要不要先付钱？"老板娘答曰："你带着钥匙就行"。两人都笑了。祁夏不明所以，好奇询问。李文延犹豫后告诉了她"钥匙"事件，祁夏听后哈哈大笑，说："老天是公平的，太解气了，谢谢老板娘啊。"

他们点的菜很快上桌。

祁夏笑完了撇撇嘴说："你很坏知道吗，我都哭了一路，还下着雪呢。"

"我去追你了，没追上。"

"我坐上车了，可是我又下来了，就在路边站着，看你走了我才走的。"

李文延的筷子骤然停在空中："你真的没走，可我到处找了怎么没看见你？"

　　"我都看见了，你就没好好找。出来得也不及时，随便看了看又回去了，根本就没诚意。"

　　"我不知道你又下车了，你——当时不是很生气嘛，我以为你一气之下走远了。"

　　"我也没真生气，就是不想分开，你根本就不关心我。"

　　"不是不是，我很关心你的，也不知道怎么就惹你生气了。"

　　"那你道歉。"

　　"好，我道歉。"

　　"道歉啊。"

　　"道了啊。"

　　"我没听见。"

　　"我认错了。"

　　"你会不会道歉啊。"祁夏有点较真了。

　　"好吧，我错了，不该惹你生气。"李文延简直受不了她的小性子，又不愿聚散皆怨。

　　"别勉强啊。"

　　"一点不勉强，诚心诚意的。"

　　"嘿嘿，我就勉强原谅你吧。"

　　两人吃饭，逐又欢笑。

　　李文延本以为祁夏会提到她与那位"前男友"和解分手的事儿，她却自始至终不提。在这美好而敏感的氛围中，他也不便提及。

　　岁月总在未踏上征程的憧憬中遥不可及缓缓流淌，一旦步入正轨，即使再纷纷扰扰难关频渡也朝而复始平静易逝。杨花落尽柳絮飘飞，和春去，炎夏来。

提前到校尚未开学的日子里，李文延与祁夏渡过了一段美好的二人时光，偌大的校园及城市中，河堤柳下，明街荫巷，漫步徜徉。偶尔见到高年级校友携手在附近村镇租房出入，两人相视而笑未置言辞。他们偶有追逐笑闹，李文延接机时还背过祁夏，接触过她绵软丰腴的身体，但彼时是在无人熟识的乡间道路，此时在闹市虽更无人相识，但两人只牵牵手犹敏感心跳，远未到达可以同居的地步。他们各自住在自己的宿舍，晚上竟有院系的领导前来关怀询问，虽和蔼可亲，也足以让他们心下悚然，更不敢越雷池一步。两人谈及此事，祁夏立即猜到是他老爸的能量辐射所致。

祁夏是高干家庭，李文延独处时，常有一种门不当户高攀吃软的隐隐屈辱感。审视与祁夏的关系，思及未料的明天，当好汉的自尊与内心深处欲借高阶以平步青云的投机，让他有一种羚羊挂角的犹豫。纯洁的少年情感能否经受住世俗的评审？但祁夏似乎丝毫不以为意，如阳光下欢悦的鸟儿，尽情享受着芳草柔枝。她是侯门千金，前程似锦，自可高枝拣尽无忧无虑，舍却对生存生活和未来的担忧，她在人生路上每一时段的"功课"如学业爱情等，尽可以追求尽善尽美或视之儿戏又何妨。自己却不同，不对等的出身一开始就在他的感情一端加上了沉重的砝码，让他必须慎重。成功了，那是爱情事业双丰收，若不成功，那诸如癞蛤蟆想吃天鹅肉的各种恶俗评想，他能坦然接受么？高山之巅的风景总与平地或山腰有异，对祁夏怀有各种居心的追求者，他不必穷究细数亦可想而知数量可观。那些或明或暗的竞争对手可能都很强，而他唯可凭恃的只是此刻祁夏对自己的真情，而这份凭空的少年爱情在某种程度上毫无保障虚无缥缈，其脆弱堪比飘荡在空中的肥皂泡，轻轻一击便可破灭无遗。处高处优的祁夏若在一朝醒来弃他而去——这点不能不设防，那时他将一无所有，甚至从高空跌到地面都不可得，一定会跌入令人极其恼恨尴尬的深渊。内心倨傲的他也不能向祁夏索要任何保证，且不说从肉体上占有她（这在目前看来只要稍下功夫似不难达到）是否确有效果，弄巧成拙亦未可知，即便得成，这又算得了什么坚强有力的保障。即使得到祁夏对自己绝对的保证，若有强权的政治婚姻，那如洪流猛兽般的势力又孰可阻挡。

感情中夹杂着功利的患得患失，李文延在与祁夏相处时始终不能洒脱，他拿不定该以何种态度去面对别无它虑只愿得一份纯净自在感情的对方。女孩的心思是敏感的，祁夏也数次对情绪突然落寞的李文延投去询问的目光。欢愉的时光突然中断，犹如翩翩起舞的人群在酣畅的音乐突然中断后瞬间的无所适从。两人对望着，试图从对方的眼中找到答案，却只发现深邃空洞和令人惧怕的茫然。此刻，李文延会微微一笑搂过祁夏的肩头靠在自己怀里，两人无言，各自陷入私密的遐想。

李文延从不在大庭广众下牵着祁夏的手招摇过市。即使在暗夜的花园里，感受到祁夏不反感甚至透着一种渴望的气息，他也克制着自己不与她过分亲密。

"我不开心。"

"怎么了。"

祁夏嘟着嘴闹情绪，不理睬不回答。稍后又冒出一句：

"我就是不开心。"

"为什么？"

"你不喜欢我。"

"我喜欢你，无以复加。"

"我没感觉到，你像个木头人。"

······

"你为什么不牵我的手？"

"好吧。"

"你好像很勉强。"

"没有。"

"勉强就算了。"

"你的手很柔软，温暖。"

"我是不是不漂亮？"

"你是我见过最漂亮的女孩。"

"你骗人。"

"我没骗你。"

"你不想亲亲我吗？"

"我……可以么？"

"嗯。"

李文延轻轻亲吻了祁夏的脸颊。

"你喜欢我身上的味道吗？"

"喜欢。"

"我听说男女之间真正喜欢的是对方的味道，人其实就像动物一样。"

"我也听说过，叫费洛蒙什么的。"

"你喜欢我的味道吗？"

"闻到你的味道我不必看就知道是你来了。"

"你喜欢的是我的香水味儿吧。"

"我更喜欢你头发上，还有你脖子里的味道。"

"我喜欢你身上的汗味，哈哈。"

"这算是臭味相投么？"

"你才臭呢，我是香香的。"

"确实很香……"

李文延紧紧地搂过祁夏，在她的头发和脖颈处深深地吸气，亲吻。

"轻点，你弄疼我了……"

……

三十一 分

　　如暗室酣眠者不管外面的阳光风雨，如釜中游鱼不管灶底已加火燃薪。李文延和祁夏在一起只谈情说爱，不谈家庭和将来，他们的感情在一段时间内稳步升温。

　　炎炎夏日滋长着人们的爱欲，也滋长着脾气。如婴儿的皮肤被蚊虫叮咬后出现瑕疵，两人平静的爱湖出现了震荡。祁夏的前男友或如她所说只是追求者又一次光临 M 大，让李文延再不能视若无睹。

　　女人对爱情的敏锐直觉毋庸置疑，而情感细腻的男人也不遑多让。两人的感情在磨合中升温，虽无一日不见如隔三秋之炽烈，然而在一起的时间久了，自然会有一种微妙的感应，细微的动作中也能感受到对方情感的波动。祁夏接电话时的言辞闪烁，逃避犹豫的复杂眼神，几次失约或赴约后又匆忙离去，让李文延心生猜忌。他分析后很快变得惆怅忧郁，进而酝酿成愤怒。他断定，祁夏的前男友又来找她了。何以应对？佯装不知？傲然避之？直接戳穿？

几日未见，再次见面时短暂的沉默后，他们发生了恋爱以来最严重的一次争吵。

　　"你的前男朋友又来了？"李文延口吻戏谑，透露出轻蔑。

　　"你什么意思。"祁夏听出他的语气不善，冷冷地回应。

　　两人的火气都大，说话都不客气。

　　"我能有什么意思，我只是不想当一个傻瓜。"

　　"你这是在意淫，在自取其辱。"

　　"我意淫，他没来吗？话不说不明，记得上次我们吵架为什么吗？"

　　"因为你小肚鸡肠，不像个男人。"

　　"我怎么不像个男人。"祁夏的话让李文延火冒三丈，"我将自己的女朋友拱手让人就像男人了，自己的女朋友背着我与前男友一再私会我装作不知道就像个男人了？"

　　"我上次就说过，那不是我前男友，我也没有和他私会。"祁夏顿了顿说，"是有个男的朋友来了，但我再说一次，他不是我前男友。我没做什么亏心于你的事，朋友远道而来，我接待他有错吗？你别不可理喻！"

　　"呵，我不可理喻！我是你男朋友吗？"

　　"是。但我不希望我的男朋友如此自私。我们各自也需要空间，我也有自己的空间，自己的朋友圈。"

　　"呵，我自私，没有给你空间！你的朋友满天下，我不曾说过什么吧。说到自私——哪个男人对爱不自私，哪个女人又对爱不自私！难道你与别人私会我还要鼓掌才算大方！"

　　"可跟你在一起后我的朋友都快绝迹了。"

　　"好吧，都怨我，你尽可以把这些都算到我头上。"李文延生气地转过身，说不出话。

"你这段时间对我也不好，但我从没怀疑过你的感情，你真不应该这样想我。"祁夏突然低声幽怨。李文延猛然转身，祁夏已离去。自己是不是有点神经过敏。朋友来了，自然要接待的，自己这是怎么了。

夜晚，操场。

李文延对大汗淋漓的欧阳潇说："欧阳，你先回吧，我再转几圈。"欧阳潇摇摇头走开。李文延忙于爱情，他忙于协会，两人相互鼓励着不曾荒废晚跑，这份坚持，已有几分疲惫，但坚忍带给他们更多的是欣慰，奔跑之后汗水淋漓的快感减轻了多少心中的苦累。

欧阳潇的会员源源不断地为他提供着海量的信息，他想知道或不想知道的事儿都能在他们闲聊八卦时知晓，李文延的事儿他多少了解一些，但又能如何，这种事情局外人爱莫能助。

不知跑了多少圈，看护操场的大爷清场时对这个勤奋锻炼的小伙格外宽限了几分钟，并跟他开玩笑，打趣他是不是失恋伤心了今天才跑这么多圈。李文延勉强笑笑，沉重着回到宿舍，草草洗漱后躺在黑暗中大睁着双眼。

如果恋爱不能带给人积极昂扬的斗志，那这份感情一定是不纯洁的。点点滴滴掰开揉碎了仔细咀嚼，沾染了欲望的感情让人患得患失心生嫉怨。纯度不高的白酒不能久贮，奠基不实的堡垒不会坚固，美丽的氢气球上升到一定高度迎来的是爆裂，烟花再绚烂也会在绽放后化为灰烬。届时如仇敌似的分手，倒不如此时潇洒地松开，或可得一华丽的转身。少年的爱啊，相爱时情投意合如胶似漆难分难舍，不爱时则不顾撕裂的疼痛只愿不计后果地迅速剥离。

嫉恨如硫酸腐蚀着他昔日强健的灵魂，长时间地沉浸在这种情绪中让他忧郁偏执。自争吵之后祁夏一周没有出现，让他时时不忘的已不再是思念，而是难以抑制的愤恨。他一再暗示自己，与异性交往是正常的，但脑中无端臆想挥之不去的是相牵漫步的两个模糊身影。这让他产生一种无法遏制的厌恶感，对她褪去夏日的火热代之以深秋的寒霜。这种可恨的情绪熊熊燃烧着让他颤抖不已。他独行在暗夜中，走过熟悉的路径，无法克制地想象着祁夏与一个肥头大耳不知藏汉的官二代或富二代在一起的场景。他已记不真切祁夏的面容，唯余一袭长发和淡淡的香水味。

　　和他们面对面地遇见了将会怎样？他猛然意识到自己正在下意识地寻觅着，在潜意识中他们一定在他周围的暗夜中静如幽灵般徜徉着。竟真的遇见了！远远的，穿过婆娑的树影花丛，他的目力不可思议地穿过暗夜的朦胧清晰地看到他们并肩走过。并不亲昵，祁夏似乎也不快乐。同行的还有几个先前见过与没见过的男女，他们谈笑着，并不张扬。李文延一眼断定其中一个坚挺的身影就是那个令他愤恨的"前男友"，他与祁夏间隔着一个藏族女孩。他从未见过他，那是一种断然的直觉。那个青春坚毅的身影在瞬间瓦解了他终日靠臆想积聚起来的愤恨，甚至无厘头地产生了一种惺惺相惜的无端好感。他厌恶地挥挥手，欲努力鼓起心底的怨气，温暖的情愫却驱之不散。他们的身影在路灯下隔着树丛断续出现渐行渐远。李文延颓然而坐。

　　爱本就不是一个人的事，他的确自私了。爱不是透明的玻璃，加入色彩不会使它绚丽，任何欲望的染指只会让它变得丑陋肮脏。爱不是前世姻缘的注定，不是如动物般靠原始欲望的嗅觉吸引，爱的对象不是一个个体，而是一个群体，不是一个人而是一类人，这一类人也非一成不变，它会随着时空际遇的改变而变换。身处的环境让我们无从将所有喜欢的同类集结，只能在就近的环境中在最冲动或寂寞的时间段选择相对最适合的对象。孩童若有足够的钱会将所有喜欢的玩具熊买回家，而现实择偶的规则让我们在面对诸多可爱的玩具时只能挑选相对最中意的一个。

　　轻狂的少年不懂爱情的保养，轻易的转身倏忽已过半月有余。他们熟悉彼此的活动时地，却没有遇见，刻意地躲避，执拗着。一个微笑，一个电话，一句道歉，一个服软，一次相约本可以让一切冰释，感情却在默默地对峙中日渐冷淡远去，如燃烧的篝火没有续柴而渐为余烬，余烬也将在置之不理中无奈地冷却，终将随风散去大地无痕。死灰或可复燃，但再完美的修复也无法弥补隐于暗深处的裂隙。被伤害的对象永远对施害者残存一丝恐惧与愤恨。若被爱伤痛了，对曾经美好圣洁的爱也会惧如蛇蝎。这种如影随形的隐痛潜伏在极深的暗处甚至连自己也忘记了，但时间会让伪装的枯叶腐烂，岁月可使千年的莲子开花，干旱中蛰伏如死的蜗牛会在一场淋漓的大雨中适时而发。浮尘不扫终积为垢，秋霜不除将化为冰。

祁夏再次杳无音信，似凭空蒸发。李文延并不刻意寻找，无电话，无约会。愤恨忧郁随时间的消逝已沉寂为伤感。就这样无疾而终了？看看周围依然温存如昔的男女，深深的挫败感漫天袭来。他孤独着，恨自己，在蝶燕双飞的季节，孤独的人是可耻的。李文延日复一日孤独地行走在校园中。

转过花坛，一个女孩迎面伸手拦住李文延的去路，四目冷对。

"我是祁夏的朋友，想跟你聊聊。"女孩一袭牛仔衣裤运动鞋，声音婉转。

"聊吧。"李文延冷淡无所谓的样子。

"祁夏病了。"女孩瞪眼直视，"她很伤心，每天都偷偷地哭。"

李文延盯着女孩的眼睛看了一会儿，望向别处。

"你不要太绝情，当初只有我支持她跟你在一起。"女孩顿了顿说，"她爱你，希望我没有看错你。"

李文延再次转过来看这个坚定的女孩，女孩眼神咄咄。他忽然觉得这个女孩好像在哪里见过——柳树下，是那天晚上拉走了对他寻衅滋事的两个男生的女孩儿。

女孩说完后就要离去，又转身低声说："顺便告诉你，那个从拉萨来的男生，不是祁夏的男朋友，她并不喜欢他。你，好自为之。"

李文延有个不错的习惯：一时想不通的问题且先搁着，不急于采取行动。正如此时，看着消逝在楼群后的女孩，他站立着，抬头望天空。虽无表态，女孩的话对他其实有很大的触动，那是一剂临界点的催化剂，促使他做出决定，不能再这样耗着。

下课的人潮散去，花径上偶尔散过三两行人，灰喜鹊跃动在树丛，校园广播如期响起，永远字正腔圆充满朝气。天蓝的空灵，飞鸟划过，白云朵朵。他自嘲地笑笑，实不该如此阴郁啊。生活如在梦境，一切都会随逝去的时光化为虚无。眼前的晴空万里或风雨如晦，设想在多年以后，此景何存，此忧何在？开学前的美好思念，这些天的挣扎心酸，女孩婉转哀怨的劝诫余音未绝，他甩甩头，豁然开释。郁结的惆怅一扫而空，微风拂过，一身轻松。他甩开脚步，向最近的电话亭走去——无论接听与否，无论冰冷还是温柔，我要向你伸出温暖之手。

月上柳梢头，人约黄昏后。李文延没有初约的甜蜜，心中唯有一丝忐忑。他在廊亭看着祁夏如约而至，目光扫过花园中隐现的身影，低头站定。李文延看不清她脸上的表情，似有一丝忧伤，淡色长裙中身段袅娜，一贯顺散的长发扎起露出白皙的脖颈。"人比黄花瘦"，他心中忽地冒出这样一句，陡然一阵酸涩，起身迈步坚定地走向前去。

"好久没见你了。"李文延尽量使声音温柔，"你病了？"

祁夏低着头，脚尖轻蹭着地面无所表示。昔日毫无芥蒂的亲昵时光恍惚闪现，李文延感到无奈和悲哀。

"我们走走吧。"他想去牵祁夏的手，却觉得唐突，伸出的手变成邀请的姿势。

两人默默地行走在小路上。就着晚霞，即将毕业的学生穿着学士服拥簇着寻找景点合影，在他们身旁秀出各种造型，待他们走过后咔嚓按下快门。

"听说你病了，怎么了，好些了么？"

"没什么，已经好了。"

"你还在生气么？"

"还生什么气。"祁夏凄然一笑。

"我做得过分了，希望你不要太介意，我请求你原谅。"

祁夏又轻笑："不说了，都过去了。"

"你还是不能原谅我。"李文延站住，看着祁夏说。

"没什么原谅不原谅的，我们都不是孩子了。两个人在一起总会有摩擦的。我只是觉得若不能相互理解的话，太累了。"

"这段时间我想了很多，觉得自己有时候太自私了……"

"别再自我批评了，这也不是你一个人的问题，过去的就把它翻页好了。"

天色渐渐暗下。

祁夏的拒绝谈论让李文延骤然无话，两人默默地走着，不知不觉走上花园周边的大路，晚饭后走步健身的大叔大妈快步如飞擦肩而过。

李文延有些尴尬，他们已丢失了往日的默契和温馨，心无芥蒂相互依偎看斜阳，一言不语心有灵犀听风过，这样的时光逝不复返了。他只能坚韧地挺着，等待着坚冰慢慢消融。祁夏站住，看着他的眼睛说："我累了，要没什么事儿的话，我想回去休息，你还在坚持跑步吧。"

"那——行，我送你回去。"

"不用了，我自己慢慢走回去，你去忙自己的吧。"

"让我送你吧。"

"不用了。"

"那——好吧，再见。"

祁夏默默走开，几步之后她回头对仍呆在原地的李文延勉强笑笑说："我是真的有些累了，你也别太累了，明天有时间来找我，拜。"挥挥手离去。

那一句回转身姿的轻语，那一抹略显苍白的笑容，令李文延豁然爽朗，笑望着祁夏远去消失，足下生风奔向操场，在操场中央大笑三声，跑出一身汗如雨下，一扫积郁畅快淋漓。

第二天，他又给祁夏打了电话，一起吃饭，好生安慰。得知祁夏之前只是感冒了，虽说不过是感冒了，却是很重的感冒，加之心情抑郁，消瘦许多。校园餐厅里没什么好吃的，李文延好说歹说带她一起去外面吃了几次饭，给她补身体。两人的情感渐又恢复却始终难如当初。谁说距离会产生美，距离只会产生距离。现实的空间隔远了，相互之间鞭长莫及，在需要抚慰时那个想要依靠的人不在身边，失望之余，心的距离也会渐渐拉开。

夏日总是飞快，花在不知不觉中凋零，叶在悄无声息中墨绿，人在时光飞逝中离别。昔日的同学、恋人，在六月最炽烈的阳光下，在星光朦胧的月色中，在无形而巨力的时光之手的剥离下，依依不舍又无可奈何。

人生而裸至，死亦裸去，然将死时的思想、肉体已不再与之前相同。

李文延和祁夏重新牵手后，平淡许多，从初时的不适至如今那份淡淡令人舒适的想念，李文延成长了很多。感情不是恒温的，不能置之冰箱永久保鲜，时消日去，即便如清澈的流溪，也会随不同季节变换着温度和色彩。热恋是夏日舒适的清凉，这份舒适亦非恒久不变，终会在分分合合中平淡，在平淡中还原本真，在本真中行将致远。如今他们似又恢复到相识之前的状态，不必刻意相见，不会终日相约，然而那份想念，挂在彼此心间。至少李文延是这样想的。翻页，他很自然地翻了过去，且大脑自动将之前不美好的一切情愫屏蔽，自我暗示一切正常，阳光明媚，理所当然，越来越好。也许，他是一个本性薄情之人吧。

祁夏走了，放假回西藏了。走之前与李文延通电话以告知。在通话结束时李文延强把忐忑作淡定，笑着问："这次不邀我和你一起去西藏了吗？"祁夏在电话中顿了顿，轻笑着说："来日方长啊。"祁夏从恋爱时的零智商中走出来，恢复了她一贯的机智从容。她的生活定位向来以自我为圆心，方圆之内尽在掌控她方能收放自如。她的眼界一直宽广，一贯的素养很快战胜了暂时的迷失。

三十二　波澜起处

　　时维九月，序属三秋。高天偶尔下点凉风，不时也下点火，这段时间在北方俗称"秋老虎"，不像伏天那样酷热了，如夕阳下漫天的彩霞，暖洋洋让人珍惜。农人最懂天，俗谚说，一层秋雨一层凉，有大道理。桐叶在秋风秋雨的吹打下开始泛黄，飘旋。瓜果飘香，颗粒归仓，人们享受着秋的恬静与喜悦。学子们返校开始新的征程，寂静了两个月的校园蝉声渐稀，各个角落又散布着晃眼的青春。

　　坚持的最大成果是自然，再困难的事做久了，就成了生命的一部分。晚跑成了李文延和欧阳潇每天生活中不可或缺的一道作业。无论冬夏，睡觉前不活动筋骨，不出一身热汗，翻来覆去睡不着。

　　李文延的暑假过得平淡而充实，打工以锻炼。欧阳潇则很疯狂，他回家看望了父母，薄尽孝心即返程归校。没有了课业的羁绊和社团的杂事，他一心扑在电脑上。外出只是觅食，间或去广告公司帮忙兼讨教学习，回巢则在计算机房不知日月废寝忘食，乃至路人经常见到一个头发蓬乱胡子拉碴眼窝发黑的小伙儿独自一人懵懵懂懂地从黑咕隆咚的教学楼道走出，似人非鬼的模样几次吓到偶尔经过的老师，害得他几番耐心解释，以致后来他更是深居简出，只在觉察身体不适需要锻炼时，才在校园操场上一通狂奔。

安心沉静地钻研了一个暑假的电脑，原理、软件、维修、编程、绘图、设计，他比较系统地通过他学网学兼自学了一遍，颇有小得。

男生与女生久别重逢的问候方式大同小异。女生之间若关系一般，见面之后因有顾忌笑靥如花连声夸赞：哎呀，好久不见，你又变漂亮了，看这发型做得真好，用的什么面膜怎么变这么白……关系熟且好则不同了，见面之后先翻个白眼：猪啊你，又胖了，结实多了这是，你也不问问人家衣服愿不愿意就穿在你身上……一通笑骂之后打闹一团倍感亲切。

男生宿舍的哥们见面后相互一通捶搋贬损，关心一下在假期又泡了多少妞之类，属大大咧咧男人式的关怀和问候。久别重逢，荷包充实，自然少不了去校门口的小饭馆搓几顿，你来我往几次之后，各自奔向大二的新生活。懵懵懂懂度过了大一，适应了大学生活节奏后渐如鱼在水，或考证、过级，或追女友忙得不亦乐乎。卧谈会开得少了，众人回宿舍的时间也不一致，忙碌了一天疲惫归来，不知也不管对面床头正打鼾的哥们在课余都忙活些啥。谁管谁呀，在这个青春张扬各自为我的年代。

开学不久就要面临每年例行的新生接待任务。这任务虽说有点累人，但能第一时间接待可能将来是自己男女朋友的兴奋诱使诸多人趋之若鹜。除各系学生会干部职责所在外，另有多人抢着干，然多为男生。目标明确，动机"单纯"，见好就收，一去不回。李文延本也想去效力，但他听取了一群亢奋雄性善意的劝诫：你已拈花在手，就别再与哥们争风了。欧阳潇去了，他目送那些狼友们个个接送美人一去不归后仍坚持到最后，中午只简单吃了盒饭。傍晚将至，各系收摊，他已疲累不堪。下午时分接了一胖妹，倒不十分胖，皮肤白净，又穿着宽松的白色衣裤，虽显了水嫩，却也有视觉冲击力，给人的余味就是白白胖胖。人很活泼，又是老乡。邓青青是语文系的，接到她也是阴差阳错。语文系迎接新生的狼友们接到美女后有去无回导致人手大缺，负责接待的人中有欧阳潇计算机协会的会员，恳请欧阳潇帮忙，他碍不过面子，就接送了一个。结果还是老乡，活泼泼胖乎乎的老乡，倒也有趣，提了精神，记得其姓名是邓青青。

许婕是他所接待的最后一位新生，彼时他正无奈。别的系早已收兵归营，财经系见色忘义的狼们在送完妹子后个个不归，他只好坚守阵地。倒也没什么要紧事儿，只是感觉疲惫。虽说身体结实，在燥热中听了一天梧桐树上的蝉鸣鸟叫，在一派哄闹中热情解答提拖行李上下爬楼也令人难以消受。当看到惊艳的许婕时他的精神陡然一振，语文系已经收工，他自然成了唯一的咨询台。待走近了，他才发现飘逸的美女身边还有一猛男在，气泄了半截。但略经观察，发现猛男并不像其男朋友，竟没有替美女背包，他在诧异之余乐得效劳以圆满收工。肾上腺素的力量不可小觑，尽管疲惫不堪，但表现欲支配下的亢奋神经带动坚实的肌肉，让他坚持将美女及其行李送到楼下。自此，他开始了与语文系第一女神的接触。

兴趣是最好的老师，共同的爱好是最好的红线，其力量虽不能与信仰匹敌，却也不容小觑，将陌生者吸引，相牵相系。

欧阳潇在晚练的操场上发现了许婕后，原本有些因疲惫而麻木的神经再次敏感起来。

操场上晨跑晚练的男生骤增，大多新鞋新衣精神抖擞，跑起步来却心不在焉，没跑几圈就累趴了。很快欧阳潇就搞清楚了症结所在——操场锻炼者有诸多美女新生，许婕尤为突出。不过，许婕对气喘如熊的一众新鞋新衣从未在意，她自是带着耳机，轻快地踏着自己的节奏，与欧阳潇交错而过时招呼示意。

　　欧阳潇与许婕本不陌生，与李文延又是室友。大浪淘沙众人散尽后，三人跑完休息时会坐在一起，渐渐熟络。也开些玩笑，只是在玩笑中欧阳潇与李文延常不知不觉就有了火药味。这是本能，一种面对心仪异性时同性之间从内心深处自发而外的争斗本能。虽然许婕并未表现出对他们二人中的谁更为青睐，但欧阳潇心里却对李文延不忿。他已在和祁夏恋爱，祁夏对他也很好，虽也曾耳闻两人之间有过争吵，但牙齿和舌头这么完美的搭档有时还要打架，天下哪有不争吵的情侣。李文延应该在跑完之后离开，去和他的女友一起花前月下。起先是出于兄弟情谊及避免与许婕独处时的尴尬方才将三人聚在一起，现李文延也该看出苗头识趣离开给他与许婕一个空间，他非但不离开，貌似还有其它企图。李文延的个性别人或许不知，他与其同窗一载颇有了解，深知此人心思缜密城府很深不可小觑，纵有诸多优秀品质共同爱好将两人相互吸引，但欧阳潇潜意识中仍告诫自己此人不可深交。可怜的欧阳潇，那时他还全然不知许婕已与李文延相识且有好感。

　　许婕在他们面前总是一副平和模样，不偏不倚。当两人的玩笑中有了不愉快的气氛时，她便重新戴上耳机，起身离去，留也留不住。欧阳潇看不透许婕，她将自己深深地掩藏，将感情置于深锁重门中，只露出最适合面对阳光的一面，却又不是目高过顶不食人间烟火，她一定是个有故事的人。

　　飞来横祸——欧阳潇受伤了！

　　他在晚上去操场时毫无戒备地挨了一闷棍，来不及反应，偷袭的三个黑影便朝三个方向飞奔不见。这无妄之灾让他莫名其妙，思来想去捉摸不透，他确信不曾得罪什么人，原因只能归结为别人因他和美女许婕走得太近，招人嫉恨而祸患临身。那李文延为何安然无恙！

　　他一度怀疑过李文延，但很快排除了。此人虽有些阴沉，但对朋友尚讲义气，不至于下黑手。脑袋想痛了也毫无结果。

欧阳潇对李文延的探望心怀感激，而许婕的到来让他更为激动。她发自内心的那份关切伤感令欧阳潇难以释怀。相识不久，相交未深，却能深深感受到她强忍心痛，任凭欧阳潇的坚强乐观也无法拂开那厚重的悲伤。可她的悲伤太厚重了，这份厚重远远超出了面对欧阳的小伤所应给予的关切，应是由此而引发了内心潜埋已久的悲伤洪流。她一定是个有故事的人，遭遇过沉重的创伤。他想，自己能否有幸打开这个美丽姑娘心灵的天窗，和她一起分担她深藏的忧伤，并在以后的岁月里，尽己所能为她带来阳光和快乐。

似乎只是一个漫不经心的回头，欧阳潇蓦然发现自己攒足力气举起沉重的感情砝码时，却失去了天平另一端对等的平台，他被自己的感情重重地砸倒，懵然不知所措——他惊愕地发现不知何时许婕的感情悄然偏向了李文延一边，而已经在和祁夏恋爱的李文延也对这份莫名而至的情感纳之泰然。他茫然了，如丢失心爱玩具又如失去妈妈的小孩。他强压心痛，将自己埋身于社团，一如既往地对待许婕，也在潜意识中疏远了李文延。

杨勇和欧阳潇已经很熟了，他适时地递过酒瓶和香烟，将自己手中的酒一口喝干，幽幽地吐出一道烟说："兄弟，你的愁苦，我都知道。"

"你没心没肺的，知道什么。"

"我若不懂情，谁还更懂爱。"

欧阳潇诧异地看着这个格外投缘终日勤恳不修边幅的山东汉子。

杨勇以一副深沉的不屑作为回敬："不说别的，我若去上大学，这会儿本该在山大，可我来了，因为这里有胡丽，你说呢？"

欧阳潇细思之后肃然起敬。

杨勇说："兄弟我能千里走单骑，你也该矢志不移啊！"

再面对花园深处李文延与祁夏的亲昵与争吵，欧阳潇心里多了一份坦然。李文延也算共患难过的兄弟，他了解其与祁夏感情的不易。欧阳潇并非没有杨勇的魄力，他需要耐心地等待一个时机。他相信聪慧的许婕，定能做出正确的选择。

三十三　赌终身

秋去冬来，繁华落尽。北方的天空清冷辽阔，大地一片肃杀。

许婕对李文延情感日深，李文延却沉陷在两段感情中不能自拔，欧阳潇默默无言。杨勇在对脚踏两只船者愤恨之余对兄弟同情，以一通大道理（大大咧咧地讲道理）告诫欧阳潇："好男儿夺爱不夺志，要忍得三冬雪，方得梅花香。"

欧阳潇笑杨勇："你这个山东大汉还能作诗。"

杨勇强调："我可是山大的学生。"

欧阳潇说："学校早把你的名字销掉了，你最多只能算山大的逃兵。"

杨勇说："我这是为了爱情忠贞不渝。"

欧阳潇问："你觉得这么做值么？"

杨勇反问："怎样？"

"为了一个女孩大学也不上了。"

"你觉得呢？"

"我凡夫俗子一枚，怎能跟你比，就想知道您的伟大想法。"

"你是不是觉得我特傻。"

"我佩服您。"

"你还是觉得我傻。"

"我觉得您很伟大，对您尊敬有加。"

"去你奶奶的，还您呢！"

"我还是特想知道你的想法。"

"我就觉得值！"

"你不觉得山大可能还有更好的姑娘？"

"我就怕山大还有更好的姑娘。"

"你们俩真好。"

"我也觉得挺好。"

"我觉得上完大学再来找她更好，上学恋爱两不耽误。"

"等那时候她就不是我的人了。"

"你不觉得这样做代价也太高了点——我是说为了爱情牺牲大好前程——将来你的学历可没她高哦。"

"我觉得为了不值钱的学历放飞了我心爱三年的鸽子才得不偿失。"

"你不自信。"

"此话怎讲？"

"你若自信，就该继续上学，完后两人一起毕业共筑爱巢。"

"我自信，也她信。"

"那回去读书啊。"

"不回去。"

"你不爱读书？"

"我爱学习，你看我多好学，广告这块儿能接触到的差不多都精通了。"

"这倒不假，你打算将来干这行？"

"干这行也不错。"

"我还是觉得你一边上大学一边和她继续保持联系要更稳妥一些。"

"到时候她就远走高飞啦。"

"你这么肯定？"

"这是我俩的赌约。"

"赌约？"

"你们毕业后是不是要去西藏？"

"按照既定的轨道应该是，也可以不去。"

"她就想去。"

"那你毕业后跟着她去不就得了。"

"那我们得分开四年说不定更久。"

"两情若是久长时，又岂在朝朝暮暮。"

"知道我们赌的什么吗？"

"想知道。"

"如果我敢放弃一切跟她一起，她就对我死心塌地。"

"这个赌注还真不小。"

"赌终身。"

"你以四年赌她终身，你划算些。"

"我也可能因为这四年误了终生。"

"夸你一句，你是个好雄性，敢担当。"

"谢了，比损我还难听。"

"你将来要跟她去西藏么？"

"去哪儿无所谓，关键要在一起。"

"经济基础怎么办——你可能没有工作。"

"工作，我不奢求谁给我工作，我要给别人提供工作。"

"我相信你有这个能耐。"

"你确定拿到学历将来就一定比我好？"

"不确定，但我好像懂了。"

"懂也罢，不理解也罢，其实对我又有什么关系。"

"对我有关系，很受启发。"

"那你得给我交学费。"

"交你个狼心狗肺，没有我哪有你现在的安乐窝，你得给我交住宿费生活费职业介绍费还有学费。"

"哈哈，算我们扯平了。"

"扯不平，这账我记得呢，等需要的时候要还的。"

"好吧，我看你也不会需要。"

"你家人同意你这样做？"

"家人不知道。"

"你打算瞒多久？"

"能瞒多久算多久。"

"被发现了怎么办？"

"那就如实以告。"

"家里人会怎么想？"

"生米煮成熟饭了。"

"有魄力。"

"……你觉得我这样做值么？"

"……啊？！"

"呵呵。"

"这么说吧，若再有个胡丽二号，我也这么做。"

"这不是有个许婕么？"

"呵呵。"

"你对她没意思？"

"有又如何。"

"那去追啊。"

"像你一样？"

"不能像我。"

"那该如何？"

"心字头上一把滴血的刀。"

"忍。"

"对，忍。"

"会有结果么？"

"就算一次赌博。"

"像你和胡丽的赌约。"

"我断定，他们不会有结果。"

"谁们？"

"李文延和许婕。"

"你凭什么断定？"

"这个说不清楚，但结果是肯定的——李文延会很惨，鸡飞蛋打，两头落空，这小子心太大。"

"那许婕也不定就会跟我吧。"

"她知道你对她的感觉。"

"你不会真以为自己是爱情大师吧。"

"好歹比你懂。"

"好吧，我相信你。"

"好吧，其实是我相信你。"

"好吧，我也开始相信自己了。"

这一番话后，欧阳觉得全身充满力量，心中的郁积消散，豁然开朗。敢爱，能忍，信心坚定，耐心等待，适时出击。

冬天不是适合爆发的季节，熄灭心中的爱火嫉怨，如深沉的大地将能量掩埋在最深处。积聚，等待，要如沉睡千年的莲子，等待一个适合的温度，自有拨开云雾见青天的那一时。那一时，所有的美将一起爆发，所有的默默付出将在浮华过后绽放，在尘埃落定中升华。

真正的成熟不是强忍痛苦面若冰霜，而是能笑看云舒云卷花落花开敞胸开怀。杨勇在坚强的爱的后盾中踏实地过着充实的每一天，欧阳潇也渐能笑看许婕与李文延日渐亲密并轻松与他们说地谈天。他似乎已经忘记内心深处对许婕的爱恋，惟愿她能开心过好每一天。

然而忍耐毕竟艰难。我们看见：寒冷的冬天，在风啸雪舞中，一个消瘦的少年，沿着城市的河堤发疯一般张舞着双臂狂奔，听不清他在呼喊什么，看不到他面孔上是否挂着泪痕，他踯躅的身影有一丝落寞，那略显单薄的双肩似在耸动。万木凋零，河水东逝，大地无言。

雪过天晴，曾有欧阳潇宿舍与许婕宿舍的一次雪中联谊，其实也算不得联谊，只是一群青年男女在冬日清晨的雪地上没心没肺地欢乐。那是欧阳潇最开心的一天，那一天的许婕，身边没有李文延。他杂耍一样的表白，那一箭穿心的雪地图案，不需要谁能看懂，甚至无需许婕知道，只要在这最洁净的雪天，向自己暗恋却无从表白的许婕表达过就好。天空知道，大地知道。这一天，他送给她一只洁白的浣熊，这是他几乎跑遍了全城才选中的一个玩具，也是他从小到大第一次郑重地给女孩送礼物，而借口，是提前送达的生日礼物。他知道她会喜欢，从她那亮晶晶的眼神中，从轻轻抚摸紧紧拥抱的手臂中，从她深邃的双眸不经意间闪过的复杂情愫中。他明白许婕不是不知道，她懂，或许她一如自己，只是将这一份情感深藏。或许，她也是在等待，待心中的忧伤化尽，用最洁净的心地，最绚烂的阳光，去浇灌最美好的情感之园。那只浣熊，许婕说了，一定会放在枕边，陪伴着她每夜安眠。

得言如此，夫复何求！

那一天，在操场东边高大的白杨树下，在寒风抖索着草茎的雪地中，在雪地中一座遮风的廊亭里，欧阳潇看到李文延在祁夏身边。

许婕的舍友中，桑林措姆是个可爱的女孩，她温柔敦厚善良，有长长的黑发大大的双眼美丽的睫毛和羞涩的笑。欧阳潇将藏族女孩分为两类，一为活泼豪放个性张扬如在辽阔高原上飞翔的雄鹰，一为羞涩温柔如草原花海中悠闲的白羊。桑林措姆当属后者，她与祁夏是高中同学，也与许婕关系很好。欧阳潇与她有过几次接触，说话或开玩笑时，桑林措姆只是羞涩可爱地笑，不多言语。提到祁夏与李文延，她只说李文延现在这样做不好。这样做不好，同宿舍的李锐也这样说过。李锐与祁夏也是高中同学，祁夏是他们学校的名人，其家庭背景了得，有诸多男生追求，这些都曾是他们八卦的话题。李锐对李文延的现状曾不痛不痒地提醒过，被无视之后，选择了沉默。舍友们多少有些嫉妒，无人喝彩。但大家与欧阳潇的关系更好一些。以前曾为了一封祁夏写给李文延的信，欧阳潇揍了一个小子，那小子也与欧阳潇化干戈为玉帛——他在开学初给欧阳潇带了家乡的特产，欧阳潇也请客还情。

在许婕生日当晚的 K 厅里，在酒后柔媚的灯光下，许婕对李文延从些许的怨恨到最终的谅解，刺痛着欧阳潇。尽管当时他似乎才是全场的主角，和杨勇端着酒杯四敬，握着话筒狂吼，放荡不羁，灌下一瓶又一瓶啤酒。但在那放浪形骸的背后，他的心在痛。他微醉的双眼几乎自始至终都在追寻许婕的身影。这是邓青青在后来告诉他的，欧阳潇死不承认，说自己酒德向来很好，醉了就睡了。邓青青却说她什么都知道，她说，你们的心思我全都懂。

冬天过去了，一个充实的冬天，一个爱恨交织忍耐等待的冬天，一个收获颇丰心灵成长的冬天过去了。

太多的恋人们挥泪在车站，无数的好兄弟醉别于酒馆。

欧阳潇没有在许婕离开的当天去送别，他在前一天已道别过了。送许婕的人不该是他，至少目前不应该是。但离别的当天他还是去了，远远的，混迹在月台上众多送行的人群里。他看见许婕脸上的两行清泪，手中紧握的一束玫瑰。他没有流泪，男儿在痛的时候是不流泪的，插在心头滴血的尖刀已经很久了，但感觉不会因为时久而麻木，疼痛只会随爱越深越敏锐。

抱着玫瑰离开的姑娘，终有一天，我会让你捧着玫瑰归来！

回家吧，祝你，我心爱的姑娘，在这个寒冷的冬天，在你温暖的家中，过一个快乐的新年。

我会去看你，在新年过后，在来年的春天，到你住的城市，在街头巷尾，寻找你的痕迹，你的芳香。

三十四 逝

　　抱着玫瑰离开，许婕静静地坐在嘈杂车厢，在一路的联翩幻想中离家越来越近。

　　列车沿既定的轨道行驶在原野上，面无表情，日复一日。它没有心，却装载着心思满腹的人。它从不跑偏，却将大江南北的人带向五湖四海。南来北往的人们，在这里交错聚合又各自奔离，这冬季温暖的车厢，将他们带向各自的家乡。

　　回家的感觉真好。最高兴者莫过于许婕的老妈黄雅莉。许婕上大学后，许立明一如往日的忙着公司事务，黄雅莉也因无聊回公司上班，但几乎无事可干。许婕回家后，黄雅莉辞班回家，采购各种食材，终日张罗着为许婕补充营养。长这么大，这是许婕第一次离开母亲半年之久。母女情深，许婕宅在家里，陪母亲说话，与母亲做饭，其乐融融。许立明回家吃饭的次数多了，晚上归家时间也早了。

　　黄雅莉说有许婕在，这才真正像个家。你不在的时候，你老爸终日在公

224

司里忙，好几次晚上直接睡在公司。我这个老太婆一个人在家冰冷冷的，心里难受啊。

许婕爱过伤过又在爱着，明白母亲的酸楚与无奈。她想起之前在永舜庄看到许立明醉醺醺搂着服务员的一幕，与母亲开着玩笑：都说男人有钱就变坏，老爸也算我们市里比较有钱的主儿了，你放心他么？

黄雅莉觉得女儿真是长大了，听她这样说，觉得特贴心，特温暖。两人坐在沙发上，她搂着许婕的肩膀慢慢地说话。

以前年轻有干劲，想要赚很多的钱让生活过得好一些，让你不要像我们一样受苦受累。现在公司做大了，钱也够花了，我对钱再没太多的欲望了。我又不喜欢打牌，就觉得呆在家里好。以前辛苦打拼的时候，不是天天想着什么时候才能舒舒服服地窝在家里么。有时候看你爸整天辛苦奔忙，也心疼他。我跟他说过，钱是赚不完的，累了就好好休息，公司交给年轻人去打理好了。有一次他喝醉了跟我说，有时候他也觉得累，可是谁来接班，许婕还在读书。你爸其实挺能理解你的，我们当初想让你读工科学建筑学管理，将来好继承家业打理公司，但你又不爱好这些。我起初还想不通，你爸说，我们这一辈子就这样过来了，多挣些钱留给孩子，她将来想做什么就让她放手去做吧，不要因为经济上的负担牵绊了手脚。再说，现在的公司养活着很多人，如果说不干了，这些人去哪里吃饭。所以还要继续干，而且要干好。他说现在才五十岁，还年轻着呢，这么早退休要得老年痴呆症的。对于在外面找女人，这点我了解你爸也相信他。有时候逢场作戏嘛，那是迫不得已，至于说在外面养女人，养情妇，这个他还是没有的。我跟你爸都三十多年的夫妻了，他不会的。

老妈的心里有杆秤，她有着最温暖博大的胸怀。对家，她相夫教子，对物质，她没有过多的奢求，对工人，她关怀有加，对社会，她尽己所能做着贡献。许婕静静地听着，感慨良多。父母渐渐老矣，可他们相爱着，做着对家庭对社会有益的事，许婕觉得这样的人生是幸福的人生。

和老妈在家呆了几天，许婕的心中平静温暖。在校时，功课虽然不累，但她心累，高中与大学的交织，新情旧爱的纠缠，复读与否的选择，她漫步其中深感其烦。归家与老妈朝夕相处，终日被浓浓的亲情包围着，心中无所牵挂，更让她真正体会到何为宁静，何为烦累。

一个阳光温和的午后，许婕独自走在街头。这里，她来回往返走过几多春秋。熟悉的城市，熟悉的街道，曾经熟悉的冬日阳光，却不再那么温暖。意识带动着脚步走向她欢笑过痛苦过爱过又失落过的校园。可怜的高中生还未放假，白发苍苍的慈祥门卫还能认出她。笑一笑，她抬脚迈过了过去三年中她进出过无数次的大门。正值上课时间，校园里没多少行人，偶尔看到穿着校服匆匆走过的学生。她缓缓地走过干道，走过教学楼，来到操场。依然熟悉的操场，熟悉的白杨，循环无尽的跑道，曾经承载了并继续承载着无数青春年少的梦想，多少沉重的、轻松的、稳健的、迅疾的脚步走过，多少汗水洒过。它见证过诸多的欢喜悲伤，见证过最纯真的友情和爱情。

回顾母校的一切，熟悉的幸福之外是浓浓的伤感，而此地又不能不来。在这里，她经历过爱之切，经历过满校风雨，经历过生死离别，如今所读的大学及发生的爱情也与此相关，不可逃避。那终日在大学里复习的高中课本有何用？正是要回归，回归是结束，也是一段新的开始。

教学楼前的宣传栏还张贴着杨璐的照片和英勇事迹，已经泛黄褪色，残破不起眼，如冬日枝头的一片黄叶，坚强挺立着。然而毕竟已过了它的季节，它终会凋零，没入时间，被人忘却。来年，干枯的枝桠迎来一片鹅黄嫩绿时，人们会欣喜地忘记那个严冬，将校园宣传栏中破旧的画报撤换。那时的天地将是一片明朗，没有悲伤。那悲伤会永远留在历史中，留在曾经在乎它的几个人心中。

许婕默默地向外走去，杨璐的哥哥在 Y 市打工，她想去看看他。如果可能，过几天，她还想去杨璐的家里去看看他年迈的父母。

在家里，在 Y 市，她的爱情没有死亡，以一种忧伤在维系着。在这里她完全沉浸在她已逝去的爱情里，丝毫记不起李文延。即使要离开，也要再次回顾，看最后一眼。

昔日的班主任安老师从楼梯走下，两人迎了照面。因"早恋"问题，许婕和一直十分重视她的班主任几乎反目。在进入校门时，她曾设想过若见到安老师该是怎样的场景，尴尬应是难免的吧。具体如何无从设想也不必设想，如果一切都可设想，那热恋中突如其来的生死离别该如何应对？许婕在杨璐那永远也无法兑现的承诺中不也日升月落春去秋来任时光随流水地走了过来么。

安老师对许婕的突然出现显然更加没有防备，手中滑落的书本和踉跄的脚步出卖了她的讶异和无措。她曾迎送过千百个学生，许婕却让她爱恨交织印象深刻且越来越深刻。美丽聪慧，任性执着，敢爱敢恨，懂得自我，这是她在心里对许婕的评价。面对成绩优异的少年的早恋，校方施加的巨大压力，全校师生的蜚语流言，她曾短暂地为他们扛过，虽然只是软弱无力象征性地扛过并很快改变阵营加入了讨伐的队伍，但她仍然理解这个少女当年所承受的压力有多么巨大，而少女却一直微笑着。时至今日，那淡然的微笑仍不时浮现，一种泰然对之坦然当之的微笑让她这个成年人也自愧弗如心有所悸。杨璐走了，令人心痛，让当时正风风雨雨大张旗鼓的讨伐者一时间手足无措良心不宁。讨伐的队伍沉默了，不是因为突然失去了讨伐对象，因为被震撼了——被讨伐者在讨伐声中一直优异着并最后英勇牺牲。这样的讨伐真的有意义么？真是善意的规劝而没有变成恶意的打压？不是出自成年人心中不可告人的隐秘变态心理？永远离去的杨璐成了众多教师口中的禁忌，心怀敬重良心遭谴。最悲痛者莫过许婕，而她却泰然考取了优异的成绩，在所有人因各种因由暗自庆贺时，她却毅然选择了不起眼的 M 大学。这一选择又让所有人为之震动。她也像其他人一般去劝过她，而她仍是淡然一笑，一如面对当时人们劝她离开杨璐时一样。她劝她复读，还曾去她家里劝导过她的父母。那时她尚不知许婕在大学里还带着高中课本独自复习以备来年高考。许婕去 M 大的原因众人皆知。当初她与杨璐山盟海誓——同去 M 大然后同去西藏——无意中被人获知后，很多人表示不解，但许婕小小年纪这份坚贞却让他们叹服，也有人认为他们少不更事，尤其许婕做出如此打算有欠考虑。然而当杨璐离去后，许婕仍在高考中取得优异成绩，却不能不让人佩服她的坚毅与强大，当她决然地在志愿表上填下唯一的志愿 M 大时又让所有人惊诧。但此举，在班主任安老师看来已是顺理成章，面对关心许婕的人们央求她劝许婕改填志愿时，她只轻轻叹气微笑着摇头。对许婕，她自愧弗如。她的果敢，她的决绝，她的独立与坚强确非常人可比。尽管当时因许婕的"早恋"问题闹得大家不愉快，其实在她的心里对许婕毫无怨恨之情，唯有佩服。少女能得如此，蔚为可贵。对女人，到了她的年龄，才更能体会到爱情与事业孰轻孰重。

"许婕。"

"安老师好。"

"你们放假了？"

"嗯，放寒假了，安老师。"

许婕不掩饰地轻轻拭去眼角的泪水，她还沉浸在伤感中。此刻，若非昔日的班主任，她没有情绪去搭理任何人，安老师对她的鼓励、鞭策乃至后来的讨伐，冰雪聪慧的她都心怀感激且能理解，那也是一种爱啊，凝聚着职责，重托和希望的沉甸甸的爱。

"听说你还有复读的打算？"

"这个，还没定，高中的书我一直在看。"

"你也知道，对高三的学生来讲，现在已经到了关键的时刻，如果要复读，那就现在回来学校吧。"

"这个……"

"你不要有顾虑，只要你想回来上课，就还在我的班上吧，我今年还带高三，一切事情我都会替你安排妥当。"

"谢谢安老师，我还得想想。"

"对，是要想想，你那么好的成绩，应该上一个更好的大学的，只要在今年六月份之前，你随时回来，我都欢迎，我可是带了你三年的班主任啊，如果要回来，一定要给我说啊。"

"谢谢安老师，若要回来，我会麻烦您的，谢谢您。"

"别客气，记得一定回来找我啊。要上课了，我先走了。"

"您慢走。"

安老师匆匆离去，许婕擦拭眼泪的动作她看到了，她的心也瞬间被揪疼。她知道是为什么，但她要装作没看见，不然，又该怎样去安慰呢？

教室里，有老师永远急急匆匆的脚步和喋喋不休的教导，有学生永远疲惫厌倦的眼神和无趣无奈的课本。

蓦然间，许婕发现，回不去了。历史不会重演，失去的青春不会再来，何况，曾经失去的是何等沉甸甸的一段岁月，尽管那段时光并不遥远也不漫长。

走出校门，她无意识地走到那个曾经约定却再不能践约的地方。一辆公交车驶来在她面前停下打开车门，几个学生下车欢声笑语，她茫然地上车找个空位坐下，望着窗外，任车把她拉到城外郊区很远的终点站。她下了车，毫无生机的冬季田野平整地蔓延到远方，远处安放着一片灰黄萧瑟的村庄，青瓦鳞次的房厦间夹杂着几棵枯黑虬曲的树干。她空空地漫想，那里，有多少人家，又有多少人承载着这些人家的梦想。

三十五　路过

　　罗莉也放假归来。那经历过花雨季节洗礼的少女情谊是经得住考验的，半年的分别让想念更切。打完电话半小时罗莉就到了许婕家里。她一如高中时候的样子，叔叔阿姨一通甜叫之后就钻到许婕的闺房。对罗莉的到来，许立明夫妇总是非常欢迎，黄雅莉很快准备了罗莉的被褥洗漱用具等，罗莉也不推辞，她确实想要和许婕同住几天的。

　　大学不同，文理不同，经历不同，但与闺蜜在一起没有不可分享的秘密，没有不可宣泄的情感。交流之后才发现一切是那样的相似：轻松的课堂，各色的社团，总在考试前就爆满的图书馆，总在夜幕降临就挤满情侣的花园，教室里终日有人，宿舍里终日有人，校园对面的小酒馆终日有人，见到学妹就迈不动脚步的学长，黄昏时候女生楼下手捧玫瑰的男生……两人谈论着，时而捧腹时而唏嘘时而沉默不语……

　　"你恋爱了么？"许婕问罗莉。

　　"不知道算不算。"罗莉在沉默了一会儿笑着微微摇头。

"怎么说？"

"我最早的恋爱教育就是你跟杨璐……嗯……我与他的感觉不像是恋爱，但又跟高中时候的哥们情谊不同，说不清楚。"罗莉无意间提起杨璐，其实这的确是一个不可避免的话题，但她及时打住。许婕没有反应，但也没说她可以继续讲下去。她们心照不宣地绕过这个敏感的人物。

"他？该不是余洋吧，你在信中说过你们在同所一大学，他是不是因为追你才跟去的？我在高中时就看出他对你情有独钟，只不过你当时不愿搭理人家罢了。"许婕笑着问罗莉。

"对，就是他。高中时我是不愿理他，我觉得他就是个没长大的孩子，疯疯癫癫的，和我吵架时也不让着我，这样的人怎么能当男朋友，最多是个哥们啦。"

"记得当时我们去永舜庄聚会让你带上他，你说喜欢的人还没出生，我就知道你很纠结。"

"切，当时我才不纠结呢，倒是现在很纠结。"

"怎么纠结了，说来听听？"

"你知道的，我是人见人爱啦，别笑别笑，我说的可是事实啊。我承认我对待感情的态度不够认真，但谁规定喜欢我的男生我就一定要喜欢他啊。我觉得有一帮哥们陪着玩还是不错的，可每次都有这个莫名其妙疯疯癫癫的余洋来捣乱，总是到处宣扬我是他女朋友，狗皮膏药一样，简直不可理喻。每次他宣布完了，我都要郑重声明我不是他女朋友。别人看我俩就像神经病一样。跟他发火，他就笑嘻嘻的，关键他不是笑嘻嘻地赔礼道歉，而是笑嘻嘻地跟我吵，忽软忽硬，我都快被折磨疯了。更奇怪的是，考试那几天，他忙着复习不跟我吵架，我竟然觉得无聊。"

罗莉说得一本正经，许婕快笑疯了。罗莉白了许婕几眼后，自顾自地继续说着，最后许婕终于忍住笑很坚定地说："罗莉，我确定你恋爱了。"

罗莉马上反驳："我没有！"

"把余洋约出来吧，一起玩多好。"许婕不与她争辩，恋爱的心路，她比罗莉资深多了。

"约他？不劳费心了，估计他早已给我家打了电话，说不定很快就会来这里找我了。"罗莉一副深谙余洋的不屑，看似烦恼，可那眼神里分明洋溢着无限的欢欣。

"相念相知竟已至此，情深意切啊，舍此，更何为爱？"许婕悠悠地说。

"别说我们了，说说你吧。你是不是又恋爱了？"罗莉问。

许婕盯着罗莉的眼睛，旋即望向别处说："是。"

罗莉看出许婕情绪忽转直下，问道："怎么了？"

许婕沉默少许抬头问罗莉："你会不会觉得我太那个……杨璐刚离开不久，我就恋爱了。"

罗莉没说话，她知道许婕很在乎她的态度，所以她不能轻飘飘地表态。许婕的个性她是了解的，她重感情，任性，但不随意不冲动，她选择了，做了，就一定有她的道理。她一时不知该如何作答。许婕又悠悠地说着。

"刚去大学一个多月我就，就可以说是恋爱了……这个大学，本不属于我一个人的。说好了，杨璐和我，我们一起去的。他失约了，但我不能失约。可是我，真的很孤单。我幻想他就在这里，在这偌大校园里的某一个角落等着我去找到他。然而我走遍了每个角落，无数次地回头，没有他。我每天在操场跑步，希望看到他也在跑步的身影，没有。别以为我疯了，我没有疯，我知道自己在幻想，但这份幻想支撑着我走过最艰难的一段。后来我交了一个朋友，跟他在一起会有些小轻松。我以为就这样了，交几个朋友，上课，读书，准备复读。却在有一天，我真的发现了一个似曾熟悉的身影，我跟了上去。他当然不是杨璐，但与杨璐很相似，非常相似。一直到现在，我都与他保持……也不能说恋爱关系吧。说真的，我不知道这是不是恋爱了，跟杨璐在一起的感觉不同，只是相似，可现在又好像不相似了，唉……"

罗莉静静地听着，直到许婕说完，她也没说话。

"你是不是觉得我很傻。"许婕问。

"你陷得太深了。"

许久，两人沉默不语。

"许婕，你仓促了。那个你现在喜欢的人不过是杨璐的替身，这个你自己很明白吧。"作为最亲密的朋友，罗莉不能逃避，她要与许婕一起直面现实。她会婉转但毫不回避地分析和指出症结，必要的时候，甚至不必婉转。

"我明白。他只是一个幻影，一个寄托，一个性格神采有几分相似的人。杨璐已经走了，永远不会再回来了。爱的对象是相似的，所爱的人应该都是一类型的。在我伤心落寞的时候，不厚道地讲，我某种程度上把他当成救命稻草了——这些我都明白。"

"你既然这样客观地说了，我也不妨说说我的看法。我非常赞同你所说的，爱的对象是同一类型的，可到底是哪一类型的？我们又知道多少类型？我们又接触过多少人？就凭着我们内心那种朦胧冲动的美好情感，凭着我们第一次恋爱就能确定第一眼看到的某个人及他所代表的一类人就是我们最终想要的么？是我们想要的，就真的适合我们么？你和杨璐的爱情从无到有，每一天，每一次，我都看在眼里，没问题，你们俩在一起，那绝对是郎才女貌千古绝配，杨璐的来路我清楚，但像杨璐那样优秀的男孩能有多少？你说了，你是在伤心落寞的时候见到那个人，你自己都清楚他只是一个替代者，那你还要跟他在一起么？你们最后会幸福么，你不是还要重新高考么……"

罗莉的情绪渐渐有些激动，她了解许婕现在的心境，真心为她着急。她没见过李文延，却见证过一段最真挚最美好纯真的爱情。

"你说的我都懂。我也知道自己做得不够好，不够冷静，可它已经开始了，给过我安慰，而且现在似乎也还没那么糟糕。我想继续下去，至少再继续一段时间。"

罗莉不能再说什么了，和许婕这个浪漫主义者比较起来，她还算务实得多，她了解许婕的性格，不是谁几句有道理的劝说就可以让她回转心意的，很多时候，她比谁都清醒。一边是理性，一边是情感，当理性与情感背驰的时候，她宁愿去选择情感。她要去尝试，她任性但并不固执，真正行不通的时候，她会回头的，毕竟，她那么聪明。

"罗莉，我不想重新高考了。"

"怎么了？"

"前两天我去学校了，还见到我原来的班主任，我觉得我回不去了。"

"回不去了？"罗莉不解。

"你觉得上不同的大学有区别么？"

"区别还是有的。不过，那要看对谁了。"

"说说看。"

"比如说，对我和你来讲就不同。我的大学使命比你的要沉重，我必须考一所好大学，拿到含金量较高的文凭来保证我今后的生存，爱情于我尚在生存之后。你则不同，你今后的工作和生活，只要你愿意，是不用担心的。你父母已为你创造了如此良好的条件，更可贵的是，他们对你没什么额外的要求。所以，你的大学使命直接省略了生活这一大块，那兴趣爱好爱情等其他方面就成了重点，随自己意愿了。所以，我觉得去读哪所大学对你都一样，依你的现状，离别之后再离别恐非好事。以上仅代表本姑娘的观点，如有雷同，纯属意外。"两人推心置腹地谈着话，话题沉重。罗莉一边理性地分析着，一边努力想摆脱越来越凝重的氛围，她不想让许婕太伤感。

"谢谢你，罗莉，容我再想想。"许婕也不想再谈论了，的确，她那么聪明，又怎会不明白呢。一定程度上，与罗莉的探讨，是因为只有她是唯一可靠的倾诉对象吧。

黄雅莉做好了晚饭，敲门，叫她的"两个女儿"吃饭。她说，罗莉也是她的"女儿"。

年关渐近，市区到处张灯结彩喜气洋洋，家家户户忙着置办年货。罗莉也在家人来采办年货那天跟着回家了，她说过完年再来。

与母亲一起置办过年用的各种东西，年货，新衣，礼物，许婕忙得不亦乐乎。许立明则在这几天忙着和朋友聚会，拜访领导，不常在家。年三十这天，照例要去拜祖坟，贴对子，然后回家准备包饺子。饺子一定是要在子时前包好，在正子时下锅的。许婕和老妈坐在宽敞的厨房双手沾着面粉聊天包饺子。

电话铃响了。

看电视的许立明接过电话应几声后喊："许婕，找你的。"

许婕很快接完电话回到厨房继续包饺子。黄雅莉问谁的电话，许婕说是同学拜年搪塞过去。老妈又讲着往事，她年轻时候的事，许婕小时候的事，许婕走后老妈想念她的事等，许婕默默地听着，偶尔插问一句，时光凝滞，安详温暖。

离别虽不太久，共同生活了一个学期的姐妹之间还是相互想念的，除夕夜零点钟声敲响，漫天焰火绽放时，许婕拿起电话给姐妹们一一拜年，大家都没入睡，电话里传来春节联欢晚会和家人的欢声笑语。桑林措姆家当时还没装电话，她就在心中向着西藏的方向默默问候和祝福。给邓青青打电话时，占线很久，原来邓青青也正要给许婕拜年。罗莉的电话自然少不了，两人聊了很长时间，罗莉的家人在打麻将，一家人都说通宵不睡，要"熬财"。罗莉也说要熬个通宵，可几分钟的电话里，她明显打了几个哈欠，被许婕一通嘲笑。两人商量好，过了初六相聚。除夕夜，许婕与同宿舍的姐妹通完电话，满脸的笑意许久未消，然而心底却隐隐有一丝失落。直等到凌晨一点，也一直未接到李文延的电话，许婕自我安慰了一番后方才睡去。下午许立明接到的那个电话，是欧阳潇打来的，一番热切的问候，新年的祝福，让许婕十分暖心。欧阳潇说过完年不在家久留，会提前返校，途中路过 Y 市要来看许婕，许婕欣然同意，隐隐期盼。

北方的冬天寒冷干燥，北风吹过，黄沙弥漫。探亲的人驾着摩托车三轮车往返奔波。如许立明一般开车走在乡村公路上的人并不多。许婕不太喜欢串亲，爷爷奶奶外公外婆姑舅亲戚走完方过初六。她回到家中，看书，写日记，看电视，想事情，终日宅着，哪也不去。有时，她会拿出老爸送给她的新年礼物——一款新的诺基亚手机把玩，她用手机给罗莉家里打了电话，告知她手机号码。

过完春节，许立明依然很忙，生意人之间少不了相互拜访轮流请客。黄雅莉依然把重心放在相夫教子照顾家人的生活起居上，许立明几乎终日不着家，母女俩倒也其乐融融。

罗莉果然来了，却不直接到家中找许婕，许婕的手机上显示的是一个陌生的号码，那是罗莉用公用电话打来的。罗莉与许婕约好时间地点，在大街上见面。这种情况可不多见，罗莉一定遇到事了，许婕给老妈打声招呼，带上手机钱包，打车直奔目的地。

广场上，罗莉身边站着一个高大帅气的男孩，似乎在向罗莉说着什么，罗莉显然一副不爱搭理的样子，背手望着穿城而过并不清澈的河流。

走近了，听到男孩关切地说："别靠河那么近，万一掉下去会冻成冰块的。"

"要你管，我在看鱼。"罗莉不回头，只顾望着河里。

河中冰凌散碎着随流水浮沉，何曾有半只鱼儿的影子。

许婕微微一笑，她认出那个男孩正是余洋。

看来罗莉没什么大事，只是和余洋闹了点小不愉快。好事趁东风，今日正好给罗莉开导开导。

"Hello，新年好，二位闲情雅致啊。"许婕笑意盈盈地打着招呼上前。

"许婕！"罗莉欢快雀跃，立刻喜上眉梢。

"'冰美人'许大小姐，好久不见，新年好啊。"余洋看到许婕，显然意外又颇为惊喜，搭话却是洋腔怪调。这似乎与原来的余洋不同，但原来的余洋究竟何样，高中时还真没注意。那时她的重心除学习之外便沉浸在那人尽皆知满城风雨的爱情中。

"阴阳怪调，别理他。"罗莉在阴晴角色转换之间可谓神速，听到余洋搭话后对许婕的笑脸相迎倏尔换成冷言沉面。

许婕一时没有忍住，笑出声来。罗莉也跟着笑了，余洋耸耸肩。

"你俩约会呢？这么冷的天，应该找个好地儿啊。这个……叫我出来不会搅扰了好事儿吧。"

"谁要跟他约会，像一坨粘在头发上的口香糖，甩掉还来不及呢。"

"是谁说在家里闷得慌，要出来散心的？"余洋坏笑嘻嘻地看着挽着许婕手臂的罗莉说："你俩勾肩搭背的，也不怕被人怀疑是一对 LES。"

许婕一时没反应过来，罗莉怒颜，转而又笑嘻嘻地说："我们就是同性恋，要你管啊。许婕我们玩去，不要理他。"

"你们去哪里我都会跟着，不如我请客，咱们去找个咖啡厅坐坐。"

"切，还咖啡厅！我偏要在这里，哪儿都不去。许婕，那边有人放风筝，我们也去买个风筝放吧。"

"这个主意好，你们等着啊，我去买个风筝回来。"余洋边说边东张西望地找寻。广场的一角，一对老夫妇守着一辆平板车，车周挂着几面张开的风筝。余洋的声音尚在寒风中飘荡，人已经跑向远处。

看着余洋远去的身影，许婕挽着罗莉说："走，我们也去看看。"

除过几只用竹骨撑好的风筝在车侧随风飘摆卖弄身姿招揽顾客外，车架上长短整齐地码放着各种颜色鲜艳的蝴蝶老鹰等，均尚未撑开。

老夫妇戴着棉帽穿着暖和的棉衣棉裤棉鞋，笑容慈祥热忱，古朴安详。老太太袖着双手，老爷子站起身来帮余洋翻拣风筝，一边不厌其烦地介绍。余洋委决不下，看着老人家粗糙红肿的双手，脸上颇有歉意。老人家洞悉一切的双眼看出小伙子的不安，抬眼看看身后走来的一对亲密俊秀的姑娘，笑意更加温暖："没事儿，小伙子，慢慢选，挑个好看的。"最终余洋还是挑选了最初看见也是最大的蝴蝶。坐在一边的老太太开口了："蝴蝶好啊，看这俩闺女多俊俏，跟蝴蝶儿一样招人喜欢。"

这样寒冷的天，这样慈祥的老人，暖心的话语，还犹豫什么。在付钱的时候老人家说要把零头给抹掉，余洋坚决不让，给出一张，说不用找了。罗莉看一眼许婕，眼中含笑，再看余洋时眼神也不那么冰冷幽怨了。

三十六　传说

　　天空灰蒙蒙的，阳光透过浮云薄洒，正午却似黄昏时分。清冽的风吹过，一群少年牵引着高飞的风筝在空旷的广场上奔跑欢笑，那是值得被画家摹下并流传万年的美丽。在黄金一般的纯真年代，高飞的风筝永远是飘扬的青春！

　　各色风筝带着长长的尾须翔游争艳。地上的少年迎风开怀。远处的一角，一对老人抬眼望着天空，笑意浮于苍老慈祥之上。

　　罗莉一把夺过余洋手中的风筝，迫不及待地展开，赞叹一番交给余洋。余洋撑骨引线找风向，然后只有手持风筝站在逆风远处的份儿。罗莉左手把轴，右手牵线，大喊一声"放"。风筝猛地蹿起，摇摆挣扎一番后一头栽扑在地，如断气的死物。余洋在对面毫不掩饰地狂笑。如是几次，罗莉不高兴了，许婕也并肩作战讨伐余洋，命令他在三十秒内将风筝调试好。余洋忍住坏笑，掂着风筝，重新找准重心系好丝线。他要与罗莉换位置，将风筝放飞后再交还给她。罗莉不干，表示绝不愿傻兮兮地站在远处吃风。余洋也不干了，说罗莉蛮不讲理。罗莉不服，两人你来我往开始了言语之争。罗莉气极了，转向许婕诉苦求援："许婕，你看到了吧，这个赖皮死鱼整天就这样气我，一点也不让着我，在学校里这样，回来还这样。不待见他，他还偏要粘着，真被他气死了，你还笑，不许笑。"

许婕快被他俩逗得乐死了，真是一对冤家小情人。看到罗莉似乎真有点不高兴了，她咳嗽一声，整理好情绪，极力板下面孔对余洋说："余洋，你这样跟女生争吵也太没风度了吧。"

余洋笑嘻嘻地转而面对许婕，他一直在笑嘻嘻，也正是这副没心没肺地嘻嘻笑脸才把罗莉气得够呛。

"好吧，你们俩对付我一个，我投降，我到那边傻兮兮地站着吃风去。"说罢弯腰捡起风筝站到远处上风头。余洋妥协的瞬间，面沉如水的罗莉竟然一个雀跃，比出一个夸张至极的胜利手势："耶！死鱼，你输了，哈哈！"

原以为还要和余洋争论很久，不料他很快妥协，许婕尚未回过味，罗莉瞬间又从沮丧转为灿烂。许婕惊愕摇头，这两人，不可以常理度之啊。

调试后的风筝如愿高飞，那一丝放尽绷紧的线，一端系着欢笑，一端让欢笑散播得更高更远。风已不再寒冷，轮番牵引着丝线的是一群刚开始品尝人生苦乐的少年。余洋与罗莉的欢笑一度让许婕有些黯然。佳人应有伴，新月挂黄昏。本应如此美好的，而陪伴她的人呢？即使真是李文延，能如此欢乐么？想到李文延，瞬间，许婕觉得他是那么遥远，遥远的近乎梦幻，似不曾真的存在过。

一阵悦耳的和弦声响起，许久，许婕才反应过来那是她的手机在响。是谁呢？知晓她手机号码的就家人与罗莉，而来电显示是一个陌生的号码。

是欧阳潇，他曾打电话到许婕家里，于是知道了她的手机号码。

十分钟后，欧阳潇到达广场。许婕望着出租车停下，离开。一个干练的身影站在广场入口处，单手插兜，放眼一一辨识广场中人。

许婕刚从迷惘的思绪中惊醒，欧阳潇的出现切实地告诉她，刚刚过去的大学生活是真实的。她不出声，任他在人群中搜寻她的身影。两束目光，一动一静，尚未交织。许婕忽然被一种强烈的伤感攫住，心中方才掠过那消逝不久如梦似幻的岁月，其中的人就鲜活地出现在眼前。为何是欧阳潇而非李文延，但对李文延的感情真的比欧阳潇更重么，跟李文延在一起真的快乐么，李文延真是她的心仪之人而非替代者么，为何她一度认为真挚可靠的感情在仅仅经历二十多天后，就变得如此虚无缥缈令人感伤失落。一阵尖锐的刺痛感袭来，她猝然蹲下。

这一瞬间，似有感应。远远的，欧阳潇明亮地笑了，背着包轻快地走来。

"好冷啊，还好风景不错，人也很美。"欧阳潇脱下手套，向许婕伸出右手，做绅士状。许婕笑着伸出手，两人握在一起。欧阳潇的手温暖有力。

"你的手很暖和啊，喊冷的应该是我吧。"看到欧阳潇的笑脸，许婕方才的阵痛消失。

"我是热血男儿嘛，而你是'冰美人'。"

"'冰美人'？"欧阳潇应该是不知道许婕在高中有这个绰号的，这是有意还是无意，许婕有些惊诧地重复了一句。

"是啊，小手冰凉的美女。"欧阳潇一幅无知无辜样。

两人站着，说笑一阵。

风筝稳稳地定在天空。罗莉牵着线轴小跑过来，不客气地打量这个皮夹克，牛仔裤，登山鞋，旅行包的游客。欧阳潇也回望着她，眼中盈着笑意，不似罗莉般放肆无理。

"哎哎，没见过帅哥啊，怎能这样瞧人呢？"余洋跟过来揶揄罗莉，她听而不闻，终于，她看够了，蹦出一句："单薄了点，不过还算有型。"

"这位是……"尽管这个和许婕气质明显不同的美女无礼,但欧阳潇并无不悦,依然微笑着问许婕。

许婕摇头,对罗莉的无礼恶作表示无语,"我介绍一下:罗莉、余洋、我高中同学,好朋友。欧阳潇,我大学同学,好朋友。"

"我还以为是哪来找美女搭讪的游人浪子,原来是朋友啊,失敬失敬。有朋自远方来,不亦乐乎,握爪握爪。给,拿着。"罗莉绽开笑颜对欧阳潇,随手将线轴往身后的余洋怀里一塞,就要握手。余洋猝不及防,线轴在他怀中一刻不停,噌地一声要飞走,他下意识地伸手去抓,却只碰了一下,线轴改变方向飞到欧阳潇头上。欧阳潇来不及和罗莉握手,一个飞身纵跃,将线轴抓住,砰地一声,线断了。

四人同时望向天空,断线的风筝自由了,极力向高空蹿去,却只在挣扎一下之后便摇摇晃晃随风远去,将欲栽落不知何方。那自由之后的一跃,更像一声惊呼,一束烟花绽放时的辉煌,最后的辉煌。地面传来孩子们的惊呼:那个大蝴蝶飞了!

欧阳潇看着徒留手中的线轴,短短的一截丝线随风残喘。

"啊,这个,对不起啊,我给你买个新的。"欧阳潇对抬眼远望风筝的余洋说。

"是应该给本人买个新的,这可是这位帅哥刚送我的。"罗莉看看欧阳潇手中的线轴说:"不过算了,刚才我无礼冒犯,现在你也不给本小姐面子,不和我握手,扯平了。风筝本来就是要飞走的,它肯定会感谢我们给它自由,线轴就送你了。"

"不好意思,要不再买两个风筝吧,正好太阳出来了。"欧阳潇有些许歉意。

"别买了,质量又不好,还是会断线的。"许婕说。

"不如咱们去找个咖啡厅坐坐，这位兄弟初来乍到，大过年的，别站在风里说话了。"余洋过来拍拍欧阳潇的肩膀说，"兄弟，你意下如何？"

"不如趁天气不错，我们去爬山吧，大好时光喝什么咖啡。"罗莉对余洋的提议总会反对一下。

"大冬天，荒山野岭的，有什么好爬。"余洋小声嘟囔。

"你看呢？"许婕转而征求欧阳潇的意见。

"我可不可以说客随主便。我远道而来，除了你们，人地两生。早听说这里很有几处风景名胜，诸如普救寺莺莺塔，黄河大铁牛，鹳雀楼，五老峰，舜帝陵，永乐宫壁画等等，我都想去看看。不过也不急在今天。"

"嘿，你挺了解啊。"

"都咱老家地儿嘛，只是一直没去看过，惭愧。"

"老家，你哪儿的？"

"晋中的。"

"哦，那是老乡了。不过同在省内叫老乡咋听着这么别扭哪。"

"你们别啰嗦了，快说去哪儿。"

"都说要游览风景名胜了，干脆就从现在开始吧，咱们就在大街上一边走，一边看风景，累了找地儿休息，如何？"余洋说。大家一致同意。

较之平日，此时的大街略显萧条，车辆减少，行人稀疏，商店大都关门歇业，人们还处于过年状态。过往的车辆需要躲避，估计大都是酒驾。咖啡烧烤等休闲店生意火爆，顾客多是少年。也有已经营业的副食店，多是老年人在看守。真需如此努力么？大家囤置的年货恐怕还有些未拆封吧。门庭冷清的老人们是否是习惯性地聊以自娱？家家有本难念的经，在广场寒风中卖风筝的老夫妇，看上去他们是快乐的。若要问起您二老为何不在家中和儿孙团聚，共度佳节，享受天伦之乐，那其中也许有一段故事，或许还很酸楚吧。

四人并行走过，女孩在中间，男生居两边，欧阳走在许婕外侧路肩，余洋照看着罗莉走在马路上。不多言语，偶尔东问西答。不知不觉已至立交桥。许婕记得上高中时，桥头总有一对老夫妇在卖油糕，现炸现卖，口味纯正，香甜软糯。黄雅莉总说路边摊贩不干净，嫌许婕像小孩子一样爱吃"垃圾食品"。许婕偏要买来吃，还要打包。她有诸多理由要照顾路边生意：首先是照顾自己的口腹之欲，油糕老妈也会做，但味道终究不如"垃圾食品"好；一个地方的特色小吃，传统而正宗者往往就混迹于路边摊贩中，通常是一些不起眼甚至有些邋遢的老人在经营；偌大年纪还如此辛苦营生，定有苦衷，值得敬佩；至于卫生方面也还凑合，每天的烫面定量，用透明的保鲜膜盖好防尘，一人炸糕，一人收钱；他们是多么幸福，生活简单，日出而作日落而息，按部就班，不需思考，守一座小火炉，挣一点生活钱，相依相偎，直至终老。许婕想买两块油糕给欧阳潇尝尝，不知那两位老人还否。以前固定的摊点没人，她有些失望。欧阳潇看在眼里，问她在寻觅什么，许婕说没什么。就要走过时，听见一个慈祥的声音："姑娘，今天不买油糕么？"

　　循声望去，老夫妇在一家屋檐下，火炉的微光映着他们的脸庞，两人模样无甚变化，只是冬日的衣着臃肿些。他们正笑呵呵地看着许婕和她的朋友。

　　一时间，许婕有些哽咽，拉一把欧阳潇朝老人走去。

　　"姑娘，好久不见了，上大学了吧。"

　　"哦，大爷奶奶，也好久没见你们了，好久没吃到你们做的好吃的油糕了。"

　　"现在就给你们做，来来，年轻人，坐下来，烤烤火。放心，这油不会溅出来的。"

　　老人家高兴，可亲，笑眯眯，那是一种发自内心洋溢着的幸福。许婕感动了，多么善良的人，就因为买过他们的油糕，他们就能记得你，甚至将你当作家人一般惦念。

每人一块，用白纸包好，趁热吃，香、甜、酥、糯，暖到心里。临走时打包六块，老人说，新年，要十全十美。

付钱时，许婕当仁不让，给出一张，不理会老人家招呼着要找钱，转身就走，走远了，回头招手笑笑。

再往前就是火车站了，附近有一家中西结合的夏威夷冰吧。楼上有轻音乐、咖啡、茶，楼下有刨冰、烧烤、炒饭、刀削面。离别欢聚的人们常在此上演悲喜剧。冰吧在营业，生意火爆。透过玻璃看见里面雾气蒸腾似乎座无虚席。然而甜点并不能当饭吃，进去坐会儿吧，音乐、咖啡就着油糕下一碗鸡汤刀削面，哈哈。

掀开门帘，屋内的热气扑面而来，一个服务员冲到他们面前向着他们的脸伸手欲抓，又一时愣住，连声说，不好意思啊，你们都没戴眼镜。角落的一桌突然爆出一阵哄笑，笑声中有人追问：后来呢，那个"冰美人"后来呢……其中笑得最恣肆的一人抬起头来，看到许婕，脸上的表情瞬间冻僵，其余几人也停笑望门。

"许……许婕……这么巧……"

满屋子的尴尬。

"走，我们走，这里的人太多太杂，简直脏乱差。"罗莉猛然挽住许婕胳膊转身往外走。

"那……那不是高中同学么！"余洋最后进门，只来得及瞟一眼大厅，发现那桌上正瞠目结舌的几个人有点面熟。

"同你个头，走！"罗莉飞起一脚踹他屁股上。

欧阳潇敏感地觉察到气氛瞬间突变，随许婕出门，余洋边走边问："怎么啦，还没问问就走了，说不定楼上有位子。罗莉，你为什么踢我？"罗莉回过头瞪他一眼。余洋耸耸肩膀做无奈状悄声咕哝：野蛮女友。

四人最终在一家小面馆吃刀削面，老板非常热情，说这是过年后第一天试营业。他们四个是今年的第一拨顾客。欧阳潇随口接一句说这是要四季发财喽，老板娘的脸立刻笑开了花。

在这里，他们坐了将近一下午，吃面条，吃油糕，吃欧阳潇背包里的特产，两位男士还喝了一点酒。欢畅！

多年以后，当有人问起许婕快乐是什么，她那浅浅的笑意里浮现的就是满满的今天——简单、快乐。风筝，断了线的风筝，油糕，老人慈祥的笑，一人一碗喷香的刀削面。至于被人在茶余饭后谈论之事，她早就释然了。俗话说：谁人背后无人说，哪个人前不说人。她本是敢想敢做之人，又岂惧他人之薄唇利齿。

快乐，就是如此简单，聚几个心仪友人，随处走走，看看。寒风清冽，天空湛蓝，少年欢笑……此情可待成追忆，只是当时已惘然。

三十七 墨脱手记——极致

　　欧阳潇已经毕业去了墨脱，大四的许婕回忆着她的爱情，回忆着与欧阳潇一起度过的快乐时光。她的爱情找到了归宿，她内心有关青春的大学也就结束了，余下的只是等待毕业，待与欧阳潇重逢后，去完成最后一个心愿。

　　时光飞逝，又是一年春节将至。墨脱的春节是怎样的？读着欧阳潇的信，许婕知道墨脱的冬季温暖舒适但大雪无情，知道那里遥远神秘却是很多人向往的乌托邦。许婕夸他这个理科生的文章写得越来越好了。欧阳潇说那是因为字里行间充满着对她的爱和思念。

　　许婕，我心爱的姑娘，你好。

　　思念你让我度日如年，而这片神奇的土地，又让我时感新鲜，给我莫大安慰。我要将这里的风霜雨雪，奇人异事一一告诉你，让你能看得见这个鲜活的世界。

　　现在是冬季，我要给你说说墨脱的雪。

墨脱县城的冬天没有雪，环抱小城的山四季常青。而进出墨脱须翻越的两座大山——嘎龙拉和多雄拉早已被茫茫大雪封住，若无极要紧的事，谁也不愿冒着生命危险翻山。

在墨脱看大雪，要去80K，最好在嘎龙拉山脚下——52K。从这里望去，漫山遍野雪海茫茫。夏日的塌方泥石流会给人们带来威胁；冬日的雪，则会埋葬更多生命。在嘎龙拉这座神山顶上，突至的暴风雪会让人迷路，晴空下会突然雪崩，被埋葬在雪中的人要等到来年雪化时才能找到。

同事给我讲过一个多年前发生在52K的事。那一年雪特别大，县里有人要去林芝参加考试。从52K看嘎隆拉山，灰蒙蒙白茫茫，这样的天气绝不能翻山，住在客栈等天晴。早晨，厚厚的积雪与屋顶齐高。好容易推开门，外面已成一堵雪墙。客人与主人齐心协力清雪辟路，生火取暖，路上的雪已过膝。天一直阴着，雪时下时停，依然望不到山顶，人们在寒冷的房间睡觉，复习，无聊。考试的日子一天天临近，客栈的存粮一日日减少，人们心急如焚又无计可施。要翻山须经过三个平台，最强壮有经验的四个人想去试试运气，没走到一平台却几乎被冻死。

早已没有了干菜腊肉，粮食也终于要告罄了。客栈主人背着几块压缩干粮到80K买粮。来回64公里齐膝深的雪路，没有交通和通讯工具，往返至少需要两天。在人们焦急担心了两天半后，客栈主人终于背着一袋粮食归来。但十几个人省着吃了三天就光了，又要去80K背粮。归来后，客栈主人又冻又累已不成人形，不少人都哭了。

终于，半个月过去了，天放晴了，晴空万里，茫茫白雪灼人面目。出发吧。一行人戴上口罩墨镜围上围巾冒着随时会雪崩的危险出发了。山上的雪不知有多厚，风不知有多大，天不知有多冷。人们喘着粗气，哭着，担心着，相互帮扶着，翻过了这座每年都要吞噬几多人命的神山。后来此行中多数人想尽办法调离了墨脱。

这神秘无情的墨脱，让一般人惧怕，却吸引着诸多"疯子"前来。在我的身边，就有一个"杨疯子"，我听过他的故事，也正和他演绎着更多的故事。

凡事均有极致，冰与火的极致，美与丑的极致，浪漫与无趣的极致……从极致的繁华毫无过度地跌入极致的落寞，极易造就疯狂——疯狂的浪漫或疯子。

墨脱即如此，山青水秀，鸟鸣山幽，晴日见飞虹，冬月乘暖风。游者至此常常感慨：世外桃源，世外桃源，不辞长作墨脱人！却往往二三日后匆匆离去，点片的印象经记忆的过滤后天愈蓝水愈绿，艰辛作浪漫，冰凌成水晶。然久居于此长期艰辛的墨脱人又作何想？偶尔一束玫瑰会带来馨香与浪漫，每日一捧玫瑰于授受者都是负担。

若想与墨脱长相厮守得过且过倒也舒心宁神，若有把握在厌倦之后能换片天地倒也轻松自如，否则，经年累月的四季不分与世隔绝，迷茫混沌随波逐流，终会造就一些疯子。

杨老师是浪漫的，他应聘到林芝教书，却对地区重点高中的优越条件弃置不顾，非要背着与身等高的行囊申请到墨脱。

中学对面的山坳一条小溪日夜流淌，溪流随地势时而匆匆时而平缓，周边草地绿意茸茸。午后，若无风无雨，阳光普照，只身一人随处可躺，远处隐约鸡鸣犬吠，身边唯有天籁之音，偶尔农人荷锄归来轻哼小曲。杨老师在此度过一个下午，极度的平静之后涌现出巨大的激情。当晚即四处打听哪里有木匠，第二天就要在小溪上凌空架一座木房，以便终日在此听风声，看日落，读书朗朗。

杨老师的小木屋最终没有建成。因为美景到处都有，不可能到处去建房，想去哪里带着帐篷就行。正如某些相亲节目中站在舞台中间的男子，一眼扫过众多并不需要相亲的美女，他心里并无确定的目标，因为他并非冲着某一位女子去的，他所喜欢的是某位女子所代表的一类人或根本就是视觉冲动。我们喜欢的是美景，是一种情调，一种感觉，不只是那条小溪那所木屋。只要去感受，美无处不在。

　　我和杨老师经常带着帐篷宿营，印象最深的一次是夜宿雅江。

　　雅鲁藏布江在墨脱境内时而奔腾时而平缓。从县城到德兴乡要过五道溪，从三道溪下至雅江，那里有美景：茂密的香蕉林，洁净的白沙滩，美丽的竹节兰。此处是游泳野炊搭帐篷的好地方。

　　墨脱的雨说来就来，白天闷热，夜晚电闪雷鸣大雨滂沱。当晚，我们搭帐篷在江边。大雨之前做好了晚饭，流泉、罐头、青菜、馒头。突然一阵风吹过，来不及遮盖，大把的沙子卷进菜盆，弃之不舍，食之不能，呜呼哀哉。刚搭好帐篷，大雨到来。江里雨大，以瓢泼形容毫不为过。四周是绝对的黑暗，只能耳闻而不能目见的江水在面前滔滔汹涌，压抑逼迫可怕。森林在风雨中呼呼怪响，白日清澈的流泉已成小河，随意漫流，帐篷浸在水中。雨越来越大，丝毫没有停歇的意思，小河水流愈来愈急，帐篷随时可能被冲走。若不搬家，当晚肯定要被水葬了。

　　打开电筒微弱的小光四处寻找安身之处，无边的暗夜中，这一点光太微不足道。磕磕碰碰之后终于发现，一块大石后面竟隐藏着四五个整齐一排的洞穴，洞穴不深，隐约有股异味，但遮风挡雨。抱着睡袋钻入，外面风大雨大，此处却很安逸。

　　翌日清晨，风停雨住。四下望去，江水没涨，沙滩洁净，溪流清澈。昨晚的电闪雷鸣，暴雨狂风，浊流汹涌，一切恍如噩梦不曾真实发生，实在神奇。藏身的洞穴太狭窄，疲惫了一夜的我们从中慢慢爬出。提起睡袋想要摊晒于大石上，突然身后的山上发出极其惊讶恐怖的女人们的叫喊声。

清晨的寂静中突现此声，我们也被吓地哇哇大叫。看去，三个背着背篓的女人站在一块岩石上望着我们，眼中满是惊恐怪异不解，神情复杂。很快，她们转身离去。留下纳闷的我们。我们不是裸身，那些女人为何如此诧异？不得其解，索性不管。太阳出来后，在江中洗澡，做饭，晾晒帐篷睡袋，直至下午收拾装备打道回府。

回去后，将清晨的怪异事情讲给同事听，门巴同事听后亦眼神复杂地盯着我们，说：那些坑洞是即将要被水葬的死人的存放处！

杨老师浪漫，但他不是疯子，在墨脱最偏远的甘登乡，的确有过一个老师疯了。

甘登乡，几排木屋，数条野狗，无事无电无女人。终日面对熟悉的几条光棍汉，漫漫长夜，灯下把酒。时间久了，所有的故事都讲尽了，面对面无话可说，喝酒也无聊。小学的一位老师，长久的抑郁之后终于疯了。终日不出门，吃喝拉撒睡全在屋里，目光呆滞，口中念念有词，不许外人靠近，否则手持菜刀要砍人。

他很可怜，却不是个例，还有这样的画面：

三年了，终于能休假了，外面的世界，久违了！一个从乡里出来休假的小伙，坐车到波密桥上后，开门下车，面对滔滔的河水，从怀中掏出厚厚的一沓钞票，随手挥洒出去。钞票在空中飘飘洒洒，盘旋着落入河中顺流远去。他大喊着：老子终于出来啦！老子终于出来啦！

穷乡僻壤，寂寞青春，可悲可叹。

路终是要通的，一切都将更加美好且越来越好。原来的路，走与不走，总在那里，一端是心，另一端是整个世界。

　　欧阳潇的信让许婕心中酸涩，他是为她去了墨脱。他的信里透出阳光和快乐，可她能读出其中深深的孤寂。她在心里祈祷着，欧阳，你一定要好好的，我时刻牵挂着你呢。欧阳潇在信中说，再过一段时间就不能发信了，冬天大雪封山，县城少有人员出入。不能通信的时候，就打电话发短信吧。可电话和短信是不能代替写信的，永远不能。他们不会在电话中讲述在写信时才会讲述的故事，电话也不能抒发只有在写信时才能抒发的感情。

　　许婕嘱咐欧阳潇：那就不要寄信了，等到来年春天，你将今冬写的信一起寄给我。不料，在十二月底的时候，许婕却又收到了欧阳潇的一封信，那封信的内容，让她深深担心。

三十八　重逢

读完信，许婕的思绪又回到三年前春节后和欧阳潇在一起的欢乐时光。

朋自远方来，又是别后重逢，必须乐乎。第一日的闲游若只是开胃小菜，浅盏低酌，那接下来的几天便是正餐主食，开怀畅饮了。

许立明给许婕的新年主打礼物是手机，给黄雅莉则是漂亮服饰，夫人很满意——衣服首饰化妆品永远是女人的最爱。许立明说，男人要对自己狠一点儿，给自己买了辆新车，后又在黄雅莉的强烈要求下，雇了一名司机，开车多年的老王。

许立明得知宝贝女儿要好的大学同学到来后，便要设宴招待，在酒店安排食宿。他甚至怪罪许婕让同学在旅馆住了一晚，派司机把欧阳潇接到家里。余洋、罗莉都在许婕家。

自从许婕因为杨璐的事情受挫后，许立明一直暗暗担心。知子莫若父，许婕要强，能承善忍，重情重义，独自舐伤。他为此喜忧参半，对独生女更加疼爱。凡是能给女儿带来欢乐的事，他都乐意去干，凡是能给女儿带来欢乐的人，他都乐意招待。

欧阳潇作为计算机协会会长，几经历练，待人接物懂礼节。他从包中掏出两盒特产放在桌上，不贵重，却是一片心意。许立明亦不客气，高兴地收下。逢年过节，生意人家早备好了各色礼品，黄雅莉从茶几上包装统一码放整齐的礼品袋中抽出一个，笑容满面地递给欧阳潇，而且还有红包，欧阳潇感到不好意思，羞涩推辞不过，接过礼物，红包坚持不收。罗莉开嚷："我也要礼物！"余洋在一旁瞪大了眼睛说罗莉："你羞不羞啊，人家欧阳来带着礼物，这叫礼尚往来，而你这是死乞白赖。"黄雅莉当然给罗莉准备礼物了，罗莉接过，甜甜地谢过叔叔阿姨，白了余洋一眼，怀抱礼物笑嘻嘻地看着他。"余洋，你也有份儿。"黄雅莉又提起一盒要送给余洋，余洋为难了，罗莉正幸灾乐祸地窃笑着，她在准备看好戏，若余洋接了，那可要被她抓住话柄了。黄雅莉看出余洋作难，正要说两句，许立明说话了："余洋，你老爸我们是老伙计了，关系很好。早听说老余有个儿子跟我们家许婕是同学，今天才得见。阿姨给你的礼物就接着吧，一来算是新年礼，二来算做叔叔阿姨给你的见面礼。再说也不贵重，我们不懂你们年轻人喜欢什么，许婕说你们喜欢电子数码产品之类，礼物都一样，是什么 MP3 的升级版 MP4，希望你们能喜欢。"黄雅莉看一眼老公，眼里满是佩服。自己还真不知道该怎么说呢，老公说得多得体。这可是成功商人的必备技能。

"老爸，你怎么说出来了，礼物在打开包装前要保持神秘的。"许婕嗔怪道。

"啊，那什么，现在还是很神秘啊，他们还不知道自己的是什么颜色对吧。"许立明蹩脚的幽默，把大家逗笑了。余洋也不好再推辞，接了礼物。黄雅莉早给罗莉使了眼色，让她不要让余洋难堪，她也就没挖苦余洋了。

说到住酒店，欧阳潇诚惶诚恐不愿去，自己何德何能，初次见面，值

255

得同学的家长如此花费。罗莉当然和许婕住一起，余洋家就在城郊，不会和他同住。其实欧阳潇有过流浪的经历，随遇而安，在火车站内打地铺是好的，遇到被保卫人员赶出去的时候，火车站前广场靠着电线杆子也睡过。更多时候，在陌生村庄或野外，搭个帐篷就对付过去了。而对小旅馆，他也是情有独钟，价格不贵，两人间，三人间，甚至通铺他都乐意住。在这里看为生计奔波操劳的底层人们，感受一种最真实直白的生活状态，引发他无限的人生思考。

他刚进大学过了一个月身心放松的日子后，就不安分了。相比高三那"只要学不死就往死里学"的黑色岁月，进入大学就等于直接进了疗养院。拈花惹草风花雪月的生活他不喜欢，沉溺于网吧黑白颠倒的日子他很快厌倦。生活平静地让人发疯，过剩的精力无处发泄，终日早晚的长跑也无法让他安眠，于是他向老师撒了谎请假，去流浪。带最少的钱，走最远的路。直到谎言被揭穿，直到弹尽粮绝，学校发出最后通牒，他才如同乞丐一般蓬头垢面衣衫褴褛着回校，又一头钻进计算机房。他是一个另类，然而在大学里，不论循规蹈矩风花雪月还是标新立异，都可算作另类，又都可说是正常。这里的人，似乎有无限的青春可以挥霍，有无限的激情需要释放。

住酒店，一方一再推辞，一方一再坚持，气氛由僵持变得有些不和谐，真是受之有愧却之不恭。

许婕："你就听我老爸的安排吧，他安排的酒店大楼都是他盖的，那些老板不收他钱，我们尽些地主之谊也是应该。"

余洋："欧阳，你可真是有福不会享，我正好在家呆烦了，我去陪你住。行吧，许叔。"

许立明："那给你也订一间？"

余洋："那倒不用，我俩住标间就行。不过如果有总统套房也行，我还没住过呢，反正许婕说您去订房间也是免费。"

许立明："普标免费，总统套房可是原价哦。"

余洋："那就算了。"

罗莉："余洋，你是 gay 啊！"

安排妥当，许立明眯眼看许婕，希望得到宝贝女儿一丝赞许。果然没失望，许婕会心，对老爸甜甜一笑。许立明裂开嘴笑了。

许婕："老爸，我同学来一次不容易，我们几个商量好了这几天要去各处玩玩，你……"

许立明："出去逛逛好啊，有什么我能帮忙的尽管说。"

许婕："我们不想挤车。"

黄雅莉："老许，老王这几天不忙吧。"

许立明："哦，不忙不忙，那这几天就让老王带你们去吧。"

许婕看看伙伴们，年轻人出去潇洒，还带一个司机老王，这个有点放不开吧。老王年后就来上班了，出过几趟车，许立明对这个不烟不酒，驾车稳，少言辞的老实人印象不错。许婕也跟老王有过几次接触，碰面称王叔好，对他印象也还好，但总觉不妥。

许婕："老爸，你这些天应酬多，需要司机。欧阳潇会开车，我们就开你那辆旧车，自己去玩好了。"

许立明愣了一下，看看欧阳潇，又转头看黄雅莉，一时不语。欧阳潇也愣住，这事儿许婕没跟他商量过。他会开车，在家开过卡车拖拉机三轮车，许婕见过他开创意广告李军的轿车。

黄雅莉知道许立明不好表态，驾车如驾虎，几个年轻人开车出去确实不太令人放心，况且欧阳潇驾驶技术如何，他们心里都没底。如果拒绝，在同学面前驳了女儿情面，又是对欧阳潇的不信任，总是不好。但事关安全，她需要确定。虽然公司的事她已不太搭理，但毕竟是许总夫人，经过世面，遇事有决断。

黄雅莉："欧阳潇会开车啊，小伙子厉害。老许，你这会儿要是没事儿，就带孩子们出去转转。欧阳潇会开车，但路况不熟，你就坐副驾座上让他熟悉一下路况。"

老夫老妻了，许立明当然明白黄雅莉的意思，她是让他确认一下欧阳潇的驾车技能。

半小时后，许立明和四个少年回家，神情轻松。

许婕："报告老妈，欧阳潇的驾车技术通过考验。"

黄雅莉笑而不语，去看许立明。许立明说："欧阳潇车开得不错，不过没有驾照还是比较麻烦。"

许婕："老爸，您神通广大，没驾照对您来说算得了什么麻烦事儿，遇到查车，我给您打电话。"

许立明无奈地说："我就勉强同意了，不过，只许他一人开。一定要小心，开车绝对不能喝酒，喝了酒绝对不能开车。"

余洋说："许叔您放心，有我监督着，保证没事儿。"

许立明无奈地小声嘟囔着："有你我才不放心呢。"

阳光明媚，二月春寒。马路上车辆行人寥寥。一群少年，一辆车。商店门口，大包小包买一堆吃喝。即将出城时，欧阳潇在余洋的导航下找到一家网吧，拆开刚刚拿到的礼物盒，精美的 MP4，下载歌曲，一路向西！

三十九　知情

·

　　冬季的北方，色调单一，路旁的大小树木枯黄泛黑，繁华落尽，唯余精枝干骨兀立不屈。车中温暖，不同风格的音乐轮番演奏，摇滚时，音量开到最大，欧阳潇手握方向盘随节奏点头，其余几人放声摇摆而和。去哪里不重要，重要的是在路上，把握自己的方向，追随自由的节奏，一路向前向前。胜地景点自然要去，天寒地冻游人稀少，但少年自有少年的快乐。登鹳雀楼远望辽阔江天万里，继续西行，黄河大桥。

　　徒步过桥，近距离接触母亲河。凛冽的风裹着大河的气息袭卷，重卡行过，桥面微颤。河水已经解冻但依然枯瘦，桥下已成沃野良田，枯黄的秸秆芦苇平整地铺向远方，一直到远远的河边。黄河，没有了夏日的浊浪奔腾，缓缓向南流淌，浑黄的水面反射着阳光。黄河在这里转身，从此东逝去，是谓黄河入海流。

　　几人不顾风冷天寒，奔跑跳跃欢呼着，风凌乱了秀发刮红了面庞。重卡洒落煤屑，桥面扬起尘灰，大家无处躲藏，个个灰头土脸，相互指着对方哈哈大笑。轻扬的少女，空灵的笑声……许婕与罗莉在前方奔跑，欧阳潇渐渐慢下，注视着前方的倩影。他轻语着，好美！余洋也停下，两人望着前方，微笑，不语。

"喂，gays，come on，我们马上要出省了！"罗莉回头挥手大喊。

二人撒开脚步追去。

大河流淌。日月经天，投影其怀，黄河母亲淡然。随她逝去了多少岁月，她就见证了多少悲欢离合，却始终沉静。她不澄澈，是因为包容了太多，似一位长者，又似一个孤独的灵魂。她是一位胸怀博大的母亲，渺小的人类是她的子孙，世代在她的庇护下，繁衍耕耘。

河在脚下流淌，人在桥上沉静。彼岸就在前方，那又是人类的繁华世间。

"太冷了，我们回去吧。"罗莉轻轻搂着许婕对男士说，"桥那么长，你们去把车开到桥头等着。"

欧阳潇和余洋领命而去。

他们回到许立明订好的酒店。

"太冷了，冻死了，又累又饿。哇，好舒服。"罗莉不理会服务员如扫描仪般射向他们四人的诧异目光，嚷嚷着刷卡开门，扑到洁白的床单上。

"喂，淑女点，那些服务员还不知怎么想我们呢。"许婕也累坏了，坐到椅子上说罗莉。

"爱怎么想怎么想，以小人之心度君子之腹。"罗莉哼哼着坐起来。

"喂，你们两个，去看看卫生间有没有热水。把车里的水呀，零食呀什么的都拿上来！看我们多累，一点眼色也没有，杵在那里当门神啊。"罗莉指挥着站在房间里的欧阳潇和余洋。

"罗莉，起来！"欧阳潇正要转身出门去拿行李，余洋一声大喊。陡然出现的男高音把许婕和欧阳潇都吓了一跳，罗莉却波澜不惊充耳不闻，一个白眼横过来:"死鱼,你吼什么,这里既不是你家,也不是学校,你还想欺负我啊。"

余洋态度变化奇快,做耸肩摊手状,语调平静:"不可凭空污人清白,我可没欺负过你。不过是想提醒一下,您是客人,应该坐在沙发上,如许婕许大小姐一般。床,可是我们的。"

"什么你们的,我偏不起来。"

欧阳潇没见过这两个冤家吵架,被这一来一回的斗嘴怔住,正想要去劝解了,但看许婕在一旁微笑淡然,见惯不怪,不知所措之余说声"我去拿东西"转身出门。

欧阳潇返回时,罗莉还坐在床上,余洋在椅子上手捏遥控对着电视换台。卫生间门开着,许婕拧开水龙头说:"有热水哦。"

罗莉噌地弹起,跑到洗手间去洗脸。余洋拍拍另一张椅子,示意欧阳潇坐下,欧阳潇坐下后把零食放在圆桌上。

许婕和罗莉在洗漱间里一通洗漱后返回房间。移桌近床,四人围坐吃喝休息。

欧阳潇驱车将许捷和罗莉送回,在黄雅莉的叮嘱声中回到宾馆。

洗完舒服的热水澡,欧阳潇和余洋各自躺在床上,电视在自顾自地上演着悲喜剧。

"欧阳潇,你是哪一年的?"

"82,你呢?"

"83,你比我大,我称你欧阳兄吧。"

"好嘞,兄弟。"

"欧阳兄,问你个话。"

"什么。"

"你喜欢许婕么？"

欧阳潇沉默了一会儿，反问余洋："你呢，喜欢罗莉么？"

"哈哈，她是我的菜。我跟她考入同一所大学，不是偶然。说你呢，还没回答我刚才的问题。"

"你们是高中同学，对她你了解得比我多，我对许婕的感觉，怎么说呢。漂亮，聪明，她刚去大学时是我接待的，可以说在大学，我是第一个认识她的人。唉，直接说吧，我喜欢她，但她，已心有所属。"

"嗯？你知道她的事情？"

"她的事情？大学里的我当然知道，她喜欢的那个男生是我同一寝室的。"

"她在大学里有喜欢的男生？"余洋惊讶，反应强烈。

"是啊，她随和，善解人意，有主见，但多数时候很忧郁，但有喜欢的人不算什么令人惊讶的事儿吧？"

余洋沉默了一会儿，说："如果你真了解她，并且知道她在高中的事情，你也会惊讶的。"

"看得出来她应该是经历过重大的事情，虽然我们也算很熟了，但她从来不谈过往。她喜欢那个男生我也觉得有点——莫名其妙。"

"我能想象出你说的那个男生是什么类型。欧阳兄，咱们相识不久，但我觉得你是个好人，也喜欢许婕，为对你俩都好，我给你讲讲她的故事吧。"余洋躺在床上睁着眼睛悠悠地说："高中时许婕有个外号叫'冰美人'，她学习成绩很好，和一个外号叫'冷漠王子'的男生谈过恋爱。因为许婕和罗莉的关系好，而我也一直在关注罗莉，所以对许婕的事情知晓一些。那个'冷漠王子'也是个人才，很优秀，能吃苦，学习成绩也很好。别人叫他'冷漠王子'，倒不是他真得很冷漠，可能因为他不太与人交往，不喜欢说笑吧。他本名叫杨璐，我与他不是很熟，打过几次交道，能感觉到他是一个内心特别坚定的人，有自己的理想。女孩的心思我不特别懂，但优秀的人谁都喜欢，许婕喜欢他，可能也是因为这个原因吧。我至今不清楚他们两个是如何走到一起的，感觉他们应该是两列并行的火车，永远在自己的轨道上不会有交集。但他们认识了，没有先兆，出乎所有人的意料他们恋爱了。我曾问过罗莉，罗莉对他们的事儿最清楚不过了，可她都不太明白他们是如何开始的，这里面一定有故事。他们的恋爱当时真的是，怎么说呢，尽人皆知，满城风雨，闹出很大的风波，也让无数的同学羡慕。但那个男生在高考前一天牺牲了，见义勇为，在上学的路上为救一个女孩被好几个歹徒给害了。我因为挺佩服他的，知道他遇害以后很难过，听说有很多人在他遇害的地方为他点过蜡烛。许婕很伤心，但表面上看不出来，她还是那么优秀，高考也考得很好。她最终选择去你们学校我们都很惊讶，后来听罗莉说是因为当时他们两个的约定，约定要去西藏。许婕是个好女孩，特别重情。"

余洋看着天花板，沉重地回忆。

欧阳潇虽能猜到许婕在感情上有不寻常的经历，但得知事情如此，还是很震惊，久久无语。这样冰清玉洁的女孩经历过如此的情感坎坷依然坚忍阳光，她多么强大。

"咱们是老乡，也是兄弟了，在学校里，像许婕这样优秀漂亮的女孩遇到的事情肯定比别人格外多一些，虽然我们都相信她能应付，但欧阳兄，你还是要罩着些。毕竟出门在外，她是女生，又是一个人。"

"兄弟懂得。"欧阳潇别无他话，似余洋这样表面没心没肺的哥们能说出这些，一句"兄弟懂得"是他郑重的承诺。余洋熟睡后，他久久难以入眠。李文延是什么样的人，他自信经过一年半的接触要比许婕了解的深刻。他不是坏人，也没坏心，对生活也有自己坚定的追求。且这份对生活，对事业的执着可以让他牺牲一切。对他来说，爱情只是一块垫脚石，选择女友的标准是一定要对他将来的发展有利的。他对许婕的态度不算太热，并且仍和祁夏纠缠不清，这正是他的心机，会对许婕造成伤害。欧阳潇能想象那个"冷漠王子"是怎样一个高大的男生，能被许婕看上的人，定然不会差。他有些许明白许婕为什么会喜欢李文延了，一个人有过大失望，才能对另一件事有大投入，其实，这不过是一种寄托。许婕喜欢的是那种感觉，李文延确实给人一种不错的男人的感觉，但他不是真投入！那自己呢，是真心喜欢许婕么？扪心自问，在第一天见到这个美丽，清纯，忧郁，有一种难以言说的气质女孩起，就再也无法自拔了，只是他没有冒然去表白，许婕的气质和气场令他难以开口，与她保持这种亲近的朋友关系是最明智的选择。对李文延，他决定回去后要找机会好好谈谈了。

　　四个少年又开着车在他们想去的自由的方向兜了一天的风，回家的时候，许婕和罗莉都戴了一顶白色绒线帽。原因是余洋非要开车，结果一个急刹让两个女孩的额头磕到了。为此，罗莉对余洋不依不饶地讨伐了很久，从家里一直到学校。

四十　缘

　　分合聚散，熙熙攘攘，有分合才有感动，有熙攘才有风景。与此在这边分别，与彼在那端相见。

　　开学的日子将至，吃团圆饭，喝告别酒，撒泪挥别亲朋，坐上远去的列车，许婕和欧阳潇一起出发。在欧阳潇的一再坚持下，许婕的箱包由他提背。若各自只拿自己的行李，许婕一箱一包，欧阳潇一大一小两个包，不算多，但欧阳潇身后背着自己的包，胸前背着许婕的包，左手拎包，右手提箱，气势颇大，尽管有些分量，对他来说尚能轻松应付，但在排队上车时就有些狼狈了。火车在站台停留的时间永远足够人们上车并相互道别，而人们永远需要拥挤着才能显现出自己比别人更强大与迫切。在拥挤的人堆里，欧阳潇行停转身都会碰到人，引起不满，"对不起"成了他的口头禅。许婕忍俊不禁，男生喜欢逞能，就由他去吧。许婕拿着两人的票在前开路，欧阳潇伸长脖子跟进。挤入车厢，找排寻座。人群拥挤，站立不稳，费劲地卸下箱包，摆放在行李架上，欧阳潇松口气，准备坐下。对照位号，他们的位置上却悠闲地坐着两个人，一人看窗外，一人看车内，一副风景宜人状。风景，就是那些拥挤的人群了。既然不自觉让座，那就得提个醒。欧阳潇从许婕手中要过车票，在俩人面前晃晃，面无表情地说："这是我们的座。"俩人转头看看这个在他们身边忙活了半天的小伙子，纹丝不动，其中一人欲伸手去拿欧阳潇手中的票，欧阳潇敏捷缩手，继续面无表情地看着他们。俩人起身离去，混迹在人群里，四处张望着，找个空位又坐下了。欧阳潇和许婕终于可以安身落座了。

列车启动许久，拥挤于过道及车厢接头洗漱台边的人群方才稍稍安定，或坐或站，各自无聊。欧阳潇起身从包中掏出一些零食摆放桌上，开一瓶饮料递给许婕。

"让座让座，正主来了。"一个中气十足的男声在方才安定的车厢中响起。望去，只见行李不见人，装备之盛比欧阳潇有过之而无不及，前后背包左右提箱嘴上叼着两大袋，哗啦一声放地上占去两米过道。果然正主，人高马大，很是彪悍，但看身后，跟着一位美女两手空空悠闲自在，大汉身边立即有两人起身旁站。欧阳潇看着这位正主，乐了。

无巧不成书，竟是杨勇与胡丽！他俩怎会在这儿上车！

欧阳潇起身前去朝高大健硕的杨勇身上擂一拳头，正抬头张望寻地放行李的杨勇凝眉冷面扭头，瞬间换作惊喜。

换座，换座。亲朋好友聚在一起，山不再高，路不再漫长。

"你们俩怎么在这上车，这是把家都装包里了么？"许婕胡丽早坐一起有说有笑，二位男士架上座下走道里翻腾整顿行李，一番忙碌坐下后，欧阳潇问杨勇。

"我们边走边旅行，跟的是火车的节奏，遇站停车，吃喝游玩购物，完后再上车继续赶路。"

266

"懂了，这是蜜月旅行啊，也不嫌累得慌，背这么多行李。"

"度蜜月谁买这些玩意儿，出门时两手空空，这堆东西都是路上买的。"

"潇洒。幸亏路不算长，照你们这节奏，要到新疆西藏什么地儿的，光这行李一节车厢都放不了，列车员该找你们收超载费。"

"走过路过，不能错过，带不过来就邮寄啊，邮好几包了。"

"我还担心胡丽提前到校没伴儿，现在连我的住处都解决了，真是吉人自有天相啊，哈哈，高兴。"

许婕和胡丽在过年过节家长里短亲热地聊着。许婕怪罪他们路过家门不打招呼，胡丽说嫌麻烦又浪费时间。

时间飞快，列车几次起停已然到站。杨勇将两位女士护送出车门，和欧阳潇打开车窗分立内外，行李嗖嗖地从窗户飞了出去，最后，欧阳潇也从窗户飞了出去。

中国传统文化的重要组成部分——传统节日虽在悄然复兴，年轻的一代仍对国外节日钟爱有加。今年元宵节恰与西方情人节是同一天，中西合璧，双佳同度，尚未开学，岂不美哉。今年校园亦非往年开学之前可比，清冷孤寂之象全无——初春虽无花前，佳节幸有月下——对对情侣楼前树下欢喜出入令人目不暇接，偶有独自过往者也显得急忙匆慌，瞥向情侣们的目光成分远比羡慕嫉妒恨复杂。同性同行者在情侣大军领潮之下也显得胆气不足，萎缩低调不敢张扬。远处的一栋楼里传来张楚的歌声：这是一个恋爱的季节，空气里都是情侣的味道，孤独的人是可耻的……

如此氛围下杨勇欧阳潇不禁左右环顾相视而笑，幸而身边有两位美女相伴，尚不至被归属于可耻的孤独者一族。远楼的歌声沙哑不绝，杨勇索性放声跟唱起来，被胡丽一脚侧踹：有病啊你。欧阳潇哈哈大笑，杨勇躲得远些复又高歌。

既未开学，食堂自然无饭，只能外出觅食。校园附近虽有几家饭馆营业但问津者寥寥，在这美好的日子里，谁愿意窝在小饭馆里呀，有钱有闲有美眷，自然要去高端奢华有档次之地，对酒当歌赏月观焰火，人在青春能得几回乐！

七九五兵工厂助兴放起了焰火，相当专业，绚丽、硕大、多彩，其中一个绿色的心形照亮了整个城市的夜空久久不散与月争辉，行人驻足，车辆减速。夜色下的高楼不再沉寂，玻璃外墙清晰地映射着点点流光。欧阳潇回头看许婕，光洁如水的面庞变换着美丽的光芒，初春的冷夜被她明亮的双眸照亮。胡丽不住惊叹着，嚷嚷着要寻找更好的观察点又怕错过了下一个精彩。待焰火放尽，光芒消散，路人复行，一边赞叹回味一边意犹未尽地惆怅。

"太美了，还有没有，还有没有？"胡丽掐着杨勇的胳膊。

"啊……我也不知道，大概没有了吧。"杨勇龇牙咧嘴。

"欧阳潇，你是老生，你知道的，还有没有，快说。"

"这个，看样子没有了吧。"

"也该差不多了吧，这得费多少钱哪，意思下就得了。"

"又不费你的钱，太平盛世，为民增乐，这点钱算什么，扫兴。"

"……"

"哎，我想起来了，每年的元宵节渭滨公园都要放焰火的，去年就有，我们特意到河边去看了，一排炮筒，清一色武警专业炮手，这会儿应该还没开始，我们去吧。"欧阳潇提议。

"好嘞。"

"还没吃饭呢，我都饿了。"杨勇摸着肚子说。

"老娘还没饿呢你喊什么，看完焰火再吃。"

打出租车。到市中心时胡丽看着美丽的人民路喊司机停车，这次大家均无异议。宽阔的街道上，每隔几十米横贯高空张结着一排彩灯，路边的树上也被精心布置得五彩纷呈，马路两旁的店铺灯火通明，几家门前彩旗飘飘灯谜悬挂，行人驻足撕下彩色谜面入店对奖，猜中者抱着各色奖品欢快离开。胡丽拉着许婕奔去。胡丽心急，几猜不中，许婕在几张未被撕去的谜面前驻足静思，俄顷摘下两张送入店中，欧阳潇等人跟上。精干的店长面带微笑诚恳欢迎，示意许婕将两张谜面的谜底写在纸上，看完谜底后店长又将许婕上下打量一番，赞叹不止：之前容易猜中的灯谜已被猜完，剩下这几张可谓压轴，很多人都没猜中，这位姑娘真是漂亮又聪慧。恭喜你，奖品有小型家电或毛绒玩具，你可以二选其一。许婕回头看朋友，杨勇说要电器，胡丽说要毛绒玩具，欧阳潇说你猜中的你说了算，不过今晚我们是来玩儿的，抱个电器怕是不太友好吧。胡丽瞪一眼杨勇附和欧阳潇，杨勇对不够哥们义气的欧阳潇出示拳头。

两位美女抱着赢得的玩具说说笑笑一路开心。路边不少小贩冒着寒冷摆摊售卖着各色灯笼烟花，许婕提议去买一些烟花大家边走边放，大家商量着该照顾哪一家生意。

"买那个老头儿的，老头儿很辛苦，该照顾。"

"买那个小伙儿的，年轻人不容易，该鼓励。"

"老头的货不多了，卖完了就可以回家了。"

"小伙儿的货太多了，卖不完就回不了家。"

"买老头的，这叫尊老。"

"买小伙的，这叫爱幼。"

"买老头。"

"买小伙。"

"买老！"

"买小！"

"老头！"

"小伙！"

……

男女分成两派争吵不休互不相让，卖烟花的老头儿和小伙儿在一旁哭笑不得，这是有爱呢还是不敬呢。

"我们石头剪刀布吧。"

"不行，这是原则问题，原则问题是不能用来谈判的。"

"对，原则问题更不能用猜拳来决定。"

小伙儿说："你们别争了，听美女们的，还是买老头儿的吧。"

老头儿说："我是卖着玩儿的，还是买小伙儿的吧。"

"我们两家都买。"——四人异口同声。

许婕和胡丽蹦跳躲闪着甩动点燃的花绳在空中划出各种欢乐的形状，欧阳潇和杨勇各自抱着一堆买来的烟花和猜谜赢得的玩具娃娃。

圆月当空。

远远的，河堤上空绽放出绚丽的礼花，宽阔的河面平静地映照着美丽的夜空，他们站立着，良久。

"焰火看完了，我们去哪里？"许婕看着天空最后一片渐渐消散的焰火问道。

"去哪里都行，反正不想回学校。"欧阳潇看着仰望夜空的许婕侧影说。

"我也不要回去，今天是情人节呢。"胡丽说。

"饿了，先去吃点东西吧。"杨勇将怀抱的玩具和烟花换了换手——远道无轻载啊。

"饭店都关门了。"

"我们去看电影吧，情人节不都要看电影的嘛。"

"还是先解决民生问题吧，就算没有玫瑰红酒巧克力，情人节也不该让人饿着肚子啊。"

"电影院门口一定有吃的。"

"吃饱了，再买点零食，边看边吃。"

"我们大老爷们没意见，但听说加餐熬夜不利于美容啊。"

"怕什么，我们年轻不怕老。"

"那还等什么，出发呗！"

四人吃饱饭后各自抱着零食玩具站在些许衰败的电影院门口，未放完的烟花不能带进电影院，吃饭时顺手送给饭店老板家可爱的小孩儿。

"听说晚上的电影可能不健康，有少儿不宜的片子。"

"不会吧，门口不是贴着今晚的节目单嘛，是科幻片儿。"

"一般都会在后半夜放映保留节目。"

"你还挺有经验嘛，经常光顾是吧，情趣不健康。"

"不能凭空污人清白，听说，听说而已。"

"有又何妨，咱又不是少儿，许婕你说呢。"

"我有什么好怕的，又不是没看过。"许婕轻描淡写却语出惊人。

"啊?!"

"呵呵，上高中时候不小心在朋友家里看过。"

"快说说，什么叫不小心啊，这个诚心想看还看不着呢。"杨勇眼放贼光，瞬间来电。

"你思想怎么那么龌龊，这几年我都没发现啊，还诚——心——想——看。"胡丽斜睨着杨勇。

"是谁刚才喊着自己不是少儿的，又说我，先声明啊，我没看过。"杨勇一脸正气昂首辩白。

"懒得理你。哎，许婕许大小姐，他们男的喜欢看这种片子全世界都知道，快说说你怎么还看过这些。"胡丽眼神发亮望向许婕一脸期待。

"哎哎我说胡丽，你别一棍子扫死一片人好么，我可是好人。"欧阳潇低声辩解，底气不足。

"你好个毛线啊，学校电脑室那些隐藏的文件夹里的岛国片儿是谁整的，我纯洁的心灵都被你污染了。"杨勇抡起毛绒玩具砸欧阳潇，欧阳潇龇牙瞪眼，用玩具娃娃格挡。

"你们真恶心。"胡丽彻底鄙视这两个雄性动物了。

"怪冷的，别吵了，要不要进去啊。"许婕说。

"你先说说你怎么也看过这个，这个世界还有没有好人了。"胡丽不依不饶。

"唉，也没什么大不了的，就是租了韩剧到朋友家去看，结果发现 DVD 里有张碟片，就看了呗。"

"哦，故意的吧。"

"你才故意呢。"

揭开厚厚的棉布门帘，影院大厅内外冷热两重天，硕大的银幕上变换着色彩，巨大的音响震动着耳膜，观众席一片乌黑，引导员手持电筒将四人引到一排空位坐下。视神经适应了黑暗，偌大的影厅内人员寥寥却大多成对。银幕上冰天雪地，一行人困苦潦倒说着鸟语不知所云让人益发寒冷。入座时候杨勇率先进入拉着胡丽坐下，欧阳潇谦让，许婕挨坐胡丽，欧阳潇在外侧。

后半夜人困马乏时，银幕上的女郎脱光了衣裙，二位雄性电然来了精神，目光炯炯。大厅内豁然一阵响动，超过半数隐卧于座者挺胸直背，黑暗中颇有几位先生戴上了文明眼镜。

余光瞟去，身边的两个女孩似乎熟睡了。

四十一　咫尺间

天色微亮时，他们返校。宿舍空无一人而床铺多已铺开。李文延的被褥叠放整齐，枕边放着一本封面泛黄的书，看书名，是南怀瑾的《金刚经说什么》。欧阳潇和杨勇不管不顾，蒙头大睡。刺激与紧张交织了一晚的身体和神经，在阳光初上的白天遽然如泄。

楼道内人声喧哗，开学在即。

欧阳潇欠腰掀被下床时窗外人行马动日已斜西，仍在摊睡的杨勇被剧烈的晃动震醒，迷茫慌乱中大叫一声地震了忽地坐起。眼神聚光后看到欧阳潇手扶床栏笑得开心肆意，骂一声有病啊就要倒头再睡，被欧阳潇掀开被子揪起——再睡就天黑了。

宿舍陆续有人进出，欧阳潇隔着玻璃门打招呼，洗漱完毕后刚坐下，李文延推门而入。

"嘿！李文延，你这是到非洲过年去了，咋黑成这副熊样？"欧阳潇对李文延亲切打趣。

李文延露出白牙笑笑走至床边坐下。

"不会是在大冬天的整天抹着婴儿油晒日光浴吧。"杨勇也洗漱完坐下。

"我去了趟西藏。"李文延轻描淡写。

"哦,我看从西藏回来的姑娘小伙也没几个变成你这样啊。"杨勇问。

"去西藏了,真好小子,大冬天的,去西藏做甚?"欧阳潇问。

"找祁夏去了?"杨勇问。

"没有。"李文延依然平静。

"不会是去朝圣了吧,刚不小心看见你床上放着本《金刚经说什么》。"欧阳潇说。

李文延拿过书翻动几下说:"觉得挺好,就看看。"

"咱兄弟们一年没见面了,出去喝两杯去。"欧阳潇说。

"放假一个多月,咋就一年没见,晕了吧你。"杨勇说。

"这不是过了个年嘛,傻啊你。"欧阳潇说。

"你们去吧,我还不饿。"李文延说。

"走吧,也快到饭点儿了。"欧阳潇诚意邀请。

校门口饭馆内,三人就坐于靠墙的四方小桌,欧阳潇与李文延对坐,杨勇面壁。欧阳潇点了四菜一汤外加一碟花生米三瓶二锅头。

老板是熟人,向三位打过招呼先端上满满一碟花生米,三副碗筷酒杯。

"你俩喝三瓶?"李文延问。

"一人一瓶,多的没有。"

"你们喝吧,我不想喝。"

"喝点儿呗,你又不是不喝酒,这可是补的过年酒。"杨勇起身倒酒,李文延抬手欲拦,杨勇闪过。

"一人一杯先,我给大家满上。"

"你们喝吧，我不喝。"

"嘿，去了趟西藏这是要五荤三厌八戒掉啊。"杨勇戏谑。

李文延扣过酒杯不言，杨勇酒在空中倒不下，气氛顿时尴尬。

"你会不会倒酒啊，本老大的酒杯在此。"欧阳潇一把夺过空中的酒瓶顺势推杨勇坐下，先给自己的酒杯倒上，又给杨勇倒满，看着李文延说，"兄弟今儿个不想喝就喝点儿茶水吧。"转身大喊老板上好茶。

杨勇闷坐用筷子逐个夹花生米吃个不住。

欧阳潇端起酒杯在空中巡回一圈，口中念念有词："来来来，新年伊始，万象更新，你有我有，马到成功……"

"什么乱七八糟的，念经呢你。"

"俗人一个，就知道喝，祝酒词懂不。"

杨勇端起酒杯一口干掉，欧阳潇喝下半杯，李文延喝一口茶水。

菜和汤陆续端上，杨勇叫老板直接上米饭。老板笑说："今年流行吃米饭了，平常不都是只喝酒吃菜么？"

杨勇不抬头说："你这酒不好喝，太辣。"

"啊？"

"他开玩笑的，上米饭，都饿了。"

杨勇扒拉米饭夹菜，自斟自饮。

欧阳潇本想和杨勇碰杯，见状只好向李文延晃晃酒杯，独饮。李文延喝着茶水偶尔吃几口素菜。

沉闷中，外面传来一片女声，杨勇侧耳倾听大喊一声：胡丽。哗啦涌进来一堆人，胡丽之后邓青青、张妍、廖文静、桑林措姆、许婕等人一拥而入，M大306的女生到齐了。

"你们到得挺齐整啊，好久不见，来来来一一接见，握个手，入座入座。"杨勇伸出手来就要去握大家，被胡丽打开，惹的一片哄笑。

欧阳潇和众女生一一微笑打过招呼。

"你们是来吃饭的吧，一块吃，换大桌，我喊老板加菜。"杨勇一扫沉闷，兴奋地张罗。

许婕看到李文延时愣了一下，瞬间神色变换复杂，高兴之后又平淡。李文延淡淡地向大家笑笑，目光并未在许婕脸上多做停留。

邓青青力排众人扑向欧阳潇，力拍他的肩膀后背大叫：欧阳哥，好久不见，好想你哦。

大家瞬间愣住，欧阳潇亦石化。邓青青不管不顾，抢过欧阳潇的筷子就去夹菜，边喊着：你们好奢侈啊，点这么多好吃的菜，来吃饭也不叫上我，我都快饿死了。"

邓青青的突然举动让欧阳潇一下傻了，待邓青青送菜入口，他才反应过来："哎哎哎，这是我的筷子，已经叫老板添碗筷了。"

"真好吃。"邓青青依然不管不顾，"还有酒啊，我来一口。"端起欧阳潇的酒杯就是一口，"啊，这什么酒啊，真难喝。"作势欲吐，欧阳潇已经完全被惊呆了。

"疯丫头，垃圾桶在这儿。"杨勇拉过垃圾桶让邓青青吐酒。

欧阳潇红着脸，抬头看许婕，许婕与桑林措姆已转身向外走去。廖文静看着邓青青的狼狈样，过来拿起桌上的酒瓶放到嘴边说："真有那么难喝么，我尝尝。"一直冷眼旁观的张妍伸手去夺，厉声说："廖文静，疯了你，这东西你能碰么！"

廖文静也不生气，放在鼻子下闻了闻："好刺鼻啊，肯定没有我们青岛啤酒好喝。"复对张妍做个鬼脸，"我就是闻闻，你怎么跟我妈似的。"

张妍白她一眼，说："走。"

廖文静拉着邓青青："邓青青，走啦。"

邓青青手忙脚乱地放下筷子："欧阳哥，我们走啦，回头找你玩儿。"

欧阳潇摆摆手，一群人离去。

"哎哎哎，怎么都走了，一块吃呗。"杨勇走到门口对远去的女生们喊。

"才不跟你们一块吃呢，我们另找地方。"胡丽说。

杨勇返回端坐："她们这是诚心来捣乱的嘛，怎么变成一群女匪了。"又歪头看着欧阳潇，乜斜着眼似笑非笑："欧阳哥哥……"

"滚！"欧阳潇皱着眉头盯着桌子不抬头地说。

"走吧。"李文延起身离桌，欧阳潇和杨勇出来时他结账已毕。

"我要请的。"欧阳潇说。

"一样。"

不远处的饭店隐约传来几位女生熟悉的声音，三人目不斜视无睹无闻，径直回校。入校门后，李文延气定神闲直走在前，欧阳潇若有所思随后，杨勇落在后面愤愤不平嘟囔有声。欧阳潇放慢脚步待杨勇赶上后与之并行。

"你在嘟囔什么？"

"老子心里憋得慌。"

欧阳潇看看远去的李文延微微摇头说："没喝好吧，咱兄弟再去喝两杯？"

"走，操他奶奶个蛋。"杨勇恨恨地说。

"别窝火了，去哪儿喝？"

"附近不是有个小酒馆么？"

"咱还是换个清净地儿吧，那儿人多太吵。"杨勇说的酒馆就在校园附近，聚三教九流各色人等，经常打架，欧阳潇担心杨勇心情不佳喝酒闹事儿。打架倒不怕，怕麻烦。

"你有好地方？"

"有，打车去。"

二人打车到市中心，欧阳潇走在前面抬头看高楼上的招牌，冲一家KTV电梯而去，杨勇随行。

包间桌上，酒瓶摆上，全部打开。

喝酒，喝酒，喝酒，干杯，吹瓶，撕心裂肺，鬼哭狼嚎，群魔乱舞，乌烟瘴气……可劲儿地折腾，直到酒瓶变空横七竖八地躺倒一地，直到双眼猩红喉咙嘶哑四肢无力，直到所有点歌放尽，一切戛然而止。

两人醉意朦胧，杨勇突然在沙发上坐直身子瞪着欧阳潇说："欧阳兄弟，我不愿搅和你的感情，感情这东西太他妈复杂，人只能被它左右却奈何不了它……你别笑，我是认真的，我没醉，无比清醒，我的酒量，这点儿酒算什么。"

"我没笑，谁笑了，我还想哭呢。"

"男人哭吧哭吧不是罪，尝尝阔别已久眼泪的滋味……"

"唱得比哭还难听。"

"我问一句，邓青青今天是怎么回事儿？"

"我怎么知道是怎么回事儿，很奇怪是吧，我也奇怪，不过她本就疯疯癫癫的，不用管。倒是李文延今天感觉有些……过分。"欧阳潇说。

"我早看这小子不顺眼了，阴沉沉的。去了趟西藏怎么啦，谁不是要去西藏的。"

"你说他去西藏干嘛去了？"

"关我鸟事儿，去找祁夏去了呗，去踩点儿联系将来分个好单位呗，就他那点出息样，我早看透了。"

"有可能，但我又觉得不太像，他这次回来好像变了个样，不会是受什么打击后皈依了吧。"

"皈依怕是不会，他之前不是在积极入党么，还劝过你，说对将来的发展有好处。但看他戒荤戒酒读佛经，还真像是想去修行的样子。西藏那个地方很神奇，能影响人的思想也说不定，不过这家伙的思想本来就很怪。也不知道他和祁夏怎么样了。"

"先不说祁夏，你不觉得他和许婕都很奇怪么，两个人上学期走的时候我看都还很好的，怎么今天跟陌生人似的。"

"这个你就不懂了，依我看是许婕对你有好感，也知道你对她有意思，你和李文延两个都在，她顾及你们面子。不过我看许婕对他也没那么热心了，反倒是邓青青怎么突然火热起来。哦，我明白了。"

"你明白什么了？"

"你小子走桃花运了，哈哈！"

"切，狗嘴。不过邓青青今天还真是过分，拿我的筷子夹菜，用我的酒杯喝酒，这姑娘。"

"邓青青啊，这个你又不了解了，据我观察，这姑娘挺好，率真，单纯，敢爱敢恨没什么心机，做女朋友还真不错。"

"我同意，可我对许婕情有独钟，这个兄弟你是知道的。"

"可邓青青想跟你好啊。"

"我跟她认识也不是一天两天了，她刚入校还是我接待的，上学期也没见她表现出对我有什么特殊感情。再说，她也应该能看出来我喜欢许婕。"

"也许是过了年，情窦开了，想追你了。"

"不会吧。"

"不逗你了，她多聪明，什么都明白，我看她大概是在调节气氛吧。看她多好，比你好多了，不像你躲躲藏藏窝窝囊囊，我看着都着急生气。"

"不是你说过要我忍的么。"

"我现在还是要你忍。现在情况不明朗，看样子许婕和李文延的缘分到头了。你的机会快来了，可还得忍。"

"你说你的感情咋就那么顺，我就得如此这般忍受煎熬。"

"我顺？哼，我顺的话也不用千里走单骑放弃学业孤注一掷了，你不懂。"

"那怎么办，静观其变？"

"对，骑驴看账本——走着瞧。"

"我想找李文延谈谈。"

"这个，我想想——有必要，但得找合适的机会，今天没跟他闹翻吧？"

"没闹翻，你忍住了，日后必成大器。"

"小样儿，哥哥我不傻，你小子还要多跟老哥学习学习，今天这酒单就算学费吧。"

"本来就是我要请的，你还真把自己当狗头军师了。"

两人直到夜店清场方才醉醺醺地离去，在人车稀少的"自家马路"上深一脚浅一脚地走着，迎风打嗝，口齿不清高高低低地唱着歌。不知不觉走向李军的广告公司。远远地看见两个人拉下卷闸门离去，夜色中的身影不可明辨，凭轮廓依稀是两个熟人。

"那不是李军么？"

"好像是他，旁边好像是个女的。"

"是个女的，看这身影也好像见过。"

"走，过去看看。"

"别，你别深更半夜打扰人好事儿成不。"

"我就想知道那女的是谁，哦，想起来了。"

"我也想起来了。"

"谁？"

"张妍，肯定是她。"

"我看着也像。"

"速度挺快哈。"

"这有什么奇怪。"

两人继续唱着酒歌，歪歪扭扭终于走到校门口，极力正了正身形，不让门卫看出醉态。好在尚未开学，值班的门卫稍加盘问就准许他们进校。

四十二 旁观者

　　新学期伊始，报到领书上课，考试还遥遥无期，一切轻松愉快。每个人都有大把时间去为自己的爱好而疯狂。欧阳潇的计算机协会按部就班地开展着活动。

　　许婕已熟练掌握了敲击键盘的标准指法，五笔字根也已熟记于心。晚上要进行一次考核。计算机协会的通知单上分列着近期的考核项目：指法，五笔打字，办公软件应用，制图软件操作等。许婕等新会员只需通过指法和五笔打字两项即可。尽管一个寒假疏于练习，经过几天的熟悉，对考核她胸有成竹。正如欧阳潇所说，学会了自然就有兴趣，入会后许婕和舍友曾一起到机房练习过几次，之后，张妍太忙，除了上课还要参加各种社团活动，廖文静说计算机的键盘太小，没有电子琴的键盘舒适，桑林措姆则要经常与男朋友约会，胡丽要把时间表与杨勇的安排在一起，众多原因导致多数时间去机房练习的只有许婕一个人。她毫无基础，初次接触电脑时，正确开关机方法也不懂。欧阳潇在教所有新会员时，以许婕的电脑为例进行操作。开机时，先开显示器，再开主机，这是为了先让显示器充电，否则有可能导致显示器被烧坏；关机时，先关主机再关显示器。欧阳潇解释说，显示器就好比是面子，面子工作要做足，就要早到晚退；主机好比是后台，有后台者就可以迟到早退。他一边讲解一边示范，比喻形象，幽默多趣，气氛活泼。直到多年后，许婕仍能记得当时的场景，欧阳潇十指如飞敲击键盘，笑意盈盈阳光灿烂。许婕的指法操作可谓欧阳潇手把手所教，欧阳潇曾说她的手指细长，弹钢琴正好，敲键盘委屈了。他的手指粗短，却能在键盘上敲击如飞，二十六个字母从 A 到 Z，一分钟内他闭上眼睛可以一字不差地敲十遍。许婕对他的熟练盲打佩服得无以复加，欧阳潇却说这不算什么，五笔打字那才叫一个快。两人测试，许婕口中随意说着几句话，欧阳潇总能在她话音刚落打好所有的字，连标点符号都正确。

考核时间设在晚上，会员们出勤率奇高，306 的一帮姐妹到齐，邓青青见到欧阳潇显得兴奋喜气，欧阳潇则有意无意地躲避。一些终日泡网曾被欧阳潇开玩笑说要开除会籍的老油条，也跟欧阳潇嘻嘻哈哈地说要来监考。伸手不打笑脸人，赶又赶不走，欧阳潇无奈地任由他们站在女生身后看她们生疏地操作键盘。杨勇与熟人打过招呼后，站在胡丽身后。李文延在以前是常客，今天也来了，坐在唯一一台联网的电脑前查阅资料。张妍迟到了一会儿，小兴奋地喊着抱歉抱歉要欧阳潇安排座位。奈何人员已满，欧阳潇环视一圈后指着李文延的机子说，你就坐那里吧。张妍认识李文延，也不客气，径直过去拍拍李文延的肩膀说："哥们给让个座，大家都快考完了我还没开始呢，会长发话了，你先把电脑让我吧。"李文延稳坐不动，耸了耸肩膀弹开张妍的手，继续浏览网页，张妍有些尴尬。欧阳潇在场内巡视，不时对各位考生进行指点纠正。看李文延坐着不动，走上前来瞄一眼显示屏，拍拍他的肩膀大咧咧地说："这些破资料什么时候不能查，先让他们考试吧。"说着要伸手去关网页，却被李文延挥手打开。欧阳潇猝不及防，手被弹开后打到站在一旁的张妍嘴上。张妍大叫一声捂住嘴巴，欧阳潇急忙道歉，问伤到哪里了，张妍眼中含泪，轻轻摇头。李文延则自始至终稳坐方凳头也不回。

欧阳潇生气了，低沉地说："李文延你过分了，今天是新生考试，快点让座！"

一连串的动静让嘈杂的机房变得安静，所有人的目光都集中在他们三人身上。李文延咬一下嘴唇，狠狠摔过鼠标，起身撞开欧阳潇离去。欧阳潇一个趔趄又险些碰倒张妍，急忙稳住身形扶她一把。他瞪着李文延离去的方向，眼睛充血，胸口起伏。极其安静的几秒钟过后，他转过身来关了电脑，勉强笑着对张妍说："你没事儿吧，快坐下考试。"张妍盯着李文延的背影若有所思。

桑林措姆偷偷地瞟许婕，许婕自始至终没有出声，端坐在电脑前敲击着键盘，细看却见她的手指微微发抖，面前的电脑不时传来敲错字符的刺耳警报声。

杨勇不干了，大声骂了一句："操他奶奶的。"被胡丽反手在大腿上拧了一把，愤愤着瞪眼喘气不出声了。

邓青青、桑林措姆、胡丽起身安慰张妍，邓青青要用纸巾拭去张妍脸上的泪珠，张妍努力微笑着说："没事的啦。"

几个巡考员都看着欧阳潇，他们大都不认识李文延，老油条们说："欧阳，要不要去收拾那小子。"欧阳潇扫视一圈，盯着这几个哥们的眼睛，微微摇头，然后大声说："屁大点事儿，你们是来干什么的，还不快督促他们答题。"机房里噼里啪啦的打字声和嘀嘀的警报声渐又密集，驱赶了刚才的不快，但欧阳潇和杨勇周围的空气依然阴沉地似能拧出水来。

张妍坐下，长长舒了一口气打开电脑。她拽了拽欧阳潇的衣袖说："一会儿先别走，我有事和你商量。"欧阳潇正憋得一身懊恼心不在焉，蓦地听张妍如是说，回过神来忙低头确认她的话，张妍眼神坚定，他茫然地点了点头却不知所以。

众人答题结束和欧阳潇打过招呼纷纷离去。欧阳潇与杨勇忙着将会员的成绩归档备案，老社长留下的光荣传统可不能在他手里断送，成绩要公示并留给老师检查，以免如某些社团落一个骗钱骗色的恶名。机房内凳椅歪斜，张妍和胡丽正忙着整理，许婕和邓青青等人不知何时已经离去。欧阳潇闷坐在椅子上盯着电脑桌面出神，杨勇点燃两支香烟，欧阳潇木然接过猛吸。

张妍拉过一张椅子坐下，看了看正在冒烟的杨勇和用湿纸巾擦手的胡丽，舔舔微肿的嘴唇对欧阳潇说："欧阳潇，刚才，谢谢你。"

欧阳潇轻轻嗤笑摇头，瞟一眼张妍的嘴唇说："你没事儿吧。"

"我有事儿。"

"啊，什么事儿？"

"大事儿。"

"哼，大事儿，还能怎样，找他要医药费去？"

"我说的不是这个。"

"那是哪个？"

张妍看看杨勇和胡丽，说："跟我们在座的都有关，不过，我们要不要换个地方说？"

"什么事这么神秘，还跟我有关。"杨勇说。

胡丽也觉得蹊跷，沉默静听。

"找个方便的地方说话，此事得从长计议。"张妍边说就要起身。

"就在这说不行么，我不想动。"欧阳潇掐灭烟头，语中透出疲惫。

张妍坐下，说："我们学生会下午开会，本学期我校要筹备举行建校四十周年庆典活动，我协助团委老师进行广告策划和寻找赞助商。你们可能知道，我——我跟李军在处朋友，我想为他争取。"

"四十周年校庆，大事件啊，我也是创意广告的一分子，责无旁贷。"杨勇眼神发亮。

"创意广告若以规模和实力竞争倒也不弱，毕竟曾承办过全市万人长跑那样的大型活动。但不曾与我们学校官方合作过，一般来说，合作单位更喜欢'熟客'，不要说挤掉以前那些合作者，单想插一脚怕都不易。"欧阳潇略作分析，大家均觉得形势不容乐观。

"言之有理，竞争者很多，我们要想争得一席之地，得出奇招。"张妍点头赞同。

"出奇招，你有何高见？"杨勇问。

"这个，我倒是有个想法，不过……"张妍欲言又止。

"不过什么，吞吞吐吐不是你的风格。"

"嗯，如果能通过李文延搭上祁夏的关系，以祁夏的家庭背景和影响力，胜算就会大很多。"张妍说出这句话后环视三人，最终目光落在欧阳潇身上。

杨勇和欧阳潇愣住，胡丽沉默。

许久，欧阳潇用力捻着脚下的烟头说："张妍，你在异想天开吧。"

杨勇吁出一口烟摇头说："张妍，我们都愿为李军争取，可以想各种办法，你认为走李文延的棋是一条捷径我也可以理解，但你了解情况么？"

"我了解。"

"你不了解。"

"我了解。"张妍眼神犀利坚定地说，"我是局外人，你们以为我不了解其实我比你们更清楚目前的情势，让我试着说说看。可以说是祁夏先追的李文延，两人在大一时的感情还算好。直到许婕出现，李文延又开始喜欢许婕，或者说许婕喜欢李文延。但李文延在祁夏和许婕两人之间摇摆不定难以抉择，这让祁夏难堪也很伤心，但到目前为止，祁夏并没有对李文延说过任何不利的话做过任何不利的事，这说明李文延在她心里仍占重要地位。许婕对李文延的态度比起祁夏来要暧昧很多，那天在饭馆你们也看到了，且不论是何原因，他们的关系已经很淡了。只要能让李文延回心转意，一心一意对祁夏，他们两个重归于好是非常可能的。而且，这不也是欧阳潇你所希望的么……"

"不要提我。"欧阳潇打断张妍，他觉得这个女人很可怕，有种被她透视后浑身发毛的感觉，这种感觉很不好。他一直避讳却也不得不承认张妍分析得有道理。但这也只是理论上可行，感情的事谁又能说得清楚。

张妍不依不饶："为什么不提你，你还想继续逃避是吧，你以为等他们的三角恋结束了你就能顺利讨得许婕的欢心。你错了，你根本就不懂女生。谁都能看出来，你也清楚许婕也喜欢你，但她很难抉择。她是女生，并且是一个能坚持的女生，她也很累，很想结束这个混乱难堪的局面，可她已经站在梯子上转不了身，她在等着你在这个艰难的时刻扶她一把，只要你伸出手去，她就能华丽地转身，你也能收获爱情，而你……"

"别说了！"

"我就要说，你怕伤害兄弟感情，可你跟李文延早已不是兄弟，你这是懦弱，你的懦弱最终会伤害所有人，包括李文延包括祁夏和许婕也包括你自己。你要面对现实，果断出手才会结束这一切。李文延也会感激你的，你的好哥们李军也才有可能得到这次机会，你好好想想，我不催你，但希望你尽快做出决定。"

张妍说完，转身离去，临出门，她回过头说："一个矜持的女生，越是面对她心仪的男生，宁可走开，也不会主动送怀。对于男人，我想说，只有儒夫，才靠等待获得果实。"

　　欧阳潇沉默，别人无从安慰。最终，欧阳潇留下杨勇的香烟让他送胡丽回去，关掉所有的灯，独自在电脑室呆到深夜。

四十三　理还乱

冬季，地球处于远日点，大地为躲避严寒，将所有的能量积聚在内心深处，瑟缩着坚强了一冬。虽已时过雨水，惊蛰将至，而春季难有晴澈的天空，春风偶尔夹杂着珍贵的雨丝想要唤醒一时难以醒转的大地。

人行于世应遵于大道。沉寂了一冬的许婕戴上耳机奔跑在旷野，立于古老厚重的塬上。放眼望去，迷蒙中一片萧瑟昏黄，远处的村庄隐现在清瘦而坚挺的林木之后。起初不觉寒冷，待热汗消退，方觉雨丝冰凉。初春农闲，平整的原野上一片空旷，让人心生落寞。

经过一个寒假的静思，许婕已理清了新学期的思路：不再重新参加高考，专心读完大学，将当初选择的路进行到底，兑现内心深处那份最本真的爱的承诺。时间将多用在读书上，坚持长跑，仍有余闲可学点器乐，然后去旅行。

对于进入大学后陷入纠缠不清的莫名情感，冷静分析后，她认为自己算不得盲目，未曾偏离最初既定的轨道。尽管她的一些行为令即使了解她历史的人甚至她自己都一时难以理解，但她知道，直至今日，自己仍无法从骤然失去如金子般初恋的悲痛中自拔。她必须来 M 大就学，以了却与杨璐的共同心愿，与青春做个了断，不让人生留下遗憾。至于李文延，他突兀的出现，在一开始的确给了自己深深的震撼。他喜欢跑步，沉默坚毅，他的见义勇为骤然唤起她几乎在刻意的逃避中已经渐渐淡忘的杨璐之殇。而那一刻，他就是杨璐的化身！是那份炽烈爱情的再现！是她在寻寻觅觅中突然出现的一道曙光！感谢上苍的眷顾！然而他终究不是杨璐，坦白地说只是一个寄托，虽可以藉此渐渐消弭许婕那巨大的创伤，却终究无法代言她的青春她的爱情。在共同相处将近半年后，是时候说再见或再不相见了，尽管有些突兀。要以友好的方式说再见，一如他当初突兀而友好地出现在她黯然的世界。只是在心中，她仍隐隐不舍，有一丝歉疚，抱歉对他生活的打扰，他仍可以是一个很特别的朋友。

对于欧阳潇，敏感聪慧如她，又如何不知那个坚韧的男孩心中的一往情深。然而不论在之前还是此刻，她只能回避，越是真挚炽烈越要回避。欧阳潇与李文延的感情不同，不可同日而语，与李文延是一种没有负担的延续，而与欧阳潇，如果开始，那将是在她生命中重新开辟一块疆土，是一个新的纪元。种子已经萌发，开始与否，必须慎之又慎。那些或明或暗的表白聪敏如她自然不会忽略，只是装作无视无知罢了。而在暗夜无眠时，想起最多的却是他，阳光、幽默、善解人意、隐忍。原本若能维持这种朦胧的现状也就罢了，再过几个月，她就要彻底地与过往，与此间的朋友或许是永远说再见了。但寒假里的母校之行，让她悲哀地发现，自己回不去了。属于她的曾经已经永远消失，校园不再是原来亲切的故园，老师不再是昨日亲切或凌厉的老师，空气里不再有熟悉的味道。那些单纯奋发的中学生身影中她无法融入。那些她的曾经和过往，理应原本原型地被封存于她生命的历史中。那些灿烂的阳光，月夜的操场，清鲜的空气甚至激烈地对抗与豪迈的抒怀，绝不该因如今的重新涉足而泛波裂隙最终消散。封存不是遗忘，保留不是消弭，那份神圣的青春之爱不该被搅扰，那是只属于青春的爱情。理性为最本真的情感让行不算可耻。

既已回不去了，那就要在这片崭新的疆土中坚强下去，光辉灿烂。对李文延与欧阳潇的感情，要敢于取舍，奈何却难以表达。假期归来，她明显地感到与李文延那本不算明朗的感情淡了，突然就淡了。饭馆里的相见无言，电脑室里他的无理，阴影难拂。不知他在假期有何种经历，内心是否也如自己一般的懊恼，如果他懊恼她，那也无可厚非，毕竟她最清楚是她不义在先，一开始就将李文延当作一个寄托。与欧阳潇的相处越来越融洽，但她需要回避，一段不曾结束，一段尚在纠缠，如此便不能开始。

目前的形势微妙平衡，若轻易行动会伤害诸多人的感情。迫切地需要一个勇者陡然站出，来打破这令人窒息的局面，这个人是谁呢？不该是她。总有人会出现的，或者是欧阳潇吧。此刻她隐隐有些懊恼欧阳潇的所谓"仗义"或"懦弱"了，旋即她又自责：怎么能怪他呢，自己正和李文延恋爱，一再地避讳他，而他也是在为她着想，隐忍着，怕让她为难。

何去何从，谁能给一个确定的答案，也许正发生的此刻恰是最好的吧。

风斜雨细，原野无言。许婕抱着肩膀蹲下，在苍茫的大地间单薄无助。冬日枯干断折的白草上覆着一层茫茫的雨珠，细看去，那些草根处却有一丝茸茸的绿意。这是春意啊，即便不被发觉，严冬之后它依然在坚强地奋发。大自然有不可抗拒的节奏，死亡与生机在不可逆转地轮回。无需任何动作，只要静静躺在时间的河流里等待。那段痛苦如割的岁月已经捱过，何惧此时的些微痛楚。

此刻的李文延正在二桥上被一个善良的大爷提醒：年轻人，桥上风大，注意身体啊，这渭河水这么黑，脏着呢，有什么事儿千万要想开啊。他独自一人已经在二桥上转悠了五六个来回，大爷误以为他想不开要轻生。他不会轻生，但的确苦闷。听从了大爷善意的劝告，他无奈地笑着离开，默默地下桥走到渭河边坐下，望着河水出神。

李文延年后去了一趟西藏，本想近距离地了解祁夏的生活，却始终没有见到她。他在彷徨中游览了拉萨的大小寺庙，那些温暖的阳光和阳光下人们舒缓的生活节奏，让他急进的心渐渐平静。在平静中他思考着，想要重新设定自己的人生。那些人的心中有什么，为何能如此平和？他从不读"无用"的书，却买了一本佛经，试图从中寻找答案。他惊喜地发现，自己的世界观虽不至被改变，却能在受伤时找到一片安慰的乐园。他被吸引，以自己的理解将经义渗入生活。

他的确平静了许多，以为能够看淡一些是非。然而开学后繁杂的现实生活，却瞬间将他尚未重新树立的信念无情击碎。祁夏的更加不可捉摸，许婕的疏远冷淡，欧阳潇的意气风发，无不让他苦闷惆怅。对祁夏他无可奈何，毕竟自己在某种程度上有负于她；对许婕，他隐隐地有一丝恼恨，恨她为何要无端闯入他平静的恋爱生活；对欧阳潇，他几乎有些愤恨了，明知他处于艰难的抉择时刻，却不顾情谊地向许婕靠近。更痛苦的是，祁夏似乎在远去，许婕也在远去，而他却身心疲惫无能为力。他想要在戒定慧中解脱，却无法抗衡贪嗔痴的巨力。他需要爆发，打破这令他痛苦的沉闷纠结。他爆发了，在计算机协会考核时的众目睽睽下蛮横地爆发了，然而爆发并未减轻他的痛苦，反而让他陷入更深的苦闷中。

何去何从，李文延望着日夜东流的渭水，渭水无言。

每个人都有一段充满磨难的岁月，化解这段艰难意味着成长。一颗种子，破土而出后将独自面对狂风暴雨干旱虫灾等诸多考验，在脱离了熟悉而温暖的黑暗世界，耗尽了本体养分之后的路要靠自己走，靠自己去争取阳光养料，直到成熟，直到死亡。人亦如是，生活要自己经营。十八岁是一道分水岭，不论以后处何地，做何事，居何位，在这转型期，总有一番磨难摆在面前，令脆弱而感性的心理经受锻炼乃至煎熬最终蜕变成熟，以合格的心理来等阶成熟的生理，为将来的独自承担做好准备。这是人生的必修课，不可避免，无可逃脱。对青春来说，摆在面前的诸多课题中有一道是爱情，不可逾越必须解答，且无固定答题套路，必须慎而重之以身尝试，最终获得属于自己的青春爱情之解。这份对纯洁神圣的爱情初解，会埋藏至深，影响终生，无论之后的情感因拜金享乐等诱惑转向何方，它始终存在，不离不弃，坚韧守候，在独自舐伤时，给予莫大安慰。此题之解如此重要，对年少的心理来说，是一个绝佳的锻炼机会，虽然所经历的过程难免令人痛苦。

四十四 起炉灶

春意萌发不可阻挡，循和风望去，空气中充满绿意。马路上行人过往，已有人耐得春寒退去冬装，迫不及待地想要显露曼妙身姿。似乎所有人都找到各自的方向，不再犹豫彷徨，沉静或蓬勃着奔向各自的理想。大学就是这样，时刻有人哭有人笑有人醒着有人睡着，又在下一刻转换了角色。

杨勇放弃了自己的大学，胡丽的所在就是他的安身之处，以追求爱情为主线，追寻事业为主题，排忧解难为主任务。他一个漂移急刹，将自行车扎好停在花园入口处，在一角石凳上找到垂头沉思的欧阳潇，一巴掌拍在其后背上："哟，小样儿，我以为几日不见，学校又在这塑了一座雕像呢。沉思者，还是穿衣服的沉思者。咋这幅模样了，胡子几天没刮了？"

"你手欠啊，能不能轻点，烦着呢！"

"你烦？你这几天去哪儿了，再找不着你我就要满世界贴寻人启事了。"

"没去哪儿，就在机房。找我啥事儿？"

"你在想啥事儿？"

"想得多了。"

"我知道你在想啥，想的怎样了？"

"没怎样。"

"我就知道，你以为你是我啊还是以为自己是诸葛亮。不用想了，所有事情都会迎刃而解。"

"什么迎刃而解了，李军的广告有眉目了？"

"这个是大事儿，急不来，凡事都得有个过程。你也别愁了，直白点说，逃避是不能解决问题的，也别以为自己是地球的中轴线，离了你地球也不会跳迪斯科。走，吃饭去，我搬家了，你得祝贺我乔迁之喜，包个红包吧。"

"什么乔迁之喜？"

"跟我来，到了再说。"

欧阳潇骑坐在车后座上，杨勇麻溜跨上叮当响的自行车驮着他径直出了学校后门，一路奔至村庄里一大红门口。这个庄儿距离校园最近，是典型的大学生租房集散地。

"咱家。"

杨勇笑脸熟络地和房东太太打过招呼，径直带路上二楼，在一排一模一样的一间门口停下，紧闭的门内隐约有少女们的欢笑声。

"当当，当当当，当。"杨勇有节奏地敲门，回头对欧阳潇笑："哥们记住了，这是暗号，敲门声要二三一，否则别想开门。

"怎么还不开？"半天没反应，杨勇嘀咕着又敲二三一，欧阳潇在身后嘲笑。

"谁呀？"

"开门，你老公回来了。"

门开，亭亭玉立着一脸笑意未尽的许婕，看见两人后笑意不减反浓，看见杨勇身后的欧阳潇后眼神闪亮。

"啊，这个，我是说你老公在这。"杨勇闪身将欧阳潇推上前。

"哪个老公回来啦？"伴随着声音门口瞬间闪过邓青青和廖文静。

"当然是你们的老公我啦，哈哈，美女们，我来啦。"杨勇作势欲扑，众女生咯咯笑着齐齐闪开。

"就你那熊样，也就胡丽善良没看清你个花心大萝卜才会上当受骗。"

"别介，你们羡慕嫉妒恨也不用表现得这么明显吧。"

开着玩笑，杨勇进入屋内，欧阳潇和许婕在后，门虚掩着。

一室一厅带厨卫，地板清洁，白墙壁贴着风景画，沙发茶几电视虽然不是全新，但干净整洁一应俱全，令人感觉温馨。胡丽穿着围裙在厨房忙碌，碗勺叮当中飘出香味。

"你们也太不心疼我媳妇了，让她一个人忙活，回头一定找人好好调教调教你们。"

"哟，还蛮心疼人的嘛，好男人啊，回头我跟胡丽商量商量把你借给我一段时间感受感受。"邓青青露骨打趣。

"这个邓青青，真是长大了，真受不了。"张妍坐在里间卧室床上作呕吐状。

"你坐在人家洞房的新床上还好意思说我，看你也快搬新家入洞房了吧。"邓青青口齿伶俐地回了张妍一句。

"不理你。"张妍被说得脸红。

桑林措姆和张妍一起坐在床上，此刻被邓青青说得作势欲起，害羞地忽闪着大眼睛。

"不说你啊，乖，说她呢。"邓青青忙一本正经地过来安抚，桑林措姆更害羞无措了。

众人哈哈大笑，空气里都是快乐的味道。

"饺子煮好了，姑娘们过来端饭了。"胡丽在热气蒸腾的厨房身影忙转着大声招呼。

　　"来喽。"杨勇从厨房端出一大盆饺子放在茶几上。

　　"你怎么连盆端上，不盛碗里啊！"廖文静看着一大盆热气腾腾的饺子皱眉。

　　"他没把锅端上来已经算是迈出了文明的一大步了。"张妍撇着嘴说。

　　"要碗儿自己拿，一家人一口锅，稀稠搅匀大家喝，多热闹！"

　　姑娘们都起身往厨房里挤，瞬间，热汤凉菜蒜泥醋水儿大小盘碟一摆空碗摆满茶几。

　　沙发挤不了这许多人，大家将饺子分盛于碗盘或坐或站狼吞虎咽不时大声夸赞好手艺。杨勇从茶几下拖出两箱啤酒，拿出一套纸杯在桌沿儿摆开一溜儿，欧阳潇一口钢牙咬住瓶盖儿砰砰开启挨个儿倒满，嘎嘣声直看得桑林措姆和许婕牙酸咧嘴。杨勇说："你这样子太埋汰，哈喇子脏啦吧唧的谁敢喝，要这样开。"边说着，左手执瓶颈，右手紧握双筷，以左手食指支撑，沉腕猛压，砰地一声，瓶盖飞到天花板上。哇哦！邓青青看得过瘾，依样画葫芦要操持一番，手都硌疼了瓶盖却丝毫未动，酒瓶险些滑脱，不知那白胖胖的脸蛋是挣的还是羞的通红。欧阳潇哈哈笑着也如法炮制砰砰开了两瓶，踌躇意满睥睨众女说："这是力气加技巧，女人们，不行不行的。"这一大帽子盖下，众女怒了——不服！瞬间所有女士抓瓶拿筷纷纷怒撬，纤纤素手们终不得要领，张妍的瓶盖在一撬之下滋滋撒气，再用力却仍是不开。许婕轻晃瓶身，用力猛压，砰，瓶盖像子弹般飞向欧阳潇，不及躲闪，啵地一声贴在他脸上慢慢滑落，脸上被盖了一个圆圆的红印。大家愣住，随即哈哈大笑鼓掌："报应啊……许婕开得好……让你再乱说……许婕这是抛绣球哪……这瓶盖得留下，飞吻啊……"许婕在一愣之下，也忍不住笑了，欧阳潇默默地捡起滑落的瓶盖，亲了一下说："既然是飞吻，我可收下了啊。""切……美得你！"众人又折腾了一会儿酒瓶，消停下来。

酒早已斟满，众女士不含糊，就连不能喝酒的廖文静在看了一眼"妈似的"张妍后也端起了杯子。在坐诸位都放下碗筷一齐举杯高声祝福："扎西德勒！新婚快乐！早生贵子！幸福美满……"祝福声五花八门，笑声一片。胡丽脸红心羞险些被一口啤酒呛着，唇边沾着白色啤酒沫，喊着不许胡说。杨勇得意，厚着脸皮说："谢谢，谢谢大家的美好祝愿，一杯薄酒不成敬意。饺子就酒，越喝越有，cheers！"

饭毕，女士们收拾完碗筷残局，扎堆到里间床上坐着聊天。茶几上留下几样凉菜，欧阳潇和杨勇继续开喝啤酒抽香烟，絮絮叨叨吞云吐雾。

"胡丽把我们都叫来了，你怎么不多叫几个人？"邓青青问杨勇。

"来了的都是该来的，来我这里的只能是朋友，与哥们在一起才快活，有酒有菜清闲凉快，有难搭把手，有钱大家赚。"杨勇说。

"好，为朋友，为你们的乔迁，干！"欧阳潇举杯。

"为他娘的生活，干！"

"为明天大把的钞票，干！"

"今后再别他娘的愁肠，啥事儿也难不倒咱哥们，对吧，干！"

"干！"

一箱酒很快过半，手中的纸杯疲软，套个杯子继续喝，两人开始有些醉意朦胧。

"许婕，许婕，过来喝酒。"杨勇忽然朝里屋高喊。

里屋唧唧喳喳的声音顿了一下，随即恢复。

"来了。"许婕在两位男士的注视下大大方方走出，杨勇递过一杯啤酒。

许婕接过坐下一口干了。

"豪爽，我就知道咱许婕豪爽。"杨勇竖起大拇指。

"那是，巾帼英雄女中豪杰，飞机中的战斗机，女人中的真男人，再干一杯。"欧阳潇敞开胸怀，豪情满怀，酒多口溜恢复一贯的幽默。

"酒可以喝，但不能干喝，得行酒令。"许婕提议。

"好，玩什么，猜拳我是行家，五魁首六六六……"

"这个我不会。"

"我也不会。"

"那石头剪子布，这个都会吧。"

"好，三局两胜定输赢，女士优先拣个软柿子吧。"

许婕看向杨勇："就你了，今天你是主角。"

几个回合下来，两局即定胜负——许婕赢了。杨勇说太快，没反应过来，许婕催喝酒，愿赌服输，然后转身向欧阳潇伸手，二人双目对视，藏手于后，一起高喊：石头剪刀布！石头剪刀布！石头剪刀布！石头剪刀布！石头剪刀布！第一局连出五拳，双方都是布，杨勇看呆了：这，是传说中的心有灵犀啊！终于，在二十多次对拳之后，许婕以 2:1 告捷。

"不服，再来。"

"玩别的吗？这个你们已经是手下败将啦。"

"就玩这个，我看出你的套路了，就你那点儿小心思……"杨勇说。

这次更惨，方出拳两次，许婕即胜，杨勇喝得肚子胀。

"欧阳，报仇，别给爷们丢脸！"杨勇起身上厕所时不忘回头嘱咐。

"这么热闹啊，我也来！"邓青青从里屋蹦出来，"谁赢了，肯定是许婕吧。"

"嘿嘿，是她侥幸赢了，女人的心思最难猜，由此可见一斑啊。"欧阳潇又输了一局。

"许婕，加油，灌翻他们，叫他们再嚣张。"外间太热闹了，女生们停止聊天出来为女子队助威，并让许婕先休息，由她们几个对付这两个残兵败将。

"不行，这不公平，你们这是轮奸啊，受不了了，投降！"

"呸呸呸，狗嘴里吐不出象牙，不玩了！"

可没有谁不玩，大家继续各种玩儿，越来越嗨，两箱啤酒很快告罄。

"没酒了！"邓青青倒下最后一杯啤酒后，拍拍杨勇的头，被杨勇一把弹开。

"我去买。"杨勇摇晃着要出门。

"就你那熊样，站都站不稳，我去！"欧阳潇站起来，脚下一滑，直接倒向许婕，许婕若躲闪，欧阳定要磕着，她没有躲开，被结实地压在沙发上。

欧阳潇忙挣扎起来，酒醒了一半："对不起对不起……没压坏你吧。"

"没压坏，压疼了。"

"幸亏哥们身板轻。"欧阳潇自嘲。

"我也以为挺轻呢。"许婕揉揉肩膀嘟哝着。

杨勇不怀好意地嘿嘿笑着，桑林措姆也捂着嘴笑。

"有歧义呀！"邓青青大声说，"你们这是说私房话呢还是，怎么听着这么色情……"

"邓青青你个胖妮儿别乱说话。"许婕脸红了。

"就得胖点，要不像你这样不太好承受啊，男人可不是你让他轻点他就轻点的。"

"邓青青你的嘴巴太没边没沿儿了。"张妍听不下去了。

邓青青哈哈大笑，许婕红着脸要站起来追打她。

邓青青欲夺门而出，却撞入一人怀中，啊地大叫一声，大家愣住——李军抱着一副卷起的画卷提着几个礼品袋站在门口。

"好热闹啊，美女如云，对不起来晚了。"李军被邓青青撞得趔趄，稳住身形，笑道。

"来得正好，杀杀这帮女人的嚣张气焰，不，来晚的要先喝三大杯。"杨勇起身将李军拉到沙发上，"媳妇，拿杯子。"

"没酒啦。"

欧阳潇上来握住李军的手，"李总，好久不见，想死我了。"

"想我怎么不来找我啊。"李军看到欧阳潇也很亲切，打趣他。

"小孩没娘，说来话长啊。"欧阳潇握住李军的手不放，简直要声泪俱下了。

"哟呵，还有故事啊。"

"那是……"

"先别扯了，李总来了，咱们人也到齐了，这会儿没酒了，咱出去喝。"杨勇一把拉开还想继续表演的欧阳潇，看着满桌的狼藉对李军说。

"李军吃饭了没，还给你留了饺子。"胡丽给了杨勇和欧阳潇一个白眼，对李军说，"你等一下，我马上去煮。"

"谢谢美女，我说怎么这么香，有饺子啊。"

"不好意思……忘了，我吃饱了就忘了，嘿嘿，专门给你留着哪。"杨勇无赖地笑着。

饺子煮好，李军也不客气，对众美女说声不要见怪啊，我饿了。三下五除二干掉一碗饺子，直喊真香。

"哇塞，好纯情，好浪漫啊。"邓青青展开李军的带来的画卷赞叹。

众人围观，胡丽面色绯红眼神流转着羞涩幸福。

"这是什么时候照的，好美。"

"高中毕业时照的。"胡丽轻声回答，向杨勇深情一瞥。

杨勇和胡丽在高一相识，第一次见面，杨勇就被胡丽深深吸引，当时胡丽正和两个女同学并肩走过，边走边谈笑。白净、清爽，阳光下顺直的剪发，爽朗的笑声深深地震撼了迎面而来的他。他瞬间呆了，痴痴地盯着胡丽从面前走过，胡丽脸上泛起红霞却又佯装不知。杨勇盯着渐渐远去的身影，那被同行女伴取笑时娇羞的神态，在转弯处的甩发回眸让杨勇之后的三年魂不守舍。他是个情种且十分专一，一眼定万年，他认定了这个女孩就是他生命中最重要的人，心中暗暗发誓，即便追到天涯海角，非她不娶。高中三年，胡丽学习成绩优秀，是老师重点培养的苗子，也是诸多男生心中的女神。杨勇不笨，却常常被思念扰乱了心神，学习成绩并不理想。直到高三，杨勇发现自己终究无法在学业上与胡丽并肩，便常常做出一些出人意料的举动来吸引她的注意。情书写了无数，或找人转达，或偷偷夹在她的书中，或投递邮局反寄，俱如石沉大海。他曾于极度郁闷中写下一封情书，在晚自习时间跑到胡丽的班上当场宣读，胡丽在全班同学的笑声中静坐笑听。情书的最后一句是：你愿意嫁给我吗？不等胡丽回答，巡查自习的老师到来，杨勇落荒而逃。这件事一时沸沸扬扬传为笑谈。杨勇脸皮够厚，胆子够大，身体够壮，终于在高中毕业时击败了所有情敌，而胡丽却无明确表态，三年中她始终对杨勇友好却保持着距离。胡丽本该考上重点大学的，却在高考前一个月意外失去了她的母亲，这对她是一个沉重的打击。那段岁月也是杨勇最痛苦的时候，他从心里到行动给了胡丽无数的鼓舞和安慰。高考前胡丽对杨勇说："谢谢你，杨勇，一切我都明白，高考结束后我给你一个答复。"高考中胡丽失常而杨勇则超常发挥，胡丽无奈地选择了 M 大，杨勇考上了山大。他们如约在海边见面，于是有了他们在海边的情定终身，有了这张照片，有了杨勇为追寻胡丽而放弃学业放弃一切的想法和行动。

照片是凑巧被一位摄影爱好者拍到的，而杨勇又恰好和他认识。冲洗后的照片由杨勇保留，没想到他一直带在身上。无法得知他们当时的对话，却能猜出彼时的两情相悦海誓山盟。

一旁的杨勇狐疑地看一眼李军，也起身凑上去瞧。

漫天彩霞，蔚蓝的大海边，一对少年卷起裤脚光着脚丫站在沙滩上，一排排浪花凝定在脚边。两人执手，脉脉相对。虽是侧影，仍清晰可辨是杨勇和胡丽无疑。沙滩远处，有欢快的人群，时光定格，唯美。

杨勇问李军何以得此照片，李军说一次杨勇干活换衣服时从口袋中掉出，李军认得是他们两人，深觉美好，便用相机翻拍了一张。刚才之所以晚到，正是因为在将照片放大写真准备装裱材料。李军提的两个袋子一袋是两瓶好酒，一袋为双面胶钢钉钳锤之类用以将画固定于墙的工具。

所有人都沉浸在画面中。欧阳潇激动不已，拍拍杨勇肩膀说："哥们，你还有这么温情的一面。我也要和我最心爱的姑娘拍下这样的照片，在海边，在沙漠，在最壮阔的河，最雄伟的山下，在所有世界上最美好的地方留下最美的风景。"他瞟一眼许婕，许婕也正望着他，视线相触又旋即错开。

欧阳潇站在凳子上，一群人帮他扶着凳子，将画卷端端正正张挂于客厅。

李军吃完了饺子，提议为庆贺杨勇"乔迁之喜"，晚上去找个歌房喝酒K歌，大家纷纷赞同。

歌房里，与李军同去的还有公司几个得力员工，他们和许婕一帮姐妹轮流点歌喝酒。三个男人坐在沙发一角各自点燃香烟在喧闹中对饮畅谈。

刚开年的生意往往不会太好，但李军今年吉星高照财运亨通，一直很忙。终于谈及M大的四十周年校庆。李军很冷静，认为值得努力争取一下但不能抱太大希望。同在广告传媒行业，一直与M大合作的几家公司李军很熟悉：实力雄厚，人脉广，一时难以撼动。他举杯与欧阳潇相碰说："张妍给我说了她想利用祁夏关系的想法，想必让你为难了。张妍为我着想，我很高兴也很感激，但毕竟商场上的事没那么简单，并非投资就一定会有相应的回报，正所谓商场有风险，投资需谨慎，让小兄弟背上感情的包袱就更不可行了。杨勇说你这几天心情不佳，若是因为张妍的提议而为这次的广告业务担心，我觉得太过意不去了，不必这样，哥哥我敬你一杯。"

欧阳潇讲义气，但与许婕、李文延的关系不明朗，他一筹莫展，张妍的激将提议让他委实觉得对李军有些过意不去。此刻李军的一番话让他心中顿感轻松，他端起酒杯起身，对李军说声谢谢，仰头干下。

"别谢，该我谢谢你才对。兄弟不用担心，你们学校学工处的处长竟然是我高中同学，到学校找张妍时正好碰到他才知道，这家伙当年和我关系不错。"李军说起这层关系无非是想让欧阳潇和杨勇宽心。三人又碰了一杯，李军拍拍两人肩膀起身端着酒杯向正疯狂飙歌的几个员工及女生走去。

"这几天我没在宿舍住，李文延状态如何？"欧阳潇问杨勇。

"跟平常一样，没什么动静，偶尔见他在宿舍看书，好像在读佛经。你知道的，这人一贯比较深沉，不过我们也打招呼。"

"他与祁夏关系如何，你有听说么？"

"净问我这些，跟我有多八卦似的，你搞搞清楚，这是你们这些金贵的大学生之间乌七八糟的事儿，我就一打工仔，不相干。"

"你不是神通广大嘛。"

"我怎么就神通广大了。不过，我知道兄弟你关心这些，还是注意了一下，听胡丽说他们有联系，这段时间见过几次他们在一起。"

"哦。"欧阳潇点点头不再说什么，转而问起杨勇为何要租房。

"在学校住终究不是长久之计，宿管科的老师好像已经知道我不是学生了，追究起来可能还会连累你受处分。再说，我本也没打算长住，现在我是能挣钱的人了，比你这个穷学生有资本，我要有自己的小窝儿，嘿嘿。"

"怕是你耐不住寂寞，想跟胡丽睡了吧，哈哈，胡丽怎么就能同意你租房子呢？"

"这个还需要她同意？爷们做事儿是不需要女人批准的。"杨勇豪迈地说。

"切，我是不需要，你可是必须的，你这不是连大学也不上屁颠屁颠地跟她来这儿了嘛。"

"这不同，在我看来爱情永远是第一位的，赚钱不过是附加值，再好看的花瓶，再肥沃的土壤，也只是为了使花儿更加美丽。我认准爱情这一条路走下去，最终收获的却不只是爱情。"

"又让我长知识了。"欧阳潇若有所思着点头，看似大大咧咧的杨勇确有自己的思想和目标，且为之坚持不懈。

"那是当然，你们这些书呆子嫩屁孩儿以为上了大学就了不起，哥我这是实践出真知。"

"说你胖你还真就喘上了。"

"不过说实在的，还有个重要的原因，正要与你商量。"杨勇严肃起来。

"怎么说？"

"我想开个广告店，在李军那干了半年，打字复印排版设计机器操作安装流程我都掌握了，想开个小店试试手，就从打字复印开始，你觉得如何？"

这不算小事儿，欧阳潇盯着杨勇看了一会儿，说："好！这才是你，这才是青春，要干！"

"我想和你一起干。"杨勇端起酒杯，盯着欧阳潇的眼睛。

"好，一起干！"欧阳潇也盯着杨勇，端起酒杯，两人的杯子狠狠地碰在一起。

"李军知道这事儿么？"

"他知道无妨，设备可以说还是他提供的。他在更新设备，要处理一台旧电脑和老式复印机，同意卖给我。我算过了，刚开店就只做简单的打字复印，我们再需要一台打印机就够了。"

"店子开起来就不能再给他干了，他不怕受到冲击么？"

"这个无需担心，我们的小店不会对他产生威胁，反而能有所帮助。他的公司经营多年，有固定的客户圈，而且他软硬件方面都很齐全，写真喷绘条幅吸塑甚至策划设计乃至雕塑方面都有专业人员，我们只是打字复印而已。我是这样想的，咱们租一个小店面，招牌也是广告设计，业务也要囊括写真喷绘条幅制作等方面，接到活儿，以内部价让给他做，咱们从中赚差价，合作共赢，等于是他变相的一个分店，他又何乐而不为。"杨勇说。

欧阳潇也投入到对未来小店的设想中："我们要利用自己在学校的优势，学生考试前的笔记复印，论文打印都要争取到我们的店子来，店面不能离学校太远，最好就在学校后门。还有资金预算周转等方面……嗯，要做一个详细的方案，我可是经管系的，这个是小菜一碟，哈哈，我现在太他娘的兴奋了，无法思考，等明天酒醒了再好好策划一番，现在只喝酒！"两人过于兴奋，无法详谈，端着酒杯朝人多的地方走去。

廖文静因心脏病不能喝酒，许婕唱了几首歌后，坐下和她聊天。欧阳潇满面红光端着酒杯径直走来，他右手执杯一脸帅笑，舒展左臂屈身后撤右脚，作出一个漂亮的绅士邀请动作。廖文静咯咯笑着，许婕眼睛明亮，笑着起身作淑女状搭上他的手。欧阳潇本只想在作出邀请动作搏得美女莞尔一笑后坐下喝酒，不想许婕竟搭手而来，这——真要跳舞么，可他不会啊。犹豫间许婕已经走出，他只好硬着头皮放下酒杯。廖文静在许婕搭手那一刻已去点歌台暴力切歌，刚抢到话筒的杨勇正在努着脖子飙一个高音，音乐骤然停止他硬生生被噎住几要岔气一脸狂怒回头张望，却见廖文静朝他示威地瞪眼噘嘴。一首圆润的舞曲响起，许婕和欧阳潇已站在中间。

“哇哦，我们来也！”杨勇狂怒的脸瞬间换为兴奋，拽起胡丽奔向舞池。张妍看向李军，李军起身拉她一起。流光飞转。许婕舞步轻盈，欧阳潇在她的鼓励和带动下亦步亦趋。李军和张妍都会跳舞，两人默契圆润，杨勇和胡丽都不太会跳，脚下不是被绊到就是被踩到，却最兴奋欢快。邓青青望着三对舞者哈哈大笑，强行拉过桑林措姆也下到池中乱舞，余下几人也纷纷组队下场，气氛达到顶点。随后不知谁点了的士高，劲爆的音乐响起，灯光闪烁，群魔乱舞，一片沸腾。

欧阳潇松开了许婕的手臂敞开了跳，他面对跳“迪斯科”也很文静的许婕激情澎湃疯狂舞动，许婕欢快着与之对舞，充满律动而优美。又一曲终，欧阳潇牵着许婕的手退出人群。

欧阳潇四处寻找自己的酒杯不见，抓起一瓶仰头灌下，转身看着许婕的眼睛，胸口起伏，难以抑制澎湃的激情，鼓足力气大声暴出一句：“许婕，我喜欢你！”

恰在此时，一曲终了，切歌的间隙寂静无声，欧阳潇的暴吼在房间里

"硕大无比"，惊为天声。不知谁按亮了灯，刹那间光明大放，所有人停下动作看向他们。灯光下，许婕面色通红，欧阳潇也愣住，他环视大家，咧嘴露出白牙，突然起身抓起话筒："许婕！我喜欢你！"

"哦！""嘘——"……尖叫声口哨声在一秒钟绝对的寂静后疯狂暴发。欧阳潇擎着话筒看许婕，许婕侧身坐在沙发上一动不动，极力保持着笑容紧紧盯着欧阳潇的双眼，一言不发，脸已涨得通红。杨勇起哄，拉着欧阳潇和许婕要两人喝交杯酒，众人被点燃了，再次沸腾，嗷嗷怪叫着起哄，却发现当事二人在瞪眼睛，不为所动。愣了几愣，不再哄闹。此时下一曲响起，劲爆的鼓点铺天盖地，众人放下酒杯复投入到音乐的节奏中。欧阳潇抛下话筒坐回许婕身边，二人目光始终不移对方，得不到回应的欧阳潇毫不气馁。

"这是酒后，我不需要你的一时之勇。"在喧闹的音乐声中，许婕声音不大却异常清晰。

"这不是一时之勇，它发自肺腑！"

"我能理解，我会回答你，但不是在今天。"

"我等你！"

"喝酒吧。"

"好，喝酒。"

二人对饮。

桌上桌下站躺了一地的空瓶，张妍暂停了音乐，宣布散会，各自回家，准备明天的工作或学习。

杨勇有些歪斜不稳地拉着胡丽："我们回家，回我们的新家——啊——"

胡丽的魔爪从他腰间抽出，他瞬间清醒："我送你回学校！"

众人欢笑着开门。走廊中，对面包间的门几乎同时打开，从房中冲出欢快的藏歌，一群同样醉意朦胧的男女搀扶着走出。两拨人抬眼对望时，各有几人愣住，对方多是藏族学生。一个气质出众耳坠叮当的长发女子一直盯着欧阳潇和许婕，直到拐弯处墙壁遮挡了她的视线。

"是祁夏他们。"桑林措姆悄悄对廖文静说。

四十六　断

　　欧阳潇醉了，一路上摇摇晃晃哼着歌。回宿舍后冲进厕所一通狂吐，胡乱地漱完口爬到床上，见李文延躺在床上看书，傻呵呵地问："老李，看什么呢？"李文延扬扬手中的书复沉浸其中。欧阳潇感到天旋地转又亢奋难眠，这几日压在心头的愁闷在今晚的酒会中烟消云散，一切都在向好的方向发展：李军的广告不用操心了；终于对许婕表白了，尽管没有得到即刻的明确答复，但看到了旭日的曙光；要和杨勇开广告店了，未来的生活将充满奋斗的激情。一切都很明朗——爱情、学业、奋斗的方向，一切是那样的令人憧憬，充满阳光。

　　一觉醒来精神焕发。他洗漱完毕，穿上运动衣，一圈一圈地在操场奔跑，挥洒着汗水，全身充满无尽的力量。

　　以前略感枯燥的课堂不知不觉就结束了，他专注地沉浸于自我，完全无视台上台下师生们的无精打采。有关广告店的宏伟蓝图在一上午四节课完成，他一遍遍地修改，认真思考。这是第一次创业，每一步都要认真，须将之作为一项事业对待。启动资金，他与杨勇四六占股，他没向父母伸手，向几个朋友借了一些。杨勇攒了一些钱。设备本是李军要低价处理的，只象征性地收取费用，甚至可以赊账，但他们坚持付现。

放学后他蹬着破旧自行车火速直达杨勇的新居，敲门无人应，以二三一的暗号敲门还是无人应答。这小子不至于这时候还没起床吧，他找出杨勇给他的钥匙打开房门，屋内无人。问房东老太，说是一大早就出去了。不会去李军的广告店了吧，他摸出 IC 卡找公用电话打李军的手机，得知杨勇一早就去过了，此刻他们正在学校后门口商量装修店面的事情。

店址就在学校后门斜对面，距校门不到五百米，对他们来说位置理想，简直是黄金地段。店面不大，租金也不贵，原本是一家五元店，因老板有事要转让，刚贴出转让广告就被一早出来找店面的杨勇碰个正着，运气不赖，早起的鸟儿有虫吃。李军很够朋友，毫无保留地为他们出主意，并直接在五元店处理了一批日后必备的剪刀钳子透明胶布等物品送给他们。他说在开业时就不再单独送横幅了，店招牌和设备下午运送过来，一并算作贺礼。粉刷、装饰完全可以 DIY，对于做广告的来说，这是小菜一碟。不用看黄历，无需黄道吉日，周六若风和日丽，开业就在那一天啦！他们开业邀请的嘉宾大多是学生，无非是他们的一帮哥们姐们及计算机协会的兄弟，只有在周末才能聚齐。庆祝地点也不用大小饭店，就在校内三思园，直接面向他们业务初级阶段的主体——广大的大学生们，轰轰烈烈，热热闹闹，传单直接发到每个宿舍。

转眼已过一周，小店生意不算太好也不差，预料之中，不必着急。杨勇守店，他告诉欧阳潇，虽然开店，但还是要专心完成学业，像以前一样，上好课，有空来，没空也没关系，生意不忙，有他就够了。但欧阳潇放学后还是直奔店里。胡丽经常来帮忙照看，有时从食堂打些饭菜，有时在他们的小窝儿做好了饭给他们带去。和她同来的大多是舍友或其他女友，许婕也来过两次，给他们带了午饭，聊了一会儿天就走了。

生意逐渐走上正轨，随着考试的临近越来越忙，各种笔记、资料、试卷、论文的打印复印让杨勇忙得不亦乐乎眉开眼笑。欧阳潇在闲暇之余，经常想到那晚喝酒时许婕说的"改天再说"。功课繁忙，又兼顾社团与店子，欧阳潇虽有点小累，却也忙碌而充实，经常夜不归宿，胡丽没有搬出校外和杨勇同住，他就大多时候和杨勇住在校外。炒个小菜，喝点小酒，数数白天挣来的零钞，憧憬一下美好的明天，倒也惬意。

很久没有夜跑了，自那次酒后他和许婕也没有单独相聚。上完晚自习，欧阳潇没有去小店，晃到操场，穿过不甚明亮的操场上或走或跑的人群，在平整的人工草皮上躺下，仰望着满天星斗。热闹的是跑道，草坪上放眼看去，周围是一双双身影绰绰看不清面容私语谈笑的情侣。欧阳潇闭上双眼，彻底放松，竟至渐渐朦胧入睡。

朦胧中没有时间的概念，不知过了多久，他突然清醒，听到不远处两个低声交谈的声音似乎很熟悉，仔细辨认，是许婕和李文延。他不愿窥视偷听，却无法按捺心中的复杂，他自我安慰，这不是我要偷听，我原本先到的，这是被迫听到的。他静静地躺着，两人的谈话一字一句清晰地传入耳中，他心中漾着一种难言的酸楚——他们两个在探讨人生。

"最近忙些什么呢，好久没看见你？"这是许婕的声音，平静而温柔。

"没忙什么，就每天上下课，宿舍食堂教室三点一线，你呢？"李文延的声音也很平静。

"我也是。"

"听说你最近在看佛教方面的书？"

"有时候看看。"

"怎么就看起佛教的书了呢？"

"我去了一趟西藏。"李文延顿了顿，许婕不响，他又接着说，"毕业后要去西藏工作的，我就想先去看看，西藏确实很美，难怪被人称作净土。那里的天空很蓝，人们的生活节奏舒缓，在阳光草地上席地而坐，喝茶喝酒玩骰子。他们很平静，时间对于他们来说好像无穷无尽。"李文延静静地说，嗓音低沉。

许婕不语，静静地听。

"一开始，我不能明白人们的这种状态，观察了几天。每天都有无数的人很早就从家里出发，持转经筒和各色各样的佛珠，绕着布达拉宫、大昭寺、小昭寺、八廓街转经，朝拜。尤以老人居多，他们很虔诚地念着佛号，不知疲倦。转完经，他们会到一些很小看起来很脏旧的茶馆，掏出怀里自带的杯子，慢慢地喝茶，聊天。太阳出来后，一些人就带着装满甜茶酥油茶的保温瓶，坐到草地上继续聊天、喝茶、晒太阳、打瞌睡、念经，有些人掷骰子喝酒。平时老年人多，周末时候男女老少都有。这跟他们的信仰有关，他们几乎全民信佛。后来我去了很多寺庙，见到很多朝拜的人，他们也很虔诚，磕长头，很让人震撼。我在西藏呆了半个多月，看了一些佛教方面的书，心慢慢沉静下来，挺好的。"

"听你说西藏，很让人向往啊，你觉得佛教讲什么，四大皆空？"

"我刚开始看，说不来，不只是空吧，空应该是修炼的终极目标。"

"与我们的现实生活冲突么，毕竟我们是普通人，还是学生。"

"我在看一本讲金刚经的书，南怀瑾的《金刚经说什么》，我觉得他似乎在说——心要出世，身要入世。想学佛，要诸恶莫作，众善奉行——先做好一个人。要做好一个人，就要做好一个平常人该做好的事，包括学业爱情等，应该从儒学开始。"

"看来你的西藏之行收获良多啊。"

"有些收获吧。"

两人静默。

李文延问："许婕，我们算恋人么？"

终于谈到这个问题了，不可逃避，就说清楚吧："我也说不清楚，你觉得呢？"

"你是一个好女孩，很优秀，谁能跟你在一起，他都将无比幸运。我也想过，可我知道这不现实。从第一天见到你，听完你的诉说，我就知道，我不是你要找的那个人，尽管之后一段时间我都以为是，可终究不是。"李文延顿了顿说，"我承认，我喜欢你，可我们不适合，说实在的，去了西藏之后，心确实沉静了。可你知道我当初为什么去，要找的是什么？"

"我应该能猜到。"许婕看向深邃的夜空。

"我今后要在西藏工作，我的人生要在那里起点，甚至结束，我的一生可能都要付出在那里，这个不能不好好打算，还有，我也想去找祁夏的……"

"谢谢你对我说这些，我明白。"

"希望我们还是很好的朋友。"

"也许 —— 会的，你会是我的一个很特别的朋友。"

长长的沉默，伤感弥漫。许婕从口袋掏出一串石雕项链，就着朦胧的夜色看了看，递给李文延："这个，还给你吧，我只能留下一颗心，尽管这两颗心有些相似。"

视线模糊，但李文延一眼就认出那是他送给许婕的礼物，这也是他送给她仅有的物品。不华丽，也不昂贵，甚至他自己都觉得单薄，可他不知道许婕当时拿到这块玉石时激动的心情，因为杨璐送给她的也是一块心石。现在许婕把这串项链退还，他知道，一切都结束了。他默默地接过来，说："至少你曾经接受过，我会留存好。"

许婕无言。

"许婕，想问你一个问题，你若不愿回答也没关系。"

"你问吧，没关系。"

"在我们相处的这段时间，你是否动过真情。"

"动过。"许婕毫不犹豫的回答。

"那我就知足了。"李文延长长地吁出一口气，对许婕说，"谢谢。"

许婕笑笑，李文延还是不够了解她，她不是动过真情，而是自始至终都怀着最真挚的感情对他，虽然从内心深处来说他只是杨璐的一个影子，但毕竟她把情感用在了他的身上。在许婕看来，所有的爱，所有的情感都应该且只能是真挚的，情感是人思想中最精华的所在，又怎么可以随意亵渎。

"欧阳潇也喜欢你吧。"李文延在得到许婕肯定的答复后，心里轻松了很多。说开了，很多事情就可以开口了，他提起了欧阳潇。

许婕无声，她不愿和李文延在背地里谈论欧阳潇。

"他是个不错的人。"李文延得不到许婕的答复，他说出自己的观点。

他今天是要把所有的话都摊开了说，这也许是最后一次和许婕单独约谈的机会了。不远处的欧阳潇心中也释然了，他觉得自己一直以来算是比较了解李文延的，他有野心，却也比较客观，为自己的理想努力奋斗着。这也是欧阳潇一直不愿和他正面冲突的主要原因，人各有性格，即使最终不能成为朋友，也不该因为观点和思想的差异成为敌人。他们已经算不得朋友了吧，某种程度上可以说是情敌，但李文延没有胡乱地评价他。不过许婕也不会因为别人的评价就改变自己对一件事一个人的看法。

操场的管理员开始清场了，提着播放着音乐的喇叭在操场各处巡查。

"走吧。"

"走吧。"

两人起身离去。欧阳潇躺着，最后一个离开操场。

结束了，所有人都可以卸下一个沉重的包袱。

一段的结束即是另一段的开始。

四十七　迷

莺歌燕语，柳绿花红，少年的衣衫日渐单薄、鲜艳。季节更替，心随天暖。

是学生就要上课、复习、备考，这已是家常便饭，而年轻就不会停止折腾，有人起早贪黑地复习备考查阅资料，有人胸有成竹不慌不忙，有人临时抱佛脚请客吃饭准备小抄，有人游刃有余玲珑应对。

杨勇的广告店迎来了一波高潮，各种打字复印缩印忙得不亦乐乎，白天要忙，晚上还要加班到很晚。有人拿来厚厚的一沓手稿，让他全部敲下来排版打印，且时间紧迫。这时欧阳潇充分发挥了他作为计算机协会会长的权力，将会员们召集起来，每人分发几页，作为考试测验。他自己也连夜突击，最终如期交工，报酬优厚，并为小店赢得声誉，生意更加兴隆。

专业考试对欧阳潇来说没有压力，他担心的是英语过级考试。大一下学期即可参加英语四级考试，那时他也报了名，如大部分同学一样，抱着试试看通过与否都无所谓的态度，四年时间机会良多。成绩公布后，几家欢乐几家愁，他没过线。尽管当初不曾重视，但彼时心中仍颇有一番难受滋味，毕竟同时参加考试，还是有几个同学过了线的。从此便要与他们拉开差距，这是一个小小的打击。又要英语过级考试了，第一次失败带给他的阴影和压力更加凸显，若再次失败就丢人了，需要认真准备。临近考试，停课复习，他给杨勇打了招呼，这两周内不能常去店里，要复习备考。杨勇说了一句："就知道你智商有限，好好复习吧，店里有我照看着。"

欧阳潇很少去自习室，背着书包兴致冲冲地赶到，却发现根本没有自己的位置。只要自习室开放，无论何时总会有人，偶尔见到的空座位早已被各式各样创意无限的占座方式占走。他从一楼跑到五楼，又从五楼跑回一楼，失望地叹息着：自习室之大，竟然无我欧阳一席之地。他打算再回机房，那里始终是他的天地。可在那里玩电脑他可以独乐乐毫无倦意，而学英语则不然，他看一会儿就犯困，遇到不懂的语法句式需要查阅半天。不行，需要找人讲解，他需要一种氛围，一个老师，找谁呢？许婕，她无疑是不二人选。他知道许婕的入学分数，高考成绩英语几乎是满分，她也在准备考试，就她了。他本想制造一次邂逅，却始终没能见到许婕，自习室、阶梯教室、花园走廊特意找过多次却毫无踪影。打她手机才知道原来宿舍是她复习的大本营。最终在欧阳潇的恳求直至乞求之下，许婕答应与他一起复习英语，自习室没有位置，那就随便找一个安静的地方，与欧阳潇在一起，没什么可避人耳目的。之后的几天，两人约定时间地点，背着书包，花园廊亭、阶梯教室都能看到他们的身影。欧阳潇充满力量，意气风发，似乎短短的时间内智商得到巨幅提升。许婕则很冷静，不时出现莫名的情绪低落，欧阳潇不明所以，无从安慰。坚强的许婕竟是如此脆弱？莫不是尚未从刚刚结束的一段恋情中恢复，需要时间？这是欧阳潇的初恋，他还不懂爱情，不懂像许婕这样一个历经波澜的女孩的心思——曾经沧海难为水啊。

欧阳潇不懂爱情，但又有谁能把爱情看得透彻。在欧阳潇看来，目前就是一个绝佳的时机，他在长时间里无数次的忍耐之后终于可以敞开心扉放开手脚去追许婕了。

花园里，路灯下的石桌旁。两人的共同复习结束，许婕收拾好书包，照例给欧阳潇说："不用送，再见。"欧阳潇却在原地不动，盯着许婕就要离开的身影说："许婕，我喜欢你。"

许婕的身形顿住，对他笑一笑，仍要离去。

"先不要走。"

许婕背对着欧阳潇站住。欧阳潇起身走到她面前，盯着她的眼睛说："许婕，我要跟你说，我喜欢你，我爱你，我要追你。"

许婕依然没有任何言语动作，她平静地与欧阳潇坚定炽烈的目光对视了几秒钟，转向别处。

"你为什么不说话？"欧阳潇不依不饶地盯着许婕的眼睛，他急切地渴望得到她肯定的答复和热烈的回应。

"你要我说什么？"许婕盯着别处，平静地说。

"我已经向你表白了，你是怎么想的？"

"我知道了。"许婕说。

欧阳潇顿时蒙了，茫然无措，继而开始有些激动："你知道了，这是什么意思，我不明白。我要追你，你答应么？你也喜欢我吗？"

"我现在不想谈这些。"

许婕依然平静，可这份冰冷莫测的平静让欧阳潇快要发疯了：这是委婉的拒绝么？为什么会是这样！他要不管不顾地吐露自己的心声："许婕，我不是一时冲动才向你表白的，这是我真实的想法，我喜欢你！这句话在我心里憋了很久很久了。上次在酒吧里，我向你表白，你说那是酒后之言，一时之勇，但今天不是，我现在很清醒。"欧阳潇继续说，"我知道你在感情上受过创伤，而且我多少也猜到了你和李文延在一起的原因，如果你和李文延在一起真的很快乐，我会继续克制自己，因为只要你快乐幸福，对我来说就足够了，可你们已经分手了。我不是横刀夺爱，也不是备胎！我是真心的喜欢你！我只想知道，你是不是也喜欢我。"

欧阳潇情绪激动，他尽量压低声音，但仍引起一些路人的侧目，他却全然不顾。

许婕收回远望的目光，平静地看着欧阳潇说："欧阳，你说的，我明白，可我现在不能给你确切的答复，此刻还不是我和你开始谈感情恰当时机。"

"为什么，那什么时候开始和我谈感情？"

"会有那么一天的。"许婕顿了顿说，"也许快了。"

"好，我就当你答应了，我等你，等着那一天。"欧阳潇坚定地说。

"我要回去了，祝你考试成功，再见。"许婕背着包远去。

欧阳潇目送着许捷的背影远去消失，长久地呆立在原地不动。终于表白了，和他料想的结果似乎不太一样，却也在预料之中。他想起杨勇说过一直要他忍耐，看来杨勇是对的。可他不能再忍了，至少要让许婕知道他的想法，明白他热烈地爱她也一直在痛苦忍耐的心。他做了，尽管许婕没有明确答应，但至少他迈出了第一步，而且也知道他是有希望的，许婕也爱他，只是在含蓄地克制着。这一切，只因时机未到，而这个恰当的时机，他知道是在何时。他如释重负，挥挥手驱散烦思，准备考试。

无数次大小考试练就了无数颗历久弥坚的心，催生了无数创意无限的作弊手段。两周的沉静准备让人增添了应考的底气，尽管卷面的分数愈高愈好，多数人仍谦虚地表示及格就行。对于学霸级人物，考试根本就不算个事儿，一如平常，他们的笔记本正在无数人手中传阅，被复印缩印。他们被剥夺了单独用餐的权利，每到饭时就被早已预约的人请去享用各种美餐，只为在考场上能给予"方便和照顾"。

四十八 等

　　为隆重举行建校四十周年校庆活动，学校师生总动员，开始准备大型文艺节目。涉及艺术的社团紧锣密鼓地筹备策划，一些能歌善舞多才艺者注定要脱颖而出大放光彩。

　　祁夏被委以重任，作为老师的得力助手，负责组织编排审核所有舞蹈节目，她有这个能力。在拉萨时，除了父母，祁夏最喜欢的就是她小姨，最喜欢去的地方就是小姨的单位——拉萨市文工团，小姨是团长。

　　小姨年轻时是市里有名的美女，她几乎具备了一个美女所需的全部特征：身材匀称，面容清秀，善良大方，多才多艺，气质出众。因为从小接受系统的声乐和舞蹈训练，且多次去大城市深造，她无论是现代舞还是民族舞都跳得很好，最难得的是她有一副天籁般的嗓音，曾录制了很多动听的歌曲，红极一时。

　　多才多艺又美丽的小姨在爱情上却并不如意。当然如果她愿意，在身后排队的高富帅们尽可供从容挑选。但她没有，她爱舞蹈爱歌唱却不爱无休无止的纠缠，她爱美丽的事物本身，却不爱由此而来的繁琐附属。她想要在舞蹈和音乐上有所建树，却被委以重任被任命为团长要主管相关事务，她喜欢有共同志向单纯的歌者舞者，却总被一群打着同样爱好旗号的心有所图者包围。她早已心有所属，在大城市进修深造时一个优秀男子的身影令她难以忘怀，但他不愿去西藏，而小姨也不愿留在他的城市，最终两人只有"执手相看泪眼，无语凝噎"。

她最终从政可谓"众望所归"，家族需要她这样一个团长，而彼时也貌似再无比她更亮之星，"学而优则仕"，尽管她起初不愿意，而半推半就之余，木已成舟。

时间是一张可怕的砂纸，它无影无形，却可打磨一切至坚之物，使之圆润，使之适应。

小姨在忙碌的工作与安逸的生活中逐渐适应，逐渐"忘我"。终于，她如家人之愿嫁给了一个官二代高富帅，上班，下班，经营着市文工团，在很多人眼中，她的生活终于完美了，她也将就着这种完美。

生活是一个立体的盒子，盒内盒外都是自己，在盒外展示无限风光，在盒内蜷缩独自舐伤。

祁夏童年的很多快乐时光就是在小姨的文工团度过的。她学他们唱歌，学他们跳舞。她见识过真正的舞台后的生活，优美的歌者舞者在舞台灯光下展现着光鲜亮丽，在后台他们却忙碌辛苦流汗落泪。说相声的人不会被自己逗笑，那是因为他们的一招一式每句台词在排练过千百遍后在自己听来着实已经枯燥无比。很快小姨发现祁夏有歌舞方面的天赋，闲暇之余有意培养她。因为爱好，祁夏一直在学，学得很认真。可最终，她没有像小姨一样去报考音乐和舞蹈学院，她父母有更长远的打算，更可靠的安排，希望祁夏今后过得好些，最好能走仕途。小姨曾热泪盈眶执意力争，让祁夏遵照个人的意愿，按照自己的兴趣发展，而终究她妥协了，像当初的自己一样无奈无力地妥协了，沉默地接受了，在这样一个家族生活，有时是身不由己的。祁夏未能走上舞台之路，却打好了扎实的舞蹈功底。在初高中时，她一直是班里的文艺委员，能歌善舞，且组织能力强，屡屡在各项文艺比赛中获得荣誉。

如此丽花儿在大学里注定会灿烂绽放。远离了家乡和父母，一再妥协之后的放纵，让祁夏从大一开始，就十分活跃。我们总希望自己的人生丰富多彩，当得知自己将来的生活注定要烦闷无趣时，更会滋生一种人生苦短，及时行乐的思想，什么都要尝试，每道菜都夹一筷子，尤其是当这段岁月叫做青春时。

她周围聚集着一批人，形形色色。事实上，像她这样的人，注定是要当"明星"的，美丽，多才，家境优裕。初中时尚不明显，高中时亦不算特别突出，到大学后，光华绽放。她参加了很多社团，藏文社是其中一个，她周围有无数的各色追求者，但在大一时她选择了李文延。她要尝试，要突破，要挣脱，要挑战，即便无果，也算是给自己的青春一个交代，无论将来如何，她曾经绽放过，灿烂过，自由过。

如果说奉父母之命放弃艺考让她难以释怀，与李文延一年多的相处则让她有一种愤懑的挫败感，这种挫败感对"努力奋进"的她来说无异于伤口撒盐，是耻辱。

李文延与她之前处过的几位男友不同，不是能一眼看透的嘻嘻哈哈小男生，他的深沉和坚毅在很长一段时间里深深吸引了她，带给她新鲜感。她要吸引他，然后征服他。起初，她做到了，并沉入了，很快乐。如果这种快乐顺利地到达顶点，她打算无悔地撒手，让自己过把瘾，然后笑一笑，让他独自面对伤痛。就在她还没玩够，还没想要撒手的时候，却看见李文延牵着许婕的手一笑而过！她深深地被伤害了。是可忍，孰不可忍！她要报复，要疯狂地报复！无数种报复的手段从脑中闪过。她很冷静地想到了要对症下药，情殇唯以情殇制之。而遍寻四周，竟然找不到一件趁手的"兵器"，她找不到一个可以与李文延相匹敌的选手借用。高中时的男友来了，他似乎有一定的作用，而她却早已不愿与之纠缠。她急切地需要摆脱这种挫败感，他要击败李文延，让他尝尽被甩的痛苦滋味后再潇洒离去，她却不曾意识到，那是因为李文延在她心中占据着重要的位置，至少到目前为止，还不曾找到一个可以替代他的人。

许婕是她的"情敌"，但她并不认为这是横刀夺爱，她谈过多次的恋爱，深深了解，根本不存在所谓的横刀夺爱者，仓央嘉措诗曰"野马再难驯服，一根绳索就可以拢住；情人若是变心，神力也拉不住她"。爱从来不会被夺去，只会自己离去，错不在夺者，而在离去的那个。她见过许婕，见过之后便不愿与之正面交锋了。只一眼，她便认定，她是一个对手，一个值得尊重值得竞争的可怕对手，奇怪的是，她竟对她无多少恨意。祁夏是理性的，但理性从来都不是思想的唯一主导者。对女人来说，思想的主导者往往是理性的对立面——感性，尤其在感情方面。

"爱"几乎是女人的全部，如果能征服一个女人的"爱"，几乎就征服了她的所有。她不愿被征服，她要让爱回来，然后华丽丽地丢掉，甚至再踩上几脚。面对李文延与许婕，这一切，需要耐心，一个最终成功者必备的素质——可怕的耐心。

女人心柔，女人心也毒，爱时柔，由爱而恨时毒；女人心弱，女人心也强，爱时弱，由爱而恨时强；女人冲动，女人也坚忍，爱时放开一切，由爱而恨时不顾一切。坚忍是为了最后的胜利。

在得知李文延与许婕走到一起时，祁夏很伤心。伤心过后，她没有悲痛地转身，擦干最初的眼泪，她继续和李文延相约，一次次地约谈争吵，最终她洞悉了一切。她了解李文延，了解了许婕看似无缘由的爱，了解了他们的处境。她曾主导过很多次的离合，这次，她仍然主导着，尽管貌似不然。她知道，以一个女人的敏感和直觉得知，她的隐忍不会太久，主导权将再次回到自己手中。在情场历练过的她将要导演的故事，会更加精彩。

考试结束，对广大学生来说，了却了一件大事，心情骤然放松，至于结果如何，那是另一件事了。乌云消散，晴空再现。瑟缩了一夜的鸟儿们迎着东方的朝霞，抖擞羽毛，弹枝跃去。

沉静许久的李文延终于爆发了。佛经只是佛经，生活终归是生活，佛经让心灵厚重沉静，而他仍要向生活施展刀锋。

校园里不乏西装革履者，而能穿的得体洒脱者却不多见。李文延可谓个中翘楚。身材挺拔，面容姣好，西装、领带、衬衣、皮鞋，显然经过精心搭配。行于路上，尽显精气神，回头率颇高，他一路微笑着，手持鲜花。

俗话说"寡妇门前是非多"。大学女生不是寡妇，勉强可谓待字闺中。女生宿舍楼是成百上千所闺房，楼前的是非绝不会少。男生楼前女生不多，女生楼前男生不缺。早接晚送司空见惯，观望等待习以为常，别出心裁者亦屡见不鲜。悲欢离合的剧情日日上演，情投意合喁喁私语有之，缠缠绵绵难分难舍有之，声泪俱下争执不休亦有之。李文延加入了这支队伍，阳光帅气西装革履手执鲜花不言不语从容淡定，可谓"冷艳"。面对私语嘲笑回眸注视，他一概淡然处之。未曾相约，自立于黄昏后，其时之月恰上柳梢头，只为等得祁夏一人。

如是一周，竟然不曾见到祁夏。祁夏的同学舍友日日得见，但他从不开口询问。同宿舍的一帮哥们笑闹之余劝他打电话，他不打。终于祁夏的一个密友告知他祁夏在校外租了房，不常在校。他说声谢谢，继而仍旧日日等待，风雨无阻，手中的鲜花日日新鲜，不曾凋谢。

李文延的"英勇事迹光辉形象"一周之内传遍 M 大，一度引得许多人傍晚时分前来围观，多有女子为他倾心，为他叹惋不已。许婕和祁夏不住在同一栋楼，她也知道了李文延的行动，面对舍友及同学善意恶意或无意地询问打趣，她一笑置之。无数的男生知道了李文延不是为许婕而等后纷纷行动，不论何种原因，他们终于有了机会。许婕却一概置之不理，埋头读书，就连对欧阳潇，她似乎也在有意回避。考试前他们常在一起复习，考试后她又回归自我。

　　终于，不避风雨苦苦守候的李文延在一个雨后的黄昏，等到了祁夏。二人对视，她向着李文延径直走来。

　　"祁夏，我爱你。"发梢滴着雨水，鲜花沾着露珠，李文延喊出了二十多天以来郁积的心声，他双手将鲜花捧送到她面前。过往的女生一阵唏嘘呼啸。

　　祁夏看着李文延的眼睛，他眼神坚定。稍稍迟疑，她接过鲜花说："我知道你等了很久。"夕阳的余晖映在脸庞，她的脸微微红了。

　　"不久，二十一天，你若不出现，我会继续等。"李文延微笑，坚定着。

　　"我看到了，我知道。"

　　"你现在有时间么，我们去走走？"

　　"明天吧，明天怎样？"

　　"为什么是明天，你今天不是特地前来的么？"

　　"是，可我还想让你再多等一天，你愿意吗？"

　　"我等了很久，但让你难过了更久，所以，再久我也愿意等下去。"

　　"好吧，明日，此时此地，不见不散。"祁夏低头轻闻手中的鲜花，招招手，离去。她神采飞扬，秀发随风，脸上却有泪水划过。

　　李文延没有目送，他转身离去，步伐稳健，梳理着被雨水打湿弄乱的头发，向着西沉的落日，长长吁出一口气。

翌日黄昏，此时此地。李文延依旧手捧鲜花，祁夏姗姗来迟。

"对不起，我迟到了。"祁夏时尚靓丽，毛衣紧裤中靴，外罩风衣。

"没关系，我说过会等。"李文延递过鲜花。

"以后就不要送花了——我都没地方放。"祁夏还是很高兴地接过，嗅了嗅，"好香。"

"好，你愿意就好。"

"你今天不忙吗？"

"不忙，今天是特地特地的不忙。"

"谢谢你。"

"我们去哪里？"

"你没有准备去哪里吗？"

"我不知道你是否有时间，所以没定。"

"那就随便走走吧，很久没有去渭河边了，听说那里的牡丹花开了。"

"好，不过牡丹怕是已经开过了，月季都开了。"李文延看向楼前的花坛。

"的确，月季都开了。错过了很多啊，这段时间有点忙。"

"那还去么？"

"去，但我要不要把花先放回宿舍？"

"好的，我等你。"

"稍等就好，我先放在值班室，回来再拿。"

他们如初处的情侣，散步并行，保持着一定距离，沿路边缓行。行人车辆过往如常，他们自有一己世界。

"祁夏，我要告诉你，自从初次见你直到现在，我一直喜欢你，而且越来越喜欢。"李文延看着前路，镇定地说着甜言蜜语。祁夏转过头看着他，突然觉得这样的场景有点可笑。

"你在给我说吗，怎么像看着别人。"

"当然是说给你，这是我的心里话。"

"只是喜欢？你昨天不是说爱我么？"

"我说的喜欢，就是爱。"

"好吧。"

"我知道我伤害了你，我真诚地请求你的原谅。"

祁夏不语。

"我知道一切解释都是苍白，于事无补，但我还要解释。其实……"

"过去的事就让它过去，不提了好么，现在，我们是重新开始。"

"这么说，你原谅我了？"

"我不知道，你的之前对我来说全是空白。"

"好吧。"

选择遗忘，并不代表真的会忘，之所以想要忘记，是因为它太值得记忆，反而不愿再提及。重新开始，似乎是不错的选择，就假装忘记吧，也未尝不好。

河边有花，有很多人，悠闲自在，有露天烧烤。他们吃了些烧烤，又没有了目标，在李文延的提议下，两人去了电影院。

四十九　沉

　　重新开始，新的开端，一切都很美好，前途光明。祁夏给他留了手机号码，同时告诉他，最近比较忙，除了上课，一般会在舞蹈排练室。的确，祁夏很忙也很烦，一个正在排练刚走上正轨的摇滚乐队突然之间瘫痪了。

　　飞扬乐队在不断崛起，壮大，多次在校内外进行过演出。如今他们已不满足于模仿，开始创作，并且获得了成功。他们的歌在学生中传唱，录制的唱片也出现在音像店。他们不只在 M 大，在咸阳市也小有名气。时常有开业或夜店的人来找他们演出，演出费也水涨船高。陈飞扬及他的乐队成员都已是 M 大的名人，有他们的地方就有音乐，就有鲜花掌声和青春少年的尖叫声。

　　廖文静说自己是为乐队跑龙套的，她深深为染着灰白头发的陈飞扬着迷。很多人说陈飞扬傲慢，廖文静却不以为然——他不是傲慢，只是对音乐以外的事物漫不经心，而对音乐，他可谓全力以赴。廖文静加入乐队时，乐队刚组建不久。队员的水平参差不齐，而性格又各自孤傲，需要磨合。尤其致命的是，有人只是抱着玩一玩的态度加入乐队，并不出狠力。每次为排练一首歌，陈飞扬都疲惫不堪。他是摇滚型歌手，这对乐队成员的要求很高，他是主唱，也是乐队的吉他手，除了做好演唱和吉他弹奏，他要游说，要调节，费尽心思，身心疲惫。

廖文静正是冲着陈飞扬的冷傲和帅气加入乐队的，那时乐队能熟练演奏的只有一首歌。她亲历了飞扬乐队的成长，见证了陈飞扬一路的艰辛。她自己本也是不管不顾的任性孩子，却被陈飞扬深深地吸引，为他着迷，不可自拔。那一段日子，乐队排练，她自始至终陪伴，并适时提出合理的意见和建议。她为陈飞扬解压，为队员们鼓劲，调和乐队成员之间的矛盾，陪乐队，陪陈飞扬艰难的走过最艰苦的一段岁月。乐队经过几次选拔，添置设备，最终确定阵容和主打方向，迎来今日的辉煌。她与陈飞扬的感情也在一次次的排练碰撞中升温定位。一路走来，她已是乐队不可或缺的成员，一定程度上可谓乐队的精神核心，是队长的女友，也是队员们的"大姐大"。

廖文静对乐队的贡献还不止于此，她是乐队的鼓手。她心脏不好，不能唱歌，想学一种乐器，而弹奏会手疼，站着又累，她选择了学敲架子鼓。乐队本有个鼓手阿胜，廖文静就跟着阿胜学，很快阿胜的本领被掏空。她又去各个琴行拜师，直至如今青出于蓝而胜于蓝，成为乐队的新鼓手。乐队原来的"师傅"阿胜反倒成了替补，大有再无长进就要被淘汰的势头。但阿胜不恼，乐队走至今日，已自发形成一股力量，无形而有力，令大家凝聚团结奋发向上，他与廖文静正可探索切磋，共同进步，时常轮番出场演奏。

为庆祝四十周年校庆，飞扬乐队打算特地写一首歌。较之填词和谱曲，谱曲陈飞扬更趁手一些，填词则是廖文静的强项。两人一有空就泡到乐队排练室，竭尽全力，不分昼夜，终于在近两周的时间完成词曲。为确保能够顺利通过审核，他们将词曲上报给学校，经过语言文学音乐教授及多个院系领导的逐层审核后终于定稿，可以进行排练了。让人无语的是，经过教授领导们多次面目全非地修改后，定稿的词曲仍基本维持两人谱写的原状。

必须庆祝一番！午后阳光灿烂，飞扬乐队全体队员在酒店齐聚，一桌好菜，两箱啤酒，放开了嗨……廖文静也喝了点酒，在陈飞扬及队友的极力劝阻和她的任性坚持下，她就喝了一杯。她说，我是青岛人，这是青岛啤酒，不会有事儿的。结果她真的不胜酒力，一杯醉倒，坐在椅子上，处于晕迷状态，这把一群人吓坏了。她努力摆摆手说，你们继续喝，我就是有点累，想休息会儿。但很快陈飞扬就发现不对，廖文静先是趴在桌子上，接着溜到地上。去扶的时候，廖文静面色苍白，双眼紧闭，呼吸微弱。他大声喊着廖文静，流着眼泪，不知所措。情急之下，他想起在廖文静的口袋里随时备着救心丸，急忙翻找出来倒出两颗塞入她口中，就要抱起她往医院跑。队友急忙阻止说不能乱动，拨打了120急救电话，现场一片焦急混乱。

廖文静终于醒转过来，气息微弱。静静地躺在陈飞扬怀中，望了他一眼，又闭上眼睛。陈飞扬和队友们大声呼唤着廖文静的名字。

救护车很快到来，陈飞扬随车而去，其余人坐出租车随后。阿胜打了一通电话，联系到了廖文静的班主任。

在医院里，廖文静被推入抢救室。不久，医生出来，一群人围上，医生问谁是病人家属，陈飞扬站出。医生上下打量了他几眼，问：你和病人什么关系？

"我是她男朋友。"

"病人情况十分危急，需要做心脏手术，你能签字么？"

陈飞扬低头紧咬嘴唇，随即抬头眼神坚定地对医生说："我能！"

陈飞扬就要随医生而去，阿胜走来问医生："等一等，医生，我们知道病人有先天性心脏病，还比较严重。但她家人不在，正在赶来的途中，你们能否先稳住病情，毕竟这是心脏手术。"

陈飞扬也看着医生，他心里万分着急，也忐忑不安，听了阿胜的话恢复了一丝理智。他和医生同时看着阿胜。

"我已经给廖文静的老师打了电话，并联系了她的家人。老师正往医院赶来，家人也正从青岛飞过来。廖文静的父母都是医生，她父亲是研究心脏病的专家，刚在电话中，老师和她家人都叮嘱，先稳定病情，待她父亲赶过来再做手术。"

医生说："你们的心情可以理解，可病情不等人，万一情况恶化，这责任可就大了，你们谁负担得起。"

陈飞扬双手抱头，紧咬嘴唇，说："听医生的，我可以签字。"

"飞扬，你是清楚的，廖文静的心脏病没那么简单，她父亲是心脏病专家，这些年一直致力于研究她的病情，前段时间廖文静还说她最近可能要回家做手术，因为她父亲已经有把握了。"

这时廖文静的班主任张婷赶到："廖文静情况怎样？"

医生说："病人情况比较严重，会诊室里正在研究手术方案。"

张婷很年轻，比几个大学生大不了几岁，但沉稳干练。她舒一口气，理理前额的头发对医生说："我是廖文静的老师，我们知道孩子有心脏病，一直比较注意。"她瞟了一眼陈飞扬，继续对医生说："孩子父母都是医生，是心脏病方面的专家，我们经常沟通，她父母上飞机前告知我们一定要等他们到了再做手术。"

"这个……"

"可以。"一个头发花白的医生走过来，"孩子情况暂时稳定了，但她最近必须做手术，再耽误的话，恐怕两三年之内要出大问题。你是廖文静的老师？"老医生对张婷说："你跟我过来一下。"

张婷随医生去。陈飞扬颓然走到过道墙壁，似乎难以站立，蹲坐在地。阿胜站在一边，摸出两支香烟点燃，一支递给飞扬，一干队员歪坐在走廊的铁椅上焦急无奈。

"你们回去吧，先把酒醒了，我和飞扬在这里照看着。"几个家伙喝得有点多，坐都不稳，走廊里弥漫着酒气，有个家伙已经吐到垃圾桶里了，阿胜要他们回去。

"那，我们走了，有事情随时电话联系。"几人摇晃着相互搀扶离去。

张婷从医生办公室出来，面无表情，她来到铁椅上坐下。看着对面低头颓坐的陈飞扬："你就是陈飞扬？"

"嗯。"飞扬咬着烟蒂，头也不抬。

"医生说廖文静是因为过度劳累加酒精过敏，导致心脏负荷太重昏迷的，怎么回事！"张婷初时还平静，到最后一句话时声音陡然提高，厉声斥责。

陈飞扬头更低了，不语，烟已掐灭。

张婷舒一口气，平静自己："廖文静的情况你不会不了解吧，她不能劳累，不能喝酒，不能受刺激，你，跟她处朋友，你不清楚么？"

"我知道。"看不到飞扬的表情，他头下的地板上滴下两滴眼泪，慢慢洇开扩散。

"那你还让她累着！让她喝酒！你还跟她谈恋爱！"张婷努力抑制自己的情绪。

"我……"

一边站着的阿胜看看瘫在地上抽泣的飞扬，对张婷说："老师，陈飞扬对廖文静挺好的。"

"哼，挺好的！廖文静就不应该跟他谈恋爱。"

"你凭什么说她不该跟我谈恋爱，我怎么啦！"陈飞扬抬起头，红红的眼睛对着张婷。

张婷看着一脸悲痛的陈飞扬，把头扭到一边，舒一口气说："不是说不能跟你谈恋爱，我听说过你，飞扬乐队的主唱，对你我不了解，也没什么偏见，可廖文静就不适合谈恋爱，恋爱，悲也好，喜也好，情绪的剧烈起伏对她的身体都不好……罢了，不说了，这个也是没法阻止的，我希望你能一如既往地对她好——即使在她，离开以后。"

陈飞扬昂着的头又颓然低下："我懂，老师。"

"好了，我去看看她醒了没有。"张婷抬手看看腕上的表。

张婷起身，陈飞扬和阿胜也要跟着去，张婷阻止了他们两个说："你们在这里等一下，我会叫你们。"

校内，张妍接到老师的电话叫她带几个人去医院，廖文静心脏病突发。张妍火速给许婕打了电话，两人分头找到同宿舍的几个舍友，在校门口拦下出租车，赶到医院。走廊里空无一人，一行人向医生打听到廖文静在重症监护室，医生说人太多，怕打扰病人休息，不让进去。邓青青不管不顾就要冲过去，被医生斥止，快急哭了。许婕上前给医生求情说是廖文静的同学，就想知道她现在情况怎样。张妍从一旁绕过医生，就要进去，也被医生呵斥："你们这些学生怎么就不懂事呢，这么多人进去打扰了病人，造成严重后果谁来负责！"张妍掏出手机给张婷打电话，张婷从走廊出来，眼睛红红的。许婕几人停止和医生争吵。医生见老师出来，不依不饶得理势壮："老师，看看你们这些学生，一点不讲道理，我们医院是有规定的……"

"好的，医生，谢谢您。您是为病人好，她们是廖文静的好朋友，也是着急，希望您可以理解。我学生现在醒了，里面的主治医师说可以进去看，我们就轻轻过去，好吧。"说完带着几人进去。医生在外面瞪着眼睛看张婷带一行人潇洒离去。

到病房门口，张婷示意让她们噤声，轻轻打开虚掩的房门。

廖文静躺在病床上，口鼻戴着氧气罩，面色苍白，双目紧闭。旁边站着长发凌乱的陈飞扬和焦急不安的阿胜。一位医生坐在一边，不时看看廖文静和一桌子滴滴响的机器。病房里十分安静，伴随着氧气瓶的滋滋声，廖文静的胸口起伏平缓。许婕轻轻拉了拉胡丽的衣角，两人退出房间。

两人捧着鲜花果篮再来到病房时，廖文静正睁开眼睛，所有人的脸上立刻堆满微笑。廖文静见状挣扎着要坐起来，医生说不要动，不能动，廖文静躺下努力微笑，隔着氧气面罩微弱地说谢谢。医生挥挥手让他们出去，他们只得悄悄退出，张婷努力微笑着叮嘱廖文静不要担心，没关系，好好休息。

张婷出来后看见几个女生眼睛都红了，邓青青和桑林措姆脸上还挂着泪珠。张婷转过头极力控制自己，拍拍许婕的肩膀，对张妍说："你和许婕辛苦一下，留在这里守着，有事情随时给我打电话，我先回学校安排一下。"又对其他几人说，"你们跟我回去取些东西，今晚可能要在这里过夜。""老师，我也要留下。"邓青青看着张婷的眼睛坚定地说。张婷张了张口却没说话，拍拍邓青青的肩膀，答应了。安排完自己班里几个女生，看着陈飞扬和阿胜说："你们也回去吧，有她们几个女生在这里守着。"

"我不走。"陈飞扬站着不动，此时再没有潇洒的飞扬，纤细的身影单薄却坚毅。

"那，好吧，你班主任是谁，我得给你请假。"

张婷带着几人离去，临走，又转回来看着陈飞扬的眼睛说："陈飞扬，你要冷静，廖文静不能受刺激。"

"好的，老师，谢谢你，我明白。"

阿胜把他们几个送走，回来和张妍、邓青青、许婕、陈飞扬一起坐在走廊的长椅上，沉默。

祁夏手执节目单在乐队排练室里踱步，今晚是飞扬乐队的第一场排练。约定的时间已过二十分钟，乐队成员仍无踪影，一个也不曾到来。拨打陈飞扬的电话，始终无人接听。祁夏已经很生气，她坐下来，耐心等待。

　　有人敲门，祁夏站起来，气冲冲打开门，正要大发脾气，来人却不是陈飞扬。她愣了一下，转身坐回凳子上不作声。

　　"他们怎么还没来？"李文延环视偌大空荡荡的排练室，看着低头的祁夏问。

　　"我怎么知道。"祁夏情绪不好，对李文延没好气。

　　"没打电话么？"

　　"打了，不接。"

　　"没叫人去找找？"

　　"到哪里去找，说好的今晚在这排练，一个人也没有，没有丝毫的组织纪律性，陈飞扬真把自己当大腕了。"

　　"别着急……"

　　"我能不着急嘛，这都到什么时候了，过几天院里领导要来验收节目呢。"祁夏越说越来气，李文延几次想说话都被顶了回去。

　　"我去找找他们。"李文延心里有点堵。

　　"别找了，以为离了他们还不行了，大不了换乐队。"

　　"你先别着急，说不定他们有什么事儿耽误了。"

　　"就他们自己的事情重要，学校的事儿一点也不放在心上，自以为是，根本不把人放在眼里，以为自己多了不起……"祁夏情绪激动，声音却低沉下来，扔掉节目单，捂着脸抽泣起来。

　　"祁夏，别生气，凡事儿慢慢来。"

　　"什么事情都不顺，排练不积极，舞跳得一塌糊涂，个个都以为自己是明星，不听指挥，院里老师每次都骂我，说我组织不力，我……"祁夏哭出声来。

"你受委屈了。"李文延蹲到祁夏面前，拍拍她肩膀，掏出一包纸巾递过。"这都过去这么久了，他们今晚不会来了吧，你也别太累了，要不我送你早点回去休息。"李文延低声安慰着祁夏。

"不，我要在这里等着，他们要不来，我明天要他们好看。"祁夏接过纸巾擦干眼泪，坐直身子。

"我去找他们，很快回来。"李文延犹豫了几秒钟，看着祁夏倔强的身影说。

五十 变

　　再次和祁夏走在一起的李文延改变了许多，变得特别能忍让了。且不说那二十多天手捧玫瑰的灯下守候，即便平时祁夏因学习工作受了委屈或无端发一些小姐性子，李文延都成了撒气桶，但他不抱怨不烦躁不争吵，默默以无声的支持，有声的安慰或用行动帮她化解难题，安抚情绪。合好后的两人之间关系也越来越融洽，祁夏不加约束地张扬自己的个性。偶尔见李文延在无人的时候默默沉思，总体来说依然在迁就忍让。

　　李文延与飞扬乐队并不熟悉，但知道廖文静。他想到了和廖文静同一宿舍的许婕，在两人最后一次约谈时，许婕曾留下她的手机号码，他从未拨打过。要不要打？在与许婕分开和祁夏复合后，他十分注意自己的言行，隐隐地，他能感觉到，祁夏对他有一种愤恨，以至经常产生一种错觉，是否错觉，他也不愿去印证。两人在一起并肩行走，遇到沉默无话时，李文延看着前路，隐约感觉脖子里有一种被不善目光注视的冰凉，寒意蔓延。他极力忍住自己侧头去看的欲望，却脑补了更可怕的画面：祁夏正面无表情目光恶毒地审视着他，倏忽之间乱发飞舞张开尖牙利爪，令他不寒而栗。他下意识地伸手去抓祁夏的手，却传来祁夏轻轻的笑声，他悄悄松一口气，是幻觉。他无法释然，潜意识告诉他并不全是幻觉，祁夏在暗中监视着他的举动。无论如何回避与隐藏，已经产生的裂痕是难以被修复的，应极力避免碰触。李文延决定不给许婕打电话而去找欧阳潇，这个从最初的友好到敌对但从未撕破脸皮的舍友，他应该能找到许婕，从而找到廖文静和陈飞扬。他没有打电话，直接奔回宿舍，希望运气够好能在宿舍找到欧阳潇，在大家之间处于一种敏感微妙的关系时，有些事情在电话中是讲不明白的。运气不佳，欧阳潇不在宿舍。问舍友，不知去向，此时欧阳潇正在广告店和杨勇忙得不亦乐乎。考试完后，没有挂科，英语四级也六十分万岁，欧阳潇几乎天天泡在了广告店里。他和杨勇两个老板已经忙不过来，贴出了招聘打字员的广告。杨勇有经商天赋，他的宗旨是：让顾客，一次踏入店，终身不想换。价格能让就让，价格不能让时以质量胜出，全程伴以最热情周到的服务。

李文延怕祁夏久等，借舍友的自行车飞奔去学校后门的广告店。刚出大门，远远望见欧阳潇和杨勇二人关闭店门，他招手大喊，二人已打车离去。李文延狠狠拍了拍车座，跨车掉头去找祁夏。这一圈折腾后过去不短时间，回到排练室时已灯灭楼空人离去。李文延长长叹了口气，再次狠狠地拍了拍车座，啪地一声车座内部的弹簧崩断散架，他苦笑着摇摇头推车向宿舍走去。他极少骑自行车，尤其是穿着西装面对叮当乱响的自行车。回到宿舍，他答应舍友给他换个新车座。

没有飞扬乐队的消息，李文延怕祁夏等着急了，想先给她打个电话说明情况，然后再考虑要不要给许婕打电话。却见一个舍友正亲热无比地抱着电话无休无止地腻歪着，李文延几次推开玻璃门看见对方都没有停止的意思，便提醒舍友他有急事要用电话，舍友不睬，转过身换个方向继续抱着电话腻歪。李文延忍了忍只好到楼下打 IC 电话，一眼望去，IC 电话机旁队伍排得老长。去超市话吧，每个电话都被人占着，他等了一会儿，闷闷低头转身离去。刚走出超市门口，被一个正和朋友打闹的男生狠狠撞了一下，他崭亮的皮鞋也被踩了一脚。踩人者是个高大的胖子，只回头瞟了一眼李文延，轻飘飘的一句"没事儿吧哥们"，转过身继续和身后的瘦子追逐打闹。

"疯疯癫癫！"李文延正憋着火，但事情紧急他不想节外生枝，瞪着两人骂了一句，掸掸脚正要走。追打不休的两人不闹了，转回来挑衅地看着李文延："哥们，说什么呢？"

"谁他妈跟你是哥们。"李文延冷声道。

"哟呵，小子挺牛逼啊，想怎样？"踩人的胖子气势汹汹地走过来指着李文延的鼻子。

李文延啪地一下打开指着他的手，冷目以对。

"怎么着，想打架啊。"瘦子也走过来，两人成犄角之势对着他。

李文延站立不动。三人的异动引起周围人的关注，一些学生停下来围观。胖子看来是嚣张惯了，见有人围观更长了脾性，蔑笑着说："没长眼睛的家伙，竟敢惹老子，老子的拳头痒了很久了。"说着抡圆了胳膊一个摆拳朝李文延脑袋上砸去，看样子这家伙是个愣货，这一拳下去，一般人都要被砸得晕倒趴下。围观者有人惊呼。李文延不躲闪不格挡，对着胖子的大腿根就是一脚正踹，臂短腿长，胖子的拳头没砸到人，啊地一声大叫趴在地上，随即缩成一团捂着裆部嗷嗷直叫，旁边的瘦子犹豫了一下，俯下身去扶胖子起来。胖子挣扎着弓身站起，一脸惊惧愤恨地看着李文延说："小子，你狠，你给我等着。"一瘸一拐着和瘦子灰头土脸地离去。李文延一言不发地离去。围观者有人叫：李文延好样的！待几人走后，人群喊喊喳喳散去。

李文延没了找人的心思，直接向宿舍走去。推开宿舍门，几个舍友在聊天，李锐窝在床上，看李文延进来说："李文延，你小子够狠的，你那一脚，那个胖子怕是要废了吧。"

李文延不理他，坐到床边，瞟一眼阳台上仍在抱着电话腻歪的家伙。聊天的舍友听李锐来这么一句，都不说话了，看着李文延问李锐怎么了，发生什么事儿了。

"这事儿怕不能善了，你可知道那个胖子是谁？"李锐下床坐到凳子上看着李文延说。

李文延不吭声，从床下鞋架上抽出一条毛巾擦鞋。舍友们万分好奇地不断看向李文延和李锐，越发想知道发生什么事儿了。

"怎么了，发生什么事儿了……李文延，你怎么了，跟人打架了……跟谁打架了……怎么回事……你没事儿吧……谁啊，咱去弄他，敢欺负我们兄弟……"

"那个胖子家里有钱，他爸是个当官的，在拉萨时就是学校里一霸，见谁都欺负。来 M 大已经打过好几架了，本来要被开除的，被保了下来，听说现在还背着处分。他可不是个吃亏的主，你还是注意些，做些防备。"李锐说。

"怕他个锤子！弄死他！让他滚蛋！"舍友们听了李锐的话不乐意了，纷纷义愤填膺。李文延依然不说话，擦完了鞋，把毛巾放回原处，起身拉开玻璃门，掰过面朝窗外打电话的小子说："我要打电话。"

打电话的正是上次要读李文延的信，被欧阳潇揍哭了的家伙。他被打断了亲密谈话，一脸的不乐意，欲转过身继续打电话，被李文延一把把话机摁死，听筒里传来滴滴的盲音。他胸口起伏，用电话指着李文延说："你……"

"别指我，你打得够久了。"毕竟是舍友，李文延没有动手，但眼睛放光。

宿舍里有人笑了："可怜的家伙，好不容易勾引到的女朋友啊……哈哈。"

电话小子气红了脸梗着脖子说："就指你怎么了，你凭什么摁我电话？"

李文延一挥手，把指着他的电话抓过来，顺势一推，阳台位置有限，电话小子一个趔趄背撞墙上疼地吸气，他顺手抓起角落里的铁撮箕抢过来，大喊着："叫你们欺负我！"李文延又是一脚踹过去，他瘫坐在地上抽泣。

事情发生得太突然，舍友们根本来不及阻止，赶过来时只来得及把电话小子扶起来，电话小子爬到床上盖着被子抽噎，大家七嘴八舌地数落着劝和着："别哭了，丢不丢人你……你确实占着电话很久了……有气别在宿舍里撒……说话就说话不要指人……动什么家伙，弄伤了怎么办……李文延今天是练无影腿呢这是……别说了，都消消气……别哭了，这么大人了哭个什么劲……"

李文延拨了祁夏的电话，铃声响了很久终于接通，听筒里就一句话："我在市医院。"然后就是挂断后滴滴的盲音。

挂上电话，李文延正要出门，宿舍门被咚地一脚踹开，涌进来四五个人，冲在最前面的正是之前被李文延一脚踹中裆部的胖子，瘦子也在，其余几人戴着耳钉，染着黄发各个蛮横。胖子肆无忌惮的目光在屋里扫射一圈，目光落在李文延脸上，立刻杀气腾腾地说："就是他，给我打。"

来者不善，李文延正站在玻璃门前，看到有人冲过来，一个立定弹跳站在桌子上。瘦子过来就要抓他的脚，被李文延居高临下一脚蹬在脸上，大叫一声捂着脸又撞在床梯上，嘴里呜呜叫着。又有人冲过来，看李文延抬脚急忙躲闪不敢近前。胖子虽人高马大一脸杀气，但看见李文延抬腿就蛋疼。他也想爬到桌子上却迈不开腿，叫其他几人爬到桌子上去打，李文延在桌子上左冲右突，弹腿如电，顷刻之间四五个人都挨了几下，气得几人哇哇大叫。其中一个家伙四下看看，掂起地上的凳子就要砸人。

舍友们正在数落李文延安慰电话小子。突如其来的情况让他们一时懵住，直到闹事者拿起凳子朝李文延砸去，他们才反应过来，冲上去阻挡。凳子已经飞出，向着李文延当胸而来，他侧身躲闪，凳子砸中他的胳膊后速度不减咔嚓一声把玻璃门砸碎了。李文延一只脚踩空，急忙之中抓住一个床栏才没摔下桌子。这床正是电话小子的床，他之前正蒙在被窝里委屈地哭，此刻被吓傻了，缩在床脚捂着被子瞪着惊恐的眼睛看着李文延大战闹事者。

李文延胳膊被砸到又差点摔下去，彻底怒了，大喊一声，冲着周围的黄发耳钉们一顿猛踢乱打。舍友们在他们的打斗中被波及，也都怒了，纷纷大喊，一群人冲上另一群人，厮打在一起，桌子上的碗筷瓢盆书本台灯乱飞，宿舍被破坏得一塌糊涂。

宿舍外早挤满了看热闹的人，大部分激动地嗷嗷直叫：打死他！弄死他们！一些唯恐天下不乱或赶来助阵的人想冲进去，但宿舍里厮打正酣的人红着眼睛不认人，他们挨了几脚几拳后退了出去。

砰地一声巨响！全世界安静下来。所有的目光都集中在人群中一个异常高大的身影手中——枪！那竟然是一把枪！此刻还冒着烟。是保安科科长，他手里擎着一把冒烟的手枪！科长迅速把枪收起揣进兜里，众人都不及看清他手里其实是一把发令枪。他大喊一声：一个都不许走！都给我站着！瞧热闹的人都被巨大的枪声和他的威势唬住了不敢溜走，事实上他们也溜不走，保安和学生会成员已经堵在外围开始拍照登记了。威武的科长猛地推开408的门，门板应声倒下，砸在里面一个人身上，倒霉的家伙被砸地哇哇大叫。

一通拍照之后，全部带走。

祁夏在医院里，但却想立刻逃开。她当时在排练室里死等，李文延走后几分钟，终于有乐队成员到来。祁夏见到来人，怒火爆发正要质问，来人告诉她陈飞扬在医院，廖文静心脏病犯了。祁夏一口气生生被噎了回去。她其实不信，但也不仔细问，和来人一起打车到市医院要一看究竟。

祁夏火气冲冲地冲进走廊，一股极度压抑地气氛扑面而来。一群人或坐或站或蹲在走廊里，面色沉郁，陈飞扬和阿胜在抽烟。没人理睬祁夏，甚至没人抬眼瞧她，张妍与她点了点头算是打过招呼。祁夏站在走道中，颇为尴尬。阿胜走过来，勉强皱着笑脸说："你也来了。"

祁夏轻咳一声说："我来看看。"

"哦。"阿胜和她也没什么话说。

祁夏看了一眼蹲在墙脚的陈飞扬质问阿胜："为什么不去排练？"

张妍抬头看了看祁夏，这段时间因为组织活动的缘故，她们接触较多，但张妍对动辄给演员发脾气的祁夏并无多少好感。祁夏这句不合时宜的质问让人很生气，不知谁冷哼了一声。张妍正面正色回答了她："廖文静病了。"

祁夏转过来面对和许婕坐在一起的张妍说："廖文静生病，乐队就有不排练的理由了？"

"祁夏，你是来找事儿的吧。"邓青青噌地站起，看着祁夏说，"廖文静是乐队的鼓手，她心脏病犯了，现在还没脱离生命危险，你却来催什么排练，你还是人么？"

"你！"祁夏被邓青青呛地说不出话。

"你！"邓青青也瞪着她回敬一个字。

祁夏气极，胸口起伏着，紧咬嘴唇拼命让自己冷静下来。她眼神滑过对视的邓青青看向墙脚始终一言不发的陈飞扬说："廖文静的病很重要，可排练也很重要啊，乐队不是还有一个鼓手嘛……"

"滚！"陈飞扬终于说话了，眼中燃烧着熊熊怒火，瞪着祁夏就说了一个字。

"陈飞扬！你……"祁夏终于绷不住了，转身捂着嘴快步噔噔离去。

"冷血动物！"

"简直没人性！"

她身后的走廊里传来低声咒骂。许婕始终低着头一言不发，她心情沉痛而焦急。

廖文静的父母已经从青岛赶来，和走廊里的他们简单而真诚地道谢后随张婷一起进了重症监护室，然后又和市医院的医生一起进了会议室，已经很久了，还没出来。同学们都在走廊里静静地等着，焦急悲伤而无奈。

终于，廖文静父母等人出来了，看得出他们努力镇定背后的疲惫憔悴焦急，廖文静的母亲眼睛红红的，悲伤之情难以掩抑，父亲则更沉重一些。他来到学生们面前，和所有人一一握手，再次真诚道谢。

"谢谢，谢谢你们对文静的关心和照顾，文静能有你们这些好朋友，我真的很高兴。文静没事，她现在睡着了。孩子们，这么晚了，你们都还没吃饭吧，叔叔请你们去吃饭。"

"不用了，叔叔，文静平安就好。"

"叔叔，您太客气了，是我们没照顾好文静。"

"叔叔，是我们没照顾好她。"

……

廖文静的父母坚持要请同学们去吃饭，他们坚持不去，求助地看着张婷。张婷过来说："大哥，他们已经吃过饭了，就不去了。我们已经安排了学生守夜，你们今天赶过来也挺累的，文静这边我们先看着，你们先找地方休息吧。"

廖文静的父母带着歉意对张婷一番感谢。

这时在一旁的医生说话了："张老师，廖医生我们是大学同学，也是多年没见面了，他们的食宿我已经安排好了。学生们明天还要上课，你带他们早点回去休息吧，守夜的学生也不用安排了，我们安排了专人护理。"

廖文静的母亲说："张老师，我们明天要带廖文静回青岛治疗，文静可能暂时上不了学了，能否给她办个休学手续，等她病好了再来？"

"行，没问题。"

"只是我们明天可能没有时间去学校，手续麻烦吗？"

"不麻烦，没事的，只是要写个申请，需要你们签字。"

"那我现在跟你去办行么？"

"现在啊，已经下班了，要不，找一张空白纸你们先签字吧，手续我明天去办就可以了。"

"那太谢谢你了老师，文静的事给你们添麻烦了。"

"别这样说，阿姨，我是文静的班主任，这是我的工作，我没有照顾好她，心里也很愧疚。"

"千万别愧疚，张老师，文静的病情我们最清楚，是这孩子太任性。对了，张老师，还要麻烦你一件事。文静要休学了，她放在宿舍的行李和学习用品能否帮忙邮寄回去，我给你留下地址和邮递费。"

"没问题，地址给我就行了，邮递费就不用了。"

签完了字，拿着写有文静家庭地址的便条，张婷带着眼眶含泪依依不舍的女生们离开。陈飞扬不愿走，他想到病房去看看廖文静，被医生婉言拒绝，痛苦不堪。在张婷带着几个女生离开后，他和阿胜一起沉痛离去。

五十一 忍

　　夏天是躁动的季节。青绿的叶，飞翔的鸟儿，碧蓝的天，单薄的衫儿，朦胧的意，到处都涌动着难掩的情。

　　建校四十周年庆典在即，校园里一派歌舞升平。白天夜晚室内室外的宽敞平地上各色歌舞秀场轮番上阵排演，乐声回荡，欢乐祥和。少年不懂包容，总想追求尽善尽美。祁夏是一个做事能发狠认真的人，这些天拼了命，日夜不休连轴转。每一个节目，每一次完善都有她详尽的建议和指导。她讲解、示范、争吵、哭泣。老师有鼓励，但更多的是不满，演员有配合，但更多的是默怨，她咬着牙，忍而又忍，整个人瘦了一圈。因劳累和缺乏睡眠，她面容憔悴，白粉盖不住青黑的眼圈。她需要理解却不被理解而被诟病腹诽，需要安慰却在诸多献殷勤者中烦躁难耐。女友们安排了一次次的逛街K歌活动想要为她解压，被心事重重的她一次次拒绝。她在坚持，以心中必胜的信念为支撑。因为来不及奔波，她早已不住在校外了，白天她忙碌疲惫的身影干练，雷厉风行，却在深夜舍友们的酣眠声中辗转反侧。除了信念，她还需要一个坚强的后盾，一个坚实的臂膀，她需要喘息一下，短暂而沉入地放松一次，最好能伏在一个结实的胸膛痛快淋漓地大哭一场。她只是一个女孩，一个一贯骄纵受宠的女孩，她也有一个女孩儿温柔的心，柔弱的肩，回转的肠。

李文延在，并以他最大的努力支持着祁夏，但祁夏在生他的气。市医院里当众受辱的情境时时浮现如鲠在喉，她独自忍受从未诉说愈发抑郁。她恨那天在医院里所有的人，恨邓青青的辱骂，恨陈飞扬的狠毒，恨许婕的无动于衷，恨廖文静不合时宜的生病，恨经常在一起组织排练的张妍的冷漠，最终将所有的怨恨集在关键时刻缺席的李文延身上，这些浓稠的恨意即使在后来得知李文延当天晚上打架负伤身背处分也无法彻底消散。最使她不堪的是她要每天面对陈飞扬，要督促着飞扬乐队的排练。

廖文静走了，乐队虽然不缺鼓手却无法正常运转——乐队的主唱陈飞扬罢工了。他不言不语沉浸在自己的世界里难以自拔，在老师和同学坚持不懈的劝导下，罢工两天后的陈飞扬终于返回乐队。面对欢快喜庆的歌词曲调他完全无法投入，本该激情的演唱中总萦绕着悲伤。祁夏无可忍受，向学校申请想撤掉这个节目，学校只说考虑考虑便没了下文，申请换掉主唱，学校说研究研究也没有结果。她想和陈飞扬大吵一架，陈飞扬却不接招。

每一次的排练，大家都在煎熬中度过。又一次排练中，张妍兴冲冲地闯进来大声宣布："廖文静的心脏手术成功！"

世界就在这一刻改变，落寞郁闷的陈飞扬霎时变得明亮，他望向张妍，从她明亮的眼神中得到的是肯定及坚定。随后他又狐疑，廖文静手术成功为什么第一时间不通知他，张妍敏感地嗅到这丝疑问，她说消息是班主任张婷与廖文静父母联系后得知的，廖文静目前正在休养，不能打电话，但能保证消息千真万确。

人，偌大一个身躯，主宰它存亡的却是不可见的思想；复杂的思想，决定它明灭的却是难捉摸的感情，多变的感情；决定它喜乐悲伤的只需一句话，一个眼神即可。

陈飞扬抬起久未高昂的头颅，甩甩凌乱灰白的长发，他一言不发径直走到祁夏面前，深深地鞠下一躬，转身走到落地话筒前，对着面前的两位女士说："对不起，谢谢，我们开始吧！"

他回来了！高亢激昂欢乐喜庆回来了！所有节目中最让人放心不下的演唱完美了！祁夏在惊愕之余无言，她将头扭向一边，静静地听完一遍，打了个 OK 的手势默默起身离去。

不止是陈飞扬，306 的一帮女生在听到这个消息后也是一片欢呼雀跃，弥漫在宿舍的阴霾尽散洒满阳光。谁说少年不懂爱，不解情，最圣洁的爱情，最真挚的友情，最美丽的纯情，舍去年少的青春时光，试问谁堪与争锋！

校内的排练紧张激烈，欧阳潇和杨勇的校外广告生意也如火如荼。短短的几个月时间，他们的小店在两人的辛勤经营下有声有色。辛勤的耕耘带给他们人生的第一桶金，也发现了广告中巨大的利润和商机。他们有信心，决心扩大店面，加大投入，再创辉煌。杨勇持续亢奋，兴致高昂，却时常要嘲笑一番欧阳潇，因为欧阳潇总时不时的情绪低落。

打烊之后，两人回到杨勇的小窝，欧阳潇歪在沙发上发愣。杨勇看着又发神经的欧阳潇不乐意了："我说你跟女人似的，人家女人每个月还只是那么几天，你这战线拉得也忒长了。有啥不开心的，我说你就是矫情，赚钱了应该高兴啊。"

"许婕和李文延断清了。"欧阳潇眉头紧皱，若有所思。

"这是好事儿啊，你梦寐以求的机会来了。"杨勇四仰八叉躺倒在床。

"可我觉得许婕离我越来越远了。"

"这个嘛，你的感觉还不算太迟钝。"

"你也感觉到了。"

"有点儿。"

"那，这是咋回事儿啊，狗头情师，你给分析分析。"

"我现在哪有空操你那闲心，每天忙得跟狗似的。"

"我知道哥们辛苦，但你得给兄弟分析分析，您不是号称爱情大师嘛。"

"你去买酒。"

"茶几下不是有酒么。"欧阳潇拖出半箱啤酒。

"那你吹一瓶。"

"我凭什么吹一瓶。"

"哎呦，我可累坏了，想睡一会儿。"

"娘的，我吹……"

"看在你小子还有些诚意的份上，大哥我就帮你分析分析。"

"真把自己当狗头了。"欧阳潇小声咕哝。

"说我坏话是吧，哎呦，我又困了。"

"真无语了，装什么蒜头，过来喝酒。"

"许婕有心事。"杨勇从床上慢悠悠地坐起，点燃一根香烟。

"我也感觉到了。"

"不可捉摸是吧。"

"飘忽不定。"

"这就对了，这就是女人，你永远摸不透她在想什么。胡丽这段时间不也来得少了么。"

"对呀，她们出什么事儿了？"

"能出什么事儿，你在学校你不知道啊。"

350

"前段时间廖文静生病，但最近也没出什么事儿啊。"

"胡丽我知道，她是觉得我冷落了她，可每次来店里我们都在忙，顾不上啊。"

"那，严重么？"

"挺严重的。"

"到什么程度了？"

"需要一两次火锅疗法才可以治愈。"

"那不算严重啊。"

"目前不算严重，可咱没时间去吃火锅啊，扁鹊有言'疾在腠理，不治将恐深'，待哪天爆发了那就不好收拾了。"

"那就赶快去呗，现在就去。"

"不去。"

"怎么？"

"我累得很。"

"我也是。"

"你更累。"

"理解万岁。"

"那你干了。"

"我正要喝。"

"咱们分析分析，前段时间胡丽和许婕经常来，后来次数少了，这段时间更少了。"

"对。"

"许婕比胡丽来得更少。"

"是，有时候胡丽单独来，有时和邓青青来。"

"只有一个可能，许婕讨厌你了。"

"不会吧，这么严重，没理由啊。"

"女人都是疯子，做事不需要理由。"

"你别吓我。"

"好吧，我不吓你了，你喝酒。"

"你无聊不无聊，我一直在喝啊。"

"我想让你多喝。"

"凭什么。"

"凭我经常一个人在这喝。"

"好吧，兄弟，你辛苦了。"

"喝多了你就懂了，网上不是说'哥喝得不是酒，哥喝的是寂寞'嘛，这不是笑话。"

"好吧，我懂了，我回去转告胡丽，叫她常回家看看。"

"不用，男人是孤独的动物。"

"那你要什么。"

"我要孤独。"

"装深沉是吧。"

"我们来分析分析许婕为什么似乎越来越冷淡了。"

"为什么。"

"她有心事。"

"什么心事？"

"我不知道，咱分析分析。许婕为什么要和李文延分手，李文延不是她要的菜。"

"我知道一些，许婕的第一个男朋友是杨璐，这个咱俩聊过。"

"李文延只是杨璐的影子，他不是杨璐，也替代不了杨璐，事实上谁也替代不了杨璐，没人能替代得了女孩子的初恋，她还没有放下，也很难放下。"

欧阳潇沉默不语。

"她很聪慧，也想要放下，但不由自主。"杨勇不再劝酒，坐到桌前自顾自地喝起来，边喝边说，"她一直活在过去的阴影里，我们可以想象出她的痛苦，难以忘怀却不得不忘却的痛苦。"

"她是个坚强的姑娘。"欧阳潇明白。

欧阳潇与杨勇对饮，杨勇的分析点醒了他，杨勇不再说了，看着他。

他若有所思地说："与李文延的决断是她的一个开始，一个打算与过去诀别的开始，但没那么简单。她来 M 大，是为了她和杨璐的约定，她不愿辜负这段感情，要用自己的方式将这段感情善终，之后，再重新开始。所以，我还要等。"

"哈哈，果然聪明，一点就通，快叫师傅，别忘了明天买酒啊。"

欧阳潇深深地低下头。

杨勇干完杯中酒，起身扑倒在床上，拉开被子就睡，很快打了两声呼噜，迷糊中，却突然来了一句："等揭过了这一页，对她好点。兄弟，这是值得你用一辈子去好好珍惜的姑娘。"说完又打起了呼噜。

欧阳潇眼神坚定，紧紧地握着一杯啤酒仰头灌下说："我一定会的。"

在和杨勇讨论的过程中，欧阳潇强压冲动，没有说他向许婕表白的事情。爱情的模式是不可复制的，杨勇自有他对待爱情的理论，可每个人都有自己的思想。自那次表白之后，和许婕见面很少，那件事也并没有影响他们的关系，一切似不曾发生过。但他知道，那件事已在他们心里烙下深刻的印记，这是他和许婕之间的一个约定，一个秘密。

夏季不止有骄阳，雨季是夏季的另一个代名词，这一年的雨水格外缠绵。与雨一起缠绵不清的，还有女孩易感伤的心。许婕独自徜徉在雨中，透过茫茫雨丝，远方的天空一片迷蒙。去年此月间，她从纯真快乐的顶点瞬间跌入痛苦的谷底，一切发生得太突然，直至今日，深深的伤痛仍在心中无法抹去。那个黄昏的约定，那个共考入 M 大的约定，她践约了，而他，那个在情窦初开的她心中展开美好蓝图坚毅美好的他，却爽约了。无数次，她在梦中哭醒；无数次，她摩挲着他送给她从山里捡来的洁白的心石，泪流满面；无数次，她在日记本里写下深深的思念和伤痛；无数次，她在 M 大寻找那个坚毅的身影，却只有无数次的失望。逝去的永远不会回来，留下的，是永恒无尽的伤痛。又到一年高考时，她毅然放弃了重新高考的打算，别人的历史可以忘记，自己的曾经难以抹去。六月，注定有一道定时发作的伤，她需要沉寂，缅怀，独自舐伤。

欧阳潇是一道明亮的阳光，在她落寞彷徨的岁月里带给她不一样的快乐和坚强。他也忧郁，也坚强、害羞，也敢去闯。但他不是杨璐，他和杨璐是一类人吗？或者是吧，但又不像。杨璐到底是怎样的一个人，属于怎样的一类人，她想亲近的到底是怎样的一类人，怎样的一个人啊！自己要永远生活在这个阴影中，固步自封？自从与李文延分清决断，与欧阳潇更多地接触后，许婕内心最深处渐渐不自觉地萌发诸如此类的问题。每及此时，她便又恨又怕，怎么能这样想。难道时间真的可以磨灭一切，就连杨璐也只是一个象征？她不愿深思，回味咀嚼分析是一种罪过，是不可饶恕的背叛。她需要这种朦胧的情愫，需要坚信这个世界属于她的唯一已经逝去不再。

可这种阴郁的情怀在连绵的阴雨中让她痛苦不堪，她向往阳光，阳光也在眼前，她却不敢触摸。一起来 M 大，一起去西藏，杨璐不能赴约，她在独自坚决地踏入 M 大的大门时就坚定地告诉自己，要独自践行这个约定。西藏一定要去的，将杨璐的照片放在墨脱最美丽的山峰上，让他得偿夙愿，虽不能实现他的理想与抱负，也能永远伴随着蓝天。

那就等待吧，独自等待，独自坚守。如果欧阳潇届时仍在身畔，那就在了结了夙愿之后，在美丽的蓝天下再翻开新的一页！

五十二 离

又到一年暑假时，校园内外弥漫着离愁别绪。

许婕和舍友照例要吃散伙饭，欧阳潇和杨勇也参加了。欧阳潇和舍友们在大一的时候，每次放假也要举行散伙仪式。进入大二后，各自奔忙，人心不齐，放假的时候就再没聚过。

去年寒假，许婕他们的散伙聚餐因为是和她的生日一起过的，就由许婕请客了。这次，在张妍的提议下，她们约定，以后的集体聚会，除了生日宴会等特殊情况，大家都要 AA 制。

杨勇说："以后你们再 AA 制吧，这半年我和欧阳的小店赚了点儿小钱，这次散伙饭我请客。"

"不行，这是规矩不能破坏，你们两个也要遵守，也在 AA 之列。"张妍拒绝采纳杨勇的提议。

饭桌上，依照学生的标准，摆满了丰盛的菜肴和啤酒，可是因为要离别，大家的兴致都不是很高。

"都别一副要死要活的样子了，我们不就分开一个暑假嘛，回家可以见到老爸老妈啦，该高兴才是啊。我明天就要走了，大家都订了几号的票？"邓青青率先发话，想要活跃一下稍显沉闷的气氛。她问完话，看着大家。

"这个，我还没定，可能要过几天吧。"张妍说。

"哦，我知道，你是要在这里陪李军嘛，当然不着急回家。"邓青青摆出一副我什么都知道的表情。

"乱说，是学校里还有些事情要做，老师让我留下来帮忙收尾。"张妍瞪了邓青青一眼，看向桑林措姆问："你呢，措姆，你和仁青什么时候回去啊？"她怕邓青青口无遮拦地再说出什么话，将话题转移到桑林措姆身上。

"我今年暑假不回西藏了，要和仁青去旅行。"桑林措姆说。

"哇，和男朋友去旅行，多浪漫啊，你们打算去哪里？"邓青青追问。

"我们打算上大学这几年把五台山、普陀山、峨眉山、九华山都去一次，还没定好今年要去哪里，应该是先去五台山吧。"

"噢，你们这是要去访四大佛教名山，拜见菩萨啊，阿弥陀佛。"邓青青说着双手合十念着佛号，"五台山就在我们山西，距离我们家很近的，我们一起走吧。"

"可你明天就要走啊，我们还没定好出发时间，会有很多同学朋友一起去的。"

"嗯，那我先回家，你们到了五台山给我打电话啊，我给你们当导游。我一会儿给你留下我们家的电话号码，一定要打给我啊。"邓青青开心地说。

"别只顾着说话，来，大家吃菜喝酒。"杨勇把桌上的酒杯倒满，大家碰杯。

"大家一会儿都相互留一下放假期间的联系方式吧，你们的联系方式我的手机里都有。"张妍说。

"那干脆你告诉我们不就得了。"

"好的，一会儿吃完饭我写在纸上。"

"许婕你呢，什么时候走？"

"我也还没定，过两天吧。"许婕说着瞟了一眼欧阳潇。

"张妍留下是要干革命工作，你留下来干什么呢？"邓青青也顺着许婕的眼神瞟了一眼欧阳潇。

"你瞅我干什么，许婕留下来又不是陪我，我暑假可是不回家的。"欧阳潇对着邓青青说，也是帮许婕打岔。

"谁问你了，此地无银三百两。"邓青青撇撇嘴。

"唉，不问了，我知道你们都有男朋友，都不急着回家，胡丽，你也不着急回家，对吧。"

"嗯，对。"胡丽自顾自地吃菜，她总是在大家还没太动筷子的时候多吃一些，等大家都开始吃了，她就基本不动筷子了。真不知道有洁癖的她是怎么和大咧咧的杨勇合拍的。

"你们欺负我没有男朋友是吧，放心吧，我一点儿都不伤心，本小姐今天郑重宣布：大学期间坚决不交男朋友，只谈哥们。"邓青青举起杯子说。

"好，坚决支持！我还不想看着这么好的妹子被哪个男生抢走呢。"杨勇和邓青青碰杯，大家都举杯相碰。

"你们明天不送我么，我一个人走，好孤单。廖文静也不在，她在的话说不定还能一起走。"邓青青做出一副难过的表情。

"送你，送你，我们都送你。"欧阳潇说，"明天用我们的三轮车把你和你的行李驮到火车站。"

"真的，一言为定。"邓青青眼睛放光，"欧阳哥真好。"

"唉，你又来，别这么腻歪啊。"欧阳潇说她。

"我怎么腻歪了，我就要叫偏要叫——欧阳哥——欧——阳——哥——

358

哥。"邓青青拉长声调做出万分甜蜜的样子看着欧阳潇喊。

"哎呦我的妈呀，受不了了，欧阳哥——哥，你就快答应吧，我还要吃饭呢，一会儿全吐了。"杨勇夹着一筷子菜学着邓青青的语调说。

欧阳潇无奈着，脸涨了红。大家都笑着看他，许婕也憋着笑看着他。

"好了好了，我知道了，我就是一个大好人，谢谢你啊邓青青同学。你们就别幸灾乐祸瞎起哄了，喝酒。"欧阳潇答应着，举起酒杯叫大家喝酒。

"张妍，廖文静现在怎样了？"许婕问。

"前段时间和她家里联系了一次，她还比较虚弱，正在恢复期，我也没能和她直接通话。不过，这次的手术的确很成功，她妈说只要她不在情感和身体上受特别大的伤害，不会有问题的，和正常人一样。"张妍说。

"怎么才算情感上和身体上受到特别大的伤害？"大家都想知道。

"嗯，这个，她妈妈也没说，我想应该是指失恋啊生小孩啊这样的事情吧。我上网查了，心脏病患者不适合生小孩的。"

大家听后沉默。

"祝愿她早日康复！"

"祝愿她幸福快乐！"

"祝愿她永不失恋！"

"祝愿她能生小孩！"

大家不约而同地端起酒杯，为缺席的廖文静举杯遥祝。

第二天，大家都送邓青青去火车站。欧阳潇骑着他们店子里的货车——一辆经过整修后仍然破旧叮当的二手脚蹬三轮车，车上载着邓青青的皮箱背包及一堆花花绿绿，那多是舍友给她买的一些饮料和零食。欧阳潇精干的身躯灵活地驾车，匀称细瘦而有力的两条腿轮番上下舞动。车轮缓缓转动，一群女生随后，嬉笑着，仍有一丝隐隐的离别伤感悄悄酝酿蔓延。杨勇卖力地讲着笑话，企图点燃欢乐的气氛，空气却依然潮湿。邓青青难以忍受，几步跨出，一屁股坐在三轮车帮上，回头对后面的人群说："不爱理你们，一群潮乎乎的小娘们，我邓青青又不是一去不复返，有什么好伤心难过的。"

欧阳潇感觉车子陡然一沉，方向猛偏，急忙扶正，回头看一眼白胖胖的邓青青嘟囔："比一车行李都重。"邓青青瞪起眼睛："说什么呢你，蹬快点！"出手给卖力扭动的欧阳潇屁股上就是一巴掌。欧阳潇对邓青青的粗鲁无礼简直要疯了，无奈地蹬着车说："邓青青，你是个女的么，怎么像个疯子一样。""少啰嗦，快点蹬。"又是一下。欧阳潇彻底无语了，加速前行。车后的人群中传来几点笑声。

在邓青青的辣手不断拍击之下，三轮车渐渐远离后面行走的人群，邓青青索性站起，手扶欧阳潇双肩站在载着行李的窄小车斗中，瞬间她发出快乐的笑声。"再快点，稳点……"她一边向前面汗流浃背的欧阳潇发号施令，一边张开双臂，作拥抱蓝天清风的陶醉状，在人来人往的大街上肆无忌惮地发出可怕的陶醉声。欧阳潇是汗是泪分不清楚，满满的，一头一脸一身都是，在路人百分之百的回头率中呼啸而过。

"欧阳。"邓青青继续保持者她陶醉的姿势大声喊着。

欧阳不应。

"欧阳潇！"邓青青提高分贝。

"哎——"欧阳潇无奈地拖长声音回答，若不应答，不知她又要喊出什么话来，这个可怕的疯丫头。

"你还记得我用你的筷子吃饭，用你的酒杯喝酒么？"邓青青一手搭着欧阳潇的肩膀问。

"记得。"

"想知道为什么要喊你欧阳哥哥吗？"

"为什么？"

"因为我要刺激你，刺激你们，你们所有的人；因为我着急，着急你和许婕不能尽快地走到一起。"

"哦……"

"还有。"

"还有什么？"

"还有就是我要你做我的好哥哥。"

"哦。"欧阳潇顿时轻松下来。他们的对话声音很大，邓青青简直就是对着天空喊出来的。

"你懂了么？"

"我懂了，谢谢你。"

邓青青说完又展开双臂，迎风飞翔。

"我觉得好快乐！"

"快乐就好。"

"我想唱歌！"

"你……还是别唱了。"

"好，我不唱了，你爱许婕么？"

欧阳潇又要疯了，这是想一出是一出啊，他都不好意思去看路边的行人了，她的声音那么大。

"快说，你爱她么？你个胆小的虫子。"

"我爱她。"

"大声点！"

路人的笑意和目光已经无法阻止邓青青自顾自的陶醉与疯狂了，欧阳潇的狼狈和无可逃避的逃避也不能丝毫挽回他们奇高的回头率，索性他也豁出去了，一边费力地蹬车，一边大声地应答：

"我爱她！"

"她爱你吗？"

"不……确定！"

"她也爱你！"

"是她告诉你的吗？"

"不是，但我知道！你要对她好！"

"我会的！"

"你说你要对她好！"

"我要对许婕好！"

"你要永远对她好！"

"我会永远对许婕好！"

"我们做最好的朋友吧！"

"我们做最好的朋友！"

……

两人在蓝天烈日下，蹬坐着三轮车，面对天空，面对迎面而过的风，大声呼喊着问答，向所有过往的行人车辆，在永不停歇的时间里，对世界喊出他们最挚美的心声。醉了，风醉了，光醉了，蓝天醉了，远远地跟在后面的人群清晰地听到他们的问答，也醉了。许婕流泪了，同行的女孩们流泪了，那些注视着他们的人们，很多人，微笑着，也泪流满面。

这段可以放浪形骸敞开心扉的青春岁月，一旦逝去，将永不复返！

"欧阳哥。"

"怎么了。"

"停下来。"

"为什么？"

"等他们，他们还在后面。"

"哦，好。"

欧阳潇按下刹车，把车停在路边。邓青青从车上跃下，欢快地奔向后面一群为她送行的兄弟姐妹中。

五十三　墨脱手记——生死

　　回想着她在 M 大的第一个暑假，许婕盼着她大学生活的最后一个暑假尽快到来。届时，她就可以见到欧阳潇了，而现在只能和远在墨脱的他打电话、通信。虽未明确关系，但他们已经默认和适应了彼此，这突然长久地分离，让许婕失落伤感。

　　许婕坐在自习室，拆开信封。突然又收到欧阳潇的信，她很惊喜。自上一次通信后，很长时间没有收到他的信了。欧阳潇在上一封信中说，墨脱冬天大雪封山，可能不会来信了。之后很久，他们也确实没有通信。前段时间通电话时欧阳潇说他病了，许婕很担心，但他说只是感冒，很快就会好。之后再打电话欧阳潇说他已经好了。他们之间不经常通话，倒是杨勇和欧阳潇经常电话联系。

　　读着信，许婕的手微微颤抖。她要给欧阳潇打电话，要狠狠地责问他，问他为什么要向她隐瞒这么重要的事情！她还要去质问杨勇，杨勇一定知道的，为什么也要瞒着她！

许婕，想念你，愿你一切安好。

首先，我要说声对不起。我向你隐瞒了我真实的近况，因怕你担心。我们距离太遥远，路途又很危险，我怕你在得知消息后过于担心不顾一切地赶过来，那我就犯下了更严重的错误，会良心遭谴。你读这封信的时候，我已回到墨脱县城，一切安好。等我回去了，再向你负荆请罪。

海拔 4200 米的嘎龙拉和 4300 米多雄拉大雪弥漫，墨脱进入一年一度的"封山期"，道路不通，与世隔绝。

高山之上有神灵。听说很多欲戒赌之人会在冬天经过雪山顶时，跪在齐股深的雪中，对着茫茫雪山，对着无尽虚空发誓：某某自今日起戒赌，如不践行，死于此山……

冬天，若县里有必须的物资需要运送，会以 20 元一斤高价雇佣背夫。自有人愿赌命以搏，通常会是小山东，大山东（两个在此干过长达十年之久的山东籍背运工），甘肃的"一把手"——只有一只手，小四川和一些当地百姓。这些职业背夫经年累月背着最重达 180 斤的货物，肩扛手提头顶，在崎岖不平的山路上奔走。生活，能让人承受得更多。

前段时间，我翻越了嘎龙拉雪山。

十月底，跟往常一样间歇的小雨转成连阴大雨。我因常在野外游走，有些感冒。恰逢同事结婚，又喝了几杯喜酒。

第二天，我感冒加重，连续高烧不退，开始住院，结果一住就是十天。退烧针剂打了无数，40 度的高烧仍然顽固反复，我的身体逐渐虚弱至无力下床。医生起先以为我得了疟疾，抽血化验没查到疟原虫，遂决定让我转到上级医院治疗。

时进出墨脱的路因大雪封山已不通行，教育局从公安局借来一辆北京吉普，学校派一名老师，医院派医生随行照护，送我到林芝就医。但汽车只能开到米日村，从米日开始，我骑着一匹骡子，翻山涉水至80K，后又在80K找车连夜向52K进发。天亮时到了52K，吃罢早饭，四个门巴小伙子将背着我翻过嘎龙拉山。他们用结实的实心竹藤和木板做了一个简易背带，将我背在身后，开始翻山。

背着我，他们爬雪山非常吃力，每走一步都要喘粗气。我于心不忍，从别人手中借来在山脚下砍的细棍当拐杖自行，实在走不动时，他们搀扶我。从嘎龙拉山南麓至山顶，要经过三个平台，平常人走三到四个小时即可到山顶。那天，我们一行人用了五个小时。

终于到达山顶了。金色的阳光照耀在茫茫的雪山之巅，我顿觉神清气爽，疾病全无。风很大，不时卷起雪沫飞扬。我真想张开双臂，向群山，向金色的朝阳大喊一声，呼出我心中郁积已久的闷气。但我没有，怕引起雪崩。我们带好墨镜口罩，安静地下山。

上山容易下山难。尽管积雪深没大腿，绝不会被山上的石头磕碰着，但一些被冰雪覆盖难以发现的暗沟、断崖，还是非常危险的。他们用一块塑料布铺在坚硬的雪上，让我坐在上面，用力一拉，我就顺着雪坡滑了下去。起先我还可以把双手插入雪中控制速度，随着滑行的速度越来越快，我的"手刹"失去作用，而我又贪恋飞翔一般的感觉。当只有我一人几乎如雪崩一样的速度飞在雪面上时，才发现左前方一道断崖越来越接近！情急之中，我向右猛翻身，几个翻滚之后陷在雪窝中。雪很深，我挣扎着竟不能起身反而不断下陷，只有静静地卧着。随行的人终于连滚带爬地赶到了。两个小伙子奋力地把我从雪洞中拽出，仓皇之中我看到他们脸色苍白，鬓角发根渗出冷汗。我已经脱离下山路线，掉入悬崖边上的暗沟了，小命差点报销。

接下来，一行人不再追求速度，跌跌撞撞奔向山下。说实在的，当时我并无多少惧怕，长久的压抑在滑行的快感中尽得释放，我心情爽朗，只是有些疲惫。但在山下的路上稍加休整，我又浑身充满力量，感觉自己健康得都可以跑马拉松了。

我们走到24K乘坐了一辆"王牌"大车到达波密，又有车将我们送到林芝地区。我在地区住院将近一个月——肺炎。护送我的老师和医生在将我安顿好后就返回墨脱了。感谢他们。

十一月下旬，我终于可以出院了，但要回墨脱，这个时节翻雪山难度更大。此时的嘎龙拉犹如一头巨大白色怪兽，静静伺伏着等待进入它口中的猎物。积雪在融化与堆积的交叠中变得不可捉摸，而压力总要释放的。打听到消息说县长也要带领一批人回墨脱，还在八一，我赶忙跑到墨脱办事处寻找。

我跟随县长一行人到达波密并休整一天。

凌晨两点出发。到18K时，路旁的雪已没膝，好在有护路队一直在铲雪，车还可以通行。勉强行至24K，发现那几间简陋的木板房已几乎被雪埋住。看了看表，凌晨四点。开始翻山。

由于带有众多物资，县长此行带了二十多个民工背运，开路。民工在前将几乎齐腰深的雪踩下去，我们跟在后面。四十多人浩浩荡荡以之字形无声地攀爬在白色的大山上。民工很有经验，慢慢行走。我痊愈后休息了一段时间，体力恢复，一度嫌他们走得太慢，想跑到最前面开路，可在苍茫无尽的雪中根本找不到方向。

四个小时后，我们终于到达山顶，而我身上背着的十斤苹果（冬天，苹果在墨脱二十元一斤还买不到）似乎重达上百斤。

时近九点。山顶上，又见金色的阳光，又见重重叠叠远远近近苍茫无际的雪山，我们贪婪地呼吸着清冽的风。不远处有石头般坚硬的雪块四处滚落着——看来不久前刚发生过雪崩。

继续前进，下山。仍然有暗沟，可我们人多路熟；仍然很疲惫，可我们走在回家的路上。美丽冻人的雪山下，有更加美丽而温暖的墨脱。

下至第一平台时，我碰到了"大山东"。他头上脸上都有伤，正被人搀扶着上山。在到达波密当天，他来找过我，说要给我背东西。他们讨生活不易，我答应了。可一直到我随大部队出发再没见到他，不想却在这碰上了。在平台上，我们聊了一会儿。他告诉我，在他找过我的第二天，他又和另外六个人接了一个老板的货，没来得及跟我说就先走了。他们动身翻山时比较晚，到达山顶时已经十一点左右了，山顶毒辣的阳光慢慢消融着惨白而氤氲的积雪。

终于到山顶了，太累了，照例要找个背风地儿放下货物，抽支香烟。七人中有四人同时重重地放下货物坐下。就这些动静，足够了，足够引起雪崩了！

轰隆隆！排山倒海！雪山崩塌！白色的魔鬼呼啸而下！

七个人瞬间被雪崩埋住。

"大山东"当时坐得离他们较远，看到雪崩下来情急之中来不及动作就被轰隆而过的冰雪埋没。

他终于清醒过来。黑！冰冷！憋闷！凭着多年野外生存的经验，凭着对雪山的熟悉，凭着强烈的生存欲望，他拼命冷静着，努力从嘴角流出口水（口水流下的方向是下方），判明了方向。他开始挖雪自救，怕再引发雪崩，先是慢慢地挖，后又果断地挖，哭泣着用冻僵了的手挖，碰到石头就换个方向挖，断断续续不停地挖。仍然是黑暗，仍然是冰冷，体温不断下降，绝望一点点袭来……

求生的本能让他不能放弃，身体极限爆发的潜能让他继续战斗。终于，他的头顶破了厚厚的一个雪块，明亮的阳光瞬间刺向了他。他紧闭双眼，想要大哭一场，但他不能，要忍耐着，保持体力。

太阳啊，温暖的太阳，照耀着大地，带给人希望，带给人生命和力量。

"大山东"恢复了体力，坚强地出发了。他在52K思考了一天，决定要走了，要告别墨脱，再不要在墨脱当背夫了。背负的货物丢了，他的伙伴全部葬在了雪山上。这里，是他的伤心之地。

我们差点踏着他的尸骨前进。我们踏着他同伴的尸骨翻越了雪山。他们已经死亡，我们继续攀爬在死亡线上。

听说，要打一条扎墨隧道，结束墨脱季节性通路的历史，为这个目前是全国唯一不通公路的县城创造新的历史。而现在，山依然巍峨高耸，雪依然虎视眈眈，路依然弯曲泥泞。

在52K，我深有感触，得知仍有要翻山去林芝的墨脱人，我写了这封信，让他们寄给你。

看完信，许婕收拾好书本离开自习室，她要去找杨勇兴师问罪。

五十四　蓝图

在车站送走了邓青青，杨勇慢悠悠地蹬着叮当响的三轮车，欧阳潇、许婕和胡丽跟在后面，四人来到他们的广告店。

因业务繁忙，店里又购置了一台电脑。李军的生意一直很好，忙不过来时会把部分打字复印和一些喷绘写真的版面设计让给他们做，户外作业人手不够时也会叫他们帮忙，当然这一切都是有偿的，以行业内部价格支付。

杨勇和欧阳潇忙不过来时，就让许婕和胡丽帮忙，她们是新手，目前只能做一些打字复印的活计，但聪明的她们很快就熟练了。在两位男士的指导下，在设计方面也能独当一面了，甚至比杨勇和欧阳潇做得更好。用她们的话说就是：你们是技术工，缺乏艺术审美细胞，而艺术正是设计所不可或缺的。

终于放假了，他们要好好合计一下这个暑期的打算。四人在店里忙碌了一阵，拉下卷闸门，到菜市场买了食材，回到杨勇租住的小屋。

青春，似乎总有挥霍不尽的时间。其实，属于青春的时光是十分短暂而珍贵的，若能在这短暂而珍贵的时间对未来有切实的规划，人生就有了一个成功的开端。

胡丽的厨艺好，喜欢做饭，别人做的食物她总觉得不干净。许婕因为是独生女，有老妈疼着惯着，在家里很少进厨房，只能给胡丽打下手。但看着胡丽能有条不紊地做出可口的饭菜，她很想学。胡丽教她："我们最终要单独生活的，不论是为了家庭还是自己，一定要学会做饭，要会做一手好菜。但我喜欢做饭，却不喜欢洗碗。在我看来，将各种食材在自己手中变成可口的美味是一种艺术，而洗碗则丝毫没有技术含量。"

许婕和胡丽在厨房聊天、忙碌，欧阳潇和杨勇坐在客厅的沙发上抽烟，两位女士也不叫他们帮忙。在世代的传统和父辈们的影响下，他们都已认同并习惯了做饭是女人们的事，但胡丽还是做了分工，给他们安排了刷锅洗碗的任务。

"欧阳，我最近想了很多，想和你分析分析。"杨勇吐出一口烟，沉思着说。

欧阳潇看了一眼厨房的方向说："我也想了很多，正想和你分析分析。"

"唉，你个家伙还沉浸在你的爱情里，我要和你分析的不是这方面的事。"杨勇是个粗中有细的人，从欧阳潇的眼神中，他知道欧阳潇以为他又要分析他和许婕的感情。

"我当然要关注我的爱情，你的爱情已经是板上钉钉尘埃落定了，我的还是未解之谜呢。"

"你小子……算了，不骂你了，你也是当局者迷，我们就先分析分析你的爱情。"杨勇向厨房方向努努嘴，示意欧阳潇说话小声点儿。

两人低声交谈着。

"那你这个旁观者现在看清我们是什么状态了？"

"当然看清了，你现在已经无需任何担心了，事情已经定了，正在朝好的方向发展。"

"我也觉得现在的态势还好，可总感觉还在悬着，不太放心。"

"是因为她没和你表态？"

"是啊，这段时间她太平静了，虽然我知道她和李文延已经彻底分了，可她并没有要转向我的意思，甚至感觉她在有意回避着我。"

"这多正常，多合情合理啊。"

"此话怎讲？"

"我就说你是当局者迷吧，其实咱们之前分析过的。她现在是和李文延分手了，那是因为她看清了很多事情，明白了李文延毕竟不是她心中想要的人，李文延作为替代者也终究不能代替原来的感情。他们的分手也标志着她对杨璐的感情也最终告别了。"

欧阳潇抽着烟听杨勇分析。

"你听明白了没有，唉，其实我是想说我说明白了没有。"杨勇用拳头捶了欧阳一下。

"你继续说，我在听在想呢。"

"她和之前的感情结束了，但并不能马上就开始投入到和你的感情中来。她需要一个过渡，像她这样比较讲究的女孩，也许还需要一个仪式，我们不知道这个仪式是什么，也不知道这个过渡期会有多久，但她的重心已经转移到你这边来了。所以你不用担心，她在内心里其实已经接纳了你，只是现在还不能立即和你开始。你需要的是耐心等待，以一颗平常心，就像你们之前什么也没发生过一样地重新去追她。但不能太猛烈了，你追得太急反而会让她彻底把自己封闭起来。你得给她点儿时间过渡，明白吗？"

"这个其实我也明白，但事情发生在我身上，我还是着急。"

"不能着急，你要把她当成朋友，最好的朋友而不是女朋友，但在你心里要把她当成女朋友。"

欧阳潇不语，抬头睁大眼睛看着他。

"还不明白是吧，你真是头蠢驴，我都说得这么清楚了。就是说，你现在什么也不要做，不要提感情这回事儿，把心放平，专心投入一些你该做的事情中，并继续关心她，但不要过分热情……"杨勇努力组织着语言耐心地给欧阳潇开导。

"你们两个大男人聊什么呢，神神秘秘的。"胡丽和许婕端着热腾腾的饭菜从厨房走出来。

"哦，我们在聊正事儿呢，也正要和你们分析分析。"杨勇迅速打住和欧阳潇话头转而对胡丽说。

欧阳潇以为他真要说出他们正讨论的问题，瞪了杨勇一眼，杨勇回了他一个眼色。

"先吃饭吧，边吃边商量。"许婕摆放着碗筷说。

"好馋啊，大美女们还能做出这么香喷喷的饭菜，你们两个真是贤惠。"

"别贫了，记得一会儿把锅碗刷洗干净，我要检查。"胡丽说。

两位女士做的饭菜还真挺可口，四个人围桌坐定开始吃饭。

"我最近想了很多，有个严肃的问题想和大家探讨一下，刚才正和欧阳分析呢。"杨勇说。

"什么严肃的问题。"胡丽问。

"事关终身大事！"杨勇一幅深沉状。

"这么严重啊。"胡丽说。

"嗯，非常严重，与未来和人生有关。"杨勇认真地说。

欧阳潇的心悬着，他可不想让许婕知道他和杨勇经常在私下分析他们的感情问题。

"什么事儿啊，别卖关子了，吃饭都没胃口了。"胡丽说。

"我们的事业发展规划。"杨勇向欧阳潇挤挤眼睛，笑着对大家说。

欧阳潇悬着的心终于放下了。

"哦，你又发现什么商机了？"许婕问。

"这个说来话长，需要我们共同商讨，吃完饭再说吧，先吃饭。"

"对，民以食为天，赶快吃饭，不然我们辛苦做的好菜都凉了。"胡丽说。

吃罢饭，大家围坐茶几喝茶。

"你刚才不是有重要的人生规划么，说说看。"许婕问杨勇，她似乎对这个话题很感兴趣。

"最近我想了很多，觉得我们必须好好地把握青春，不能再浪费一丝一毫的光阴。"杨勇说。

"你没有浪费光阴啊，应该说你最没有浪费光阴，广告店不是被你经营得有声有色的嘛。"许婕说。

"广告店目前的生意是还不错，但从长远的发展来看，我并不只满足于这点儿成绩。"杨勇环视大家，顿了顿。

"你接着说。"欧阳潇说。

"我分析过，虽然目前的广告店生意不错，可将来呢，将来就靠广告业为生么？据我了解，广告业虽然确有前途，但因为已经走上正轨，发展成熟了，想要在广告行业最终取得成功很不容易，即使想做到李军那样的程度都很难。所以我们要分析一下形势，看看有没有新的发展方向。"说完他又看着大家。

大家点头表示赞同。

"我们需要与时俱进，把握时机，发现商机，将来才能真正有前途。"

"看来你已经看好一些方向了。"胡丽喝着茶，看着他说。

"嗯，方向算是有了，不过有点儿朦胧，我们一起分析分析。"

"大概方向是什么，涉及到哪个行业？"欧阳潇问。

"我们分析一下，我们所处的时代正发生着巨大变化。你们在校园里读书，可能不太关心这些，更不经常去思考商业方面的问题，但我和李军还有其他一些老板大亨聊天时，经常留心听他们探讨此类问题。根据目前社会发展的形势，我觉得有几个方面的事情可以着手去做。"

"哪几个方面？"欧阳潇觉得杨勇说得有理。尽管他是学经济学的，但那是关在笼子里的理论经济，对社会发展形势，他还真没有做过像样的思考，何况他目前还纠结于悬而未决的爱情中，无暇顾及事业和人生的规划。

"手机、网络、物流，当然还有广告行业。"杨勇说。

欧阳潇三人专注地听着他分析。

"当然我们不是每个行业都要涉及，'隔行如隔山'，每个行业都需要专业知识，我们目前既欠缺专业了解，又缺乏一笔庞大的启动资金，也没有足够的精力。"杨勇喝了一口茶接着说，他激情满怀思如泉涌，"手机也不算是一个新兴事物了，但绝对有良好的发展前景。我们把它归到电子产品一类，电子产品的更新换代是非常迅速的。就拿电脑的发展来举例，在短短几十年中，电脑已经从当初两间教室那么大，缩小到现在只有笔记本大小，而且正在迅速普及。说不定将来还能更小，像手机那么小，将来有可能一部手机就是一台简易电脑。所以，做手机行业是有很大发展前途的。"

他说完，大家沉默了一会儿，许婕接过话题说："我不太看好手机市场。你刚才不是也说了，电子产品更新换代很快，那手机的更新换代应该也会很快。就像 MP3、MP4 一样，也算是新兴事物，可只火了两年，现在随着手机的热卖，就开始滞销了。因为用手机也能听歌，我见过有些高端手机还可以播放 MV，已经取代 MP4 的功能了。而且我们若涉入手机行业，不是研发手机，而是做销售，做销售就要存货，如果我们的存货卖不出去或我们销售的系列不受欢迎，最终是要亏本的。所以我不太看好手机市场，觉得还需要观望一段时间。"

"哟，许婕，我以为你是两耳不闻窗外事呢，你了解得还挺多嘛。"胡丽说。

"我也是从杂志上读来的，不是我的观点，但我觉得有道理。"

"我赞同许婕的观点，手机行业我们确实还需要观望。从更新换代快的角度来说，我们晚一些介入也来得及。一是看市场走向，二是等我们有了充足的资金，三还有货源问题。"欧阳潇毕竟是学经济管理的，就具体问题进行分析时，思路清晰。

"嗯，我赞同你们的观点，这个我也分析过。手机咱们暂时可以不考虑，你说呢，老婆。"杨勇看着胡丽说。

"别叫我老婆，我还不是你老婆呢，好像我有多老似的。你们说，我听着就是了。"胡丽白了杨勇一眼。

"那我们分析一下网络。我和欧阳喜欢电脑，年轻人都喜欢，但学生喜欢的无非是打游戏，看电影，查资料，而电脑的用途远不止于此。现在已经步入信息化时代了，从商业角度讲，谁能掌握前沿信息，谁就能掌握先机。比如我们现在想找某一行业的信息，就会在网上搜索，相关的公司或企业就会出现。但我发现目前能在网上找到的公司信息并不多，然而同一行业的企业绝对不会少，只不过他们还没意识到网络的重要性，还没有建立公司的网站，而这就是一个商机。"杨勇说到这里又看着大家。

"我明白你的意思，企业建网站是将来的一个发展趋势。很多公司尚未意识到或者虽然意识到了这个问题想要去做，但缺乏网页制作的专业人员，而我们可以去做。"欧阳潇两眼发亮。

"聪明。我在网上搜过，起码我们所在的这个城市还没有专业制作企业网站的公司。我们要成立这样一个公司，进行网络制作宣传，而且我们首先要把自己的公司制作成一个网站，在网上宣传。"杨勇说。

"可我们不会制作网站啊，这需要专业知识。"许婕说。

"对，可是我们有方向，也有兴趣，不会的可以去学。"杨勇说。

"你要再去读书吗？"胡丽放下手中的茶杯看着杨勇问。

"是。"杨勇坚定地看着她说。

"去重新考计算机专业？"胡丽问。

"那没必要，我才不要上大学呢，等我读完大学，机会早就错过了。去培训机构就可以，然后购买相关资料自学，我还要经营广告店呢。再说我绝不会跟你分开，你在哪里，我就在哪里，这是原则。"杨勇说。

"我们都要学，你们那么聪明，又懂得艺术审美，一定要学。"欧阳潇对许婕和胡丽说。

许婕和胡丽对视一眼说："没问题啊，我也没觉得电脑有多难，还算有兴趣吧。"

"有这么好的机会当然要学，学什么不是学嘛，我正觉得学新闻挺没劲的。"胡丽说。

"欧阳，你不是计算机协会主席么，跟计算机老师挺熟的，让他教我们怎么样？"许婕问。

"我看还是算了，我并没觉得他们有多高的水平。再说了，这个是个商机，属于商业秘密，万一他捷足先登了呢。还是找培训机构稳妥些。"欧阳潇摇摇头说。

"那我们什么时候开始？"许婕问。

"现在就开始，刻不容缓。"杨勇说。

"那广告店呢？"胡丽问。

"继续经营啊，两不耽误。咱们有四个人呢，错开时间去学。"杨勇说。

"你们先去学吧，学会了再教我们就可以。"胡丽说。

"嗯，这个也行。"欧阳潇说。

"我们既然要成立公司，那广告店就不需要再扩大业务了。"欧阳潇望向杨勇。

"广告的事我是这样想的。一旦我们投入大量的精力在网络公司上——这肯定要投入巨大精力的——我们的广告就不可能做得很好了，在本来已经如此激烈的竞争下。"杨勇说。

"说具体想法。"欧阳潇说。

"开公司之前，广告店还要经营，毕竟现在生意还可以。但不再扩大业务范围了，而是要转型。"

"转型，怎么转？"许婕饶有兴趣。

"我们刚分析过，目前的广告行业已经成熟接近饱和，我们不可能胜出。但这个行业仍是一个巨大的市场——做广告耗材。我们的广告店除了做打印复印、版面设计外，要主打广告耗材。我从李军和其它广告公司了解到，他们一般不会库存大量的耗材。因为做广告尤其是给单位上做大型广告一般是要垫资的，库存耗材过多会影响资金周转。所以现在很多广告店面临的问题是，接到大量的业务后发现没有足够的耗材，需要临时发货，碰到厂家断货或发货不及时——经常会出现这种情况——他们好不容易争取到的业务就告吹了。所以我们可以囤积耗材，给他们提供货源。这样他们既不用担心积压资金，也不用担心货源了。而我们也不用被困在店子里，只需一个人看守店面，迎接客户，在不忙的时候进行一些打字复印的工作。后期我们再商量是否需要雇一个司机和买一辆车送货上门。网页设计制作这块交给网络公司。大家觉得这样转型怎样？"

"非常棒！"欧阳潇已经被点燃了激情。胡丽和许婕也觉得非常可行，频频点头。

"那你说的物流是怎么回事？"许婕问。

"我们有这么多的业务要做，已经够忙了，暂时不用考虑物流了吧。"胡丽说。

"胡丽说的也对，在创业初期，我们要亲身上阵，的确没有足够的精力，涉猎过多过杂，最终什么也做不好。但我还是要说说我对物流的看法，其中也涉及到我们的公司业务方面。前面我说过，现在的物流包括邮政效率都不是很高，随着网络的发展，这种情况是亟待改善的。所以，一定会涌现出很多更先进的物流公司，我这不是预言，而是综合分析很多信息以后得出的结论。这就要说到另一个问题，现在马云的阿里巴巴集团开发出淘宝网，不知道你们进去逛过没有，很多人现在开始在淘宝上开网店，这样人们就可以异地购物——这将是一个趋势——人们可以买到很多身边买不到的东西。异地购物一定需要邮寄的，而目前的物流公司将远远不能胜任。所以一定会出现很多快递公司。但我查过物流方面的知识，物流公司是一个庞大的系统，它涉及到的东西非常复杂和专业，而且需要一笔巨大的资金投入，我们想想看，一个成功的物流公司最终要在全国甚至世界范围内开展业务，经营它所需要的综合素质不是目前我们所具备的。所以，即便能料想它有好的发展前景，现在也不适合我们去做，不过我们还有机会，毕竟目前还没到达它的黄金时期，在我们的公司成熟运转，能够分身且有资金的时候，可以考虑。"

"看不出啊，你小子挺有远见卓识。"欧阳潇发自内心地佩服杨勇的眼光，他作势要扑过去亲杨勇，被一把推开。

"唉，你说你这样的天才，如果到一个大公司当顾问，或者开一个金点子公司，这得赚多少钱啊，真委屈你了。"欧阳潇叹惋不已。

"切，我是干实业的，不玩那些虚的，将自己的创意变成现实，那才有成就感。"杨勇说，"继续说正事，欧阳你不要打岔。刚才说到淘宝网，我有一个想法，而且可以着手实施。"

"在淘宝上开店！"许婕说。

"我也想到了！"胡丽说。

"果然冰雪聪明，欧阳你学着点。"杨勇故作鄙夷地看了欧阳潇一眼。

"你们都是天才，我好好膜拜学习。我们在淘宝上开网店，卖什么呢？"

"这个……两位女士有什么想法？"杨勇狡猾地笑了一下，看着胡丽和许婕问。

"女人的钱最好赚。比如说衣服啊，包包啊，化妆品饰品之类。不过我没怎么逛过淘宝，不太清楚。"胡丽看着许婕说。

"那货源呢，我们没有货源哪。"欧阳潇说。

"对，货源是个问题，这个也需要资金投入，需要囤货。"杨勇说，"你们说的这些东西，网上已经有卖了，我查看过很多店铺。可能因为是新鲜事物的缘故，销量不是很好。我倒是有个想法，大家来分析分析。"

"卖什么？"胡丽问。

"不好意思说。"杨勇的表情有些扭捏。

"哎呦，你还有害羞的时候，这可是大姑娘上轿——头一回啊。"欧阳潇取笑道。

许婕也觉得新鲜，杨勇这幅神态就连胡丽也未曾多见。

"莫要取笑，继续说正事儿。这都商量了快一下午了，浪费时间就是犯罪！我觉得可以卖成人用品。"杨勇要一口气说完，不给他们发问和反对的时间，"理由是这样的：首先，我们距离货源地比较近，尽管生产这些的厂家在沿海城市居多，但我查过，西安也有厂家；第二，目前的社会形势，这方面的需求量比较大。年轻人比较开放，嗯——我们不算啊，另外现在外出务工，两地分居的多了，这个你们懂得；第三呢，就是这个玩意儿相对隐私，很多人不好意思去实体店买，也没有自动售货机销售，所以应该存在大量的隐性市场；第四当然是利润丰厚了。基于以上原因，我觉得目前卖这个比较合适。你们觉得呢。"

欧阳潇点点头说有道理，胡丽不吭声。

"随便你们，你们觉得可以就卖呗，反正卖这个也是合法的。"许婕说。

"杨勇，厉害，看来你小子这半年用了不少心，佩服。还有没有新的想法。"欧阳潇说。

"暂时没有了。"杨勇说。

"好，这些已经足够了，我们现在总结一下：手机和物流可以做，但不急在一时，是今后的发展方向。广告店要继续经营，只限于打字复印和版面设计，主打广告耗材。一边经营广告一边学习电脑知识，然后开一个网络公司，公司目前的主打方向是设计制作企业网站，同时我们的公司还要开一家淘宝店。这就是我们下一步的目标。"欧阳潇总结了一番。

五十五 搏

　　许婕四人商定了创业方向，欧阳潇负责做方案。他靠在沙发上抽着烟初步设想了一会儿，提出具体问题："方案由我来做。现在说说我暂时能想到的问题，大家作补充。首先，找培训机构，购买学习资料；第二，了解成立公司方面的知识；第三，找一个适合开公司的地点；第四，联系广告耗材厂家；第五，联系成人用品厂家；第六，前期资金筹备问题。目前我能想到的就是这么多。"

　　"第七，这个暑假要回家么，如果不回怎么跟家里人说？"胡丽补充一条。大家都愣了一下，这确实是一个问题。

　　"我不回家倒是没什么问题，就说我在外面勤工俭学——虽然他们可能不相信，觉得没必要。欧阳你呢，应该也没问题吧。"杨勇看着欧阳潇说。

　　"我没问题，跟家里人打声招呼就行。"

　　"那你们两个呢，不回家能行么？"杨勇望着许婕和胡丽。

　　"为了我们的伟大梦想，你们两个这个暑假肯定是不能回去了，可怎么跟家里人交代呢？"欧阳潇也犯愁。

"我这里不用担心，我就跟家里人说我在外面打工做家教，大不了每天打个电话就可以。我来上大学时候都是自己一个人来的。他们对我还是很放心的。"胡丽说。

"我应该还是要回去一趟，在家里呆几天，我爸妈肯定很想我，尤其是我妈，早就盼着我回去了。不过我回去最多呆一周时间，和家里人解释好了就可以来了。我父母还是挺通情达理的，之前我决定不复读了，继续把这个大学读完，虽然他们一开始不同意，但最后还是支持我，不然我们现在也不可能坐在一起。"

"那你怎么跟家里解释呢？"欧阳潇问。

"我恐怕得实话实说，而且咱们现在还有一个问题必须马上谈，而且得尽快解决——资金问题。"

"许婕说得有道理，我保守地估算了一下，成立公司，不算注册资金，注册资金可以想办法周转，他们验资完毕就退还了，如果我们自己筹措的资金到位，都不用周转。但成立公司需要租房，购置设备，这个至少要准备五万，存放广告耗材的仓库也需要租金，广告耗材的储备至少也需要五万，开网店大概也需要三四万，加上这段时间的培训学习生活奔波等费用，大概要准备二十万。"杨勇说。

"二十万是保守的了。"欧阳潇说。

"哎，我不太想跟家里要钱，我们可不可以申请贷款。"胡丽说。

"从哪里贷款，以什么做抵押，谁来做担保？学校倒是有助学贷款，但只限于新生，而且根本拿不到现金。"欧阳潇分析着。

"关于资金投入我是这样想的，首先明确一个问题：大家是否都要参与到这项事业中来。咱们先举手表决吧，如果同意，要拟一个协议，写进条款中。想要大干一场的举手。"杨勇正色说道。

四个人，四只手，高高地举起，然后在空中紧紧相握。

"好，现在我们四个都是股东了，咱们开的是股东大会。关于各占多少股份的问题，咱们今天就定好，一旦定好了，后期不再更改。虽然是我们共同的创业，但为避免我们团队今后出现分裂等不好的局面，我们要根据实际情况分析。你们三个目前都是在校学生，我是全职投入。所以我要做大股东，在公司的决策和发展中要有一定的话语权，大家有没有意见。"杨勇说。

"我没意见。"胡丽说。

"我也没意见。"许婕说。

"你的想法和能力我们有目共睹，你的精力投入，最起码在公司创业初期是全副精力投入，而我们只能算作兼职，我也没意见。"欧阳潇说。

"好，虽然大家都没意见，但是关系到以后公司做大做强盈利分红的问题，我们既然是共同创业，我也不能让大家少分红，我打算占 40% 的股份。大家看怎么样？"杨勇说。

大家都没有意见。

"那欧阳你呢，打算占多少股份？"

"虽然我目前还是学生，但之后一定会全力投入的，其实只要大家共同努力，公司做大做强了，盈利肯定不会少。但我作为一个男的，占的股份也不能太少，我占 30%，大家觉得怎样？"

"这个关键要看胡丽和许婕的意见。"杨勇说。

"我没意见。"胡丽说。

"我同意。"许婕说。

"那剩下 30% 的股份你们两个怎么分？"

许婕和胡丽对视一眼，胡丽说："许婕，你多占一些吧，咱们两家要持平才好，再说，我也不想给家里要那么多钱。"

胡丽说出"两家"这两个字，许婕不由地看一眼欧阳潇，脸有些泛红，随后说道："那我占 20%，可以么，胡丽。"

"好啊，我就占 10%，这样也轻松。"胡丽愉快地说。

"好，欧阳你也把这个写进方案中。"杨勇说。

"我们就以二十万为启动资金，现在分配一下各自所需筹措的金额。我出八万，欧阳出六万，许婕出四万，胡丽出两万。暑假有两个月时间，我们最晚在开学时候筹齐，怎样？到时候就由你们两位女士暂时兼职做会计和出纳，这个本来是我们两个学经济的人的事，不过呢，我们比较忙，你们就辛苦一下吧。"杨勇分配了任务。

"没问题，就怕做不好。"许婕说。

"你们可以学一下这方面的知识，简单记一些流水账，我们自己看。需要的时候，我们再找会计公司来做年终申报。"欧阳潇说。

"还有一个情况，我们是要注册有限责任公司吧，注册资金要多少呢？"

"就根据我们目前的情况吧，二十万，就不需要再找人周转了。"杨勇说。

"许婕和胡丽你们两个文科生好好想想，给公司取个名字吧。"欧阳潇说。

五十六　墨脱手记——求佛

　　许婕每次想起那天下午他们四个人意气风发地规划未来的场景，就心潮澎湃。青春就要与志同道合者一起大胆去梦想，放手去拼搏，绝不能虚度光阴。公司刚成立时出现过很多困难，也产生过争执与分歧，但他们之间始终心无芥蒂，齐心协力，最终将问题一一化解。经过大二大三这两年的发展，公司已走上正轨，创造着丰厚的利润。他们招聘了员工，杨勇和欧阳潇也不再为具体事务奔忙了，更多的时候在研究市场，规划未来，打算向集团化方向发展。学校也知道了他们的事，表示大力支持并给予宣传。他们还给一些勤工俭学的学生提供了岗位。

　　欧阳潇毕业后去了西藏，去了墨脱，但他只去一年时间。尽管条件艰苦，交通不便，但他依然坚强快乐。许婕和欧阳潇经常通信，除了互诉思情，欧阳潇每次都认真地写好"墨脱手记"，发给她看，认真完成着"她交给的任务"。但通信内容仅止于此，关于工作和生活他们一般在电话里交谈，生意方面他们则很少提及。

刚开始，许婕以为欧阳潇只是在墨脱，他的信中也只记录墨脱的生活。她提醒他不必为了写"墨脱手记"而刻意去东奔西跑地体验，最重要的是安全。电话中他也没有提及他去过别的地方。但一次从杨勇那里，她无意中得知欧阳潇不止在墨脱生活，他是在整个西藏奔波。但杨勇没有告诉她欧阳潇活动的具体内容，只是说在考察市场。在许婕的一再追问下，杨勇才大概地说出了他们的想法：尽管公司刚成立两年，也正在发展壮大，但竞争越来越激烈，压力很大。他们让欧阳潇有效地利用在西藏的一年时间进行市场调研考察，打算以后在西藏成立一个分公司。这也只是他们两个男士不成熟的想法，之所以还没开股东大会和大家商量，是因为并不确定要这么做，时机也还未成熟，一切等欧阳潇回来再分析，而且胡丽也不知道这件事。

　　许婕不是埋怨他们的隐瞒，她支持他们的想法，她是担心欧阳潇的安全。西藏尤其是墨脱的医疗条件落后，欧阳潇在墨脱已经生过一场大病了。那里的交通也堪忧，墨脱路上，夏天有塌方泥石流，冬天有雪崩。西藏的治安似乎也不太好。欧阳潇就这样不顾生命安危地只身一人奔波，她担心他，心疼他。她拿起手机就要不管不顾地给欧阳潇打电话，随即，又冷静下来，合上了手机。他一定也知道她会担心，所以才隐瞒，在电话里报喜不报忧，在通信中也只展示着自己的阳光快乐。

　　是啊，若只是为了考察西藏的市场，欧阳潇大可不必去墨脱，也就没有必要在墨脱的路上冒着危险奔波，但他最终坚持要去，杨勇也支持。他们虽然不说，但许婕明白，他们理解她的心思，这样做是为完成她的心愿，打开她的心结，她又怎能忍心去责备他们呢，她只能在心里默默地祝福和感激。

　　许婕流着泪，展开欧阳潇的来信，信中依然只有坚强和阳光，可她知道，这里面抹去了辛苦，隐藏着深爱。

　　许婕，亲爱的姑娘，在这遥远的地方，每天都想念你。除了想你的时候有些心痛，其它一切安好，请勿担心。

墨脱的封山期已过，又可以给你寄信了。时间对我来说，既迅速又漫长。迅速的是，再过几个月我就要告别墨脱告别西藏了，漫长的是，距离见到你，还有几个月的时间。在西藏，多的是寺庙，在墨脱，最出名的是仁钦崩寺。我曾在神佛面前为我们祈愿。

墨脱的清晨云雾缭绕，仁钦崩山笼罩在一片氤氲中。阳光普照大地，沉降在人间的仙雾，自深深地峡谷蒸腾而上，汇聚在山脚，如一条洁白的哈达缓缓上升，升到仁钦崩之巅，化入高蓝的天空成为白云。

清晨的仙境在人间，中午隐入仁钦崩，夜晚又悄悄降临。我要去仁钦崩，要在云走过的地方走一走，去云住的地方看一看。

传说墨脱的版图是一个仰卧的魔女多吉帕姆，为了镇压她，就在她身上的要害处建造了很多寺庙，仁钦崩就镇压在她的肚脐上。

我们在五四青年节，和学生一起，背着粮油米面去慰问仁钦崩村的五保户。那是一次疲惫之行，也是一次快乐之行。墨脱海拔低，氧气充足，即使大量的运动也不会有混混沌沌的疲惫，而会有一种清心养肺身心舒展充满力量的酣畅淋漓。

随轻风与薄雾在清晨出发，我们不赶时间，走走停停。娑罗树随处可见，聚集生长。茎苍叶秀，高大挺拔。苍黑的树身上刻着美丽的花纹。笔直的树干高五六米，足有三米长的巨大绿叶伸展开来，犹如巨伞蔚为壮观。

长满青苔的平整大石上，刻着六字真言。大石的脚下整齐地摆放着泥塑的小小佛像佛塔，过往的行人会在其前供奉。分币，角币，甚至串珠，一副眼镜等只要能代表自己虔诚心意的物品，都能看到。玉米粒和稻谷也有，放在周边的树洞里、树桩上，祈祷丰收。

学生告诫说，山中有粗如水桶的蟒蛇，有三四米长的眼镜王蛇。我们不敢偏离小路太远，其实已经在深林中了。森林中隐藏着奇花异草，我认识了七叶一枝花。它们从黑色的泥土钻出，亭亭清秀如芙蓉出水。粗细如小指的茎秆腰部均匀地分出七片形状美丽的叶子，顶端是一支盛放的绿花。花是纯绿的七瓣，七只花蕊均匀的与花瓣错落着。

一路行来，汗流浃背。丛林愈来愈密，道路却愈来愈平坦。在山顶上，阳光透过树梢照在地面变幻着光和影的旋律。清风吹来，心旷神怡。

远远地能望见仁钦崩寺了。蓝天下，正午的阳光照耀着寺庙的金顶，远处的青山，照耀在高耸入云的雪山之巅。峰回路转，寺庙前遍布一片五色经幡阵。风马旗随山势起伏林立，风吹旗动，猎猎有声。经幡上密布着经文，风每吹动一次，旗每飘动一次，亡灵即被超度一次。

寺庙周围，错落着七八户人家，这就是仁钦崩村了。木壁铁顶吊脚楼，土狗垂着尾巴在坑洼泥泞的路上溜达，或卧在自家门口晒着阳光。小孩儿光头光脑光脚丫嬉戏在木屋间，看到我们一行人到来，立时停止玩耍，五花的笑脸上挂着鼻涕牛牛，澄澈的眼睛盯着我们。学生中在此有亲戚者，与小孩儿们相识，喊一声他们的名字，他们欢快地跑过来。我们发几颗糖给他们吃，他们欢喜明快。老人们坐在门前台阶上晒太阳，眼神迷离地摇着转经筒，口中念诵真言。她们身旁卧着同样眼神迷离花白慵懒的老狗。我们知道五保户长的名字，却不知其家。学生去向老人家打问。老人站起来，五色的裙下露出黑瘦的双脚。她们一辈子都没穿过鞋子，脚趾分开，脚底厚厚的胼胝沾满泥巴。老人用门巴话对我们说"凹躇"（跟我来）。我们背着清油大米跟随着。老人家的腰佝偻得厉害，一路上和学生说话也不抬头。学生一一应答解释，然后笑着转过头来对我们说，老奶奶说我们都是好人。村庄不大，很快到了。老人径直踏上木阶走进木屋，并招呼我们一起进去。我们觉得还是在外面等候好些。

五保户家的木房板壁黑旧，白铁皮锈迹斑斑。正打量间，一个黑瘦的老人走下台阶，一遍遍说着感激的话，满脸的皱纹中透出诚挚，不甚明亮的眼睛湿润了。他伸出黢黑粗糙的双手使劲握住我们每一个人的手，坚持要她和我们一起到家里喝茶，喝黄酒。我们辞谢。尔时，老妇人手中端着黄酒已站在门口，神情羞涩。

慰问任务完成后，我们轻松了许多，来到寺庙前的平地上。卸下装备，拿出食物，席地而坐吃饭休息。一个光脚丫的小孩提着一个五斤的塑料桶跑到我们阵营，把桶交给一个学生，说是刚才那个爷爷送黄酒给我们喝。这个我们就收下吧。上山时背得东西多，不便背酒，此时有酒，岂不美哉！我满饮两杯，这黄酒的味道好哟，定是用了玉米和鸡爪谷精心酿造，酸甜可口。

吃罢饭，学生们去寺庙转经拜佛，虔心祈求能考个好成绩，考个理想的高中。我亦跟去，缓缓地转动每一个经筒，点一盏酥油灯，虔诚地跪拜在佛前，为你，为我们祈愿。愿善良的人平安，愿有情人终成眷属。

下山，我们走另一条路。路的一边是翠绿漫漫不知纵深的竹林，另一边是高大茂密的森林。高树上的兰花清香四溢。

路边有一汪清泉，据说是神泉。未见泉眼，水自石壁渗出，汇聚在下方的小坑中。我们每人装满一饮料瓶置于背囊，在神泉下洗脸洗手。

学生说来仁钦崩有两件事一定要做，一是穿过一个大裂缝，一是钻过一个小山洞。当时我并没有丝毫的恐惧，只有新奇，现在想想却有点后怕。裂缝长十余米，仿佛要裂开又似要合拢，黑黑深深不见底，有阴风吹上。我们要做的就是从这个裂缝中穿过。无落脚之地，利用黄胶鞋底的摩擦和双手对两边石壁的支撑力，小心翼翼一步一步地挪过。学生说不能往下看，否则很容易掉下去。顺利通过！学生说我们都是好心的人。

另一个洞则有意思多了。一块巨石坐在地上，底部有一个仅容一人爬过的小洞，隐约有亮光。学生说这个洞很窄，中间有个拐弯处则最窄。心好的人，不论再胖，都能穿过，而心坏的人即使再瘦也会被卡住。但要注意在爬洞时不能放屁，否则会被神灵怪罪，也要被卡住，听来令人开怀大笑。看来这个裂缝和山洞在墨脱是人心好坏的测试仪了，一个民族的淳朴和单纯，可见一斑！我随学生匍匐着从中轻松钻过。的确不宽敞，但除非特胖者，稍稍收缩身体都能通过。看来墨脱的山神还是蛮宽容的，也或许因为我们都是善良的人。

五十七　时光

　　生活，向前看，遥遥无期；回首，只是一瞬间；一旦步入正轨，时间过得飞快。大一那段懵懂新鲜的时光倏忽远逝。许婕在大二大三忙碌而充实，辗转于校园和公司之间，甚至来不及思考爱情。终于能静下来整理思绪的时候，已在大四。

　　如今，他们也算小有成绩了，能得如此，除了他们四人真挚如铁的友谊外，许婕深深感谢父母的支持。

　　父母对子女的爱，最伟大也永不变质。

　　大一暑假时，他们定好了目标和计划后，许婕回家住了一个星期。那是快乐而幸福的一个星期。罗莉一如从前，在她家住了两天。她依然和余洋不时闹着脾气，但已没有了隔阂和生涩，那是温柔和甜蜜的另一种表达。临走的前一天，许婕和父母做了一次长谈，聊了她和朋友们开公司的打算。她没有迫不及待，而是把事实摆出来和父母共同分析，她真诚地想要听听父母的意见。对杨勇、胡丽和欧阳潇，许婕都做了客观评价。她讲述了杨勇和胡丽的爱情，隐去她和欧阳潇复杂而隐秘的情感，赞扬他的能干。而对欧阳潇，许立明和黄雅莉因有过接触而认识，对他印象不坏。沉思了一阵后，许立明颇有感触，做了表态：

"许婕，你长大了。这两年，你经历了很多，也思考了很多。你是我们唯一的女儿，我和你妈，无时无刻不为你深深的牵挂。我们看着你一步步挺过来，做了一个个选择。当然，作为父母，作为成年人，作为一个在社会上经历过风风雨雨的人，我们对每件事都有自己的看法，但我们最终都尊重和支持了你的意见。而事实证明，你的选择是正确的，这让我们颇感欣慰。鹰长大了，总要离开父母独自翱翔的。我们努力挣钱，很大一部分原因是想让你能够快乐幸福地生活。但生活的路最终还是要靠自己去走，我们不能也不愿意规划你的未来。如今看到你有这么好的朋友，敢于一起去闯去打拼，我们从心里感到高兴。对于你将要做的事情，我们从精神到物质上百分之百支持。做事情总会遇到困难，希望你们能够战胜困难，有什么疑惑的地方，随时跟我们讲，我们一起商量解决。关于资金，听了你们的讲述，我觉得二十万的启动资金应该还不够，但我尊重你们的意见。不知道他们的家境如何，作为我对你，对你们的支持，我们给你准备十五万。其中四万元是你的股份，十一万作为应急，你可以借给公司使用，在公司开始盈利后要第一时间偿还，当然偿还的方式有多种多样，你们可以根据具体情况商量。"

老爸的一番话，让许婕深深感动，也坚定了她的信心和决心。她告别父母，回到 M 大，和她的朋友们开始创业。

诚如许立明所料，二十万的启动资金的确不够，幸亏有她的十一万元储备，事情才顺利了许多。

M 大对学生的管理很严格。由于学校放假，为安全起见，留校的学生要集中住在一起，还要接受生活老师的管理，每天晚上要点名。忙碌的他们做不到这一点，大家商量后，又租了一间房，就在杨勇房间的隔壁。杨勇和欧阳潇提出过租两间房不如租一间两室一厅大家合住，但她和胡丽坚决反对，最终两位男士妥协。这样，许婕和胡丽住一间，杨勇和欧阳潇住一间，即便他们因为应酬喝醉了酒，需要她们照顾，四个人在同一间房里呆到深夜，最终还是要回到自己的房间去睡，没有出现过男女同宿的情况。这是经过四人冷静分析后定下的原则：绝对不能出现感情方面的矛盾，否则，将会对他们的团队有致命的打击。很快，欧阳潇和杨勇的房间就兼做了仓库，用于存储开淘宝店的成人用品。两位男士一度想把淘宝用品放在许婕和胡丽的房间里，将他们自己的房子用作广告耗材的仓库以便节省资金。但胡丽和许婕不同意，尤其是胡丽坚决反对，他们只好作罢。况且，房子的空间做淘宝店的仓库还勉强可以，放广告耗材确实不够用。他们就近重新租了一间库房。

许婕回忆着大二大三乃至大四开学初的情境，却发现很难一一分辨清楚。大一的时候，她们同宿舍的姐妹经常是一个队列集体外出行动，到了大二就开始各自单独活动，聚餐、卧谈会也很少开了。许婕和胡丽因为有共同的事业，经常结伴而行。因为共事，她也经常和欧阳潇在一起，他们融洽甚至默契，但避而不谈感情问题。欧阳潇有一次开玩笑说："许婕，你对我这么好，甚至比胡丽对杨勇都好，而胡丽已经确定是杨勇的老婆无疑了，我们是不是也确定了呢？"许婕置若罔闻，欧阳潇过了一会儿又问了一次，许婕瞪了他一眼，正色道："干活。"欧阳潇再也没敢造次。他早已在心里千万遍地许下承诺，只想要许婕给出一个明确的答复，许婕却绝口不提。但在外人开来，他们已经是和谐完美令人羡慕的一对了。

张妍依然如陀螺般忙碌，而且更加忙碌了。她公开了自己和李军的感情，身后令她不胜烦扰的追求者便望而却步了。除了学校里的一摊事儿，她闲暇时就在李军的广告店里，经常和李军一起做业务，俨然李军的秘书。两人的感情持续稳固地发展着，但张妍应该还没有和李军同居，每天再晚也要回寝室住宿。因为公司业务的往来，她和许婕、胡丽的关系更加亲密友好。

桑林措姆是个平静的女孩，依然过着平静的生活，因为舍友们不经常在一起了，她便终日和男朋友仁青出双入对。

邓青青的生活可谓丰富多彩，她没有交男朋友，但身边有一大帮子哥们。她已经是校报的记者了，终日背一个背包，在校园里到处采访，校报上经常能见到她的文章。她活泼大方的性格简直人见人爱，为她赢得了众多的朋友。

廖文静自休学后再没来上学，在大二下学期办理了退学手续。大三的时候，她给张妍寄了一封信，是写给 306 全体姐妹们的。在信中，她仍称呼张妍为"严肃的小妈"，说很想念宿舍的姐妹们，很怀念在 M 大度过的一段美好时光。她身体已经基本恢复，但仍然不能过度劳累，所以将来肯定不能像正常人一样工作生活了。这两年，她在养病期间读了不少书，思考了很多问题。她不想再上学了，打算做一个自由撰稿人，写点东西。信中她也讲了她和陈飞扬的事。陈飞扬仍然很关心她，曾到她家里看望过她几次，然而他们最终还是分手了，但还是最好的朋友。她说她很向往西藏，如果有机会，在她的心脏能承受得了高原环境的时候，还是很想去看一看的。如果姐妹们在西藏，要接待她。她希望每个姐妹都能有一个幸福美满的人生。

张妍读着廖文静的信，几次哽咽，大家也听得唏嘘一片，邓青青更是哭出了声音。她们商定，每人给廖文静回一封信，以后要多和她保持联系。

自从和李文延分手后，许婕没有再关注他的消息。但她仍然知道，李文延最终没能和祁夏走到一起。在大四的时候，他们终于彻底分手了。偶尔能在校园里看到他的身影，但大多数时间他呆在图书馆。他变化很大，听说开始钻研中国的传统文化经典，更多时候在看佛教方面的书。李文延貌似走了中国文人一贯的道路：入于儒，退于道，遁于佛。李文延，不知你最终将走向何方，顺利的毕业吧，到西藏寻找你的方向，完成你的梦想。祝愿你有一个美满的人生。

尽管祁夏和李文延分手了，但她在分手之前仍为他做了一件讲义气的事，不然，李文延甚至不能顺利毕业。

祁夏在四十周年校庆后，才华得到广大师生的高度认可，成了 M 大的名人，她也尽情释放着自己的灿烂光华。庆典结束后，学校对李文延那场打架事件作了严肃处理：李文延被记大过处分，瘦子被记大过处分，胖子因之前就背着处分，被勒令退学，由学校老师护送，即刻遣返回家。其他参与者也受到了不同程度的处分。但万能的胖子在一学期后重返校园，依然没有低调，放出话来，要找李文延麻烦。李文延得知后，以静制动，但他等待的暴风雨却迟迟没有到来。后来，他从朋友处了解到，是祁夏帮他摆平了这件事。为此，祁夏动用了家里的关系，一度在拉萨的政治圈里引起了小小的波动。但祁夏从来没有和李文延说过这件事。

大四的时候，飞扬乐队在经历过几多波折后，也解散了，乐队成员忙着毕业，各奔前程，但校园里仍传唱着他们的歌。

五十八　墨脱手记——囚徒

六月，又到一年一度的毕业季，校园里弥漫着淡淡的感伤。

昔日的青涩已经退去，青春的面容沉淀了成熟，更加阳光。校园里，穿着学士服的身影们，不惧风雨，不再彷徨，向往明天，渴望未来。朋友们聚齐了，牵手搭肩，站在一起，对着前方的镜头微笑，镜头在闪光。

他们开始了留念，留念不是为了再见，却分明就是再见。

再见，花园！再见，图书馆！再见，柳丝轻拂的湖面！再见了，陪伴四年的同窗好友！再见了，M大！再见，如果有缘，在西藏再见！

许婕没有过多的感伤，她即将走完自己在M大四年的历程，将完成她和杨璐许下的心愿，将看到归来的欧阳潇，也将和经过考验的欧阳潇正式开始恋爱。

去年此时，欧阳潇已准备向西藏，向墨脱进发。正是这一年的分别，加深了她与欧阳潇的感情。通过写信，他们开始互相倾诉思念。

临近毕业，欧阳潇又寄了一封信，信中据他所说是同事的故事，但她觉得分明就是他自己的经历。他还写了一篇对墨脱的印象。

许婕，我亲爱的姑娘，就快要见到你了，我心中的思念异常地热烈。期盼见到你，我的好姑娘。

有人说，墨脱是天堂，我们是被流放到天堂的囚徒。

我想说，许婕，若有你在，这里不会是牢笼，我不会觉得是囚徒。

我给你讲的这个故事，是别人的故事。我虽然喜欢到处冒险，但牵挂着你，不会让自己身处险境，不会在黑夜中独行山路，请不要担心。我以第一人称说给你听。

钱钟书说，人生是围城，我原以为那是别人的人生。

曾经，我想远离父母去一个很远很美的地方，那里有山有水有午后的阳光，有陌生而狭窄悠长的街道，街道上有淳朴的百姓来来往往，在那里，我种点小菜，挣一点够自己花的钱。

我不停奔走，登上最远的一座山，爬到山顶最高一棵的树上，眺望远方平原上隐约如海市蜃楼的城市和延伸无尽的铁路。这里，美如世外古香古色，这里，神秘清幽江水回旋；这里，天蓝云淡风轻兰香；这里就是墨脱——一个很远很美的地方。

我长久地沉醉于此，看清晨的阳光升起脚下的云雾，闭上双眼，似要随其蒸腾而羽化，神清气爽，傲然遗世。

我向五岁的小孩学习没有文字的门巴语言，似懂非懂地听光脚的老人讲述世代流传的古老往事，随学生翻山越岭去最远的村落喝最甜的黄酒，看朴素的农夫在向阳的山坡刀耕火种席地而坐吃荷叶包饭爽朗谈笑，上山采兰遇珍奇异兽湖水碧澄，下江打鱼见羞涩姑娘甩发捶衣回眸忍笑……

我以为这就是我心中的圣地了，我将潜于此，醉于此，净于此，沉于此，在这雪莲花盛开的地方，在莲花大师修行过的地方，在这方净土。

我不停地穿行于崎岖的山路，流连于澄澈的湖边，企图将所有美景透过双眼装入心中。

我愿在此，年复一年。

不知何时，我停下了脚步自问：我是要带走它们么，为何我如此的急切？我是在打包这些美丽么，正如以往将要远行时的准备。

我无法安然入眠了。难道这还不是远方么，不是我心中那神往已久的绝域么？沉静已久的心又开始剧烈搏动了，我终于心痛地承认：既然已踩在脚下，那就不是远方。我当继续前行，继续在路上。

我是不安分的行者，此刻却成了囚徒！永远向往远方却被身囚住了心！

我要出逃。

在墨脱，背大包拷相机寻幽探秘找灵感的驴子络绎不绝，我看着他们来了又走，走了又来，一拨又一拨走马观花不停拍照，短暂相聚举杯相庆又各奔东西互道珍重。人生于世本是过客，有来自各方的朋友陪同走过哪怕是生命中短暂的一刻又岂不幸哉快哉。

心躁动不安，事懒于应付，时而小题大做无端发火，时而又歇斯底里抓狂，如囚禁笼中焦躁的独狼。我想在月圆之夜对着天空长吠，却只能在无人时向着江水狂吼。我引人侧目。

独自出逃吧！随便一个晚上。无风无月，零点整。一包香烟，一瓶烈酒，一支电筒一把长刀。

坎坷迂回的山路虽走过无数，却在晚上变得陌生狰狞。一路提气而行，几度头皮发麻，几度胆战心惊。点一支香烟，喝一口烈酒，自言自语念念有词，眼随光观六路，耳随心听八方。

周围的山黝黑突兀，不时传来孤鸟夜啼，似有野兽在丛林穿行，寂静的夜把这些声音无限放大，神秘而令人恐惧。我开始渴望山道上有抛锚的汽车，却只有脚边江中波涛轰鸣。塌方处身子须贴山而行，草丛中冰凉的露珠滴在额头，一个冷战直冰心底。

站在西木桥上，吊桥晃动，迎面的风将翻腾的水汽打在脸上，脚下黑暗的江水轰鸣如魔鬼的叫嚣，潮湿阴森。我本来对水恐惧，此刻只觉自己要掉进冰凉呼啸的雅鲁藏布江中被水葬了。桥栏上超度亡灵的经幡随风发出诡异的猎猎之声，我感到有无数的孤魂野鬼或隐身在周围的空中睁大可怖的双眼审视着我，或跟随在我的身后。我想起墨脱流传的西木桥上有可怖女鬼的故事，我想要奔跑却全身肌肉僵硬。恐惧到了极点，我索性定身凝神。点燃香烟，猛灌一口烈酒，咬紧牙，左手的电光环身四射，右手持长刀横扫，来吧，看不见的幽灵！来吧，恶鬼！电光穿不透无边孤寂的黑，长刀却畅行无阻！我在心中嘿嘿狞笑。放慢脚步，迎风提气穿过长桥。

夜依然漆黑粘稠，我的胆却且行且壮，心中陡增一股渴望杀伐的戾气，不时挥舞长刀作劈刺的动作。

急行一小时速度无减精神百倍。

突然，电光射去，前方道路拐弯处如鸡蛋大四只蓝晃晃的眼睛一闪而没。有野兽？！短暂的惶恐后我迅速照了照身边的地形，找了一块高地站住，手中长刀握紧。再照去，果然是四只巨眼，在漆黑的夜中发出诡异的蓝光。我已断定那是两只大型动物而非鬼怪。无处可逃。如果它们要攻击过来，论地利、体力、速度、视力，我处于绝对的劣势，是自己要深夜出逃的，我只有拼死一搏。

　　许久不见对方动静，我往身边地上照去，摸到一块石头扔过去，依然没有动静。再照身边，突然发现两只鸡蛋般大通红发光的眼睛，就在我身边十米左右！管它是什么，索性整个明白！定睛看去，却是一匹马站在草地上，虚惊一场。原来马的眼睛在夜晚反射的是红光啊。身边的威胁解除并给我壮了胆量，对面应该也不是猛兽了，不然这里不会出现安闲的马儿。谨慎地前行。对方发出了声音，咀嚼的声音！反刍的声音！是牛！食肉动物夜间猎食不会发出这样的动静。看清了，两只巨大的黑色牦牛，黑色的身躯隐于黑色的夜里。我感觉自己在漆黑的夜中微笑。有牛马为伴，我心情舒畅地简直想高歌一曲。

　　左边是轰鸣的雅江，右边是陡峻的山体，牛儿无处可藏。我前进，牛儿在前奔跑开路，我一路随着夜间觅食的牛儿前进。它们跑得快了，拐弯了，看不见了，我就紧跟几步，它们慢下来，我就慢慢尾随。两头牛为我的身心向导了大约一小时后，找到合适的缓坡，下到江边的草丛去了。谢谢你们，可爱的牦牛。

　　又只有我行于无边孤寂的黑色中。

　　我已经适应了黑夜，适应了双腿机械地交替前行。天下起了雨，越下越大。没有躲避的地方，只能继续前行。

　　涉过一道宽阔的溪水后，我知道马蒂村就在前方。

　　看到那座带着小走廊的村外木屋了，我的第一站，我来了。没有表，大约凌晨三点。木墙的缝隙中透出灰黄的灯光，传出屋主断断续续的谈话声，我走过去。倏地，从门边并在一起的两条长凳下窜出一条大狗。"汪汪"着扑我而来，我不及后退，手中长刀迅速出击横扫身前。狗站住，龇牙发狠。

我慢慢后退到屋子对面的宽阔稻田中。狗转身卧回长凳下，探出头颅，注视着我的举动。我大声喊老板要投宿，房门不开，说话声戛然而止，屋内的灯光也应声而熄。我继续喊了五分钟，木屋寂静，门口的灯光灰黄，只有狗吠声回应着我。我深夜投宿，来历不明，主人不肯开门也在情理之中。

若继续前行，依现在的体力至少还要走三个小时才能到米日村，也未必能投到宿。我再次朝木屋走去，想在门口的长凳上凑合一晚。看门狗再度起身狂吠，忌惮地看着我手中的长刀，叫声已不似先前般嚣张，真是狗仗人势。很冷，很累，雨淅淅沥沥。我与狗对峙着，它不安地钻在长凳下的安乐窝里，我淋在雨中。借门口的灯光我四处捡来枯草木片堆在一起欲点火取暖，都湿了，再努力也只是冒呛人的白烟。我在雨中瑟缩着。

再次与狗争夺门口的长凳，持刀发狠，鬼都怕恶人，何况一条看门狗！终于狗耷着耳朵夹起尾巴知趣地逃开了，卧在走廊的另一端，不满却无奈地看着我。我与其对视，几秒钟后大狗低眉顺眼埋头装睡。我拼了长凳，点一支香烟，喝一口酒，和衣躺下。迷迷糊糊直到东方泛白。

雨淅淅沥沥下了一夜，我起身时，木屋中传来响亮的呼噜声。狗机警地站起，哼哼两声又卧倒。借着天光我看清楚了这不过是一只普通的黄斑狗。我在它复杂的眼神注视中深深吸一口雨后清晨山中新鲜的空气，继续上路。

到80K还有一天半的脚程。一路上听虫鸣鸟叫雨打芭蕉到了米日村，喝一杯滚烫的酥油茶，泡一桶康师傅。

一路上车来车往，熟人从车窗探出头来问我要哪里去，我只说要去80K，坐车否？摇摇头。

在80K小夏处住了一天，老板找了我两次，说是县里打电话找我，让我回电话，尽快返校。我权当不知，又住了一天。

走得匆忙，身份证没带，钱也不够，仔细想想就这样离开也不是个事儿，到附近的山上采了棵虎头兰，打道回府。

回去后好心人一通说教，我站着，抽烟，微笑地听着。

许婕，我亲爱的姑娘，将要离开墨脱了，我有些许感伤。回望，印象美好。

就要离开了，再看一眼墨脱，看看这一年的生活给我留下的美好印象。

将要离去了，我竟是如此的怀念，怀念在墨脱度过的短暂岁月。那真正绿的山，绿的江。漫江的雾冉冉升腾，弥漫在漫山遍野的芭蕉林里，被越过山头的阳光照耀，入天化云。

美丽的地方，于你于我都具有特殊意义的地方，今朝身与之分别，而那绚烂，永留心底。

五十九　天下宴席

毕业前夕，友人齐聚，进行大学四年的最后一场散伙饭。

女士有许婕、胡丽、邓青青、张妍、桑林措姆，少了廖文静。男士有欧阳潇、杨勇、仁青、李军。

欢聚之后就要离别，这是一次感伤的聚会。

酒没有人多喝，不愿醉去，怕醉了就缩短了相聚的时间。菜也没有人多吃，心中满满拥堵着不舍和怀恋。一行行止不住的眼泪擦抹不干。相互道别，相互告知各自的去留想法，留下联系方式，再见或者不再见，那份永不磨灭的情就在那里，珍重，朋友！

桑林措姆和仁青回原籍，他们要回到本就在一起的家。在家里，他们将再组成一个新家。祝福他们吧，祝他们幸福，扎西德勒！

张妍不进藏，她申请了留校任教，学校也初步同意。她已和李军正式确定关系，甚至在做着结婚的打算。

邓青青要进藏，她依然单身。大学的几年中，她越来越坚定地在学校里

404

走单身路线。她不缺朋友，唯有她能一个电话约来无数的朋友。她不乏追求者，但那些想要发展特殊感情的朋友们在她的活泼笑容下全都无从表达。她有单身的理由：在我最年轻漂亮貌美如花的时候，我世界里优秀的男人都被挑走了，我要在更广阔的世界寻找，一定要找到比在座的各位男生更好、更优秀的男人，我要嫁给让所有人都羡慕的高富帅！在她作壮丽宣言时，满堂的欢笑，欢笑中却分明地看到大家眼中闪亮的泪光。热烈的掌声经久不息，所有人走上来和她拥抱，拥抱这个美丽纯真的姑娘和她这份美丽纯真的感情，美好的祝福发自肺腑铺天盖地。

在一瞬间，许婕的脑中想过李文延，他一定要进藏的，祝他成功，愿他幸福。

人生路漫长，我们会遇到很多人，没有谁能从生命的开始陪伴你到结束。再亲近的人也只能伴你走过或长或短的一段。这些曾经的同行者，或留下深刻记忆，直至终老也不能忘怀，或仅仅伴你走过一程，随着时间的流逝，消失在记忆的历史中，再泛不起波澜。有些是要刻意铭记的，有些是要刻意忘记的。不能忘记的，要永远铭记，打算翻过去的，不再关注，不再提起。

毕业了，终于毕业了。许婕要去西藏，去神秘的墨脱兑现她与杨璐的承诺，然后开启新的生活。她回家和父母亲朋告别。而最先告别的往往不是父母，而是朋友。

罗莉也毕业了，身边跟着余洋，两人已不再吵闹。如一首歌的曲和词，默契而悠扬。罗莉撇下余洋，和许婕钻入闺房，许久。余洋一度想要进去，被罗莉拒之门外，反锁房门。

"真要去西藏么？"

"要去看看，了却当初的一个心愿，你明白的。"

"是啊，你可真是痴情，为了当初一个承诺，竟然去 M 大读完了四年，而且还要去西藏。不过，这才正是你。听说那个地方很荒凉，但也很美，希望你不要爱上那里不回来了。"

"不知道会不会爱上那里，但我一定会回来。"

"结束了，就回来，都等着你呢，你爸妈就你一个闺女。"

"一定会的。"

"等你回来，带点西藏的好吃的，还有照片。"

"带一大包。"

"不行，要两大包。"

"好。"

"你从西藏回来要在咱们市里发展么？"

"暂时应该不会吧，我们的公司现在刚走上正轨。"

"你真厉害，敢想敢干，战之能胜。你打算和欧阳潇确定关系么？"

"从西藏回来后，正式开始和他谈恋爱。"

"你真幸福，为你高兴。"

"你呢，怎么打算的？"

"我已经找好工作了。"

"余洋呢？"

"他也找到工作了。"

"你们呢，有没有结婚的打算？"

"哈！当然没有，要过很多很多很多年以后再说，我要一直恋爱，不要结婚。"

"你不怕到时候你已经老了？"

"我也要考验他啊，他应该像你们一样能经得起考验才行。"

"嗯，现在我们都不是孩子了，就要成为对方生活的主心骨了，凡事要多商量，要谋而后定。"

"嗯，明白，怎么感觉你像我爸一样。"

"哈哈，可能是我经历得比较多吧，至少，心路历程比较曲折。"

"是啊，有时候挺为你难过的，但现在我羡慕你。"

"有什么好羡慕的，谁也不愿意经历这样的情感挫折，好在我都走过来了。你们要好好的，要幸福。"

"嗯，你也是，要满满的幸福。"

两人终于从房间里出来了。

黄雅莉红着眼睛，许立明默默地抽烟。行李收拾了两大箱，女儿和母亲反反复复地打乱叠整，拆和装。许婕无声地看着默默收拾的母亲，不再拒绝，她努力笑着说："妈，我很快就会回来的，就当是一次旅行。待我在西藏考察好了，觉得你们能适应高原气候，将来也带你们一起去旅行。"她看着明显苍老了许多的老爸，转过身悄悄抹去眼角的泪水说："爸，妈，谢谢你们这么多年对我的包容。我就去看一看，很快就回来。回来后就再也不离开，永远陪着你们。"

许立明过来抱抱女儿，黄雅莉又抑制不住泪流满面。女儿是优秀的，是能够让他们放心的。女儿的决定他们一如既往地支持。如当初离家去 M 大时一样，许婕不提出，他们也不要求同去。女儿长大了，终究是要分别的，只是一次比一次更久远些，一次比一次更令人揪心，更多不舍、无奈和泪水。但这一次，许捷答应让父母送行。

那一次是车站，这次是机场。不同的是地点，相同的是离别的感伤。

都约好了，杨勇和胡丽也到机场送行。杨勇不进藏，公司的运转离不开他。胡丽也不去，她要陪着杨勇。欧阳潇陪许婕同行。

大件行李都托运了，许婕背着一个随身包，装着少许食物，另外就是一张照片、一块洁白的心形玉石和一本书。他们要在西藏呆多长时间？这个问题欧阳潇和杨勇私下已经讨论过了，估计要两周，但要看许婕的意愿。

对于欧阳潇的爱情，杨勇一直是最大的支持者。当初欧阳潇刚毕业犹豫着是否要去西藏时，最真诚的朋友杨勇力挺了他。

"西藏一定要去，而且一定要去墨脱。"杨勇说。

"可是公司刚走上正轨，我毕业了正好可以全副精力投入，一直都是你一个人支撑着，我这一走就是一年，心中不安啊。"欧阳潇说。

"哥们儿，莫要不安，以后出力的时候还多着呢。有我在，你放心吧。"

"好兄弟，我就不言谢了。"

"你这次去西藏要带着任务，而且是两个任务。"

"其中一个是替许婕完成杨璐的心愿，在杨璐想要生活的地方生活一年，记录下生活的点滴给许婕看，这个我知道。"

"对，兄弟，许婕对杨璐的情很深，那是她的一个心结，你不会觉得难过吧？"

"当然不会，她如此重情，才正是她最优秀的品质所在，再说，杨璐已经不在了，我有什么好难过的。"

"这就好，我一贯的理念就是爱情至上。作为男人，最终是要打拼天下的，但首先要有一个稳固的大后方，这个大后方就是已经确定了的牢固爱情。爱情的稳定是我们人生稳定的前提。所以，就算这是你的一次牺牲，也非常值得。"

"我明白，有兄弟你的支持，我更会义无反顾。"

"还有一个任务：这次去西藏，你要辛苦一年，不能只老实地在墨脱呆着，你要在整个西藏，起码在西藏的几个大城市做市场调研。现在内地的竞争很激烈，国家提出西部大开发战略，政策对西藏的倾斜力度很大，我们要做两手准备，既要在内地努力打拼，也要先下手为强，尽早占领西藏那个广大的市场。"

"这个我也想到了。"

"你这次去西藏会分配到什么工作？"

"还不太清楚，根据专业，可能是政府单位吧，不过也说不定。听说现在很多单位饱和了，再说我也没有走关系，有可能要下基层，被分配到偏远的县城或乡镇。但我不想服从分配，我一定要去墨脱。"

"所以不能去政府单位，你要申请当老师，直接申请去墨脱。墨脱现在是不通公路的地方，没有人愿意去，师资也缺乏。所以，你只有直接申请去墨脱当老师才最稳妥。"

"你的分析总是有他娘的道理。"

"但如果去了墨脱，再要去考察各大城市的市场，你就会很辛苦，也有一定的危险性。"

"这个兄弟放心，我是害怕辛苦的人么，念在我对爱情事业如此忠贞的份上，吉人自有天相，不会有事儿的。"

"好兄弟，公司的事儿你就不用操心了，你去了以后，我们随时保持电话联系。"

"好，公司的事儿有你，我当然放心。不过，我们是不是最好不要告诉许婕我除了要在墨脱工作外，还要再波奔搞调研。"

"当然不能说，她会担心的。虽然你们现在没有正式确定恋爱关心，但她早已在心里接纳了你，把你当成自己人。如果她知道你要冒着危险在西藏奔波，肯定不会同意。所以要对她保密，连胡丽也不能告诉。将来她知道了，就说是我的主意，我来当恶人。"

"那不能，就告诉她是我们商量的结果，暂时瞒着她也是为了不让她担心，她会理解的。"

就这样，他们一直瞒着许婕和胡丽，不过欧阳潇在他的信中露出了些微马脚，还是被聪敏的许婕发现了。杨勇说了实话，许婕也没有责怪。她怎么会责怪呢，她只是担心欧阳潇的安全。可为了爱情，为了事业，付出和牺牲难道不是值得的么？

这一次进藏，欧阳潇同样和杨勇进行了一番商议，最终确定在西藏呆两个星期为宜。首先要保证许婕的安全，和她一起完成心愿。这也是所有人的心愿，一定要坚决保证。在机场送行的时候，许立明悄悄把欧阳潇拉到一边，两人抽着烟，貌似闲聊，却是许立明在给欧阳潇下命令。许立明紧紧地盯着欧阳潇的眼睛看了几十秒，两人坚定地对视着，许立明说："欧阳潇，我相信你，你要以一个男人的誓言，绝对保证许婕的安全！"

这是他们两个男人之间，是欧阳潇和他未来岳父之间的一次约定。欧阳潇坚决地做了保证。他望向高远的蓝天。认识了杨勇，他明白了何为执着和坚贞；认识了许婕，他明白了为何而执着，为谁而坚贞。他深深懂得了什么是爱情，什么是友情，什么才是值得的青春。他会用全部的爱，所有的感情去对许婕，去珍爱这个视爱情如圣物的冰清玉洁的女孩。

除了保证安全和完成心愿，欧阳潇还要带着许婕在西藏旅游一番，以这个难得的二人世界的机会，来真正开始他们的恋情。至于公司，这两周时间自有杨勇和胡丽照看。杨勇说：已经等了你们三年，还会在乎这十几天！

六十 归去来

　　飞机降落在青藏高原。

　　天，湛蓝无尽的天，寥廓深远；云，浩瀚洁白的云，轻盈变幻；山，高耸绵延的山，瑰丽雄伟；河，奔腾无尽的河，波澜壮阔；湖，碧蓝如玉的湖，晶莹透彻。温暖明亮的阳光下与白云相接的是俊美傲立的雪峰，雪峰脚下圣湖柔美、洁净、安详。是的，安详，安详的牛羊，安详的猎犬，安详的老人眯着眼睛微笑。声声呢喃的大明咒中转经筒在旋转，猎猎的经幡在飞扬，花海中的骏马在奔腾。在阳光下安详的，还有翱翔在高高蓝天上的雄鹰。

　　西藏，身一旦来过了，心就再不能离开。为想要到来却不曾见过它的人，为一场爱情的结束也为一场爱情的开始，将这里最美的风景，用最质朴的情感，透过最明澈的双眸打包。

　　神山圣湖多不胜数，不同地市风景各异。珠穆朗玛、唐古拉、冈仁波齐、南迦巴瓦，这些举世闻名的雪峰固然大好，奈何高山太高，难及其顶。

　　欧阳潇和许婕从拉萨开始一路南下，到达美丽的林芝。这里有世界第十五高峰——战神的长矛——不是海拔最高却最难被征服的险峰——南迦巴瓦峰，有世界最深最阔最奇特美丽的大峡谷——雅鲁藏布江大峡谷，它是高蓝的天空下、神奇的青藏高原上一条绿色的哈达。

他们一路进发，踏入欧阳潇曾为了爱情而工作生活过的墨脱。它在中国的边境，被嘎隆拉雪山和多雄拉雪山守卫着，走进它，可将中国的路走到尽头，走出它，将于尽头处重生。他们将在这里举行一个仪式，一个告别和开始的仪式。

许婕站在嘎隆拉雪山的垭口仰望着夏日的高山之巅。在这终年不化的积雪中，她一袭白衣矗立着，望向远空。无尽苍穹，湛蓝深远，寂静中，只有看不见的风吹过永恒。

她从包中拿出杨璐的照片和那块洁白的心石，在最高处的雪丛中，在最洁白离天最近的地方郑重而轻轻地安放，口中喃喃有声。永别了，年少时曾经深爱过的人，永别了，那段沉重而火热的青春，永别了，让逝去的随风，打开紧锁的心扉，挥洒积郁，将之释放在无尽寥廓的晴空。然后，轻轻松松，去续写尚在继续的青春中另一段沉稳至坚的感情。

欧阳潇在许婕身后默默地等候。许婕高高放飞一把五色的"隆达"，望着它们飞上蓝天，洋洋洒洒飘向看不见的悬崖。

放飞了"隆达"，放飞了心中的积郁和祝福，许婕打开背包，取出一身白裙。当着欧阳潇的面，她脱下身上的白衣，换上手中依然是洁白的衣裳。她牵过欧阳潇的手，深情地望着他说："谢谢你，欧阳，我们的爱情从这里开始吧！"洁白的雪山间，两个青春的身影，紧紧相拥。

回到拉萨，他们在布达拉宫附近开了两个房间住下。在这个佛光闪闪的城市，在寺庙，在八廓街，在大街小巷，牵手徜徉。在这个美丽的地方，她们将度过一周的美好时光。

夜里，许婕做了一个梦。醒后，她沉浸在梦里华美的意境中，一时间回不过神。那梦可是在预示着什么吗？想要细细回味，梦中那不可复制的华丽与不可捉摸的悠扬绚烂却在渐渐远去。她怕丢失了，忙找到笔和纸，把它记下来。她隐隐觉得这与她的爱情有关。

　　一个圆润而沉静的小女孩用与她年龄不相符的轻语轻行诠释着爱情。远远的对面，是一个未曾全现却充满深邃情感的男孩。

　　他们之间存在着一种场：气场，力场，情场。虽然双方都似乎只是小孩，且动作非常简单，整个画面却古拙而高雅。那仿佛是一种在亿万年修炼中方可凭得，如寂灭之后精纯深蕴的一丝余情的倏忽交感，如一种将亿万年的情缘在短短一瞬间印照不宣。

　　一个盛着红浆的净瓶，似一颗心，轻缓地靠近着那个宁静的女孩。女孩停下动作，她的唇和甲在透过净瓶的光芒中鲜红艳美。

　　女孩静静着，一无所动，艳红映照着白皙。

　　净瓶渐欲隐去，似乎对自己的接近不再确定，这时，小女孩轻启朱唇喃喃细语：不，我喜欢。

　　一个不可思议的视角，一个不知何处而至的手将两颗枣核摆在一个沙盘中，那沙盘是地球表面！一幅不可思议的全景显现，华夏之初的始现，河经地而过，绕山而行，构成了最完美的太极图。

　　很快，一切隐去，消逝不见。

　　潦草而迅速地记下梦境，许婕朦胧的睡意消散，回想白天和欧阳潇在八廓街徘徊流连的时光，也恍然若梦。她将自己置身画外，看见自己和欧阳潇牵手相伴，那是一副和谐唯美的画面。在昏黄的灯光下，她体会着这份意境，将之描摹：

一段午后的时光渐行渐远

轻纱覆着了连续的画面

彼时一定是有声的真实饱满

此时忆起却虚浮飘幻

楼宇间洒落斜阳的余晖

狭长的街巷漫散着摊位行人

一切都静默无语

随你驻足徜徉流连

洁雅的店悬着古朴的牌

柔和的风扶着袅袅的烟

指尖拂过难辨真假的古玩

空灵的诵经声萦绕耳畔

柔和的光附着你宁静的容颜

天蓝的帽轻轻地倚在眉端

一串美丽的古铜手链

清澈的双眸灿然流转

那段午后的时光渐行渐远

风吹散了行人与色味声香

画面凝定在巷口的斜阳

是一对相依身影的相框